خواتین کے نمائندہ

عصری افسانے

مرتب:

زبیر رضوی

Khawateen ke numainda asri Afsane *(Short Stories)*
Edited by: Zubair Rizvi
Edition: November '2023
Publisher:
Taemeer Publications LLC (Michigan, USA / Hyderabad, India)

ISBN 978-93-5872-797-5

9 789358 727975

کتاب	:	**خواتین کے نمائندہ عصری افسانے**
مرتب	:	**زبیر رضوی**
صنف	:	فکشن
ناشر	:	تعمیر پبلی کیشنز (حیدرآباد، انڈیا)
سالِ اشاعت	:	۲۰۲۳ء
صفحات	:	۱۶۲
سرورق ڈیزائن	:	تعمیر ویب ڈیزائن

فہرست

انتر ہوت اداسی

● بانو قدسیہ

● یہ پہلی بار تھی۔ اس کے بعد دو بار اور ایسے ہوا...... بالکل ایسے۔

جب میرا بایاں پاؤں بانس کی سیڑھی کے آخری ڈنڈے پر تھا اور میرا دایاں پیر صحن کی کچی مٹی سے چھ انچ اونچا تھا تو پیچھے سے ماں نے میرے بال ایسے پکڑے جیسے نئے نئے چوزے پر چیل جھپٹتی ہے۔ میرا توازن کچھ ایسا بگڑا کہ میں کپڑے کی گڈی جیسی اڑنگ بڑنگ کچی مٹی پر جا گری۔ ماں کو مجھے پٹخنی دینے یا دھپا مارنے کی نوبت ہی نہ آئی کیونکہ جب انسان کسی سے بچھڑ کر آ رہا ہو تو اس میں اتنی جان ہی کہاں ہوتی ہے۔ مجھے تو ایک گرم سانس اس وقت چاروں شانے گرا سکتا تھا۔ ماں نے تو پھر مُکا مار کر میرے بال جھنجھوڑے تھے۔

"بول بول اس بھری دو پہر میں تو کہاں سے آ رہی ہے؟ گشتی الفتی کہاں تھی تو اسوقت؟ بول۔ گرمی ایسی کہ چھاؤں تلے دھرتی پھٹ جائے اور تو آخر کوٹھے پر کیا کر رہی تھی نا خصمی؟

میں چپ رہی۔

بول کون ہے اوپر؟ نہ کوئی کمرہ نہ ٹپی، پھر اوپر کیا لینے گئی تھی تو؟ جس یار حمایتی سے ملنے گئی تھی اس کا میں لہو پی جاؤں گی۔ بول اس کا نام......؟

میں اور بھی گونگی ہو گئی۔

میرا ابا بھی بڑا چپ آدمی تھا۔ لیکن اس کی چپ، اس کا گونگا پن، اس کے مرن برت ماں کو ستانے کے لئے ہوتے تھے۔ اسے ماں کو تڑپانے میں بڑا مزا ملتا تھا۔ وہ اپنی بڑی بڑی مونچھوں تلے مسکراتا رہتا پر ماں کی کسی بات کا جواب نہ دیتا۔ وہ اس کچہری میں اپنی صفائی کے لئے کبھی ایک لفظ بھی منہ سے نہ نکالتا۔ اسی چپ میں ابا کی ساری عزت اور زندگی بھر کی جیت پنہاں تھی۔ جب ماں بول بول کر ہلکان ہو جاتی: طعنے، بد دعائیں، کوسنے، آہیں، سسکیاں سب باری باری اپنا اپنا دور ختم کر چکتیں تو ماں ہلکان ہو کر دیوار کے ساتھ کھڑی چارپائی آنگن میں بچھاتی اور اس پر اوندھی لیٹ جاتی۔ ایسے میں باسی روٹی کی طرح اس کے چہرے پر ان گنت داغ دھبے نظر آنے لگتے۔ مجھے ماں پر بڑا ترس آتا۔ لیکن ابا

مختلف تھا۔ عورت مرد کے اس کھیل میں جب وہ جیت چکتا۔ تو پھر چار خانے کا کھیس کندھے پر ڈال کر یوں نکل جاتا جیسے پہلوان اکھاڑے سے کشتی جیت کر جاتے ہیں۔ ماں، میرے اور ابا کے درمیان بے طور ٹکرانے والی گیند تھی۔ مجھے دیوار سے ٹکراتی تو ٹپہ کھا کر ابا کی طرف جاتی۔ وہاں پتھر سے سر پھوڑ کر پھر لڑک کر میری جانب آتی۔ ماں کی ساری عمر اسی بے مصرف پیش قدمی اور پسپائی میں گزر گئی اور ساری عمر اسے علم نہ ہو سکا کہ یہ کھیل صرف اسی کو تھکانے والا تھا۔ بڑی رات گئے ابا لوٹتا تو ماں ایسی نیند سوئی ہوتی جو زچہ کو بچہ کی پیدائش کے بعد نصیب ہوتی ہے۔ میں کنڈی کھولتی، ابا محبت سے میرے سر پر ہاتھ پھیرتا اور چپ چاپ اندر چلا جاتا۔ ابا کی ہر بات بن کہے مجھے سمجھ آتی تھی اور ماں کی باتیں ایسے تھیں جیسے گوندھے آٹے کی بھری کنالی پر اوپر ہی اوپر کھیاں بھنبھنا رہی ہوں۔ میرے پلے کبھی کچھ نہ پڑا۔

ابا بڑا چپ آدمی تھا۔ لیکن ابا کی چپ میں ایک چال تھی۔

میں ابا کی طرح چپ نہیں۔ میری چپ حویلی کے صدر دروازے کے قدموں میں گرے ہوئے اس قفل کی مانند ہے جسے پچھلی رات چور دروازے کے کنڈے سے اتار کر پھینک گئے ہوں۔ ایسا تالا بہت کچھ کہتا ہے لیکن کوئی تفصیل بیان کرنے سے قاصر رہتا ہے۔ وہ ساری واردات سے آگاہ ہوتا ہے لیکن اپنی صفائی میں کچھ نہیں کہہ سکتا۔ حفاظت نہ کر سکنے کا غم، اپنی ہیچ میدانی کا احساس، اپنے مالکوں کے ساتھ گہری دغابازی کے حیرت انگیز انکشافات اسے گم سم کر دیتے ہیں۔ میری اور ابا کی چپ میں بڑا فرق تھا۔ ابا ان اونچے پہاڑوں کی طرح چپ تھا جن کے قدموں میں لہریں شور مچا مچا کر سو جاتی ہیں۔ میری چپ اس لاوے کی مانند تھی جو زمین کے اندر ابلتا، سڑتا، بہتا کہیں کا کہیں اتر جاتا ہے۔

''بول چپ کیوں کھڑی ہے اپنے کمینے باپ کی طرح...... بول کس یار کی بغل گرم کر کے آئی ہے نامراد؟...... اسی مصیبت کے ہاتھوں ابا نے کچھ سال پہلے بڑی لمبی خاموشی اختیار کر لی تھی۔ وہ صفائیاں پیش کرنے کے جھنجھٹ سے فارغ ہو کر لمبی تان کر سو گیا تھا۔ میں ماں کو کیا بتاتی؟ کہاں سے شروع کرتی؟ اور کہاں جا کر ختم کرتی؟

''کتی! ہمارا کوٹھا سارے محلے سے نیچا ہے۔ کس کس نے تجھے آتے جاتے نہ دیکھا ہوگا ...... بول؟ کتنے عرصے سے یہ سلسلہ جاری ہے؟ کون سا مہینہ لگا ہے؟ کوئی ڈاکٹر دائی تو کر مروں عزت گنوانے سے پہلے......؟

یکدم آنسو میری آنکھوں سے بہنے لگے!

ابھی تھوڑی دیر پہلے اس نے بھی میری چوٹی پکڑ کر یہی کہا تھا۔ میں اماں کو کیا بتاتی کہ ابھی ابھی میں اس کے منہ سے بھی یہی سن کر آئی تھی۔ 'بول بتاتی کیوں نہیں روئے کیوں جاتی ہے۔ کسی ڈاکٹرنی کی ضرورت ہے تو خرچ میں کروں گا۔ بول کیوں روئے جاتی ہے۔ کچھ بتاتی کیوں نہیں؟'' نہ میں اسے

کچھ بتا سکی اور نہ اماں کو...... بچپن سے مجھے یوں لگتا ہے کہ اگر میں نے کسی سے کچھ کہا تو سمجھے گا نہیں، الٹا نہ سمجھ کر میرا دشمن ہو جائے گا۔

میں کچی مٹی سے اٹھی اور اندر غسل خانے میں چلی گئی۔

ماں کچھ دیر دروازہ دھڑ دھڑاتی رہی۔ پھر طعنے، کوسنے، بددعائیں جاری ہوئیں، ان کا سٹاک ختم ہو گیا تو وہ دیر تک دروازے کے ساتھ لگ کر روتی رہی۔ پھر اس نے اپنی پرانی تکنیک استعمال کی۔ آنگن میں چارپائی پر لیٹ گئی اور میرے پیدا ہونے سے لے کر آج تک، کے تمام واقعات اونچے نیچے دہرانے لگی۔ میرا حمل اس پر کیسا بھاری تھا؟ مجھے جننے میں اس نے کیسی دردزہ برداشت کی تھی۔ پھر کیسے چھلے میں مجھے خسرہ نکل آئی اور وہ پورے انیس دن پلنگ پر بیٹھی رہی گود میں لے کر...... مجھے پالنے پوسنے میں اسے جو جو مصیبت، مرحلے، قربانیاں درپیش رہیں ان کا آنکھوں دیکھا حال بیان کرتے کرتے شام ڈھل گئی۔

جب میں باہر نکلی تو ماں کی ساری گیس نکل چکی تھی۔ وہ ایک چھوٹے معصوم بچے کی طرح الانی چارپائی پر گھوک سو رہی تھی اور اس کی بائیں گال پر بان کی رسیوں کا جال سا بنا ہوا تھا۔ شام کو نیم کے درخت پر ان گنت چڑیاں چہچہا رہی تھیں لیکن ماں کو ان کے شور کا علم نہ تھا۔ ایسے میں اگر میں کسی کے ساتھ بھاگ جاتی تو بھی ماں کو علم نہ ہوتا۔ لیکن میں بھاگتی کس کے ساتھ؟ جن عورتوں کو مرد بھگا لے جاتے ہیں خدا جانے وہ کیسی ہوتی ہیں؟ ہم جیسی لڑکیوں سے تو کوئی بھگا لے جانے کا وعدہ بھی نہیں کرتا!

میں چپ چاپ چارپائی کے پائے سے سر جوڑ کر بیٹھ گئی، ماں کے سوائے اس دنیا میں میرا تھا بھی کون۔ ابا کا بھی سوائے ماں کے دنیا میں اور کوئی نہیں تھا۔ وہ لاکھ بار گھر سے گیا اور پھر اس لئے لوٹ آیا کہ اس کھوٹے سکے کو سنبھال کر رکھنے والی ایک ہی تجوری تھی۔ میرا ابا اتنا نکھٹو تھا، اتنا نکھٹو تھا، کہ منہ پر جھولنے والی مکھیاں بھی بالآخر اسے چھوڑ جاتیں۔ وہ بہت کم کھاتا تھا کیونکہ اسے نوالے توڑنے سے وحشت ہوتی تھی۔ آدھے پنڈے سے زیادہ کو بھی وہ ایک وقت میں صابن نہیں لگا سکا اسی لئے وہ نہانے سے جی کتراتا تھا۔ سردیوں میں بغیر لحاف کے پڑا رہتا۔ گرمیوں میں پسینے میں نہائے نظر آتا لیکن پنکھا کبھی نہ جھلتا۔ ابا اس کھتی سے مشابہ تھا جو بچے گلی ڈنڈا کھیلتے وقت کھود لیتے ہیں۔ کبھی کبھی برساتی پانی اس میں آپ ہی آپ بھر جاتا ہے ورنہ زیادہ عمر اس کے منہ کھولے ہی گزرتی ہے۔

ماں نے ساری عمر ابا کا ساتھ دیا۔ بول کر، طعنے دے کر، ہلکان ہو کر، سسکیاں بھر کر دیا، پر دیا۔

ہم دونوں پکی دیواروں سے سر پھوڑ پھوڑ کر ماں بوڑھی ہو گئی...... اس بوڑھی نیم جان، گھائل کو میں کیا بتاتی۔ کہاں سے بات شروع کرتی اور کہاں جا کر ختم کرتی۔

ہمارے گھر میں ہر اس چیز کا فقدان تھا جس سے زندگی پروان چڑھتی ہے، سرشار ہوتی

ہے۔ دولت، شرافت، محبت، ان چیزوں کا ہمیشہ گھاٹا تو نا رہا۔ ہمیں تو ہر چیز ایسے ملی کہ سانسیں قائم رہیں۔ لیکن زندگی کے آثار مکمل کر پیدا نہ ہوئے۔ جب میں تین سال کی ہوئی تب سے ماں ایک قریبی فیکٹری میں کام کرنے جانے لگی تھی۔ ابا اور میں گھر پر رہتے تھے۔ ہم دونوں اپنی اپنی چپ کے قلعے میں بند سارا دن پاس رہتے ہوئے بھی بہت دور دور رہتے۔ جب ابا گھر پر ہوتا تو یوں لگتا تھا جیسے کہیں باہر گیا ہوا ہے اور جب وہ باہر ہوتا تو لگتا تھا کہ ادھر ادھر ہی کہیں ہوگا!

کچھ عرصہ میں اسکول جاتی رہی، پھر یہ سلسلہ خرچ کی زیادتی کے باعث بند ہوگیا۔ یہ بھی اچھا ہوا کیونکہ اسکول مجھے دل سے برا لگتا تھا۔ وہاں سب لڑکیاں بڑی خوش خوش آتی تھیں۔ ان کے پاس بتانے کے لئے اتنی ساری باتیں ہوتی تھیں کہ وہ استانی کے پڑھاتے وقت بھی رقعوں پر پیغامات لکھ لکھ کر ایک دوسرے کو پہنچاتی رہتی تھیں۔ مجھے میری کلاس کی لڑکیاں 'بل بتوری ناساں چوڑی' چھیڑتی تھیں۔ لیکن میں ان کو کبھی پلٹ کر کچھ نہ کہتی تھی۔ ان کی چھیڑ چھاڑ اس طعن وتشنیع کے مقابلے میں پھول کی چھڑی تھی جس سے میرا دل میری تواضع کیا کرتا تھا۔ اسکول سے ہٹ کر میری زندگی پھر کنویں کی مال بن گئی۔ ہر وقت وہی صبح وشام، وہی چلو بھر پانی، وہی چہ بچہ بھر زندگی، کبھی سیری نہیں۔

پھر ابا مر گیا۔

اس رات اس نے چار خانے والا کمبل اوڑھا، اپنی خامشی کی مسہری تانی اور پھر ہمیشہ کے لئے چپ ہوگیا۔ ماں دنگ سی رہ گئی۔ نہ اس نے اونچے اونچے بین ڈالے نہ دیواروں سے ٹکرائی۔ بس دیکھتے ہی دیکھتے وہ بنجر زمین کی طرح چٹک گئی۔ ہمارے نہ کوئی رشتہ دار آئے، نہ قرآن ختم ہوئے، نہ گٹھلیاں پڑھی گئیں۔ بس محلے والوں نے چندہ کرکے ماں کے سر سے بوجھ اٹھا دیا، اور سوئم کے بعد ماں پھر فیکٹری جانے لگی۔

اب ابا ہر وقت گھر میں رہنے لگا۔

اس ابا سے خوف زدہ ہوکر میں کوٹھے پر چڑھ جاتی۔ ہمارے گھر کی چھت پر اونچی اونچی منڈیریں نہیں تھیں۔ بس ابھرواں کنارے تھے جن کی سوکھی مٹی میں تنکے چپکتے رہتے تھے۔ اس کنارے پر بیٹھے ہوئے مجھے نکڑ سے آتی ماں دکھائی دیتی تو میں نیچے چلی آتی۔ محلے میں بہت لڑکیاں تھیں لیکن میری چپ کا تالا کھول کھول کر وہ سب بیزار ہو چکی تھیں۔ اب میں تھی اور کوٹھے کی منڈیر، آسمان پر اڑنے والی چیلیں، محلے کے کبوتر اور شام کو لوٹنے والی کوؤں کی قطاریں۔

ایک روز چوتے کوٹھے سے مجھے سیٹی کی آواز سنائی دی۔ تب مجھے معلوم نہیں تھا کہ سیٹی بجانے والا قدیر کھوکھے والا ہے۔ تب مجھے یہ بھی معلوم نہیں تھا کہ قدیر کے پانچ بچے ہیں اور اس کی بیوی محلے کی سب سے خوبصورت عورت ہے۔ مجھے تو صرف اتنا دکھائی دے رہا تھا کہ اس کی

دیواروں پر جالیاں بنی ہوئی تھیں۔ سب سے اوپر ایک ہوادار کمرہ تھا جس کی کھڑکیوں پر نیم فیروزی، نیم ہرا، تازہ تازہ رنگ کیا ہوا تھا۔

یہی کمرہ میرا پہلا گھر بنا۔ اسی کمرے میں پہلی بار قدیر نے مجھے اپنے کھوکھے سے لا کر ٹھنڈی کوکا کولا پلائی۔ پلاسٹک کے کلپ، نقلی ہار، کانچ کی چوڑیاں اور ناک میں ڈالنے والا بڑا چمکدار لیکن جھوٹا کوکا دیا۔ قدیر کی ہر بات اپنے کھوکھے کی طرح تھی۔ وہ تھوڑی قیمت پر زیادہ مال خریدنے کا عادی تھا۔ اس کے ہاں ادھار قطعی بند تھا اور وہ کسی گاہک کو بھی ناراضگی کا موقع نہیں دیتا تھا۔

پتا نہیں میں ابا کے ڈر سے وہاں جاتی تھی؟

پتا نہیں جوانی میں تنہائی کا سانپ کیوں ایسے بلوں میں لے گھستا ہے؟

خدا جانے میری، طغیانی جی بھر کر کچھ کھانے، کچھ ہنس لینے، کچھ وقت جھولی بھر کر گزارنے کی خواہش مجھے وہاں کھینچ کر لے جاتی تھی۔ غالباً کبھی کبھی کوئی وجہ نہیں بھی ہوتی۔ بس یونہی انسان زندگی کے پہیے میں ریشم کے تھان کی طرح الجھتا چلا جاتا ہے۔ قدیر کو اپنے خاندان سے بڑی محبت تھی۔ وہ ماسیوں، پھوپھیوں، ہم زلفوں کی باتیں کرتا تھکتا نہ تھا۔ اسے اپنی بیوی سے بھی بڑی محبت تھی کیونکہ اس کی بیوی اس کے خاندان کا ایک اہم حصہ تھی۔ وہ وصال کے لمحوں میں بھی اسی کا نام لے لے کر مجھ سے لپٹا رہتا۔ اس کی محبت پھوکے انداز کی تھی جس سے میرے لہو کا طائر کبھی بھی زخمی ہو کر نہ گرتا۔ بلکہ اوپر ہی اوپر......اور اوپر اڑتا چلا جاتا۔

اپنے بچوں کی باتیں کر کے قدیر کو بڑی خوشی ملتی تھی۔ اپنی خاندانی روایات کا، اپنی محلے کی ساکھ اور برادری کی عزت کا اسے بڑا پاس تھا۔ قدیر بھی دراصل طغیانی سے ناآشنا تھا۔ اس کی ساری زندگی بھی معاشرے کے پیمانوں میں ناپ تول کر گزری تھی۔ وہ اتنی چھوٹی عمر سے کھوکھا چلا رہا تھا کہ اب اس کی اپنی زندگی خالی کھوکھے کے علاوہ اور کچھ نہ تھی۔ ان سب قیود کے باوجود وہ بڑے اہتمام سے مجھے ملتا تھا، وہ بڑے حساب سے اپنے کھوکھے سے ایسی چیزیں میرے لئے لاتا جو اس کے بال بچوں کی حق تلفی نہ کریں۔ وہ اپنی زندگی کی لذتیں یوں اکٹھی کرتا تھا جیسے کوئی بڑی بی حساب کا پان لگا رہی ہو۔ برابر کا چونا، برابر کا کتھا، چٹکی بھر زردہ۔ اس کی جذباتی زندگی بھی ایک خاص پیمانے پر چلتی تھی۔ نہ یہاں کوئی ادھار تھا نہ فضول خرچی۔ ...وہ جو کچھ مجھے دیتا فوراً اس کی قیمت وصول کر لیتا۔

لیکن میری بول بلارے والی ماں یہ سب کچھ کیسے سمجھ سکتی تھی؟

جب بڑی شام گئے اس کی آنکھ کھلی تو چند لمحے وہ مجھے دیکھتی رہ گئی۔ میں سمجھی شدید غم نے اس کے ذہن کو ماؤف کر دیا ہے۔ لیکن پھر وہ میرے کندھے پر ہاتھ مار کر بولی...... "بول بد بخت کون سا مہینہ لگا ہے تجھے، بول؟" میں اسے کیسے سمجھاتی کہ ایسے لیکھے داروں کے ساتھ مہینے نہیں چڑھا کرتے۔ ایسے

لوگوں کے ساتھ نہ کبھی نفع ہوتا ہے نہ نقصان۔ صرف زندگی کا بہی کھاتہ ایسے ہندسوں سے بھر جاتا ہے جنہیں کوئی پڑھ نہیں سکتا۔

'بول، پھر ملے گی تو اس سے...... بول؟

پورے ہاتھ کا چانٹا آیا اور بجلی کی طرح میرے جسم سے گزر گیا میں ماں کو کیا بتاتی کہ مجھے قدیر سے ملنے کا کچھ ایسا شوق بھی نہیں تھا۔ یہ بات اگر میں قدیر یا ماں کو سمجھانے کی کوشش کرتی تو غالباً وہ دونوں مجھے جان سے مار دیتے۔

''بول گشتی...... بول حرام خور! ملے گی اس سے......؟

میں نے ماں کے پاؤں پکڑ لئے۔ اپنے دکھ کی وجہ سے نہیں۔ میرے اپنے کوئی دکھ نہیں تھے۔ لیکن میں اسے اس قدر ہلکان ہوتے دیکھ نہیں سکتی تھی۔ اگر وہ مجھے مارتی رہتی تو شاید مجھ پر کوئی اثر نہ ہوتا۔ لیکن اب وہ اپنے منہ پر چانٹے مار رہی تھی۔ اپنے بال کھسوٹ رہی تھی۔ اسے یوں اپنے سے بدلہ لیتے ہوئے دیکھ کر مجھے بڑی تکلیف ہوتی تھی۔

میں نے بڑی قسمیں کھائیں کہ پھر قدیر سے نہ ملوں گی۔ قرآن اٹھایا۔ اس کے بعد میں کبھی قدیر کے کوٹھے پر نہیں گئی۔ لیکن ماں چونکہ سارا دن فیکٹری میں کام کرتی تھی اس لئے اسے کبھی یقین نہ آسکا کہ میرے عہد سچے تھے۔ وہ مجھ سے بڑی محتاط ہو گئی تھی۔ جب میں سو جاتی تو وہ چوری چوری آکر میری قمیض میرے پیٹ سے اٹھاتی اور بڑے پولے پولے ہاتھوں سے میرے پیٹ کی ٹوہ لیتی۔ اسے پورا شک تھا کہ یہ اندر ہی اندر بڑھ رہا ہے۔ کبھی کبھی رات کے پچھلے سہ پہر وہ میرے سرہانے بیٹھ کر ہولے ہولے رونے لگتی، جیسے بلیاں مستی میں آکر بولتی ہیں۔

قدیر نے میرے کھاتے کو پھر کبھی نہ کھولا۔

نہ میں کبھی اس کے کھوٹھے پر گئی۔ ڈوبی رقم پر وہ زیادہ وقت ضائع کرنے کا عادی نہ تھا۔ اتنے سارے میل جول کے باوجود نہ کوئی نفع ہوا نہ نقصان...... زندگی چلو بھر پانی کھنچتی رہی۔ نہ کوئی طغیانی آئی، نہ سیری کا احساس بڑھا، بس صرف سانس کی ڈوری نہ ٹوٹی۔

پھر ایک دن فیکٹری سے ماں بڑی خوش لوٹی۔ اس کے ہاتھ میں مٹھائی کا بڑا سا ڈبہ تھا۔

لے کھا ہاجرہ...... کھا...... تیرے تو نصیب کھل گئے آچندرے مٹھائی کھا۔ تیری بات پکی کر کے آئی ہوں بادامی باغ میں......''

بات پکی کرانے کا شوق میرے دل میں قدیر نے ڈالا۔ وہ اتنی پریت سے اپنی بیوی کی باتیں کیا کرتا تھا کہ میرا دل بھی کرتا کوئی میرے متعلق ایسی ہی باتیں کیا کرے۔ میرا خیال تھا کہ ایک روز مجھے دیکھن والیاں آئیں گی۔ پھر ایک سہرے والا چہرے پر رومال رکھے آئے گا۔ میں اس کے چمکدار بوٹوں کو

دیکھتی گھر سے رخصت ہو جاؤں گی۔ مجھے جنگل کے اس پار جانے کا بڑا شوق تھا۔

آ...... منہ لپیٹ کر نہ پڑی رہا کر۔ تیرا انتظام تو اللہ نے خود کیا۔ منیجر صاحب کی بیوی خود میرے پاس آئی۔

''سن رہی ہے ہاجرہ؟...... نازاں پُتی...... سن رہی ہے......؟''

''سن رہی ہوں ماں......''

پھر خوش کیوں نہیں ہوتی......؟''

خوش ہو رہی ہوں...... ماں......

ماں رازداری سے میرے پاس آکر بیٹھی ہوئی آواز میں بولی...... منیجر کی بیوی بولی میری بہن کا بیٹا ہے۔ پڑھا لکھا تو نہیں ہے، پر جائیداد کا اکیلا وارث ہے۔ ہم تو جائیداد کا لفظ بھی منہ سے نہیں لے سکتے، تو جائیداد والی ہو جائے گی۔ میں خود بادامی باغ گئی تھی منیجر صاحب کی کار میں، گھر دیکھ کر آ رہی ہوں۔ پیلی حویلی ہے دو منزلہ پنکھے، ریڈیو، ٹیلی ویژن، قالین، سب کچھ ہے گھر میں...... لے لڈو کھا۔ اوپر والی منزل میں لڑکا رہتا ہے۔ بڑا گھر ہے، ساری عمر ریشم پہنے گی۔ اس کچے کوٹھے کے عذابوں سے بچی رہے گی۔ خوش ہو جا...... جس کا کوئی سدھارنے والا نہ ہو، رب اس کے کام کرتا ہے...... رج کھا نا رج سونا''

بڑی دیر بعد میں نے پوچھا......'' اور وہ...... وہ کیسا ہے......؟

''جیسا گھر ہوتا ہے ویسے لوگ ہوتے ہیں اس میں رہنے والے۔ ایسے گھروں میں کوئی ہما شما تھوڑی رہتے ہیں۔''

کیسی شکل ہے اس کی......''

ماں خوبصورت ہے تو بیٹا بھی خوبصورت ہوگا۔ گوری چٹی، یہ بڑا سا کوکا ناک میں، پورا بازو چوڑیوں سے بھرا ہوا۔ کوئی پیاری باتیں کرتی ہے ہاجرہ۔ بیٹھے بہن جی...... کھایئے بہن جی، یہ گدی کمر کے پیچھے رکھ لیں۔ ٹھنڈا پیں گی کہ گرم...... میرا تو جی وہاں سے آنے کو نہیں کرتا تھا، سچ ہاجرہ......''

میں چپ رہی۔

بادامی باغ والی کہہ رہی تھی ہاجرہ! بہن جی ہمیں صرف لڑکی چاہئے جو ہمارے گڈو کو خوش رکھے، اس سے ہمدردی کرے، اس کا دل لگائے۔ ہمیں کسی چیز کی طمع نہیں ہے۔ ہمیں کچھ نہیں چاہئے اللہ کا دیا بہت کچھ ہے۔ اگر ہمیں لالچ ہوتا تو ہم امیروں کی لڑکی کبھی کی لے آتے ہمیں تو یہ پتا ہے غریبوں میں غیرت ہوتی ہے، محبت ہوتی ہے، شرافت ہوتی ہے......

میں اندر ہی اندر ہنس دی۔ بادامی باغ والی نہیں جانتی تھی کہ ان ہی تینوں کے فقدان سے غریبی پیدا ہوتی ہے...... دولت کا فقدان تو فقط غریبی کو سدا بہار بناتا ہے۔ اصلی بہار تو ان تینوں ہی کے نہ

ہونے سے ہوا کرتی ہے۔ لے موئے کہا...... اصلی موتی چور کے لڈو ہیں، لے کہا......"

اماں اس روز بڑی خوش تھی۔ وہ ہانڈی بھونتے ہوئے کچھ گنگناتی رہی۔ پھر محلے والوں کو یہ خبر سنانے چلی گئی۔ واپس آئی تو اس کا چہرہ دغ دغ کرر ہا تھا۔ میں نے ماں کو اس قدر خوش کبھی نہیں دیکھا تھا۔ نکاح سے ایک رات پہلے تو ماں اسی طرح ہنستی گنگناتی رہی۔ شادی سے ایک دن پہلے جب شام کو بادامی باغ سے لوٹی تو اس کا چہرہ بجھا ہوا تھا اور وہ چپ چپ تھی۔ مشکل سے وہ سوٹ کیس لا کر آنگن میں رکھا جس میں کپڑے اور زیور تھے۔ اس کے بعد وہ بغیر مجھے آواز دیئے اندر غسل خانے میں چلی گئی نہ اس نے سوٹ کیس کھول کر مجھے کپڑا، زیور دکھائے، نہ منہ سے کچھ بولی۔ اس رات کے بعد میری ماں نے پھر مجھ سے کوئی بات نہ کی۔

آدھی رات کو میں اس کی سسکیوں کی آواز سن کر جاگ گئی۔ وہ سوٹ کیس کھولے کپڑوں کو گھور رہی تھی۔" کیا ہوا اماں......"

کچھ نہیں تو سو جا...... پھر تو رو کیوں رہی ہے...... ؟

ماں مجھ سے لپٹ گئی۔ اس کے طعنے کوسنے، بددعائیں زندہ ہوا کرتی تھیں۔ آج مجھ اس بغلگیری سے یوں لگا گویا اس کی جان جسم چھوڑ رہی ہے۔ میرا خیال تھا کہ وہ مجھ سے بچھڑنے کا غم کر رہی ہے۔ لیکن میرا دل اپنا دل ہر قسم کے جذبات سے خالی تھا۔ یہاں نہ کسی سے ملنے کی خوشی تھی، نہ کسی سے بچھڑنے کا رنج۔ میری زندگی کے ماہ و سال تو یوں گزر رہے تھے جیسے کسی گودام میں نئے سال کا کلینڈر لٹکا لٹکا پرانے سالوں سے جا ملے۔

ماں صبح تک مجھ سے لپٹی رہی اور روتی رہی اور جب میری شادی کا دن طلوع ہوا اور اس کی پہلی سفیدی ابھرنے لگی تو ماں بولی...... دیکھ ہاجرہ! نصیب سے نہ جھگڑنا۔ عورت کی ساری زندگی نصیب سے چلتی ہے"۔ مجھے دیکھ تیرہ برس کی بیاہی آئی تھی۔ ایک دن شوہر کی کمائی کا جھوٹا پیسہ تک نہیں ملا۔ ایک دن اس گھر کے مالک نے مجھے پیٹ بھر پیار بھی نہیں دیا۔ پر رانئے میں نے نصیب سے جھگڑا نہیں کیا۔ جو میرے کرم اچھے ہوتے تو سب کچھ مل جاتا، ہاتھ پاؤں مارے بغیر مل جاتا۔ سنتی ہے کہ نہیں؟ کسی کو اللہ دولت دیتا ہے تو اولاد نہیں دیتا، اولاد ہوتی ہے تو صحت نہیں ملتی۔ اتنے تارے اللہ نے نہیں بنائے جتنے غم بنائے ہیں۔ سب اپنے اپنے تارے کا غم سہنے کو آئے ہیں اس جہان میں"۔ پہلی بار مجھے شک گزرا جیسے ماں مجھ سے کچھ چھپا رہی ہے، مجھ سے جھوٹ بول رہی ہے، کیونکہ ان دونوں کی اسے عادت نہیں تھی۔

کیا بات ہے ماں......؟

کوئی بات نہیں۔ ہر ماں بیٹی کو کچھ نہ کچھ ساتھ دیتی ہے۔ میں تجھے جہیز تو دے نہیں سکتی۔ دلاسہ بھی دے کر رخصت نہ کروں......

مجھے رونا آ گیا اور میں ماں سے لپٹ گئی......

جب میں یہاں سے فیکٹری جاتی ہوں تو راستے میں کئی مین ہول کھلے ملتے ہیں۔ اندھیری راتوں میں ان میں راہ گیر گر بھی پڑتے ہیں۔ ہاجرہ! یوں سمجھ لے سوچئے ہمارے رب نے ہر چوڑائی کے، ہر گہرائی کے مین ہول بچھا رکھے ہیں اپنی دنیا میں۔ آخر آدمی کب تک بچے گا۔ بندہ بشر ہے لمبی سیاہ زندگی ہے، کسی نہ کسی کھڈ میں تو گر کر ہی رہے گا......؟

تو مجھے صاف صاف بتاتی کیوں نہیں کیا بات ہے؟...... ہوا کیا ہے؟......

کوئی بات نہیں، کچھ نہیں ہوا۔ نیا گھر ہوگا، نئے لوگ ہوں گے۔ وہاں تیری ماں نہیں ہوگی لیکن غریبی بھی نہیں ہوگی۔ ہر جگہ کا اپنا سکھ ہے، اپنا دکھ ہے۔ جو لڑکی میکے کے سکھ یاد کرتی رہے وہ کبھی سسرال گھر جا کر خوش نہیں ہوتی......"

تجھے کسی نے کچھ کہا ہے ماں؟...... بتا تو بتاتی کیوں نہیں......؟

میری ماں چپ رہی۔ اس کی چپ میری اور ابا کی چپ سے بھی اٹل تھی...... کیونکہ شادی کی دوسری رات میری ماں چپ چاپ اس دنیا سے رخصت ہو گئی۔ میری سسرال والوں نے خاموشی سے اس کو سپرد خاک کر دیا اور مجھ کو نہ بتایا۔ وہ مجھے دو صدمے ایک ہی وقت میں نہ دینا چاہتے تھے۔

جس طرح ست ماہے بچے کو مصنوعی حرارت میں رکھ کر اس دنیا میں رہنے کے قابل بناتے ہیں اسی طرح میری سسرال والوں نے مجھے آسائش، آرام اور بڑی چاپلوسی کی روئی میں بچا بچا کر کئی دن رکھا تاکہ گڈو سے بہت پہلے میں اس گھر کی دولت بھری زندگی کی عادی ہو جاؤں۔ جتنے دن گھر میں مہمان رہے، یہی سننے میں آیا کہ گڈو بیمار ہے اور نچلی منزل میں اپنی ماں کے کمرے ہے۔ کئی بار جی میں آئی کہ ایک نظر گڈو کو دیکھ آؤں، اس کی بیمار پرسی کروں، پر دوسری منزل سے نیچے جانے کی ہمت پیدا نہ ہوئی۔

میری ساس میری ماں کا الٹ تھی۔ گوری گوری، گول گول...... چپ چپ سی، بڑی صابر، بڑی برداشت والی، کبھی کبھی مجھے لگتا جیسے وہ اس دنیا کی مخلوق نہیں ہے۔ اس کی آنکھوں میں اتنا غم ہوتا کہ مجھے اس سے ڈر آنے لگتا۔ ماں کی موت کے بعد سب سے پہلے میری ساس نے میرا دل جیت لیا۔ وہ چپ چپ بیٹھی ہوتی تو مجھے بڑا دکھ ہوتا، جیسے ماں کو دیکھ کر ہوتا تھا۔

جس رات پہلی بار میں گڈو سے ملی، دیر تک ساس میرے پاس بیٹھی رہی۔ اس کا ہاتھ میرے گھٹنے پر تھا اور وہ بار بار اسے تھپک رہی تھی۔ وہ جس بات کا سرا پکڑتی، بیچ میں ادھورا چھوڑ کر چپ چاپ میرا منہ تکنے لگتی۔ گڈو صاحب کا اب کیا حال ہے جی؟......

ٹھیک ہے اب تو، آج آئے گا تیرے پاس......

ان دیکھے دولہے کی آرزو روشن سورج کی طرح میرے دل سے طلوع ہو گئی۔

کبھی کبھی جو تصور عورت دولھے کا بناتی ہے ہاجرہ! دولھا اس سے مختلف ہوتا ہے۔ پر ساری چیز عورت کا جذبہ ہے...... گھر عورت بناتی ہے، بچے عورت جنتی ہے۔ مرد تو ایسے ہی گھر کے باہر نام کی مختی ہوتی ہے...... ''میرا دل پہلی بار ڈرا ...... لیکن پھر میں نے سوچا گڈو شاید بدصورت ہو اسی لئے یہ تمہید باندھ رہی ہے، شاید اتنے دن اسی لئے اسے میرے پاس آنے بھی نہیں دیا۔ لیکن میری ساس کو شاید علم نہ تھا کہ اتنے دن سسرال میں رہ کر میں پریشان ہوگئی تھی۔ اب مجھے اچھے برے آدمی کی پہچان نہ رہی تھی۔ مجھے اپنا شوہر درکار تھا۔ بڑی دیر تک ساس یونہی بے مصرف چپ چاپ میرے پاس بیٹھی رہی۔ پھر جب وہ آدھی دہلیز کے اندر اور آدھی باہر تھی، تب بولی 'سن ہاجرہ! ہم لوگ تیری بڑی قدر کریں گے، صرف تو گڈو کی قدر کرنا۔ وہ ہمارا اکلوتا بیٹا ہے، پانچ بہنوں کا اکیلا بھائی۔ دیکھ بیٹی! جو کچھ وہ تجھے نہ دے سکے تو ہم سے مانگنا۔ میرے پاس گڈو سے اور کوئی قیمتی چیز نہیں ہے......'' میں اپنی ساس کو سمجھنے کی کوشش کر رہی تھی۔

پر وہ جیسے اپنے دل کی بھٹی کو آنسوؤں اور باتوں سے ٹھنڈا کر رہی تھی...... میرے رشتہ داروں میں لڑکیوں کا کال نہیں ہے۔ لیکن میں غریب گھر کی لڑکی اس لئے لائی کہ غریبوں میں ہمدردی ہوتی ہے ...... وہ محبت کرنا جانتے ہیں۔ اب گڈو جیسا بھی ہے تیرا ہے ہاجرہ...... جیسا بھی ہے...... صرف تیرا ہے!''

میری ساس جلدی سے رخصت ہوگئی۔ اس کی بات ٹھیک تھی کہ گڈو صرف میرا تھا۔ لیکن افسوس میں اس کی اتنی بھی نہ ہوسکی جتنی میں قدر کی تھی!

رات کے پچھلے پہر گڈو کمرے میں داخل ہوا۔ پہلے باہر کچھ کھسر پھسر ہوتی رہی، پھر گڈو اندر آیا۔ وہ اندر آتے ہی مجھے ایسے چمٹا جیسے ریچھ درخت سے جپھی ڈالتا ہے۔ اس کے پیچھے میری ساس اور بڑی دو نندیں کھڑی تھیں۔

اماں میری دلہن...... میری بیوی...... میری اماں جی پاری پاری دلھن جی......''

میری ساس نندوں نے جلدی سے اسے مجھ سے جدا کر دیا۔

کیا کر رہا ہے گڈو......!

دیکھو دلہن! یہ مجھے تمہارے پاس نہیں آنے دیتی تھیں۔ کہتی تھی دلہن بھاگ جائے گی۔ تو بھاگے گی؟ بتا میں کوئی برا ہوں...... میں اپنا قاعدہ لاکر تمہیں سناؤں؟ کہاں ہے میرا قاعدہ ...... لاؤ...... لاتے کیوں نہیں؟ میں دلھن کو قاعدہ سناؤں؟

میری ساس نے اسے چپ کرانے کی کوشش کی تو وہ رونے لگا۔

سب مجھ سے برا سلوک کرتے ہیں۔ پھر کہتے ہیں ہم تمہارا بھلا کر رہے ہیں۔ میں کیوں چپ رہوں بڑی آپا۔ تم چپ ہو جاؤ، تم دفع ہو جاؤ۔ میری دلہن ہے۔ میں اسے بولوں گا...... بولوں گا...... ہاں بولوں گا...... ڈھیلی مسہری کبھی کبھی بانسوں کے ساتھ باندھ کر لگانی بڑی مشکل ہوتی ہے۔ ایک سرے پر

ڈنڈوں کا کراس ٹھیک کردو تو دوسرے سرے کے ڈنڈے سرک کر پائیوں کے نیچے سے نکل جاتے ہیں۔ بالکل ایسے ہی میری ساس نندیں تو تھمبو کر کے گڈو کو انسان کے روپ میں پیش کر رہی تھیں۔ کچھ دیر بعد وہ ڈھیلی مسہری مجھ پر تان کر جلدی سے نیچے چلی گئیں۔ ان کا خیال تھا خطرے سے اوجھل ہوتے ہی خطرہ ٹل جائے گا۔ یہ آغاز تھا۔ میں ہول میں گرنے کا آغاز!

ایک نیم دیوانے شوہر کے ساتھ ازدواجی زندگی کا آغاز۔ میں نے اتنی عمر بغیر اچھا کھائے پئے گزاری تھی کہ اگر گڈو عام سا دیوانہ ہوتا تو شاید میں بڑی رضا و رغبت سے آسائش اور دولت کی زندگی میں ڈوب جاتی۔ لیکن گڈو دیوانہ ہونے کے ساتھ عاشق مزاج بھی تھا۔

اسے بغلگیر ہونے، چومنے، مساج کرنے کا بڑا شوق تھا۔ اس کا جی چاہتا کہ میں سارا سارا دن اس کے ساتھ پلنگ پر پڑی رہوں۔ وہ ناشتے کی میز سے میرا ہاتھ پکڑ کر گھسیٹنے لگتا......

گڈو ناشتہ کرنے دے ہاجرہ کو......!

ایک بات ہے امی...... میری پالی امی! پرائیویٹ بات۔ کمرے میں کرنے والی۔

ٹوسٹ تو ختم کر لینے دے بیچاری کو۔ میری بڑی نند کہتی۔

پھر وہ سب کے سامنے میرے کان میں منہ ٹھونس کر ایک آدھ ایسی بات کہتا جو سب کو سنائی دیتی اور جس کا تعلق جسم کے ایسے حصوں سے ہوتا جن کا ذکر عام طور پر لوگ نہیں کیا کرتے۔

اٹھ نا ضروری کام ہے۔

تو چل، ابھی آجائے گی ابھی....

وہ مجھے دوپٹے سے گھسیٹنا شروع کر دیتا۔ جلدی چل...... چل ناں......

کمرے میں پہنچ کر میرا پھنکارنا بولنا، اسے پرے پرے کرنا سب بیکار تھا۔ وہ بندروں کی طرح اچک اچک کر مجھے چومنے لگتا میں زیور کپڑا اتارنے میں حجت کرتی تو بچوں کی طرح پھوٹ پھوٹ کر رونے لگ جاتا۔ ایسے ہی لمحوں میں گڈو مجھ پر حاوی ہو جاتا۔ کیوں کہ اس سنہری بالوں۔ والے دیوانے کو روتا دیکھ کر نہ جانے کیوں میرے رحم کے اندر کہیں دکھ کی تیس اٹھنے لگتیں اور میرا جی اسے گود میں اٹھانے کو چاہتا۔

عجیب سے دن تھے، عجیب سی راتیں۔ تیز بخار میں آنے والے خوابوں کی طرح ان کا حجم، انکی جسامت کچھ بھی درست نہ تھا۔ نہ جانے دن کو سورج نکلتا بھی تھا کہ نہیں، خدا جانے راتوں کو اندھیرا ہوتا بھی تھا کہ نہیں۔ میری نندیں مجھ سے شرمندہ شرمندہ پرے پرے رہتی تھیں۔ میرا سسر البتہ کبھی کبھی مجھے پاس بٹھا کر زندگی کی اونچ نیچ سمجھایا کرتا تھا۔

گڈو پر کبھی کبھی سیانے پن کے دورے پڑتے تو مجھے بڑی امید بندھ جاتی۔ شاید کوئی معجزہ

کوئی کرامت ہو جائے۔ ایسے دنوں میں کوئی گڈو کو پہنچان ہی نہیں سکتا تھا۔ وہ سر پر ٹوپی پہن کر، بازو پر جائے نماز لٹکائے میرے پاس آتا اور بڑی میٹھی مسکراہٹ کے ساتھ کہتا...... ''دیکھ ہاجرہ! میں مسجد میں عشاء کی نماز پڑھنے جارہا ہوں، تم کھانا کھا کر سو جانا، بیٹھی انتظار نہ کرتی رہنا''۔

پانچ بہنوں کے اکلوتے بھائی کی ایسی نارمل بات سن کر میری ساس کا لب ولہجہ نارمل ہو جاتا۔ سو جائے گی سو جائے گی، تم فکر نہ کرو، تم آرام سے نماز پڑھنے جاؤ......''

واپسی پر وہ سب کو سلام کر کے اپنے کمرے میں آتا۔ بڑی دیر تک وہ ایک معمر آدمی کی طرح دانت صاف کرتا رہتا۔ پھر صوفے میں بیٹھ کر بیڈ لیمپ کی روشنی میں وہ کتابیں دیکھتا رہتا ہے جن کا پڑھنا اس کے لئے مشکل تھا۔ بڑی رات گئے وہ پلنگ پر آتا اور میری طرف پیٹھ کر کے سو جاتا۔ فرزانہ ہوتے ہی اسے مجھ سے کوئی غرض نہ رہتی تھی۔

ایسے ہی دنوں میں وہ بڑے تواتر کے ساتھ میرے سسر کے ساتھ فیکٹری جانے لگتا۔ واپسی پر خاموشی سے کھانا کھاتا، فیکٹری کے مسائل پر گفتگو کرتا اور پھر مجھے ملے بغیر سینما دیکھنے چلا جاتا۔

ان دنوں میری ساس زمین سے دو دو فٹ اونچا چلنے لگتیں۔

ہم نے سب کچھ گڈو کے نام منتقل کروایا دیا ہے ہاجرہ! کوٹھی، مربے، فیکٹری، سب کچھ یہ سب تو اپنے اپنے گھر چلی جائیں گی، سب کچھ تیرا ہے...... میرا اور گڈو کا۔

یہ دن بڑے پرسکون ہوتے تھے۔

اگر میں غلطی سے اسے کسی کے سامنے ہاتھ بھی لگالیتی تو وہ بدک جاتا اور آواز گرا کر کہتا...... کیا کرتی ہے ہاجرہ! کسی کا لحاظ بھی نہیں تمہیں، میری جوان بہنیں دیکھتی ہیں......''

لیکن یہ دن زیادہ نہیں ہوتے تھے۔ ازلی درد کی طرح کسی صبح اٹھتے ہی گڈو اپنے چولے کو اتار اصلی روپ میں آجاتا۔ جب گڈو ہوش میں ہوتا ان دنوں سسرال میں اوپر نیچے قہقہے ہی قہقہے ہوتے۔ میری نندوں کے رشتوں کی باتیں ہوتیں، سارا گھر میٹنی شو دیکھنے جاتا، رشتہ داروں کی دعوتیں ہوتیں۔ میری ساس فراغ دلی سے مجھے سب سے ملاتی اور اونچی آواز میں کہتی...... میری ہاجرہ کا جادو دیکھا بہن جی؟ جو کام ڈاکٹر نہ کر سکے، میری بہو نے کر دکھایا۔ دس سال سے سرت ماری گئی ہے گڈو کی...... اب دیکھ لو چنگا بھلا...... ہوش مند ہو گیا ہے...... ہاجرہ نے اسے زندگی دی ہے...... ہاجرہ نے اسے انسان بنا دیا ہے۔ ''

مجھے اپنی ساس کی فراخ دلی سے بڑی شرم آتی۔ وہ ماں تھی اس لئے اس کا جذبہ سچا تھا۔ اور میں عورت تھی اور چونکہ میری ضرورتیں ادھوری تھیں اس لئے جو کچھ بھی میں ظاہر کرتی تھی اندر محسوس کرنے سے عاری تھی۔

اگر میری ساس کا بس چلتا تو وہ خود گڈو کی بیوی بن جاتی اور ساری عمر اسے اپنے پروں تلے

یون چھپائے رکھتی جیسے بلیّ سوں سوں کرتی اور انڈوں کو سیتی ہے۔ کبھی کبھی گُڈو پلنگ پر پیشاب کر دیتا تو چوری چوری خود ہی چادریں گدے دھو دیتی۔ مجھ پر گُڈو کی دیکھ بھال کا کوئی بوجھ نہ تھا۔ میں اپنی ساس کو دیکھ کر سوچتی رہتی، ایک انسان کی اتنی ساری کمزوریوں پر کوئی اس نفاست سے پردہ ڈال سکتا ہے؟ اتنی بڑی کوتاہی کے باوجود اس نے اس قدر جی جان سے قبول کر سکتا ہے؟ کبھی کبھار مجھے لگتا ہے جیسے اللہ میاں بھی اپنی مخلوق کو اسی لئے موت کے پردے میں چھپا لیتا ہے تاکہ ابلیس اس کی مخلوق کی کوتاہیوں کا مذاق نہ اڑائے۔ اپنی ساس کے سامنے مجھے اپنا وجود ایک چور کا سا لگتا تھا۔ اس گھر کی ساری آسائشیں سارے آرام، چاؤ، چونچلے بیکار گئے۔ میں گُڈو کے لئے اپنے دل میں جگہ نہ بنا سکی۔ میں کوشش کرتی تھی، عزم کرتی تھی، لیکن جہاں سلائی کی ضرورت ہو وہاں ٹانکے پن سے کام نہیں چلتا۔ جہاں تن دھن سے تپسیا کی ضرورت ہو وہاں وقتاً فوقتاً کی چوما چاٹی سے گزر اوقات نہیں ہو سکتی۔

خدا جانے یہ گُڈو کے باعث ہوا؟

خدا خبر ماں کی موت کے بعد میرا دل خالی پنجرے کی طرح ہو گیا تھا۔

یا اللہ کی مرضی تھی۔

زندگی کبھی سیدھا راستہ نہیں پکڑتی۔ اسے تنگ پگڈنڈی، بنجر راستے، پتھریلے، کھنگریالے مقامات سے گزرنے کا بہت شوق ہے۔ مرغزاروں میں چلنے والے جان بوجھ کر کانٹوں سے الجھتے ہیں۔ امیروں کی زندگی میں ہمیشہ ڈاکٹر، دکھ اور بڑے بڑے ناسور ہوتے ہیں۔

یہ دوسری بار تھی!

جب میرا بایاں پاؤں آخری سیڑھی پر اور میرا دایاں پیر سنگ مرمر کے خوبصورت فرش سے چھ انچ اونچا تھا، میری ساس نے پیچھے سے میرے بال پکڑ لئے، جو انسان گناہ کے احساس سے میری طرح بوجھل ہو وہ تو اپنے پاؤں پر مشکل سے کھڑا ہو سکتا ہے۔ اسے گرانے کے لئے مار پیٹ دھول دھپے کی ضرورت نہیں ہوتی۔

بول، یہ آدھی رات کو تو کدھر سے آ رہی ہے؟...... بول حرام زادی!

میرا سر پکے فرش سے گالف کی گیند کی طرح ٹکرایا۔

اوپر نہ کمرہ، نہ پاخانہ...... صرف برساتی میں اتنی رات گئے تو کیا کرنے گئی تھی؟ نامراد بول!

میرا دل و دماغ، روح، خصلت سب پتھر کے ہو چکے تھے۔

بول کون تھا وہ؟ کون ہے ہماری عزت کے ساتھ کھیلنے والا......؟

میری ساس تیسری منزل کو جانے والی سیڑھیوں پر بیٹھی زار زار رو رہی تھی اور اوپر برساتی میں کمبل اوڑھے، دسمبر کی سردیوں میں میرا سسر ٹھٹھر رہا تھا۔ میں اپنی ساس کو کیا بتاتی کہ میں اس کی عزت

کے ساتھ کھیلنے والی نہیں ہوں۔ میں تو اس کی عزت بنانے والی ہوں۔ لیکن کچھ باتیں جب ہونٹوں پر آتی ہیں تو عجب قسم کا جھوٹ لگتی ہیں۔

کون تھا اوپر؟ کون ہے ہمارے گھر میں سیندھ لگانے والا؟ مردار، حرام خور، احسان فراموش، کچھ تو بول! میں ٹھنڈے فرش پر چت لیٹی تھی اور سوچ رہی تھی کہ اپنی ساس کو کیا بتاؤں۔ کہاں سے شروع کروں اور کہاں جا کر ختم کروں؟ کیا وہ اتنی ساری الجھاؤ کی باتیں سمجھ بھی سکے گی؟

سن ہاجرہ! یا تو تو اس کا نام بتا دے سیدھے سبھاؤ یا پھر میں تجھے کھڑے کھڑے طلاق دلا دوں گی۔'' مجھے اپنی ساس سے پیار ہو گیا تھا۔ میں اسے سیدھے سبھاؤ کیسے کسی کا نام بتا سکتی تھی؟

ہاجرہ! میں نے تیری کیسی کچھ خدمت نہیں کی اور اس کا تو نے یہ بدلہ دیا کلموہی......؟ بول بتا اس کا نام، دیکھ میں نے آج تک کسی پر ہاتھ نہیں اٹھایا لیکن......لیکن بول ہاجرہ، بتا تو کون تھا اوپر......؟

میں اپنی ساس کو کیا بتاتی کہ میں نے بھی اس کی خدمتوں کے بدلے میں اتنی بڑی گناہ کی گانٹھ سر پر اٹھائی تھی۔ گانٹھ بازار کی ان گانٹھوں سے مشابہہ تھی جن سے پرانے بودار استعمال شدہ صاحبوں کے کپڑے نکلا کرتے ہیں۔

شروع سردیاں تھیں۔ جب ایک روز میرا سسر میرے پاس آیا۔ اس روز گھر کے تمام لوگ گڈو کو لے کر ایک مزار پر دیگ چڑھانے گئے ہوئے تھے۔ مجھے بخار تھا اس لئے میں ان کیساتھ نہ جا سکی تھی۔ میرے دروازے پر ہلکی سی دستک ہوئی، جیسے کوئی چڑیا آ کر بار بار راستہ تلاش کرنے میں ٹکرا رہی ہو۔ بڑی دیر بعد ایک مری سی آواز آئی 'ہاجرہ......!

میں نے دروازہ کھولا تو میرا سسر کھڑا تھا۔

کیسی طبیعت ہے اب......ٹھیک ہے جی......

جب میں لوٹنے لگی تو اس نے میری کلائی پکڑ کر بڑی نرماہٹ سے کہا ''ڈاکٹر صاحب آئے تھے؟......آئے تھے جی......

بڑی دیر تک وہ پلنگ کے پاس صوفے میں بیٹھ کر دوائیوں کے پمفلٹ پڑھتا رہا۔ شاید وہ اپنے اندر نفس مضمون تیار کر رہا تھا۔ جب میں نے تھک کر اس کی طرف پشت کر لی تو وہ کھنکار کر بولا۔

تم سے ایک بات کرنی ہے ہاجرہ! پتا نہیں تم میری بات کو کس روشنی میں سمجھو......؟

جی فرمائیے......گڈو میرا اکلوتا بیٹا ہے اور میری ساری جائیداد اس کے نام ہے......

اللہ نے چاہا تو گڈو صاحب ٹھیک ہو جائیں گے جی......امی جی ترت مراد کے دیگ چڑھانے گئی ہیں۔ ٹھیک اس نے کیا ہونا ہے، امریکہ تو میں پھر آیا......ایک صورت ہے......

کون سی صورت تھی؟ اس کے انتظار میں میں کتنی دیر ان کی طرف دیکھتی رہی۔

گڈو کے اگر بچہ ہو جائے تو میری عزت بچ سکتی ہے۔اس گھر کا بوٹا ضرور لگنا چاہئے۔

پھر یک دم میرے سسر کی آنکھوں سے آنسو بہنے لگے،قطرہ قطرہ......

مجھے یہ معلوم نہ تھا کہ اس گھر کو بوٹا کیوں لگنا چاہئے اور بوٹا لگنے سے کسی کو کیا فائدہ ہوتا۔لیکن مجھے اپنے بوڑھے سسر پر ترس آرہا تھا۔

مجھے بچالو،میرے گھر کی خوشی کو بچالو......اس گھر کی عزت،خوشی،نام سب کچھ تمہارے ہاتھ میں ہے ہاجرہ!......میری ساس تیسری منزل کو جانے والی سیڑھی پر بیٹھی احسانات کی وہ فہرست گنوار ہی تھی جو اس تھوڑے سے عرصے میں اس نے مجھ پر کئے تھے۔باڑے کی شاپنگ،ہوٹلوں کے ڈنر،فلموں کے نام بار بار اس کے ہونٹوں پر آرہے تھے۔دور کہیں ایک مرغ۔صبح خیز باریک سی آواز میں اذان دے رہا تھا۔ مجھے اپنی ساس کا وجود پٹا کھائی گیند کی طرح نظر آرہا تھا۔وہ بھی اپنے دیوانے بیٹے کے عشق سے ٹکرا ٹکرا کر زخمی ہو چکی تھی۔اس وقت پتا نہیں کیوں مجھے اپنی ماں بہت یاد آرہی تھی!

میں اپنی ساس کو کیا بتاتی کہ مجھے بھی گرز گاؤ سرز یر نہ کر سکتا تھا۔مجھ پر ڈاکہ ڈالنے والے نے ابریشمی کمند کو استعمال کیا تھا۔میں اپنی ساس کو سمجھا نہیں سکتی تھی کہ جو رشتہ عزت بچانے سے شروع ہوا تھا وہ حمل ٹھہر جانے کے بہت بعد تک کیوں جاری رہا؟ کئی باتیں تاریخ کے واقعات کی طرح ہوتی ہیں۔ان کی کئی تاویلیں کئی تصویریاں تو ہو سکتی ہیں،لیکن سچائی اور اصلیت تک پہنچنا قریب قریب ناممکن ہے۔

بتا ہاجرہ میں آخری بار پوچھ رہی ہوں،آخری بار بتا ہماری خوشیوں سے کھیلنے والا کون ہے۔

میری ساس بیچاری،ممتا کی ماری ہوئی کیسے سمجھ پاتی کہ جب سے دنیا بنی ہے،ایک ہی کھیل انسان کا سچا اور اصلی کھیل رہا ہے۔اگر لوگوں نے اس کھیل کے ساتھ عزت کو نتھی نہ کیا ہوتو بنی نوع ہنستے کھیلتے بہت دور نکل جاتے۔اب تو بندھے ٹکے اصولوں سے کوئی رتی بھر بھٹکا اور عزت کے لالے پڑ گئے۔خدا جانے پہل کس کافر عشق نے کی۔اور افزائش نسل کے کھیل کے ساتھ عزت کا تصور تعویذ کے طور پر باندھ دیا۔پتہ نہیں کہ کس صدی میں کس نئی سوچ والے نے مذہب عشق اور جسمانی تعلقات کی ضرورت کو یکجا کر کے حدیث عشق تیار کی۔اب تو عزت،اعضائے جنس اور محبت ایسے عجیب قسم کے تکون بن گئے ہیں جن کا ہر زاویہ صلیب کی طرح زاویہ قائمہ اور ہر ضلع قیامت سے بھی لمبا ہے۔

ہاجرہ!میں آخری بار پوچھ رہی ہوں،تیرے پیٹ میں کس کا تخم ہے......؟

میرے جی میں آئی چیخ کر کہوں،آج تک کسی کو میرے حمل کی خوشی نہیں ہوئی۔جو بھی جاننا چاہتا ہے یہی جاننا چاہتا ہے کہ حمل کس کا ہے؟ کیا حمل بذات خود کوئی حیثیت نہیں رکھتا؟ کیا اس حمل کی خوشی کی جا سکتی ہے جو جائز بندھے ٹکے اصولوں کے تحت ہوتا ہے؟ اگر فطرت کا بھی منشا یہی ہوتا تو عورت کو اپنی اولاد سے کبھی پیار نہ ہوتا۔

بول ہاجرہ! کون ہے وہ......؟ اگر بتا دے گی تو قسم خدا کی میں حرام کی اولاد کو بھی اپنی کہوں گی، پر اگر تو نے نہ بتایا تو......تو تجھے طلاق دلوا دوں گی......"

میں اپنی ساس کو بتانا چاہتی تھی، لیکن مجھے اس عورت سے پیار تھا، اس کے دکھ سے گہری ہمدردی تھی۔ میں ایک ہی جملے میں اس کا دوہرا نقصان نہیں کر سکتی تھی۔

میں اپنے گھر چلی آئی...... چپ چاپ!

یہاں ہر وقت میرا ابا رہتا تھا۔ بولنے، جھڑکنے اور احسان جتانے والی ماں جانے کہاں چلی گئی تھی؟ اور آج اچانک بائیس برس گزر جانے کے بعد......

یہ تیسری بار تھی!

جس وقت میرا دایاں پیر سیڑھی کی آخری ٹیک پر تھا اور میرا بایاں پاؤں زمین سے سوا چھ انچ اونچا تھا، کسی نے پیچھے سے میرا چونڈا پکڑ لیا میرا جسم تو پہلے ہی زینہ اترنے سے ہانپ رہا تھا، اسے زمین پر گرتے دیر نہ لگی مجھے یوں لگا جیسے گرتے ہی میری کنپٹی سے ہلکی سی خون کی دھار نکلنے لگی ہے۔

اس وقت آدھی رات کو تو کہاں سے آ رہی ہے ماں؟...... بول، بتا...... اور دوسری منزل میں تیرا کیا کام تھا اس وقت؟

میں چپ رہی۔ جوان بیٹے کو میں کیا بتاتی کہ بیٹوں کو پالنے میں ماؤں کو کیا کچھ کر گزرنا پڑتا ہے۔

میں نے ادھر ادھر سے بہت سی باتیں سن رکھی ہیں۔ تیرا کیا تعلق ہے مالک مکان سے؟ بول...... شیخ صاحب سے تیرا کیا ناطہ ہے؟

میں چپ رہی۔ میں اسے کیا بتاتی کہ شیخ صاحب ہمارے محسن تھے۔ انہوں نے برسوں ہمارا ساتھ دیا تھا۔ کرائے کے پیسے کبھی وصول نہیں کیے تھے اور اس کے علاوہ ہر طرح کی مدد کی تھی۔

میں...... میں تجھے کیا سمجھتا تھا ماں...... میں میں سمجھتا تھا تو جنت کی حور ہے، فرشتہ ہے، میں سمجھتا تھا کہ...... کیا ہوا میرا باپ دیوانہ تھا، میری ماں تو......"

جوان آدمی کے آنسو بے دریغ اس کی آنکھوں سے برس رہے تھے۔ وہ بچپن سے آج تک کی ساری محرومیاں گنوا رہا تھا۔ باپ کے گھر سے ٹوٹی ہوئی ہر آس اسے ڈس رہی تھی۔ وہ اپنے آپ سے جھگڑ رہا تھا، دنیا سے جھگڑ رہا تھا۔

بول کون تھا اوپر...... بول ماں شیخ صاحب سے تیرا کیا ناطہ ہے......؟

پہلی بار میری زبان کھلی۔ چپ کے مہیب دہانے سے آواز آئی......

"میرا کسی سے کبھی بھی کوئی ناطہ نہیں رہا بیٹا!"

میرا کسی سے بھی کوئی ناطہ نہیں رہا......

●●

امر بیل

● جمیلہ ہاشمی

● چاند ابھر کر میری کھڑکی کے برابر آن رکا ہے۔ پر بہو نہ جانے اب تک کیوں نہیں آئی۔ دور مندر میں مردنگ پر کوئی بھگوان کی لیلا گا رہا ہے۔ بہو آئے گی تو اس کے بچھوؤں کے بجنے سے جیسے ٹھہرے پانی میں پتھر گرے ذرا سا راگ پیدا ہوگا۔ پھر وہ سولہ سنگار کئے آن کر میرے چرن چھوئے گی اور سر جھکا کر کھڑی رہے گی۔ میں اس کو آشیر بادوں گی سدا سہاگن رہنے کی، سدا سکھی رہنے کی، سدا جوان رہنے کی، سو ہیر جوان بیٹوں سے گود بھرنے کی، عورت کی آشائیں کتنی کم ہیں۔ وہ گھنے پیڑ کی طرح دھرتی کی گود سے نکل کر اس پر چھا جانا چاہتی ہے۔

ہر کرواچوتھ پر یہی ہوتا ہے نندلال کی ستونتی بہو برت کھول کر ایک سال کے بعد اس اندھیری گلی میں جو بڑے گھر کے پچھواڑے سے پرانے گھر کے آنگن میں آن نکلتی ہے گزر کر میرے پاس آشیر باد لینے آتی ہے۔ میری باتیں سن کر اس کا چہرہ پھول کی طرح ہولے ہولے کھلتا ہے۔ نیلی ساڑھی میں اس کا تراشا ہوا جسم جیسے کسی مورتی کا بت بھلا لگتا ہے، گلال سے لال کئے ہوئے پاؤں میں بچھوئے پور پور سنگار کئے ہوئے وہ ایسا دیولا لگتی ہے جس سے سارا جگ روشن ہو جائے۔ جوانی تو آپ روشنی ہوتی ہے۔ کبھی کبھار مجھے یوں جان پڑتا ہے جیسے اس کے چہرے سے چاند کی کرنیں نکل رہی ہیں۔ اور کیا پتہ ایسا اس لئے لگتا ہو کہ میری آنکھوں میں اب جوت نہیں رہی اور مجھ سے خود سیدھا کھڑا نہیں ہوا جاتا کرواچوتھ کی اس رات جب میں سنگار کر کے آدھی رات کو دیا جلاتی ہوں تو میرے ہاتھ کانپتے ہیں اور آگے پیچھے سنسناتے اندھیروں میں سے کسی کے قدموں کی چاپ اس چپ کے جادو کو نہیں توڑے گی جو جنم جنم سے میرے نصیب میں لکھا ہے پھر دیئے کی لو ساری رات مدھم مدھم جلتی رہتی ہے۔ اور چاند آنگن کی اس دیوار سے پرے ڈوب جاتا ہے جب یہ دیا جلتا ہے تو مجھے معلوم ہے وہ زندہ ہے وہ جس کے لئے میں ایسا پیڑ بن گئی ہوں جس میں نہ پھول آئے نہ پھل۔ وہ جس کی ایک جھلک دیکھ کر میں نے اپنا سارا کچھ تج دیا تھا۔ میرے لئے کرواچوتھ پر دیا جلانا اور سنگار کرنا دھرم کے سمان ہے۔

پر بہو ابھی تک نہیں آئی اور کھڑکی کے کھلے پٹ ہوا کے زور سے یوں بج رہے ہیں جیسے دو آتمائیں گلے مل رہی ہوں چاند ابھرتی ڈوبتی ناؤ کی طرح گھٹاؤں میں سے بہتا جاتا ہے اور جب وہ ابھرتا

ہے تو کھڑکی کے ساتھ لگی بیل کی ایک کونپل چمک اٹھتی ہے جیسے اس میں جوت سما گئی ہو۔ ساری جوان چیزیں روشنی ہیں اور سارا اندھکار بڑھاپا ہے۔ پر جب چاندی کے دیولے کی لو بھڑکتی ہے تو اس ننھے سے شعلے سے جانے کیوں یوں لگنے لگتا ہے کہ میں نے اپنے بالوں کی سفیدی میں سیاہی بھر لی ہے اور سنگار نے مجھے ویسا ہی چنچل بنا دیا ہے، جیسا کہ بہو کو۔

اب یہ بھی تو میرا ایک وہم ہے کہ دیا ضرور جلایا جائے اور وہ جس کے لئے یہ ساری دیوالی میں برسوں سے جلا رہی ہوں اسے اس کی خبر بھی نہیں۔ من ہی من میں ہنس دیتی ہوں۔ دھیرے دھیرے بند کواڑوں کو کھولتی ہوں وہ مورتی اس آسن پر رکھتی ہوں۔ اپنے سہاگ کے لئے پرارتھنا کرتی ہوں۔ آدمی کبھی کبھار پاگل کیوں ہو جاتا ہے۔ ایسے سپنے کیوں دیکھتا ہے جو کبھی سچے نہ ہوں گے، ایسے راستوں پہ کیوں چلتا ہے جو کہیں نہ پہنچیں گے پہلے پہل میں نے اپنے آپ سے بہت باتیں کی ہیں۔ اب تو ایسا سناٹا ہے مانو کوئی آواز کبھی تھی ہی نہیں، باندیاں کہتی ہیں۔

کیسی بڑھیا ہے، کبھی مندر تک نہیں گئی۔

نندلال کے بیٹے کہتے ہیں۔

ابھی تک ماں کا دماغ ٹھیک نہیں ہوا۔

بہوئیں اپنے بچوں سے کہتی ہیں۔ ''دیکھو دادی ماں کو ستانا نہیں انہیں آرام کرنے دو چپ رہنے دو کبھی کبھار جا کر پرنام کر آیا کرو۔''

اور وہ خود بھی بس کرواچوتھ کو اشیرباد لینے آتی ہیں دور کھڑی رہتی ہیں اور میرے چہرے پر ٹھہراؤ، سناٹے اور چپ کو دیکھ کر سوچتی ہیں جانے اس کا جی اس قید سے گھبراتا بھی نہیں ہے۔

پھر میرے چرن چھو کر وہ واپس چلی جاتی ہیں اور ان کے پیچھے ان کے بچھوؤں کے گیت گونجتے رہتے ہیں ان کے چہرے سے نکلی کرنیں مجھے کھینچ کر پیچھے لے جاتے ہیں مانو میں ایک کمزور ناؤ ہوں، لہروں کے تھپیڑوں سے کبھی آگے جاتی اور کبھی پیچھے آتی۔

اندھیری گلی میں بہو کے قدموں کی چاپ سنائی دے رہی ہے میں نے سنگار کا پٹارہ پرے کھسکا دیا ہے، بہو آگے آؤ دوار میں کیوں کھڑی ہو میں تو کب سے تمہاری راہ دیکھ رہی ہوں۔

''ماں جی آج کیسی تیز ہوا تھی مندر میں جانے کہاں سے جھونکا آیا کہ میرے دیئے بجھ گئے اب کیا ہوگا؟'' اس کی آواز میں آنسوؤں کی رندھن ہے۔

''دیئے بجھنے سے کوئی فرق نہیں پڑتا بہو رانی۔ تم وہموں میں مت پڑو۔ تم نے پھر سے انہیں جلا لیا ہوگا'' میں اس کے سر پر ہاتھ پھیر کر کہتی ہوں، اس کے نرم بالوں کی سیاہی پر میرے کھردرے ہاتھوں کی سفیدی بڑی عجیب لگتی ہے۔ بہو کے بالوں میں پھول ہیں اور ان کی سوگندھ سے میری کوٹھری

مہک اٹھی ہے۔ وہ میرے پیروں میں بیٹھی ہے اور بڑی اداس لگ رہی ہے اس کی بڑی بڑی آنکھوں میں آنسوؤں کی جوت ستاروں کی طرح لگتی ہے۔

پھر میری باتیں سن کر اس کا دل کچھ ٹھکانے ہوا ہے وہ کھڑکی سے باہر چیکنے والی کونپل کی طرح خوش ہو رہی ہے۔ سر اٹھا کر اس نے اس اندھکار سے بھری کوٹھری میں ادھر ادھر دیکھا ہے کالے بادلوں کی فوجیں کھڑکی کے سامنے سے اڑتی جاتی ہیں۔

''ماں جی دیئے بجھنے سے تو کچھ نہیں ہوتا۔ میں کل پوجا کروا دوں گی۔ برہمنوں کو بھوجن کراؤں گی پر ماتما اس کٹھن گھڑی کو ٹال دیں۔'' اس کی آنکھوں میں امید ہے۔

ہاں بہو نراش ہونے کی کوئی ضرورت نہیں۔ اب جا کر سو جاؤ تم کو اچھے سپنے دکھائی دیں گے۔''

بہو کے بچھوے اندھیری گلی میں بج رہے ہیں۔ اب وہ بڑے گھر میں چلی گئی ہے۔ اس کے اور میرے درمیان ساری بیتی صدیاں ہیں۔ وہ سارے زمانے جو ہم سے پہلے گزر چکے ہیں وہ وقت بھی جو ہم نے الگ گزارا ہے۔ اب سوچتی ہوں تو لگتا ہے بہو نے اور میں نے کبھی چار گھڑی بھی ایک ساتھ نہیں گزارہ کیا۔ اور پھر بھی وہ میری بہو ہے۔ انسانوں کا ایک دوسرے کے ساتھ ناطہ کتنی کچی ڈور میں بندھا ہے۔ آدمی ایک دوسرے کو کتنا کم جانتے ہیں اور پھر بھی کتنی کچی ڈور میں بندھا ہے۔ آدمی ایک دوسرے کو کتنا کم جانتے ہیں اور پھر بھی کتنا ہنستے ہیں اور آج تک کوئی بھی تو ایسا نہیں جس کو میں اپنا کہہ سکوں۔ جو میرے اتنے قریب رہا ہو جس نے میرے دل میں جھانکا ہو جس کو میں نے اپنی ساری پاگل آشائیں اور دیوانے خیال بتائے ہوں سارے آدمی اکیلے کیسے گزر جاتے ہیں اور وقت کیسے بیت جاتا ہے۔

آئینہ دیکھتی ہوں تو کہتا ہے۔ بڑی بہو رانی سے بیت گیا ہے۔ پدمنی سے بیت گیا ہے ستونتی سے بیت گیا ہے۔ ستی ساوتری سے بیت گیا ہے، وہ جس کے سہاگ کے لئے میں یہ دیا جلاتی ہوں وہ بھلا میرا کون ہے؟ میں نے اسے دیکھا ہی کب ہے؟

سہاگ کا پٹارہ کھلا رکھا ہے یہ سولہ سنگار کیوں کرتی ہو پدمنی۔ دبے قدموں چپکے چپکے کوئی بھی تو تمہارے پیچھے نہیں آئے گا۔ کوئی تمہارے آنکھوں پر ہاتھ نہیں دھرے گا۔ کوئی تمہیں کندھوں سے پکڑ کر اپنے سامنے کھڑا نہیں کرے گا، تم ہاتھوں کو لال کیوں کرتی ہو۔ پٹارے میں سوکھی لالی کی طرح ہاتھ بھی سوکھے ہیں۔

پرم آتما

اور یہ ریکھائیں تو اب مٹ گئی ہیں۔

اور ان ہاتھوں مین اتنی ہمت بھی تو نہیں کہ آئینے کو سیدھا پکڑ سکیں دیئے کی کانپتی لو کی طرح

کانپتے ہاتھوں میں اب ہمت کہاں سے آئے گی۔

اور نندلال کو مرے بھی تو زمانے بیت گئے ہیں۔

چاند اب بوڑھے برگد کی اوٹ میں ہو گیا ہے اور ہلتی شاخوں میں سے چاندنی کھڑکی کی چوکھٹ پر سے پلٹ پلٹ جاتی ہے۔

پورب کی ہوا میں منت کرتی ہوں آج کی رات تو میرے دیئے کو جلنے دینا۔

مگر پورب کی ہواؤں نے کبھی میری سنی ہے جو آج سنیں گی۔

میں نے کبھی کبھار کتنی منتوں سے کہا ہے کہ اس دیس کی باس تو میرے لئے لادے وہ دیس جس کی مٹی نے مجھے جنم دیا تھا وہ مٹی جس کی باس نندلال کہتا تھا کہ میرے انگ انگ میں رچی ہے۔ اس دیس کی راتوں کی سیاہی میرے لمبے گھنے بالوں میں تھی۔ ان برساتوں کی طرح میری آنکھوں نے برس برس کر اس پرانے دیس میں راتوں اور دنوں کا فرق مٹا دیا تھا۔

میں تو ایسے پودے کی طرح ہوں جسے کسی نے ایک جگہ سے اکھاڑ کر دوسری جگہ لگانے کی کوشش کی ہو، پرائی دھرتی نے مجھے سویکار نہیں کیا، میں ایسے ٹھنٹھ کی طرح ہوں جس پر کوئی کوئل کبھی نہیں گائے گی۔

پرندے پر مارتے تیز تیز اڑتے ہوئے میرے قریب سے نکل جائیں گے اور کبھی کسی نرم پروں والی بھولی بھالی چڑیا کے کمزور پاؤں مجھے نہیں چھو سکیں گے۔ تالوں میں جل پریوں کی طرح نہاتے غوطے لگاتے، چمکتی جھاگ اڑاتے۔ ناریل کے پیڑوں سے گھرے گاؤں میں رہتے۔ میں رکمنی سے اور ماں سے بچھڑ گئی۔

وہ گاؤں میری یاد پر یوں ابھرتا ہے جیسے دھند کے پرے سے بادلوں پر بنی شکلیں دکھائی دیں۔

مینا متی کے کھنڈروں میں آنکھ مچولی کھیلتے رکمنی کو اور مجھے ایک پتھر کا ٹکڑا ملا تھا۔ ایک دیوی اور دیوتا کی مورتی تھی۔ جب ہم نے اسے تالاب کے پانی میں دھویا تو میل مانجھے سے چھوٹ گیا اور وہ پتھر چاند کی طرح پیلا نکل آیا، ماں نے ہم سے لے کر اسے طاق میں سجا دیا تھا، بھگوان کی مورتی کے ساتھ ساتھ روز اس پر بھی پھول چڑھاتی اور اس کے آگے بھی ماتھا ٹیکتی۔ اس سال مجھے یاد ہے گاؤں والے بہت نہال ہو گئے آکاش سے مانو چاندی کی برکھا ہوئی۔ مچھلی بیچنے سے دھان بیچنے سے ہر گھر میں مانو لکشمی دیوی آ گئی، ان دنوں بابا نانس کے گھر سے باہر چوپال میں بیٹھے گڑگڑی پیا کرتے اور بہت خوش رہتے۔ گائیں خوب دودھ دیتیں ماں روز ہم کو بھات کی کھیر پکا دیتی، جس میں خوب تیز میٹھا ہوتا۔ وہ مٹھاس میری زبان پر چپک سی گئی ہے۔ دنیا کی ساری چیزیں ملیں مجھے اتنا بڑا گھر، دھن دولت، پر وہ مزا میں بھول نہیں سکی۔

نئے نئے کپڑے پہن کر ہم لوگ میلہ دیکھنے جاتے ہیں، ہاٹ بازار میں ماں جب مچھلی دے کر آتی تو اس کی ساڑھی کے پلو میں بندھے اور کر مُن اڑ سے پیسے ہم کو دور ہی سے دکھائی دے جاتے۔ ان دنوں اس نے سونے کی تھلی بنوا کر مجھے اور رکمنی کو دی۔

تاڑی پی کر ناچنے والوں کے قدموں میں جادو سا لگتا۔ اور تاڑی کی باس سے بے ہوش کھیاں ناریل کے پیڑوں کے نیچے جھومنے لگتیں۔ ہمارے گھر میں طاق پر سجے دیوی دیوتاؤں کی آنکھوں میں نکھار سا آ تا گیا۔ میں اور رکمنی بھی چپکے کھنڈروں سے لائی ہوئی مورتی کو اتار لیتیں اور اپنی گڑیوں کے گھر میں رکھ کر ہمسائے میں کھیلنے چلی جاتیں کئی دفعہ ماں نے منع کیا تھا کہ مورتیوں سے کھیلو تو اتنا بڑا پاپ ہوتا ہے جس کا پرانشچت نہیں ہوسکتا۔ پر ان دنوں جب ساری دنیا کھلونا لگتی ہو، مورتیوں سے نہ ہی ڈر لگتا ہے اور نہ ہی پاپ سے۔

پھر برسات لگی اور آکاش بھی برس کر گاؤں میں آن بسا۔ گاؤں تالاب بن گیا اور بانس کے گھر بارش میں بہہ گئے وہ طاق جس پر مورتیاں بجی تھیں، اندھیرے میں گم ہو گیا۔ یہاں آ کر جب میں نے مٹی کی ایسی مورتی دیکھی ہے تو مجھے پتہ چلا ہے کہ وہ دیوی ہارتی تھی زندگی کی دیوی۔ جو ناراض ہو جائے تو گود سونی ہو جاتی ہے دیوی جو خوش ہو تو گھر بچوں سے بھر جاتا ہے۔ دیوی جس کی مدھر مسکان عورت کو دھرتی کے سمان بنا دیتی ہے۔ اور وہ دیوتا ہے دولت کا دیوتا سونے روپے، کھیتوں پر برستے ہن کا ہاٹ بازار میں ماں کے پیسوں سے بوجھل پلو کا بابا کے چوپال میں بیٹھ کر باتیں کرنے اور تاڑی کی باس پر مست ہو کر جھومتی مکھیوں کا۔ اس اندھیر کی سمجھ مجھے آج تک نہیں آئی کہ دیوی دیوتا سے کھیلو تو پاپ ہوتا ہے۔ پر اگر دیوی دوتا ہم سے کھیلیں تو؟ ہم کیا کھلونے ہیں؟

میناماتی کے کھنڈروں میں سے نکلی بدھ بھگوان کی سیاہ پتھر کی مورتی کو میں پہروں دیکھا کرتی تھی۔ جب گائے کو لے کر چرانے نکلتی تو چھوٹی چھوٹی ندیوں کو پھلانگتی میں اس چپ کے شہر میں چلی جاتی، دیواروں پر بنی مورتیوں کو دیکھتی۔ اجڑے ہوئے پوجا گھروں میں جا کر مورتی کے آسن پر بیٹھ جاتی۔ سانس روک کر اپنے آپ کی طرح سمجھتی جس کو دیکھنے کا حکم ملا ہے کچھ کہنے کا نہیں۔ بالوں میں پھول سجائے بچے کی جگہ کسی اینٹ پتھر کو گود میں اٹھائے ہارتی دیوی بن جاتی۔ رکما بھی ہنستے ہنستے دوہری ہو کر مجھے اکیلا چھوڑ کر بھاگ کھڑی ہوتی۔

ارے میری میا۔ گائے تو جانے کہاں گم ہو گئی ہے اور میں بھی پتھر کو پھینک پھانک ان دیواروں پر سے پھلانگتی ہوئی گائے کی بچھیا کو پکارنے لگتی۔

گاؤں کی عورتیں میری ماں سے کہتیں۔ ''اری تیری بیٹیاں کھنڈروں میں گھومتی پھرتی ہیں تجھے ڈر نہیں لگتا جانے کیسی کیسی بری آتمائیں ان میں پھرتی ہوں گی''۔

اور میری ماں ہنس کر کہتی۔ ''ہر کسی کو مرنے کے بعد دھرتی میں ملنا ہے۔ شمشان کی راکھ دھول اور ہوائیں، تمہیں اور مجھے سب کو ایک ہی راہ سے لے جائیں گی۔ جب یہ گاؤں بستا ہوگا تو کیسی کیسی ستونتیاں کیسی کیسی صورتیں یہاں نہ ہوں گی۔ مورتیوں پر روز پھول چڑھتے ہوں گے تالابوں میں چاندی کے سے جسم والی ناریاں تیرتی ہوں گی۔ مندروں کی چوکھٹ پر ماتھا ٹیک کر کیسے کیسے لوگ اندر گئے ہوں گے جن کی کوئی نشانی بھی اب باقی نہیں بچی۔ ارے انت تو سب کا ایک سا ہے۔ جو کچھ نصیب میں ہوتا ہے۔ ہو کر رہتا ہے۔

ساری بری آتماؤں نے مجھے تاک لیا۔ لوگ سچ ہی تو کہتے تھے۔

راہ کے کنارے گھنے جنگل سے باہر بوڑھے برگدوں کے نیچے سرداروں کے پتھر کے تخت تھے جن پر بیٹھ کر وہ فیصلے کرتے تھے، پر کاش کی پوجا کرنے والے وہ لوگ کیا کیا نہ سوچتے ہوں گے اور پھر ہولے ہولے پتھر جیت گئے اور ہار آدمی کی ہوئی کہ ہار سدا آدمی کی ہوتی ہے۔

گھنے درختوں اور بیلوں سے پرے ایک تالاب تھا۔ جہاں صدیوں پہلے رانیاں اشنان کرتی تھیں، سنگ مرمر کی پچاس ساٹھ سیڑھیاں اور نیچے پانی بھرا ہوا کنڈ جس میں پانی ابلتا ہوا اور صاف تھا۔ میں اور رکما کسی کو نہ بتاتیں جیسے وہ ہمارا خزانہ ہو کنڈ سے پرے ایک ٹوٹی دیوار کی اوٹ میں ایک کمرہ تھا۔ بڑی سہانی باس اس جگہ سے آتی ۔ ہوا نہ بھی چلتی ہوتی تو بھی دوپہروں کے سناٹے میں تیز بو سی میرے نتھنوں میں گھس آتی ۔ ہم دونوں ڈرتے ڈرتے وہاں جاتیں۔ ہمارے دل اچھلتے ہوئے منہ کو آتے ہوئے گلے کے قریب سانس اٹکتی ہوئی اور پھر ان سیڑھیوں پر بیٹھ کر میں رکما سے کہتی۔

''دیکھتی ہو میں رانی مینا متی ہوں۔ یہ تالاب یہ سنگار دہار یہ سب کچھ میرے لئے بنا تھا۔ اور رکمنی میری طرف ہنس کر دیکھتی اور کہتی جانتی ہو رانیاں بڑے بڑے محلوں میں اکیلی رہتی ہیں۔ تم نے ماں سے کہانی نہیں سنی کہ راجکمار رانیوں کو بھول جاتے ہیں اور وہ بس پڑی رہتی ہیں۔ وہ کہیں جا نہیں سکتیں۔ کہیں گھوم نہیں سکتیں اور تم تو گائے چراتی ہو تم رانی کیسے ہوئیں۔ میں نہیں مانتی۔ اچھا تم رانی بنو میں تو تمہیں مان لوں گی۔ میں ہار کر رکما سے کہتی، رانی بننے کا یہ کھیل مجھے بہت اچھا لگتا ہے۔

رانیاں نہا کر سنگار کرتی ہوں گی رکما۔

''ہاں یہ دیکھتی نہیں ہو کتنی اونچی دیواریں ہیں یہ وہ جگہ ہے جہاں رانیاں اور کنڈ را اور سنگار دہار ہے۔ یہ جھروکے ہیں'' رکما ٹوٹی دیوار میں کہیں نہ کہیں انگلی لگا کر کہتی ہے۔

آج سوچتی ہوں سچ مچ وہ جھروکوں کے نشان ہوں گے جن میں بیٹھ کر رانیاں باہر جھانکتی ہوں گی اور پھر سہمے سہمے آگے پیچھے دیکھتی ڈرتے ڈرتے قدم دھرتی دالانوں میں سے گزرتی دھڑکتے دلوں کے ساتھ اپنی یادوں اور سپنوں کو آنکھوں میں چھپائے اوندھی لیٹ کر سوچتی ہوں گی کہ دنیا کتنی پیاری

جگہ ہے جہاں کسی بھٹکتی آتما کو بھی شانتی ملتی ہے۔ جہاں کنڈوں کے ٹھنڈے پانی میں نرملتا ہے، جہاں بن میں منوہر مرلی بجتی ہے اور گوپیاں اس تان کو سن کر بھاگی آتی ہیں۔

اور پھر اس خزانے کے ساتھ ساتھ وہ سارا کچھ مجھ سے چھن گیا۔ رکما جس کو رانی بننے سے چڑ تھی قید ہونے سے چڑ تھی۔ مجھ سے بچھڑ گئی اور میں نندلال کے ساتھ اس پرائے دیس میں لوائی گئی۔

مورتیوں کے ساتھ کھیلنے سے جو پاپ ہوتا ہے، اس کا پرائشچت آج تک نہ ہو سکا ہے۔ دھان اور مہنگا ہوا۔ اور جانے کس جادو کے زور سے ہاٹ بازار سونا ہو گیا۔ جب پانی اترا ہے تو لوگوں نے پھر ٹھکانے بنانے کی بجائے شہروں کی طرف آنا شروع کر دیا۔ گاؤں میں کوئی شے نہ تھی۔ بھائیں بھائیں کرتے راستوں پر بھوک کے لوگوں کے مرے ہوئے بچوں کی بھیڑ بھاڑ تھی اور میناکشی کی طرف جانے والی راہ پر کچھ نہ تھا کئی دنوں سے میں نے کچھ نہ کھایا تھا اور ماں کی اندر کو دھنسی آنکھوں مین ایک سوچ تھی بابا اور وہ ہولے ہولے جانے کیا صلاحیں کر رہے تھے۔

ہمارے پڑوسی اپنی لڑکیاں بیچ رہے تھے۔

میرے بابا نے بھی اپنے پڑوسیوں کی نقل کی، میری مانگ میں جس کا سیندور تھا میرا ناطہ جس سے بندھنے والا تھا وہ تو کئی دن ہوئے مر چکا تھا اور ماں نے میری مانگ کو دھو کر مجھے بہت سے پھول پہنائے، میرے بالوں کو کانپتے ہاتھوں سے سنوارا اور پھر کہنے لگی۔

''پدمنی میرا اس بات پر پکا وشواس ہے کہ جو کچھ بھگوان نے تمہیں دیا ہے جو تم سے ہو رہا ہے جو ہوگا وہ سب پہلے سے لکھا جا چکا ہے اس میں سے نہ تم کچھ مٹا سکو گی اور نہ میں۔ تم نے سدا رانی بننا چاہا تھا ایسے ہی سپنے دیکھے تھے۔ بھگوان تمہیں شاید بنا دیں۔ جیون کا کوئی ٹھکانہ نہیں جانے آدمی آدمی سے کب بچھڑ جائے اور پھر بیٹی کو تو یوں بھی پرائے دیس جانا ہوتا ہے۔ یوں جانوروں کی طرح بھوک کے مرنے سے تو اچھا ہے کہ تم لوگ ایسی جگہ جاؤ جہاں تم کو پیٹ بھرنے کو روٹی تو ملے۔ ہمارا کیا ہے ہمیں تو تم سے بچھڑنا ہی تھا۔''

اس وقت پھولوں کے گہنوں سے لدی خالی پیٹ سے ماں کے سامنے بیٹھی روٹی کی بات سن کر میں خوش ہو گئی۔ میں نے ملنے بچھڑنے کی ساری باتیں ان سنی کر دیں، اور زور سے ماں کے ساتھ لگ گئی۔ میں نے رکما کی طرف دیکھا جو اسی طرح پھولوں سے لدی تھی پر جسے رانی بننے کا ذرا خیال بھی نہیں تھا۔ ناچنے والی سولہ سترہ برس کی شوخ لڑکی تھی اس کی نتھ کے موتی پاؤں کی تھاپ کے ساتھ جگ جگ کرتے تھے۔ اندھیارا کھل کر پورے مندر میں پھیل گیا تھا بانسری پرست کرنے والی دھن چھڑی ہوئی تھی سازندوں کے من جیسے راگ کی لے اور گھنگرو کی جھنکار میں گھلتے چلے گئے کنجی کی مدھر مسکان سب کے دل گرماتی تھی۔ وہ ہاتھوں کی لذت اور سر کے اشاروں سے جادو جگاتی گئی۔ بھگوان کا بھجن سننے والوں کے سر

بل رہے تھے، میں اور نندلال ٹھاکر سادھ بیلا آئے تھے اور پوجا کرنے والوں کی بھیڑ میں گم تھے۔ میرے ساتھ ٹھاکر کے بیٹے تھے اور باندیوں کی پلٹن تھی جانے کتنے زمانوں کے بعد میں نے قدم باہر نکالا تھا۔ لوگ بھگتی رس کے متوالے بھگوان کا نام جپتے مندر میں آرہے تھے۔ بچوں کو درشن کراتے اور مورتی کے سامنے ناچنے والی کے قدم قدم پر اپنی جان لٹا رہے تھے، اندر سانسوں کی گھٹن تھی۔ اور سخت ٹھنڈ ہونے پر بھی جی گھبرا رہا تھا۔ میرا دل ان ہاتھوں کی رت کو مانو جانتا ہو۔ مجھے رکمنی یاد آرہی تھی۔ لوگ ہولے ہولے ایک دوسرے سے پوچھ رہے تھے کہ ناچنے والی کون ہے کہاں سے آئی ہے سوالوں کے جواب کوئی نہیں دیتا تھا ٹھاکر بچوں کے ساتھ باہر جانا چاہتا تھا پر میں ایک کونے میں جمی بیٹھی تھی اور پھر بھیڑ میں سے نکلنے کا راستہ بھی کہاں تھا۔

نندلال پر نئی عورت کے دیکھنے سے وہی حالت طاری ہوتی تھی جیسے روشنی کو دیکھ کر پتنگے کی۔ مجھے معلوم تھا وہ بہت بے چین ہو رہا تھا اور باہر جا کر ادھر ادھر سے پتہ کرنا چاہتا تھا کہ وہ لڑکی جو دیوی کے سامنے ناچ رہی تھی کون تھی؟

مجھے اور رکمنی دونوں کو پھولوں سے سنوار کر جب ماں نے نصیب کے لکھے کے ساتھ جدا کر دیا تو ہم ریل پر سوار ہو کر ڈھیروں مٹھائیوں کے ساتھ ایک ایسے پرائے کے ساتھ جو نہ ہمارے گاؤں کا تھا اور نہ ہمارا ناطے دار مینامتی کے دیس سے یہاں لائی گئیں رکما چھوٹی تھی رونے لگی اور ماں کے لئے اداس ہو جاتی پر میں جس نے سدا رانی بننے کے سپنے دیکھنے تھے سانس روک کر چپ رہتی، مجھے ماں کے کہے پر پورا وشواس تھا جو میرے نصیب میں بدا تھا وہی مجھے ملنے والا۔ ماں نے کبھی جھوٹ بات مجھ سے نہیں کہی تھی۔

میں رکمنی کا سر تھپکتی اور اسے وہ ساری باتیں سنانے کی کوشش کرتی مگر وہ سدا کی چڑیا ہنس کر کہتی "پدمنی جانے تم میرا اور اپنا کیا کرو گی۔ ارے ہم بک گئی ہیں۔ ماں کو میں نے آپ ان انکھوں سے دیکھا ہے کہ اس آدمی سے جسے ہم لوگ چاچا کہتی ہیں۔ پیسے لے رہی تھی جس دن اس نے ہمیں پھول پہنائے تھے کیا اس نے نہیں کہا تھا کہ تم یہاں بھوکوں مرنے سے تو اچھا ہے کہ کہیں ایسی جگہ چلی جاؤ جہاں تمہیں روٹی ملے"۔

تم جھوٹ کہتی ہو ماں کو یونہی دوش دیتی ہو، ماں نے کوئی ہمیں بیچا ہے؟ جب دھان سستا ہو جائے گا اور بابا گاؤں میں گھر بنالیں گے تو ہم واپس چلے جائیں گے۔

نہیں پدمنی اب کبھی ہم ماں کو نہیں دیکھ سکیں گے۔ کبھی ہم اور تم اس دیس کی باس بھی سونگھ نہیں سکیں گے۔ وہ کنڈ اور وہ سنگار دہار، وہ سب چیزیں وہیں رہ گئیں، مینامتی کے بدھ بھگوان کی مورتیاں ،دیوی بارتی اور پنچکا دیوتا تالاب اور درختوں سے بھرے راستے۔

پھر چاچا مجھے ٹھاکر کے پاس لے آئے۔ ذرا سی اگنی جو ہون کنڈ میں نہیں خالی دھرتی پر تھی میرے بیاہ کے بندھن پر مہر لگانے کے لئے کافی تھی اور یوں پدمنی جو گھر سے پھولوں کے سنگھار میں ڈوبی نکلی تھی۔ سونے میں پیلی ہوگئی، گھونگھٹ کے پٹ کھلے تو نند ٹھاکر پیا بن کر ملے، سر کو پلو سے ڈھانپے تانپورے کے تاروں پر انگلیاں چلاتی آنکھیں بند کئے بیٹھی ناچنے والی اب بھجن گا رہی ہے اور لوگ دم سادھے سن رہے ہیں اور میرے سامنے رکھا ہے، سینے میں دل زخمی پرندے کی طرح پھڑ پھڑا رہا ہے۔

ٹھاکر نے میرا کندھا پکڑ کر ہلایا اور کہا "چلو اب چلتے ہیں۔ بھیڑ میں سے آخر راستہ بنانا ہی پڑے گا۔ پھر شام گہری ہو جائے گی تو کھلی ناؤ میں بچوں کو ٹھنڈ لگے گی"۔

میں دیوانوں کی طرح اسے دیکھ رہی ہوں مجھے اس کی بات سنائی تو دی ہے پر مجھ میں اٹھنے کی ہمت نہیں۔ ٹھاکر پھر بھیڑ میں غائب ہوگیا۔ شاید اسے گانے والی کی ٹولی کے اٹھنے پر مورتی کے پچھلے دروازے سے باہر جانے کی خبر ہوگئی تھی۔

مندر کی روشنیاں مدھم ہوگئیں، ساز بجانے والوں اور بھجن گانیوالوں نے تھک کر اپنی آوازیں نیچی کر لیں۔ سندرتا بھگوان کی لیلا ہے، نر بھی اس کی لیلا ہے۔

اور اپنے آسن پر بیٹھی مورتی کے ہونٹ مانو کچھ کہنا چاہتے ہیں۔ پر مورتی کو سب کچھ دیکھنے کا حکم ہے، کچھ کہنے کا نہیں۔

جب میں لڑکوں کے ساتھ باہر نکلی تو سورج دریا کے پانی میں ڈوب رہا تھا۔ لال پانی میں دھارے کے ساتھ کشتیاں گھاٹ سے کنارے کی طرف جا رہی تھیں اور ٹھاکر کا کہیں پتہ نہ تھا۔

پھر گھاٹ کے پاس ایک پیڑ کے نیچے بیٹھ کر میں نے اپنی سوچ کے ڈانڈے اپنے دیس سے ملائے۔ رکمنی کو کہاں کہاں ڈھونڈوں، کیا ایسا بھی ہوتا ہے کہ دو صورتیں ایک سی ہوں۔ میں اور وہ بہت پہلے بچھڑ گئے تھے۔ وہ چاچا جو ٹھاکر کے پاس مجھے لائے تھے۔ انہی سے پوچھوں؟ آج سے پہلے مجھے کیوں یہ بات نہیں سوجھی؟

ٹھاکر ہمیں ڈھونڈتے ہوئے آئے تو میں نے کہا۔

کبھی چاچا تمہارے پاس نہیں آئے؟

کون چاچا؟ اس نے ناؤ والے کو پکارنے کے بعد مجھ سے پوچھا۔

میں نے اسے بہت کم یوں تیزی سے بات کرتے دیکھا تھا سدا اسے اس کے اور میرے درمیان رکھ رکھاؤ کی ایک اوٹ سی ہوگئی تھی۔ وہ لوگوں سے تیز آواز میں بات کرتا ہوتا تب بھی مجھ سے بہت دھیرج اور سہج سے بولتا اس کا اور میرا آمنا سامنا ہی کون سا زیادہ ہوتا تھا، اونچی دیواروں سے گھری گڑھی میں میں باندیوں کی پلٹن کے ساتھ رہتی تھی اور وہ باہر اپنی دنیا میں مگن تھا۔

پھر آپ ہی آپ کچھ سمجھ کر جب ہم سب ناؤ میں بیٹھ چکے تو بولا۔ تمہیں اتنے سالوں وہ بھولے رہے۔ آج کیا بات ایسی ہوئی کہ تم نے انہیں یاد کیا؟

یونہی بس یاد آ گئے، میں نے بہت دھیرے سے کہا۔

ٹھاکر نے شام کے تھمتے شور اور لہروں کے اوپر سے آتی نیلوی دھندلی ہوا میں سے کنارے کی طرف جھانکتے ہوئے کہا وہ تو میرے پاس اس دن کے بعد کبھی نہیں آئے۔

مگر مجھے معلوم تھا وہ جھوٹ کہہ رہا ہے، اسے سدا سے معلوم رہا ہے کہ وہ کہاں تھے۔ اسے یہ بھی پتہ ہوگا کہ رکنی کہاں ہے، مگر جب وہ ایک بار کسی شے سے انکار کر دے پھر وہ کبھی نہیں مانتا، مجھے پتہ تھا کہ اس سے آگے کچھ پوچھنا بیکار ہوگا مجھے اپنے طور پر کھوج لگانا ہوگی۔ میں نے اپنے جی میں ٹھاکر کے لئے بہت نفرت محسوس کی بہت دنوں بعد میں نے اپنے آپ کو قیدی محسوس کیا، ایسا قیدی جس کو پنجرے سے نکلنے کی اجازت نہ ہو۔ مجھے ماں کی سنائی ہوئی وہ ساری کہانیاں یاد آ گئیں جن میں راجکماریاں راجاؤں کے محلوں میں قید ہوتی تھیں، رلیہ کبھی ان کی طرف پلٹ کر نہ دیکھتے تھے اور انہیں دن رات بھگوان کے چرنوں میں پڑے رہنے کے بنا کوئی کام نہیں ہوتا تھا اور پھر جب آنکھیں روتے روتے بہہ جاتیں اور بالوں میں وقت سے پہلے سفیدی ڈیرے ڈالتی تو رلیہ کو بھی بڑھاپے میں شیر و شکار سے فرصت ملتی اور وہ اس کے پاؤں پر گر کر معافی مانگ لیتا۔

کہانیوں میں رانیاں بہت دکھی ہوتی تھیں، پر سونے میں پیلی! ماں جب ان کے زیوروں کے نام لیتی تو مجھے ہنسی آیا کرتی، بھلا ایک لڑکی اتنے بہت سے زیور پہن سکتی ہے؟ بوجھ سے گردن نہ دکھ جاتی ہوگی۔

اور ماں اندھیری کالی راتوں میں چٹائی پر لیٹی ہمارے چاروں طرف رضائی لپیٹتی ہماری ہنسی سے بے پرواہ کہے جاتی، ہمارے دیس میں رانیوں کے قصوں میں جو دکھ ہے وہی شاید راگوں اور گیتوں، بولوں اور لے میں ہے۔ راتوں کو مانجھی ناؤ کھیتے دریا کے دھارے کے ساتھ بہتے جو گیت بنتے ہیں اندھیرے پانیوں پر شکتیوں کو محسوس کرتے، بے نام دیوتاؤں کے سامنے جھکتے وہ جیسے دکھ سے لکھے پر صبر کر کے آگے ہی آگے بڑھتے ہیں اس کو کون سمجھ سکتا ہے، مجھے یاد ہے مینامتی کے کھنڈروں میں گھومتے ہوئے میں نے جنگل کے کنارے کنارے ایک تان سنی تھی، بول نہ تب میری سمجھ میں آئے تھے اور نہ اب پر اس لے میں کچھ تھا کہ جیسے آکاش اور دھرتی سارے دم سادھے سن رہے ہوں، بانسری کی وہ دھن پھر ہوا کے ساتھ دور چلی جاتی۔ اگر رکنی میرے ساتھ ہوتی اور میں چپ ہو کر اس کے کندھے پر ہاتھ دھرے وہ راگ سننے کی کوشش کرتی تو وہ میرا ہاتھ جھٹک دیتی اور کہتی "پدمنی یہ تمہیں کبھی کبھار کیا ہو جاتا ہے؟"

میں اسے چپ رہنے کا اشارہ کرتی تو وہ اور بھی چیخ کر کہتی۔

تم تو پاگل ہوتی جارہی ہو پدما کیا تمہیں سنائی نہیں دے رہا ہے۔

پھر ہوا کے رخ بھاگتی ہوئی وہ کسی اونچے ٹیلے پر چڑھ جاتی۔ وہ ٹیلے مینا متی رانی کے محل کے ہوں گے یا کسی بھکشو کی کوٹھری کے جس میں بیٹھ کر رانی نے اپنے پریم کے نام پر بہت کچھ سوچا ہوگا اور بھکشو نے جیون اور بھگوان اور مورتیوں اور پرم آتما کے لئے سادھی لگائی ہوگی۔

پدما سے ایک گھڑی کیوں لگتا ہے۔؟

طاق میں چاندی کا دیو مالا مدھم مدھم جل رہا ہے، بھگوان یہ سہاگ جو میں نے اپنا سارا کچھ تج کر پایا ہے اس کو تو سدا بنائے رکھنا یہ سہاگ مجھے ہنسی آتی ہے اور میری اس ہنسی میں اپنے گھنگھروں کی جھنکار ملاتی چاندنی کے ساتھ پرانے باغوں پر سے ہوتی ہوا بھی اندر آ گئی ہے، چاند اب اتنا نیچا ہو گیا ہے کہ برگد کے تنے میں گم ہوتا لگتا ہے۔ مولے کی چھپو چھپو دن کے آنے کا پتہ دیتی ہے، یہ باغ جس میں میں جھانک رہی ہوں اس کے سارے ڈال اور پات اب جاگیں گے، گھٹاؤں کو ساتھ لے جانے والی آندھی تھم گئی ہے اور اب سویرے کے ملائم دھیرج سے چلنے والے جھونکے میرے سفید بالوں کو یوں چھو رہے ہیں جیسے کسی ان جانے ان دیکھے پریتم نے اپنا ہاتھ ان پر پھیرا ہو۔

ان جانا پریتم جس کے پریم کا سہاگ یہ دیا ہے۔

وہ پریتم جس کو میں نے ایک بار جھانک کر دیکھا تھا ایسے ہی جیسے چاروں طرف چھائے اندھکار کی چادر ہٹا کر کوئی چہرہ ایک پل کو نظر آئے۔

وہ ایک پل بھی کہاں تھا۔

سمے کو کون ناپ سکتا ہے، سمے کا نہ کوئی انت ہے اور نہ کوئی ناپ، سمے جو ہے بھی اور نہیں بھی۔ آج سر پر پھیلے آکاش سے پوچھتی ہوں کہ میں نے اس ایک جنم میں تمہارے نیچے رہتے رہتے کتنی برساتیں گزاری ہیں، اور تم نے میری جھولی میں کیا ڈالا ہے؟ سبھی کے ساتھ تو ایک جیسا سلوک نہیں کیا جاتا۔ کھڑکی میں کھڑی میں یونہی سوال کرتی رہوں گی۔ پتھر کے دیوتاؤں، مورتیوں، آدمی، کتنا بے بس کتنا چھوٹا ہے ہر شے اسے شکست دیتی ہے، اس کے ساتھ لگ کر گزرنے والی ہوا بھی اسے دھوکہ دیتی ہے اور پھر بھی یہ ایک دھوکا ہے کہ آدمی ان ساری چیزوں کے لئے سمے گنواتا ہے، روتا ہے، بلکتا ہے، اور اندھکار کی شکستوں کا کچھ تو جواب دو۔ میں اکیلی عورت ہوں جس نے مینا متی کے کھنڈروں میں مورتی کے آسن پر بیٹھے آنکھیں بند کر کے ایک سپنا دیکھا تھا، میرے اس سپنے کے ٹکڑے ہو کر میری راہوں میں بکھر گئے۔ اس چھوٹے سے ناریل کے جھنڈوں سے گھرے اور تالابوں سے بھرے گاؤں سے لے کر گڑھی کی اونچی دیواروں تک چنوں کی ان ٹوٹی کڑیوں میں یوں کھڑی رہی جیسے ایک ایک کر کے میرے سپنے کا سچ میرے سامنے آنے والا ہے اور جیون بیت گیا، سمے نے نہیں سپنے بنانے والے نے مجھے ہار دی ہے۔

تم جو بھگوان ہو، اپنے آپ کو بھگوان کہتے ہو یہ ہار تم نے مجھے دی ہے۔

میری جھولی خالی ہے۔

میرا دل خالی ہے۔

اور طاق میں جلتا یہ دیا ہے جس کو میں اپنا دل بہلانے کے لئے سارے لوگوں سے چوری چھپے جلاتی ہوں، اور اب جب اُنت اتنا قریب ہے میں جانتی ہوں سارا جیون ایک بیکار کی ہار میں ایک خالی سپنے کو دیکھنے میں چلا گیا ہے، سے، او سے۔

جب نندلال کے ساتھ میں نے اگنی کے گرد پھیرے کئے تو مجھے لگتا تھا یہ بھی کھیل ہے چاچا نے مجھے کہا تھا " پدمنی تم آنکھیں بند رکھو، چپ رہو، بس اب کچھ دیر میں تم رانی بننے والی ہو۔

میں نے آنکھیں بند کرلیں اور من ہی من رکمنی پر ہنستی رہی۔ بھلا رانی بننے میں کوئی دکھ ہوتا ہے۔ جب میری آنکھیں کھلی ہیں تو گڑھی کی اونچی دیواریں تھیں اور باندیوں کی پلٹنیں تھیں، باغوں سے گھرا ہوا یہ اونچا اور بڑا گھر تھا اور نندلال جو دور سے دیکھنے پر بابا کے سمان اونچا تھا، جب رات بھیگ جاتی تو باندیاں مجھے سنگار کرواتیں، پھولوں کے گہنوں اور اچھے اچھے کپڑوں سے مجھے چھپا دیتیں، کمرے میں بڑی بھینی باس کے تیل کا دیا جلا جاتیں، اور مجھے چھوڑ دیتیں، پھر ٹھاکر آتا، جیسے ماں کی کہانیوں میں دیو آتا تھا اپنی کانی آنکھ کو چھپائے اپنے بالوں اور اوپر کو چڑھی ہوئی مونچھوں کے ساتھ، مجھے اتنا عجیب لگتا۔ پھر پھولوں کے گہنوں اور کپڑوں اور سنگار کو بکھیر کر سو جاتا اور رانی اندھیری کوٹھری میں قید ہو جاتی، جہاں اس بڑی مسہری کے کونے پر سانپ کے ڈسے کا زہر انگ انگ میں رچائے اور جی میں دُکھن لئے ساری رات آنکھ میں پڑے کنکر کی طرح نکالے نہ نکلتی، ویران دن ہولے ہولے گزرتے گئے سنسان راتیں بیتتی رہیں۔

کبھی اندھیرے کے پار سے اس کی آواز آتی تمہارے انگ انگ میں تمہارے دیس کی باس ہے تمہارے بال کتنے لمبے اور کالے ہیں، پدمنی میں تم سے پریم کرتا ہوں۔

اور مجھے اپنے قریب سانپ کی پھنکار سنائی دیتی جو کہتا ہو۔ پدمنی میرا زہر تمہارے انگ انگ میں رس بن کر رہے گا۔ ایسا رس جس سے پیڑ سوکھ جائے گا۔

اور ان پھولوں کے گہنوں سے بھری راتوں اور سوگندھ کا انت میں ہوا میں ایسا پیڑ ہوں جس پر کبھی ایک کونپل بھی نہ پھوٹی۔

ٹھاکر کہتا " پدمنی میں نے تمہیں اتنے بڑے گھر کی رانی بنایا ہے تمہیں دنیا کے سارے عیش ملتے ہیں، باندیوں کی قطاریں ہیں، ریشمی کپڑوں کے ڈھیر ہیں۔ تم کتنی بھاگوان ہو اور پھر بھی تم اداس رہتی ہو میری بات کا جواب ہوں ہاں سے دیتی ہو مجھ سے ذرا پریم نہیں کرتی میں تمہارا پتی ہوں۔

اور میں دھیرے سے کہتی میں پتی ورتا استری ہوں، تم میرے لئے دیوتا کے سمان ہو، تم

میرے بھگوان ہو جب میں پرانی ہوگئی اور میرے بھگوان کو میرے ٹھنڈے ہوتے جسم میں وہ چنگاری نہ مل سکی جس کو وہ اپنے طور پر پریم کہتا ہے تو اس نے گڑھی کے اندر آنا کم کر دیا۔ اب باندیاں رات کو طرح طرح کی خوشبوئیں مل کر مجھے نہ نہلاتیں، نہ میرا سنگار کرتیں۔

بوڑھی ریکھا کو مرے بھی کتنے سال بیت گئے ہیں۔

ریکھا نے ایک دن آن کر مجھ سے کہا تھا، بیٹی میں تم سے ایک بات کہوں۔

میں نے کہا کیوں نہیں۔ تم کو اس گھر میں رہتے کتنا سمے ہو گیا ہے۔ تمہارا حق ہے" بیٹی تم کو اب اس گھر سے کہیں جانا نہیں، تم جوان ہو میں تو کہتی ہوں ابھی وہ جوانی جس میں لڑکیوں کا اپنا آپ سنبھالے نہیں سنبھلتا، نہیں آئی تم تو کچی کونپل کی طرح ہو۔ سورگ کی اپسرا کی طرح سندر ہو پھر یہ کیا بات ہے کہ تم ٹھاکر کو بہلا نہیں سکیں۔ وہ اب بھی کبھار ہی گڑھی میں آتا ہے کہ تم نے اس سے جھگڑا کیا ہے؟

میں سنگار کے پٹارے میں سے آنکھوں میں لگانے کا کاجل ڈھونڈتے ڈھونڈتے رک گئی اور ریکھا کی طرف دیکھنے لگی۔ میں اسے کیا جواب دیتی۔

ہاں بولو! ریکھا نے اپنا جھریاں بھرا ہاتھ بڑھا کر میرے سر پر رکھ دیا جانے کیوں میری آنکھوں میں آنسو آ گئے اور پھر میں اس کے کندھے سے لگی رونے لگی۔ میری سسکیاں، ہچکیوں میں اور ہچکیاں چیخ میں بدل گئیں۔ مجھے ماں یاد آ رہی تھی، مجھے بابا یاد آ رہے تھے۔ میں اتنے بہت دنوں سے اکیلی تھی۔ میں رکنی سے گلے ملنا چاہتی تھی اتنی اپنائیت سے بہت سالوں کے بعد کسی نے مجھے اپنے گلے سے لگایا تھا۔ میری آتما ٹکڑے ٹکڑے ہو کر میری آنکھوں کے راستے باہر نکل رہی تھی۔

ریکھا کہہ رہی تھی" بیٹی، بیٹی" وہ آپ بھی رو رہی تھی۔ مجھے لگ رہا تھا میں ایک پرندے کی طرح اتنے سالوں سے اس پنجرے میں قید ہوں اور چاہتی ہوں کہ یہاں سے نکل بھاگوں میرا جی چاہتا تھا کہ سر سے پاؤں میں پر لگ جائیں اور میں اڑ کر تاڑی کی بو پر مدہوش جھومتی مکھیوں اور لہر بھری پوربی ہوا کے ساتھ سرسراتے پیڑوں کے ٹھنڈے جھنڈوں میں چھپے گاؤں کے تالابوں میں جل پری کی طرح ڈبکی لگاؤں اور پھر ابھروں تو یہ دکھن یہ جلن یہ دوری یہ سب کچھ ایک برے سپنے کی طرح مجھ سے پرے ہو چکا ہو۔

پر اسی سمے سیڑھیوں پر کسی کے پاؤں کی چاپ سن کر میں ریکھا سے الگ ہو گئی۔

دروازے میں کھڑی رادھا نے وہیں سے کہہ دیا۔

ٹھاکر تھوڑی دیر میں اندر آئیں گے۔

اس دن میں نے ہونٹوں کو لالی سے نہیں رنگا، آنکھوں میں کاجل نہیں ڈالا جوڑے میں پھول نہیں سجائے تھے۔ اور جب ٹھاکر نے اس اونچے تخت پر میرے قریب بیٹھ کر کہا میں تمہارے لئے ایک

داسی لایا ہوں پدم رانی۔

میں نے نگاہ اوپر اٹھا کر نندا کی طرف دیکھا جو مجھے دیکھ رہی تھی۔

وہ عام داسیوں کی طرح آنکھیں جھکائے ہوئے نہیں تھی اس کے ہونٹ بہت سرخ تھے پر ان پر مانگے کی لالی نہ تھی اس کے سارے چہرے پر یہ ہونٹ بس الگ جان پڑتے تھے جیسے بھولے سے یہاں لگا دیئے گئے ہوں، سیاہ چہرے میں دھنسی ہوئی آنکھیں بڑی تیز تھیں اور وہ نگاہیں چبھ رہی تھیں، وہ بہت معمولی کپڑے پہنے تھی جو تقریباً پھٹے ہوئے تھے اور گھنگریالے بالوں کا ایک جنگل سا اس کے چھوٹے سے سر کو ڈھانپے ہوئے تھا، ہاتھ بہت چھوٹے تھے اور ایک ہاتھ سے دوسرے کی انگلیاں مروڑ رہی تھی۔ جیسے سخت تکلیف میں ہو۔

اپنے تخت پر قریب بیٹھا ٹھاکر مجھے بڑا ہی بیگانہ لگا۔ جیسے اسے یہاں بیٹھنے کا حق نہ ہو جانے وہ اس داسی کو میرے پاس کیوں لایا تھا۔

باہر روز نئی داسیاں آتی تھیں، نئی گانے والیاں، جادو جگاتی ہوئیں کنچنیاں، اس کے گاؤں سے بھاگی ہوئی بھولی بھالی لڑکیاں، بڑے ٹھسے کی ادھیڑ عمر کی عورتیں یہ الگ سی دنیا جس میں ٹھاکر زندہ تھا۔ اس کے بیٹے زندہ تھے اس کے پرکھے زندہ تھے جو میری اس دنیا سے بہت دور تھی۔ پر آج کیا بات تھی کہ وہ نندا کو گھر لایا تھا اور مجھے سونپ رہا تھا۔

ٹھیک ہے، میں نے اپنے ہاتھ میں پکڑے رومال پر رنگین دھاگے سے پھول بناتے ہوئے کہا کہنے کو اور کوئی بات نہ تھی اور ہم تینوں وہاں تھے۔ جیسے پار اترنے والی ناؤ میں دو گھڑی کو بیگانے اکٹھا ہو جاتے ہیں۔ ٹھاکر اپنی ایک آنکھ کو آدھا کھولے نندا کو دیکھ رہا تھا۔

نندا کو رہنے کے لئے وہ سرے والی کوٹھری دے دینا پدم رانی، اس نے ٹھیک اپنا مطلب بتاتے ہوئے کہا۔

اچھا، میں نے سوئی میں دھاگہ پروتے ہوئے جواب دیا۔

اور وہ پھر بھی وہاں بیٹھا رہا جانے ابھی نندا کے لئے اسے اور کیا کچھ چاہئے تھا آپ ہی آپ وہاں بیٹھا وہ مسکرا رہا تھا، جیسے اس کے انتر میں روشنی ہو رہی ہو اور خوشی کی بے چینی اس کے اندر کھول رہی ہو۔

تم جاؤ، اس نے نندا سے کہا، اور اپنے لئے سرے والی کوٹھری ٹھیک کر لو۔ میں نے کہاری کو بلا کر اس کے ساتھ کر دیا اور سوچا اب ٹھاکر اٹھ کر باہر چلا جائے گا مگر وہ اسی طرح تخت کے ایک کونے پر بیٹھا رہا جیسے سوچ رہا ہو کہ کیا کہے اور کیا نہ کہے۔

اور جب اس نے میرا ہاتھ اپنے ہاتھ میں لے کر کہا۔ پدم رانی تم مجھ سے خفا تو نہیں ہو نا تو مجھے لگا کسی پرائے مرد نے مجھے چھو لیا ہو اور مجھے بھرشٹ کر دیا ہو، مگر میں نے اس طرح اپنا ہاتھ اس کے ہاتھ

میں رہنے دیا۔

مجھے چپ دیکھ کر اس نے کہا' پدم میں اب بوڑھا ہوگیا ہوں تم گھر کے کاموں میں لگی رہتی ہو اگر تمہیں کوئی انکار نہ ہوتو نندا میری خدمت کیا کرے گی۔

میں من ہی من ہنس دی۔ بھلا مجھے کیا انکار ہوسکتا ہے میرے دل کے سارے دروازے بند ہو چکے تھے۔ان میں سے کسی جلن کسی تکلیف کسی دکھن کے گزرنے کا راستہ کہاں تھا۔

میں اپنی انگلیوں پر ٹھاکر کے ہاتھ کی نمی محسوس کر رہی تھی، وہ جانے کیوں نندا کے معاملے میں مجھ سے جھینپ رہا تھا۔ اور پھر میں تو ان سب باتوں کی عادی ہو چکی تھی۔اپنی پوتر تا، اپنا کیلا پن، اتنے بڑے گھر کے کام، اور باہر ٹھاکر کا آسرا اس کی دولت کا غرور، میلوں تک پھیلی ٹھاکر اور اسکے بیٹوں کی زمینیں ،اور جینے کے لئے سو طرح کے گھمنڈ۔

پہلے پہل ٹھاکر آنگن سے گزرتا تو میرے کمرے کی طرف دیکھتا، تیزی سے چل کر میری نگاہوں سے چھپنے کی کوشش کرتا، نندا کی کوٹھری میں سے دبی دبی ہنسی کی آوازیں آتیں۔ جیسے وہ دم سادھے بیٹھے ہوں اور میرے ادھر ادھر جانے کا انتظار کر رہے ہوں پھر میں نے چھت پر بنے کمرے کی کھڑکیوں میں دھوپ سے بچنے کے لئے بھاری پردے لگوا لئے اور پچھلے آنگن میں کھلنے والا سالوں سے بند کواڑ کھلوا کر چابی نندا کو دے دی۔

نندا کی جھلک کبھی دکھائی دے جاتی، اس کی رنگین ساڑھیوں کے پلو آنگن میں لہراتے ہوئے اس کے ہونٹوں کے گلاب مہکے ہوئے۔ اس کے سیاہ چہرے پر کی نئی بہار کا قصہ کئی بار مجھے داسیوں نے سنانا چاہا مگر ان کی ہمت نہیں ہوئی۔

ٹھاکر کو اس کے بعد میں نے مہینوں نہیں دیکھا۔

پھر نندا بھی پرانی ہوتی گئی، پچھلے آنگن کا کواڑ رات رات بھر ٹھاکر کے انتظار میں کھلا رہتا پھول مرجھا جاتے، سنگار باسی ہو جاتا، آنکھیں تھک جاتیں، جسم چور ہو جاتا اور سونی سیج پر دلہن کی طرح سجی سجائی نندا آخری رات میں اکیلی لڑھک جاتی۔

میں نے ٹھاکر کو پیغام بھیجا۔

نندا میری داسی ہے تب ہی اسے بھلا بیٹھے ہو۔

اور ٹھاکر نے جواب میں کہلوایا، تمہاری ساری چیزیں مجھے بہت اپنی لگتی ہیں کہ میں انہیں بالکل نہیں توڑنا چاہتا۔

نندا نے پچھلے کواڑ میں تالا لگا کر چابی مجھے لوٹا دی، پھولوں والی کے سارے پھول آنگن میں بکھیر دیئے اور پھر یوں ہنسی مانو پاگل ہوگئی ہو۔اپنی کوٹھری کو اتنا دھویا کہ اس میں میل نہ رہا۔ پھر جانے کیا

کچھ جلا کر اسے پوتر کیا۔اور جب اس کے اپنے اشنان کرنے کی باری آئی تو وہ ریکھا کے قریب زمین پر بیٹھی کہہ رہی تھی، کیا کوئی ایسا اشلوک نہیں جس کے پڑھنے سے من کا میل دور ہو سکے، دنوں وہ دیوانوں کی طرح بال بکھرائے پڑی رہی۔ پوترتا کے لئے یہ ضروری ہے کہ آدمی کی سوچ پوترتا کو مان لے۔

وہ اس چھوٹی سی عمر میں دیس دیس گھوم لی تھی، اس کی باتوں میں بڑا رس تھا۔اس کی آنکھیں بولتی لگتیں اور پھر اس کے اور میرے درمیان ایک خاموش سمجھوتہ ہو گیا۔

وہ گھر میں چلتے پھرتے یونہی گنگناتی رہتی۔ اس کی آواز میں ایسا درد تھا جیسے کوئل کی کوک میں۔ کبھی کبھی میرے پاس آن بیٹھتی اور کہتی:

''پدم رانی ہمارے ایک گرو ہیں اگر وہ مل جائیں تو میں ان سے ہردے کی اس آگ کے بجھانے کا پوچھ لوں۔ اور وہ اپنے ان مہاراج کا ذکر کرنے لگی جن کی اشیرباد سے بگڑے کام سنور سکتے ہیں۔ ہولے ہولے مجھے گرو مہاراج اور ان کے ذکر میں دلچسپی ہو گئی۔

کہاں براجتے ہیں وہ؟

میں یونہی پوچھ لیتی۔

ہمارے گرو مہاراج تو ایک نظر میں نصیب بدل دیتے ہیں۔ پر میں ان کی طرف دیکھنے کی، ان کے سامنے جانے کی ہمت کس طرح کر سکتی ہوں۔وہ تو دیوتا کے سمان اور اونچے ہیں ان کے درشن کرنے سے سورگ مل جاتی ہے سارے کشٹ دور ہو جاتے ہیں۔

اور گزھی کے اس قید خانے میں جہاں پاپ کرنے کا کوئی موقعہ نہ تھا۔ پن کرنے کا کوئی طریقہ نہ تھا۔ جہاں زندگی کی سن گن صرف ٹھاکر کے سامنے ناچنے والی عورتوں کے پاؤں کی جھنکار تھی۔ یہ بول مجھے بہت اچھے لگتے، مجھے لگنے لگا جیسے آپ گرو مہاراج کی داسی ہوں، باس کی طرح زہر بھی ہولے ہولے رگوں میں اثر کر جاتا ہے، یہاں تک کہ آتما تک میں زہر مل جاتا ہے۔

رات کالی تھی اور ان جانی آوازوں سے بھری تھی رہ رہ کر اندھیارے میں کوئی شے یوں لوٹتی پلٹتی اور کروٹیں لیتی تھی جیسے ماں کے گربھ میں بالک۔ جب ہوا آموں کے بور کی باس سے لدی اندر آتی تو بوجھ سے ہاری ہوئی سی دروازوں اور کھڑکیوں کی چوکھٹ پر ہی سے لوٹ جانا چاہتی تھی۔ لیمپ پر چینی کا شیڈ روشنی کی وجہ سے گہرا نیلا رنگ کرتا رہتا تھا۔ جیسے سمندر کا رنگ ہو جیسے آکاش سیاہ بادلوں والے دن کسی نکڑے میں سے دکھائی دیتا ہو۔ ایسی نیلاہٹ جیسے میرے سامنے لگی تصویر میں بھگوان کرشن کے رنگ میں تھی جب وہ ناگ کے پھن پر بیٹھ کر پاتال سے آئے تھے۔

ٹھاکر نے کہا تھا اگر تم گرو مہاراج کی اشیرباد لینا چاہتی ہو تو میں تمہارے لئے پدم رانی یہ رواج بھی توڑتا ہوں۔ آج تک ہمارے مندر میں اپنے پجاریوں اور پرکھوں کے وقت سے آنے والے

مہنتوں کے خاندان کے علاوہ کسی نے اندر گڑھی میں قدم نہیں دھرا۔ تم لوگ رات کے وقت سب یوں ملو کہ پتہ نہ چلے باندی کون ہے اور رانی کون ہے''

اور اسی لئے ہم سب اس ایک کمرے میں اکٹھی ہو رہی تھیں۔ نندا روز کی طرح ہم سب سے الگ کالی چادر لپیٹے چوکھٹ کے باہر بیٹھی تھی۔

چندا گرو مہاراج کو لینے پچھلے آنگن کا دروازہ کھولے کھڑی تھی۔

پھر کئی طرح کی باس سامگری کی خوشبو اور جانے کہاں سے خوشی، پائل کی جھنکار دیوی کی مسکان کی سی روشنی کمرے کے اندر آ گئی۔ میں نئی دلہن کی طرح رہ رہ کر کانپ رہی تھی اور مرنالنی کا ہاتھ پکڑے تھی۔ وہ کہتی تھی بھوجی آپ نراش کیوں ہوتی ہیں کون جانے مہاراج کی آشیرواد سے آپ کا کلیان ہو''

میں مرنالنی سے کیا کہتی میں نراش کہاں تھی بھلا ایسے میں جب میں اپنی آتما تک کو ایک پھول کی طرح تھامے اس راہ کی طرف دیکھ رہی تھی جس پر سے چل کر اپنی آشیرواد سے میرا کلیان کرنے والے مہاراج آ رہے تھے میں نراش کیوں ہوتی۔ میرے دل میں پہلی بار آس کی کونپل نے اپنا ذرا سا سر باہر نکالا تھا اور ہوا کے جھونکے کے ساتھ لہرائی تھی۔

وہ دونوں اندر آئے میں نے گھونگھٹ کی اوٹ سے انہیں دیکھا۔ اتنی لمبی لپٹائی چادروں سے منہ چھپائے ہوئے عورتوں کو دیکھ کر وہ گھبرا سے گئے ہوں گے۔ وہ تو کسی طرح گرو مہاراج نہیں لگ رہے تھے۔

چوکی پر بیٹھ کر اس بے حد سفید اور بھولے بالک کی طرح کے جوان نے کہا۔

میں آشیرواد دینے نہیں لینے آیا ہوں۔ مجھے تو دان چاہئے۔ میں تو آپ بھکاری اور میں نے اسی گھڑی اسے دان میں اپنا آپ دیدیا بھکشا کے ناطے۔

پھر وہ دونوں ہولے ہولے ہنسنے لگے۔

چندا نے کہا آپ اشیرواد دیں رانی بیمار رہتی ہیں، نندا نراش ہے، اس گھر کی بہو کا دل اپنے پتی سے زیادہ پوجا پاٹ میں لگتا ہے اور باندیوں میں سے کسی کو کام کے وقت دورہ پڑ جاتا ہے، کوئی چلنے میں گر جاتی ہے کسی کا جی چاہتا ہے کہ ہر وقت لیٹی رہے اور سپنے دیکھتی رہی، کوئی سنگار کر کے پہروں اپنے آپ کو دیکھتی ہے سارے کا سارا گھر کسی نہ کسی کارن دکھی ہے آپ اشیرباد دیں کہ ہمارے کشٹ دور ہوں۔

چندا لیمپ کی روشنی میں چوکی کے پاس مہاراج کے چرنوں میں بیٹھی یوں لگ رہی تھی جیسے گھر کے حساب کتاب کی بات کر رہی ہو۔ اپنے چولے کو سمیٹتے ہوئے جو ہاتھوں سے نیچے لٹک رہا تھا چوکی پر بیٹھے گرو مہاراج کے جوان بالک نے کہا۔

میں اتنے بہت سے سروں پر ہاتھ نہیں دھر سکتا، تم میں سے ہر ایک اپنی اپنی جگہ سپھل ہو جائے

تمہارے کشٹ دور ہوں بھگوان تمہارا کلیان کریں۔

ریکھا نے آگے آکر اس کے سر پر ہاتھ پھیرا اور کہا میں تمہیں اشیرواد دیتی ہوں کہ تمہارے دشمن کبھی نیچا نہ دکھا سکیں تم کو کبھی کوئی دکھ نہ ہو۔تم بڑے مہاراج کے سائے تلے رہو۔

اور پھر دوسرے نے آنکھیں پھاڑ کر ریکھا کی طرف تیز نگاہوں سے دیکھا، اور چوکی کے سرے سے اٹھ کر کہنے لگا۔ارجن چلو۔اب تو تم کو دکشنا بھی مل گئی اور اشیرواد بھی۔

مجھے لگا ایک ناٹک سا کھیلا جا رہا ہے۔

ریکھا نے کہا' بیٹا میں بوڑھی ہوں مرنے کے قریب،تم لوگ جوان ہو،میرے لئے پرارتھنا کرو کہ میری موت آسان ہو۔یم دوت مجھے زیادہ نہ ستائیں مرنا بہت مشکل ہے ایسا ہی مشکل جیسے پریم کرنا۔''ارجن نے چوکی پر سے اٹھتے ہوئے کہا۔تم تو ماں کے سمان ہو،تمہاری ابھی اس گھر میں ضرورت ہے۔تم مرنا کیوں چاہتی ہو؟

اور ریکھا نے دوسرے کی طرف دیکھ کر کہا،مہاراج ابھی تو پرانوں میں مست ہے نہیں یہ جس کا گھر ہے وہ تو اس گھر کی کچھ نہیں رہیں بہتر جن کا گھر ہو نا اچھا نہیں تھوڑا اچل پھر لیتی ہوں۔اور میں اپنے سامنے کو کچھ دیکھتی ہوں۔اسے اور زیادہ دیکھنے کی خواہش وہ گھر میں پھریں۔اگر اور وقت ہوتا تو میں کچھ کہتی مگر اب ٹھاکر اور اس کے بیٹے میرے بڑھاپے کا لحاظ نہیں کرتے، میں کس کے لئے جیوں؟ وہ وہیں بیٹھ گئی اور منہ پر کپڑا ڈھانپ کر زور زور سے بین کرنے لگی۔

چندا نے اپنی ہنسی روکنے کے لئے چادر کا پلو منہ میں ٹھونس لیا۔اور اٹھ کر تیزی سے باہر نکل گئی، وہ گھبرائے ہوئے سے چوکے کے قریب کھڑے تھے۔دونوں میں سے کوئی بھی تو ہماری طرف نہیں دیکھ رہا تھا۔باہر اندھکار اور تاروں کے دل دھڑکتے رہے۔روشنی اور اندھیرا کہیں ملتے رہے جیسے دو پریمی چوری چھپے ملتے ہیں۔ مجھے لگا جیسے یہ ملن کی گھڑی ہو خوشی کا بھرپور لمحہ جیسے دینے والا اور لینے والا دونوں دکشنا اور سویکار کرنے کا مطلب سمجھتے ہوں۔

نندا نے چوکھٹ کے باہر جھک کر ان کے پاؤں چھو لئے اور بولی آیئے مہاراج میں آپ کو چھوڑ آؤں۔اور ارجن مہاراج نے کہا، رانیوں اور باندیوں سبھوں کی آسائشیں پوری ہوں گی۔ یہ کہہ کر وہ نندا کے آگے اپنے راہ چلے گئے۔

اور اس کے بعد آج تک میں نے انہیں نہیں دیکھا۔

گیتا میں لکھا ہے۔

آدمی کا جینا امرت سمان ہے

اور پھر ایک جگہ ایسا ہے،جس کا آتما پوتر ہو اس کو پریم اور بھگتی اچھے ہے۔جو کوئی میری پریم

اور بھگتی اچھے اس کے میں بارم بار اور روم روم میں آگر نواس کرتا ہوں اور جس جس پرکار کوئی میرا سمرن اور بھجن کرتا ہے۔ میں اسی پرکار اس کا سمرن اور بھجن کرتا ہوں۔

مرنالنی پاٹھ کر کے میرے پاس بیٹھتی تو کہتی بھوجی مجھے یہ بات سمجھ نہیں آتی بھلا بھگوان کو کیا پڑی ہے کہ بھگت کا سمرن اور بھجن کرتا پھرے۔ اتنے بہت لوگ تو اس کی اپاسنا کرتے ہیں اور میں کہتی۔ دیکھ مرنالنی اب تو مجھ کو چاہتی ہے۔ میں تم سے پریم کرتی ہوں۔ اس طرح سے بھگوان کا اور آدمی کا رشتہ جب پورے پریم کا ہو جائے تو بھگوان بھی تو آکاش چھوڑ کر نیچے آتا ہے کہ آدمی کو درشن دے اور اس کا کلیان ہو۔"

ان راتوں میں مجھے درختوں کی ٹہنیوں پر اندھیرے میں چھپے اور گاتے ہوئے پرندوں سے لے کر کمرے میں لکڑی کی درزوں میں رہنے والے کیڑوں تک کے بول سنائی دیتے تھے گڑھی سے تھوڑی دور بہتی ہوئی ندی کے دھارے پرسے آتی پانی سے بھری ہوا میرے انگوں سے چھوتی مجھے الگ جان پڑتی تھی۔ ایک دم سے ساری دنیا جاگ گئی تھی۔ اونچی دیواروں کے پاس سے کوئی بانسری بجاتا کرشن کنہیا ہوتا سارے رنگ سارے روپ۔ اندھیرا اجالا ایک دھڑکنے والے دل کی طرح زندہ ہو گیا تھا۔ گڑھی کے اندر بسنے والی ساری باندیاں اور داسیاں جو پہلے کھلونوں کی طرح مجھے بے رنگ دکھائی دیتی تھیں اب زندہ اور الگ سی لگنے لگیں۔ یہ گرو مہاراج کا اشیرباد تھا۔

ندا نے ٹھیک ہی تو کہا تھا کہ ان کی ایک نظر سے نصیب بدل جاتے ہیں۔

ہولے ہولے جیسے میں ایک نئی نگری میں جاگی تھی۔ سپنے سے آنکھ کھول کر میں نے دیکھا تو دنیا بدل گئی تھی۔ ٹھاکر کی جیت ہوئی تھی۔ اور وہ اب گڑھی سے باہر رہنے لگا تھا۔ اس کا زیادہ وقت بڑے شہروں تک آنے جانے میں لگتا۔ اس کے شکاری کتوں اور نوکروں کی پلٹنیں آنے والے بڑے افسروں کو شکار کھلانے کے لئے شکار گاہوں تک جاتی رہتیں، وہ واپس آتا تو شور اور ہنگامہ ہوتا۔ مگر ہمارے اندر کی دنیا بھی تو بدل چکی تھی۔

مرنالنی نے پوجاپاٹ کم کر دی تھی وہ اب اپنے پتی دیو کے پاس رہتی۔ اس کے چہرے پر نیا نکھار آ گیا تھا۔ سندر لال باپ کے بعد کاروبار سنبھالتا تھا۔ چند بجھتی ہوئی بتی کی طرح ہولے ہولے گھلتی گئی، وہ کم ہی کم ہمارے پاس آتی۔ سندر لال نے جیسے ایک دم اپنی ذمہ داری محسوس کی ہو۔ مرنالنی کی آنکھوں میں جوت دیکھی ہو اور اس لو پر پتنگے کی طرح گر گیا ہو۔

ندا اسی طرح اپنی سیاہ چادر میں بیراگن بنی مندر کی چوکھٹ کے باہر لگی رہتی میلے من کے ساتھ مورتی کے آگے جھکنے سے بھلا کہیں پوجا سویکار ہوتی ہے۔

یہ نئی جاگ میرے اندر ایک نئی جان کی طرح بڑھ رہی تھی۔ اور میں یہ راز پانے اندر چھپائے

ہولے ہولے سب پر ہنستی رہتی، میرا گیان دھیان میرے اندر تھا، راتوں کو جاگ کر میں سوچتی رہتی، ایسی ہی اندھیاری رات میں اسی کھلے دروازے سے وہ اندر آئے گا تب صرف اس کی آنکھوں کی روشنی ہوگی جو اس اندھیرے میں جوت بن کر جلے گی پھر ہم دونوں ہوں گے در پریم کا نیلا گہرا اٹھاٹھیں مارتا ساگر ہوگا۔ ہم دونوں مل کر ایک گیت بن جائیں گے کیونکہ شاستروں میں بھی لکھا ہے کہ پریم کرنا چتر کاری کی طرح ہے رنگوں کو ملانا کہ ان کا کوئی مطلب بن سکے۔ ان دنوں میں پوچھتی پریم کرنا کیسا لگتا ہے۔ مرنالنی۔

مرنالنی کی آنکھوں میں شرم لال ڈوروں کی طرح ابھر آتی۔ اس کے گال سرخ ہو جاتے وہ کہتی، بھوجی آپ کیسی باتیں کرتی ہیں؟

واقعی میں کیسی باتیں کرنے لگی تھی، پر مجھے کیا پتہ پریم کرنا کیسا لگتا ہے ٹھاکر مجھے پدم رانی کہتا تھا، طاق میں سجائی ہوئی پرانے کھنڈروں سے نکلی مورتی کی طرح اس کو میری بڑی بڑی آنکھوں اور لمبے بالوں پر مان سا تھا۔ ویسے ہی جیسے بچپن میں ہم نے پاربتی دیوی اور بچکا دیوتا کی مورتیاں اپنے طاق مین سجائی تھیں۔ ٹھاکر کے لئے عورت بھی ایک اچھے کھانے کی طرح تھی۔ جس طرح روز روز ایک شئے نہیں کھائی جاسکتی اسی طرح اس کے لئے منہ کا سواد بدلنے کے لئے نت نئی عورتیں چاہئے تھیں۔ پھر مجھے کیا پتہ چلا کہ پریم کرنا کیسا لگتا ہے جب میں اسکی گڑھی میں آئی ہوں تو اس نے مجھے بھی ایک کھلونا سمجھ کر چاچا سے خریدا ہوگا اگنی کے گرد پھیرے شاید اس نے مجھ پر بہت ہی ترس کھا کر لئے ہوں گے جانے کیوں اس نے مجھے سب سے الگ کیوں سمجھا تھا۔

جب باندیاں بیٹھتیں اور چھت پر بنے کمرے سے کھڑکی کے سامنے والے گول تالاب میں جھانکتے ہوئے مین ان سے کہتی گاؤ تو میرا جی چاہتا وہ سب مجھے بتائیں کہ پریم کرنا کیسا لگتا ہے۔

مجھے روشنی سے ڈر آنے لگا تھا، اندھیرے میں مجھے عجیب بول سنائی دیتے، انوکھے قدموں کی چاپ اپنی طرف آتی ہوئی جان پڑتی اور پھر جیسے کوئی جادو سے میرے انگ انگ کو چھو دیتا میرا گھونگھٹ ہٹاتا ہوا اور میں کھڑکیون کے پردے کھینچ کر اندھیرا کر کے اپنے دل میں لاکھوں ارمان لئے لیٹی رہتی۔

نندا کہتی" پدم رانی تمہارا منہ کیوں پیلا ہوتا جاتا ہے، مانو تمہیں کسی سے پریم ہو گیا ہو"۔

پریم مجھے کسی سے پریم کیوں ہونے لگا۔ اور اس گھڑی مجھے لگا میں کتنی دکھی ہوں ایک پاگل عورت کی طرح اجاڑ خیالوں کے پیچھے، ایسے قدموں کی چاپ کے لئے جو اصل میں کبھی ان راہوں پر نہ گونجیں گے۔ ایک ایسی خوشی کی دیوالی جلانے میں اپنا آپ تباہ کر رہی تھی۔ جو کبھی میرے نصیب میں نہ ہوگی، اب میرا دل پوجا پاٹ میں بھی نہ لگتا۔

اور مجھے پتہ تھا گرو مہاراج کے آنے اور اندھیرے میں چلے جانے کے بعد سے گڑھی میں ان کی آشیر واد نے ایک نیا یگ پیدا کر دیا ہے ظاہر تو کچھ بھی نہیں ہوا تھا۔

پریم میں کچھ نہیں ہوتا، صرف پریمی کو خیالوں میں ایک سکھ ملتا ہے۔

اور میں نے اپنے آپ کو سنوارنا سجانا شروع کر دیا۔

میں ایک گھڑی بھی ایک جگہ نہ ٹک سکی، میرے بچھوؤں کے گیت باغ کے راستوں، پھولوں کی کیاریوں اور گھر کے کونوں میں گونجتے رہے، جب کوئی نئی آس بندھتی ہے تو آدمی پھول کی پتی کی طرح ہلکا ہو کر اسی ہوا کے رخ اڑنے لگتا ہے۔ چاندنی راتوں میں ساری آوازیں میرے دل کی طرح دھڑکتیں، کنول کے چوڑے پتوں پر پانی کے قطرے موتیوں کی طرح چمکتے، کنجوں میں سے لتائیں اوپر درختوں کو لگی مجھے پریم کرنے والی عورتوں کی طرح لگتیں۔ مجھے پتہ تھا وہ سکھ جو اندھیرے اور انجانے اور سوئے رہنے اور گیتا اور گیان دھیان اور مرے ہوؤں کی طرح بے آس ہو کر جینے میں تھا وہ اب کبھی نہیں آئے گا۔

یہ نیا پریم تھا۔ پریم نے ہولے ہولے میرا سب کچھ ہر لیا تھا۔ میں پریم کے بس میں تھی پنجرے میں بند پرندے کی طرح میں پھڑ پھڑاتی بھی تو مجھے رہائی کہاں مل سکتی تھی۔

سبھی پریمیوں کی طرح میں نے چندا کا سہارا لیا۔ پریمی کو ملنے آس کیوں لگی رہتی ہے اور یہ آس آج تک ویسے ہی ہے میں نے اس راہ پر اپنا آپ سویکار کر لیا ہے۔ میں نے ٹھاکر کی سختیاں برداشت کی ہیں۔ آج تک اس پریم کی دیوالی جلاتی ہوں پر جانے کیوں بے آس نہیں ہوئی ہوں، پریم آس کا نام ہے کیا؟

ٹھاکر نے کہا تھا کہ تم اس کا نام کیوں جپتی ہو جیسے وہ تمہارا بھگوان ہو۔ ارجن، ارجن ارجن اگر میں اسے جان سے ماردوں، تمہارے سامنے لا کر اس کی بوٹیاں اڑا دوں تو کیا تب بھی تم اسی طرح ارجن ارجن پکارتی رہو گی۔

ہاں ہاں میں نے اسے کہا تھا میں کیا تم سے ڈرتی ہوں۔ میں اب بھی اسے پکاروں گی میں اس سے پریم کرتی ہوں، میں پچھلے جنم سے ہی اس سے پریم کرتی ہوں میں نے اسی رات اپنی آتما اسے دے دی تھی جس رات اس نے مجھے اشیرباد دی تھی۔

اور ٹھاکر نے بندوق کا کندا اس زور سے میرے سر پر مارا تھا کہ مجھے اس کے بعد کچھ یاد نہیں رہا۔

چندا کا بابو جب پہلی بار پچھواڑے کے آنگن میں آیا اور میں نے اس سے کہا کہ وہ میرا سندیش گرو مہاراج تک، لے جائے تو اس نے بہت ہولے سے کہا تھا۔

''رانی یہ راہ بہت کٹھن ہے اس پر نہ ہی چلو تو اچھا ہے اس کا انت کیا ہوگا بھلا؟ تم اس گھر کی عزت ہو۔ ٹھاکر کی گردن کو نیچا نہ کرو۔ اگر کبھی یہ پتہ چل گیا کہ تم نے ایسا کیا ہے اور میں بھی اس میں شریک ہوں تو میں مار دیا جاؤں گا تم اندر بیٹھنے والی عورت ہو تم نے دنیا نہیں دیکھی۔''

تب میں نے کہا تھا میں نے آج تک آسان راہوں پر چل کر کچھ نہیں لیا۔ تھوڑے دنوں کٹھن

راہوں پر چل کر بھی دیکھ لوں۔ تمہیں تمہارے کیئے کا انعام ملتا رہے گا میں اپنا آپ بیچ کر بھی تم پر کوئی بات نہ آنے دوں گی۔

اس رات چندا میرے پاس ہی سوئی، اس نے مجھے ارجن کی کتنی باتیں بتائی تھیں۔ ارجن جو دیوتا کے سمان اونچا اور اچھا ہے۔ ارجن جس کے لئے لوگ یونہی دیوانے تھے۔ ارجن جس کو پریم کرنے کے لئے پرماتما نے آپ اپنے ہاتھوں بنایا تھا۔

وہ رات مانو میرے سہاگ کی پہلی رات تھی۔

اس رات میں نے سنگار کیا تھا، میں نے مانگ میں سندور بھرا اور سارے گہنوں سے اپنے کو سجایا، مدتوں سے صندوقوں میں بند ساڑھیوں کی تہیں کھول کر سرخ ساڑھی نکالی، بندیا لگائی، اور ہولے ہولے بھولے بسرے گیت بے آواز میرے دل کے اندر اترتے گئے۔ کھڑکی سے باہر رات تاروں بھری اور سہانی تھی۔ جیسے گہنوں سے سجی کوئی دلہن چوکھٹ سے باہر کھڑی من ہی من میں مسکرا رہی ہو۔ اور اس کا پریتم آنے والا ہو، لجاتی شرماتی۔

دوج کا چاند کھجور کے اونچے درختوں میں سے تیرتا ہوا ذرا سی دیر میں آکاش کے نیلے پن میں سما گیا، میں چوکھٹ پر دونوں کہنیاں ٹکائے کتنی دیر باہر کی آواز سننے کی کوشش کرتی رہی۔ مجھے لگتا تھا جیسے میں اکیلی رہ گئی ہوں۔ کسی چلنے والے قافلے سے پیچھے۔ پھر میں نے پیچھے مڑ کر دیکھا تو لیمپ کی روشنی میں دیوار پر لگی تصویر میں سے کنہیا مجھے دیکھ کر ہنس پڑے، وہ درختوں کی اوٹ میں چھپے تھے اور گوپیاں پانی کی لہروں کے اوپر ہاتھ جوڑے اپنے انگ انگ کو پانی اور اداؤں سے چھپانے کی کوشش میں تھیں۔ یہ من موہن جو جھوٹا تھا اور جوان ساری گوپیوں کے ساتھ مل کر راس رچاتا تھا میں بھی کرشن کنہا کو دیکھ کر ہنس دی اور اسی گھڑی دور آم کے کنج میں کوئل نے دل کو بے چین کرنے والا سر چھیڑا۔ ایک بھونرا کہیں سے اڑتا کھڑکی کی راہ اندر آ گیا اور روشنی سے ٹکرا کر گر گیا۔ میری نظروں میں پریتم کے نام اپنے پہلے خط کے لفظ گھوم گئے۔ میں نے جانے کتنے کاغذ کے ٹکڑے پھاڑے تھے اور پھر ارجن سے کہا تھا۔

میں جنم جنم سے اکیلی ہوں اور زندگی کے دریا کے کنارے پیاسی ہوں۔
سوچتی ہوں تم سے ایک بوند چاہوں جو یہ صدیوں کی پیاس بجھا دے۔
مجھے پھیرنا نہیں۔

لال بہادر نے کہا تھا کہ وہ دو چار دن میں کوئی جواب لے کر لوٹے گا پر اس خط کی طرح میرے سارے خطوں کے جواب کبھی نہیں ملے کیونکہ جب پتہ چلا کہ چندا کے باپو نے وہ خط کبھی دیئے ہی نہیں کبھی وہ خط ارجن تک پہنچے ہی نہیں تو مجھے دکھ نہیں ہوا تھا۔ میں دکھی ہونے اور نراش ہونے کی منزل سے بہت دور نکل چکی تھی کیا ہوا اگر ارجن تک میرے دل کی پکار نہیں پہنچی تو!

میں نے اسے تو پکارا تھا۔

کیا ہوا جو اس کو میرے پریم کی خبر نہیں ہوئی۔

میں نے تو پریم کیا تھا۔

اور آج بھی جب سہاگ کا دیا جلائے اپنے سوکھے اور کانپتے ہاتھوں سے سنگار کر کے آئینے کے سامنے بیٹھی ہوں تو مجھے اس میں پرچھائیاں بھی اس پہلی سہاگ رات کی دکھائی دیتی ہیں جب میں نے اپنا دل آباد کیا تھا۔ جب سہاگ کا جوڑا پہنے پہنے جانے کتنی آنے والی ملن کی راتوں کا خیال میں نے اپنے جی میں باندھا تھا۔

ٹھاکر نے کتنی بار کہا ہے ''تم کتنی ڈھیٹ ہو پدمنی تم ایک ایسے شخص کا خیال جی میں بسائے ہوئے ہو جسے تم نے ایک بار بھی اچھی طرح نہیں دیکھا۔'' مگر میں اسے کیسے بتاؤں کہ وہ روز میرے قریب ہوتا ہے، وہ تو میرے بھیتر میں بستا ہے وہ تو میری جان کا ایک حصہ ہے کوئی اپنے انگوں کو اپنے شریر کو اس کے کسی حصے کو کہیں چھوڑ سکتا ہے۔

اس رات تو چندا تھی اور میں اس سے بار بار پوچھتی تھی کیوں چندا ارجن کو کون سا رنگ پسند ہے آج چندا کو یہاں سے گئے ایک زمانہ گزر گیا ہے آج مجھے پتہ ہے کہ ارجن کو وہی رنگ پسند آتا ہے جو میں پہنوں گی اتنے بہت سالوں میں میں آپ اس کی ایسی دلہن بن گئی ہوں جس کا گھونگھٹ اٹھانے کی آشا اسے ہر گھڑی بے چین رکھتی ہو۔

آدمی کیا کچھ کرتا ہے کتنے گھور پاپ اور کتنے برے کام، آج بھی کانپ جاتی ہوں جب سوچتی ہوں مرنالنی کو برباد کرنے والی چندا تھی یا میں؟

چندا نے تو مجھ سے صرف پوچھا تھا، بہو میری بات سنو ہے تو یہ برا کام پر اس کے بنا تمہاری نیا پار نہ اتر سکے گی۔ سمجھو میں کھویا ہوں اور گر چاہوں کہ نیا کو پار اتارنے کے لئے گھاٹ سے کوئی ایسا بوجھ بھی لدے گا، جسے تم نہ چاہو تو تمہیں ماننا پڑے گا۔

میرا دل کانپ سا گیا پر میں نے کہا تھا، چندا مجھے تم پر وشواس ہے پر ایسی کوئی بات نہ ہو جس سے گھر کی عزت پر کوئی حرف آئے۔

چندا نے ہنس کر کہا تھا۔ پدم رانی جب تم ایسی راہ پر نکلی ہو تو تم کو گھر اور عزت کے خیال کو سب سے پہلے بھولنا پڑے گا، یہ راہیں بڑی کٹھن ہیں ان پر چلنے والے بھٹکتے ہیں تم کانٹوں کی سیج پر چلوگی اور پھر کہتی ہو تمہارے پاؤں زخمی نہ ہوں ایک خط کی کوئی بات نہیں اب بھی سوچ لو پدم رانی ابھی واپس جانے کا وقت ہے۔

میں نے ہنس کر کہا تھا ''چندا میں پریم کرنا چاہتی ہوں اور پریم کرنا کس نے کہا ہے کہ برا ہے

ایسی شبھ گھڑی میں تم سے الجھنا نہیں چاہتی جو تمہارا جی چاہے کرو۔

اور چندا نے ہنس کر کہا "مرنالنی کو بھی اپنے ساتھ لگانا پڑے گا؟"

وہ کیسے میں نے جلدی سے مڑ کر دیکھا، چندا میرے پیچھے کھڑی تھی اور میں آئینہ لئے لیمپ کی روشنی میں اپنے گالوں پر لالی کی تہہ ٹھیک کر رہی تھی تیزی سے گھومنے میں آئینہ میرے ہاتھ سے گر ٹوٹ گیا اور تیز روشنی میں ہر ٹکڑے میں میرا عکس کانپتا اور لال کی تہوں کو ٹھیک کرنے کی کوشش کرتا رہا۔

اچھا شگون نہیں ہے پدم رانی، جانے اس راہ میں کیا کچھ ہو جائے۔

اور میں چندا کے گلے میں باہیں ڈال کر جھول گئی۔ کالی رات میں سے ایک چڑیا پہلے کھڑکی کے کھلے پٹ کے ساتھ زور سے آ کر ٹکرائی اور پھر اندر آن گری، وہ کانپ رہی تھی اور اپنی نیلی چونچ سے اپنے پیروں کو اپنے گرد پھیلا رہی تھی۔

میں نے اسے اٹھا لیا تو اس نے اپنا آپ چھڑانے کی ذرا کوشش نہیں کی اور آنکھیں بند کر کے میرے سینے سے لگ گئی۔

چندا نے کہا جانے اس چڑیا کو کیا ہوا ہے کہ آدھی رات کو ڈرتی کانپتی آن گری ہے پھر ہنس کر کہنے لگی "کیا پتہ اس نے بھی پریم کیا ہو اور پریتم کو ملنے نکلی ہو اور راہ بھول بیٹھی ہو۔

مرنالنی سیدھی اور بھولی تو نہیں تھی مگر اس کی طبیعت میں دوسروں پر جلد اعتبار کر لینے کی خرابی تھی اور یہی خرابی اسے لے ڈوبی گھر کی باتوں میں اگر کوئی اسے یونہی کہہ دیتا کہ سندر لال نے تمہارے لئے یہ کہا ہے تو وہ اس سے روٹھ جاتی یوں مجھے معلوم تھا کہ وہ پتی ورتا استری ہے بھگوان کی آڑ بھی اس نے اس لئے لی ہے کہ لال نے اسے نہ محبت دی تھی اور نہ اس کی پرواہ کی تھی گرو مہاراج کی اشیرواد کے بعد سے اس نے اپنے پتی کی طبیعت میں تبدیلی دیکھی تو وہ پھر اس کے پاؤں میں جا گری، ایسی عورت سے یہ امید رکھنا کہ وہ کسی انجھی راہ پر چل پڑے غلط تھا مگر اس کو جو دوسروں پر اعتبار کرنے کی عادت تھی۔ اس سے چندا کو جیت کی امید تھی۔

دنوں میں نے چندا کو نہیں دیکھا۔ مرنالنی اور وہ مجھے کبھی دکھائی دئے جاتیں کونوں میں کھڑی باتیں کرتی ہوئیں میں چھت کے کمرے کے پردے گرائے اپنے میں آپ قید تھی۔ ان دنوں مجھے ٹھاکر کا نام تک بھول گیا تھا۔ میں نویلی دلہن بنی سنگار کئے کوئلوں کی کوک سنتی رہتی، بانسری بجاتا کوئی باغوں سے پرے نکل جاتا تو میں جاگ سی جاتی ان دنوں ساری آوازیں خوشبو میں اور ہواؤں میں گھلے رنگ میرے پریم کے تانے میں نئے بوٹوں کی طرح بانا بنے ہوئے تھے۔ رات کو مجھے لگتا کوئی ہولے ہولے دوار کھٹکھٹاتا ہے جیسے کہہ رہا ہو پدمنی ہمیں اندر آنے دو، پدمنی ہم تم سے ملنے آئے ہیں۔ وہ راتیں گزر گئیں، سال بیت گئے زمانے جا کر ایک گھڑی بن گئے۔

چندا نے مرنالنی کو کیسا اپنے ڈھب پر لگایا ہوگا یہ میں نے اس سے آج تک نہیں پوچھا آج جب وہ مجھ سے اشیرباد لینے آئی ہے اور اپنے سہاگ اور گھر کو آباد سمجھتی ہے اس کے میرے درمیان بہت دیواریں ہیں میں اسے کچھ نہیں کہہ سکتی، بیتا زمانہ اس کے لئے ایک بڑا سپنا بن گیا ہے اور میرے لئے سارا جیون۔

انسان کی سوچ اور حالات کتنے فرق پیدا کر دیتے ہیں۔

بچوں میں گھری وہ یہ بھول گئی ہے کہ چندا کے ساتھ جس دن اس نے میرے کمرے میں قدم دھرا تھا وہ ایک نشے میں مست تھی، تبھی گھڑی گھڑی اپنا پلو آنکھوں تک لے جاتی، ہاتھوں سے منہ کو چھپا لیتی اور کہتی چندا مجھے شرم لاگے ہے وہ گرو مہاراج ہیں مجھے تو اپنے چاچا کے سمان لگتے ہیں بھلا میں ان سے کہوں گی جب وہ ملے تو ان سے کیوں کر بتاؤں گی کہ وہ بھی مجھے اسی طرح اچھے لگتے ہیں جیسے میں انہیں۔

میں حیران سی چندا کے اس سارے کھیل کا مطلب سمجھتی ہوئی چپ تھی۔

مرنالنی نے پلٹ کر مجھ سے کہا بہو جی یہ کیسا ہے، مجھے تو پتہ نہیں چلتا یقین نہیں آتا۔ بھلا چادروں میں لپٹی آتی بلندیوں میں سے ان دونوں نے مجھے اور آپ کو پہچان لیا ہو، کیوں بہو جی کیا ہم میں دوسروں سے فرق بات تھی!

میرا دل بھر آیا میں مرنالنی کو سچ بتا سکتی تھی پر آدمی کی سدا کی اپنے لئے دوسروں کو تباہ کرنے کی عادت نے مجھے کچھ کہنے سے باز رکھا میں یونہی چپ رہی اور اس رومال پر سوئی سے پھول بناتی رہی جو میں اگلی بار اور تحفوں کے ساتھ ارجن کو بھیجنے والی تھی۔

میں اور چندا اب لوٹ نہیں سکتے تھے مرنالنی کو جس راہ پر ہم نے گھسیٹا تھا اس پر کے سارے دروازے واپس جانے والی راہ پر بند ہو چکے تھے۔

لال بہادر کوئی پندرہ دنوں بعد لوٹا، میرے خط کا اس کے پاس کوئی جواب نہ تھا۔

زبانی انہوں نے کہلوایا تھا کہ وہ بہت اداس رہتے ہیں۔تم بہت یاد آتی ہو،تمہاری صورت آنکھوں میں پھرتی ہے تمہارا جسم جو کنول کے پھول کی طرح ہے یہ سوگند جو کسی دور دیس کی ہے اس سے وہ مست ہیں۔

میں چپ چاپ چندا کی طرف دیکھتی رہی۔ بھلا انہوں نے کہاں میرے جسم کی خوشبو سونگھی ہے کیسی غلط باتیں تھیں جو یہ لال بہادر کہہ رہا تھا ایک پل کے لئے مجھے لگا یہ سب جھوٹ ہے مگر اور کوئی راہ بھی تو نہیں تھی کہ میں اس پر چلتی۔ میرا دل مدتوں بعد جاگا تھا سنگھار کرتے ہوئے خوشی ہوتی تھی۔ اتنی دوری سے ہی سہی کسی نے یہ تو کہا تھا کہ وہ مجھے دیکھنا چاہتا ہے۔

جیون کے آخر میں جب موت قریب ہے میں دل سے پوچھنا چاہتا ہوں کہ تم نے ان جھوٹے سہاروں پر یقین کیوں کیا؟

دل کہتا ہے پدمنی تیرا کیا جاتا ہے اگر یہ یوں ہوا جب تیرے وشواش کو مدتوں پہلے ٹھیس لگ چکی تھی تو تو نے یہ دیوالی آج تک کیوں جلائی ہے؟ آج کوئی ایک نظر تک نہیں، ایک محبت بھری نگاہ تک نہیں، چاہت کا ایک بول نہیں جو کسی نے مجھ سے کہا ہوتا۔

میں نے اس رات چوکی پر بیٹھے بھکاری کے کشکول میں سارا کچھ ڈال دیا تھا۔ بھکشا کے ناطے میں نے اپنا آپ دان دیا تھا۔ پر آج بھی وہ لفظ میرے جی میں اسی طرح دیوانی ہواؤں کی طرح چکر لگاتے ہیں وہ سارے بول جو کہے نہ جاسکے، کیوں کہ ہمارا سندیش کبھی ارجن تک پہنچ نہ سکا۔ لال بہادر نے دل کو دھڑکنے کے لئے گرمی دی تھی۔ لال بہادر نے اپنی بیٹی چندا کی بے عزتی اور موت کا سامان کیا تھا اور پھر بھی لال بہادر نے وہ سب کچھ کیا تھا جو ایک چھوٹا آدمی کرتا ہے۔

مرنالنی اور میں سر جوڑے بیٹھی رہتیں۔ اور وہ ساری باتیں بار بار دہراتیں جو اس ایک گھڑی ارجن نے کی تھیں وہ نرجن کو یاد کرتی اور پھر شرم سے دوہری ہو جاتی۔ میں دل ہی دل میں اپنے اس جھوٹ پر ہنستی مجھے کیا پتہ تھا کہ ہم دونوں اپنے آپ کو دھوکا دے رہی ہیں۔

یا ندیاں اگر کبھی راتوں کے اندھیارے میں اپنے چاہنے والوں سے مل کر آتیں تو میرا دل تیزی سے میرے سینے میں پھڑ پھڑانے لگتا۔ دن پر لگا کر اڑتے تھے اور راتیں کتنی میٹھی لوریاں سناتی تھیں بہاریں، برستیں یوں گزرنے لگتیں جیسے دنوں کی لمبائی بھی پوری نہ ہوئی ہو مرنالنی کو سوائے نرجن کے دنیا کی ہر شئے بھول گئی ہے۔

اکیلے میں چندا سے میں نے اکثر پوچھا تھا چندا یہ تو نے کیا کیا ہے۔ ارے میری بات تو دوسری تھی میں نے سچ سمجھ کر یہ سب سویکار کیا تھا، پر مرنالنی جو اس گھر کی بہو ہے ارے تو نے اسے ایک جھوٹ کے بدلے میں باندھا ہے۔"

چندا ہنس کر کہتی۔ پدم رانی اس کے بنا چارہ نہیں تھا اور پھر تم نے بھی ارجن کو کہاں جی بھر کر دیکھا ہے رات کا اندھیرا تو دھوکہ دیتا ہے تم بھی اس بے یقینی میں ہو۔"

پر میں نے ارجن کو آپ پسند کیا ہے یہ راہ میں نے اپنے لئے آپ چنی ہے۔

تو مرنالنی کو اس کے جلد وشواس کر لینے کی عادت کی سزا ملنی چاہئے۔ اب بھگتے جھوٹی آسوں میٹھے سپنوں اور دیوانگی کے وہ دن۔

وہ سارا سے جو بیت گیا ہے اور سے کے پیچھے کی راہیں ہار کا دکھ اس دکھ کا وشواس جو مجھے پہلی گھڑی سے ہی تھا پھر بھی میں چندا سے لگی رہی۔ کوئی دل میں ہولے ہولے کہتا یہ سب جھوٹ ہے یہ سب جھوٹ ہے۔ میں نے کہنے والے کی بات سنی ان سنی کر دی۔

اور دل میں کہنے والے نے اپنے ہونٹ سی لئے بھلا ان دنوں اگر کوئی مجھے آن کر کہتا بھی

تو میں سنتی !لال اور چندا مجھے اپنے پیارے اور قریبی لگتے تھے۔

پہلی بار جب میں نے کانپتے ہاتھوں سے چندا کو خط دیا تو میرا دل یوں پھڑ پھڑایا مانو سینے سے دل باہر نکل جائے گا۔گڑھی کی دیواریں ٹھاکر کی لاج اس بڑے گھر کا مان سارے بندھن میرے پاؤں پڑتے رہے ہاتھ جوڑتے رہے اور میں نے آنکھیں بند کرلیں، مجھے چندا کی وہ مسکراہٹ آج بھی یاد آتی ہے جیسے میری ہنسی اڑا رہی ہو۔

خط ہاتھ میں لئے وہ واپس آگئی اور کہنے لگی بابا تو بڑی مصیبت میں پھنس گئے۔

کیوں کیسی مصیبت؟ مجھے لگا خوشی کے چہرے پر سے ایک سیاہ سایہ گزر رہا ہو۔۔

چندا نے کہا" بابا کو یہیں پر ٹھاکر کے کسی کارندے کے پچاس روپے دینے ہیں وہ راہ روکے بیٹھا ہے۔" بس اتنی سی بات ہے میں نے پٹاری کھول کر پچاس روپے دیتے ہوئے کہا۔

وہ سب دن جو لال کے لوٹ کر آنے میں لگے میرے لئے سپنوں کے دن تھے۔

میں اپنے خط کی سطریں بار بار دہراتی ، ارجن کو خط پکڑتے پڑھتے خوش ہو کر جواب لکھتے دیکھتی ،ایک تصویروں کے قافلے کا سفر ہر گھڑی میری آنکھوں کے سامنے سے شروع ہو کر ختم ہوتا۔

باغ میں کھلنے والی کھڑکیوں کے پردے ہٹائے میں پونم کے چاند کو گندھروتی کی شاخوں میں الجھا دیکھتی پھر وہ تیرتا اور میری چوکھٹ پر آن رکتا چاندنی اندر آتی اور میرے پاؤں پڑتی کرنوں کی سیڑھی پر اپنے سفید پاؤں دھرتا ارجن آتا اور میری سانسیں گڑبڑا جاتیں، میری آنکھیں اٹھ نہ پاتیں لاج سے بوجھل سر جھک جاتا۔ارجن کے ہاتھ چپکے سے میرا گھونگھٹ الٹ دیتے۔

اس کے سانس کی سوگندھ میرے گرد لپٹ جاتی اور میں لہروں میں بہتی ان بانہوں میں نکی جانے کتنے زمانوں کے پار چلی جاتی وہ سارے زمانے جو ارجن کے میرے درمیان تھے۔

بہت دنوں میں لال آیا۔

اس رات ٹھاکر جانے کیسے بھول کر میرے کمرے میں آیا تھا میں سردی کی پرواہ کئے بنا کھڑکی کے پٹ پکڑے باہر اندھیرے میں دیکھتی پچھلی راتوں کے ابھرنے والے چاند کا انتظار کرتی گنگناتی جاتی تھی۔

پدم رانی تم تو بہت بدل گئی ہو۔اس نے اپنے لمبے بالوں کو جھٹکتے ہوئے کہا۔

میں نے کہا تم بھی تو بہت بدل گئے ہو آج راہ کیسے بھول پڑے ہو۔

ٹھاکر نے میرے ہاتھوں کو اپنے ہاتھوں میں لے کر کہا تم نے کبھی مجھے بلایا بھی تو نہیں۔

میں نے ہاتھ چھڑا کر انہیں اپنی چادر سے پونچھ لیا اور پٹ کو اسی طرح پکڑتے ہوئے کہا تمہیں اور مجھے ایک دوسرے کی کبھی ضرورت نہیں ہوگی۔

یہ کیا کہہ رہی ہو پدم، اس نے میرے بالوں پر ہاتھ پھیر کر کہا، میں جہاں بھی ہوتا ہوں جس

طرح بھی تم میرے دل میں رہتی ہو جب کنجی ناچتی ہے تو اس کے سر جھٹکنے کے انداز سے لے کر اس کی ہلسی تک میں مجھے تم دکھائی دیتی ہو۔

ایک کنجی میں اور مجھ میں کوئی فرق نہیں نا، میں نے پرے ہٹتے ہوئے کہا

مجھے جو شے بھی بھاتی ہے تمہاری وجہ سے ٹھاکر نے اسی طرح اپنی کانی آنکھ چمکاتے ہوئے کہا۔

پھر سیڑھیوں پر کسی کے قدموں کی چاپ سنائی دی اور چندا نے زور سے پکارا بہورانی۔

ٹھاکر نے کہا۔ اچھا پدم رانی میں چلتا ہوں تم اپنی سکھیوں سہیلیوں میں خوش رہو۔

کوئی اور دن ہوتا تو اپنی تنہائی سے گھبرا کر میرا دل ٹھاکر کو پکارتا مگر آج!

لاؤ میں نے ہاتھ چندا کی طرف بڑھا دیا۔

اس نے پلنگ کی پائنتی بیٹھتے ہوئے کہا بالوٹ آیا ہے مہاراج نے جواب میں کہلوایا ہے:

کہلوایا ہے: میرے ہاتھ بڑی نراشا سے میرے پہلو میں گر گئے۔

ہاں بہورانی چندا نے سر جھکا کر کہا انہوں نے کہلوایا ہے کہ میں بھی پریشان ہوں تڑپتا ہوں جی چاہتا ہے پر لگا کر آؤں پھر تھوڑے کام ہیں میں جلدی ہی آؤں گا۔

میرا دل دھک دھک کر رہا تھا میں نے تکیہ سے ٹیک لگا کر آنکھیں بند کر لیں۔ طوفان کی سی تیزی سے میرے خیالوں نے مجھے چکرایا گھمایا اور ہوا کے ساتھ ساتھ میں اوپر اڑی یہاں تک کہ دنیا اور اسکے باسی ڈولتی ہوئی بتی کی روشنی میں بڑے دیوانے پتنگے لگنے لگے۔ تڑپنے گھبرانے کے وہ دن۔

آس اور انتظار کے وہ دن۔

خوشیوں اور سپنوں کے دن۔

سردی میں نکھار آ گیا تھا درختوں کے سایوں میں سندر تا تھی میں اکیلی ہی راتوں کو باغ کے راستوں پر گھومتی رہتی۔ ارجن کے ہاتھوں میں ہاتھ دیئے اس کے سینے سے لگی مجھے لگتا میرے اندر جانے کتنے جنموں کا اکیلا پن تھا جو میں نے اس خوشی کے ہاتھوں بیچ دیا ہے ایک گھڑی میں یہ خوشی ہزار جنموں کے بدلے مہنگی نہ تھی۔

چندا ارجن کب آئیں گے۔ میری آس بھی دوار پکڑے راہ دیکھتے دیکھتے گھبرا چلی تھی۔ مہینہ مجھے سارے پچھلے زمانوں کے برابر لگا۔

چندا نے کہا جانے مہاراج کیوں نہیں آئے بہورانی۔

میں نے سوچا کیوں نہ لال کو پھر بھیجا جائے اور پھر لال کے ہاتھ میں نے اپنا راتوں کو جاگ کر سوچ میں ترتیب دیا ہوا خط دیا میں نے لکھا تھا۔

ارجن!

تم پریم کے ناطے میرے بھگوان ہو گئے ہو۔ بھگوان ہو کر بھی اپنے داس کے دل کا حال نہیں

جانے کہہ کر نہیں آئے۔ اچھا نہ آؤ گے تو بھی میں تو تمہاری راہ دیکھتی رہوں گی۔ تم میرا سہاگ ہو اور میں تمہاری راہ میں اپنا دیا جلائے بیٹھی ہوں، دیکھو میری بھینٹ تو سویکار کرلو۔

چندا نے کہا بابا کو زمین کا پیسہ دینا ہے دو ہزار چاہئیں، اگر روپے کا بندوبست ہو جائے تو ٹھیک ہے ورنہ اسے چند دن اور رکنا پڑیگا۔

میں نے اس بار بھی جس کر دو ہزار روپئے اور خط چندا کے ہاتھ میں دے دیا میرا دل کہتا تھا جواب اب بھی نہیں آئے گا ناتھ اب کے بھی بھینٹ سویکار نہیں کریں گے۔

نندلال اب کے بھی جواب نہیں لایا۔ چندا نے چپکے سے میرے ہاتھ میں ایک تصویر پکڑا دی۔ ارے یہ دیوتا

میرے خالی دنوں میں دیوتا کی مورتی نے رنگ بھر دیا، اپنا کمرہ بند کئے میں پہروں بیٹھی رہتی میں نے کاغذ لے پنسل سے آڑی ترچھی تصویریں بنائیں مگر دیوتا کی کوئی تشبیہ نہ بن سکی۔

میرا دل کاغذ پر اتر نہ سکا میں نے پھولوں کے رنگوں سے آنکھوں کی روشنی میں گھول کر چمکتی ہوئی بولتی تصویر بنانے کا کام شروع کیا۔ ان دنوں ٹھاکر اور چندا گڑھی اور ساری دنیا کہیں اندھیرے میں گم ہوگئی میرے دل کے اندر کوئی شے تھی جو پہلے بند اور گھٹی ہوئی تھی۔ اب کھل کر خوشی بن کر میرے خون میں مل کر میرے رگوں میں جادو نی بسنے لگی تھی۔

مہینوں بعد کاغذ کے ڈھیروں اور رنگ کے اندھیرے میں سے روشنی کی ایک کرن چمکی ارجن کی ایک تصویر نے مجھے چتر کار بنا دیا۔

جس دن میں نے چندا کو ارجن کی تصویر دکھائی اس کا رنگ پھیکا پڑ گیا وہ میری طرح خوش نہیں ہوئی چپ چاپ دیکھتی رہی۔

میں نے کہا ارے دیکھو چندا میں نے کیا بنا لیا ہے۔

چندا نے کہا بابا مہاراج کو لینے جانے والے ہیں مجھے بہت فکر ہے جانے کہہ کر کیوں نہیں آئے۔

اچھا میں نے یوں کہا جیسے اس بات سے میرا کوئی واسطہ ہی نہ ہو۔

بھورانی پھر بابا کو کہوں کہ جائیں۔

ہاں میں نے کہا کیوں نہ جائے مگر کتنے روپے کی ضرورت ہوگی۔

پانچ ہزار رپئے، چندا نے بنا پلک جھپکائے کہہ دیا۔ اس کے میرے درمیان اب یہ ایک سودے کی بات تھی۔ ہر بار لال کے جانے کے دام پچھلی بار سے دوگنے ہو رہے تھے۔

کرواچوتھ کا برت رکھوں گی چندا نے چلتے چلتے پوچھا۔

ارے ہاں کیوں نہ رکھوں گی۔

ارجن! میں نے تمہیں اپنا بھگوان دیوتا پتی سب کچھ مان لیا ہے۔ سہاگن ہوں اور یہ برت میں نے تمہارے لئے رکھا ہے۔ مجھ پر وشواس رکھو جب تک زندہ ہوں یہ برت رکھوں گی پر اس کے پتی تم ہو گے میں نے اپنی آتما تمہیں دی ہے رہ گیا یہ شریر تو یہ اگر تمہارے کام آسکے تو میری بھینٹ سویکار ہو گی اگر نہیں تو تب بھی کوئی فرق نہیں پڑتا۔ جانے تم کٹھور کیوں ہو۔ تمہارا جی نہیں چاہتا کہ مجھے درشن دو، میں تن من سے تمہاری پوجا میں لگی ہوں۔ ایک گھڑی کے لئے کبھی آ ؤ تو پجارن تمہارے چرنوں میں سکھ پالے۔ تمہارا آشیرواد لے کر میں نے تمہیں دکشنا دی تھی۔ اب مجھے بھکشا کے ناطے درشن تو دو۔

خط کو دوبارہ پڑھ کر میرا جی چاہا میں کچھ بھی نہ لکھوں بھلا وہ تو کچھ لکھتے نہیں آخر کیوں نہیں؟ پھر دل نے کہا سوال کرنا تمہارا کام نہیں۔

ہاں میں نے کہا بھلا میں اور دیوتا سے ضد کروں اور لال اب کے بھی خط لے کر اپنے سفر پر روانہ ہو گیا۔

مرنالنی نے کہا جانے کیا بات ہے نہ ہمارے لکھے کا جواب ہی آتا ہے اور نہ ہی کوئی اور طرح کی نشانی۔ تصویر کے راز کو چھپائے چھپائے میں نے کہا نرجن شاید ان باتوں میں یقین نہ کرتے ہوں۔

مرنالنی نے کہا یہ بات جنم جنم تک چھپی نہیں رہ سکتی پدم رانی، ٹھاکر تو اندر آتے ہی نہیں ہیں اس لئے تمہیں تو اس نرک میں سے نہیں نکلنا پڑتا جس سے میں روز ہی ٹکراتی ہوں میں اب نرجن کے بنا نہیں رہ سکتی میں آکاش پر نہیں اڑ سکتی ہوا میں نہیں رہ سکتی سپنوں کی پرچھائیں میں جان نہیں ہے میں تو اس ٹھہرنے سے مر جانا اچھا سمجھتی ہوں اب کے بھی لال بہادر اگر خالی ہاتھ آیا تو میں کسی اور کو بھیجوں گی۔

مرنالنی نے سپنے سے جاگتے ہوئے کہا کیا کہہ رہی ہو۔

ہاں پدم مجھ میں اب اور راہ دیکھنے کی ہمت نہیں ہے۔ میرا پتی روز مجھ سے پوچھتا ہے کہ مجھے کیا ہوتا جارہا ہے میں اسے کہہ نہیں سکتی کہ اسکا چھونا بھی مجھے برا لگتا ہے وہ بات کرتا ہے تو میں جواب نہیں دیتی، کبھی کبھی تو میرا جی چاہتا ہے کہ اسے کہہ دوں اسے سب کچھ بتادوں، ہنس کر اسے کہوں کہ تم کس مرنالنی کی کھوج میں ہو میں تو کسی اور کی ہوں۔

مرنالنی میں نے وہیں پلنگ پر گرتے ہوئے کہا میں تو ارجن کی ایسے ایسے کئی جنم راہ دیکھ سکتی ہوں۔

تم میں ہمت ہے پدم تم کسی اور دنیا سے آئی ہو۔ اصل میں تمہیں ایک خیال کی کھوج ہے جس پر اپنا سب کچھ بلیدان کر سکو میں اسی دنیا کی باسی ہوں مجھے اسی سنسار میں نرجن کو ملنا ہے اس میں چاہے مجھے مات ہو اور چاہے جیت۔

مگر یہ کیسے ہو سکتا ہے مرنالنی تم اس گھر کی بہو ہو ان دیواروں سے باہر نکل نہیں سکتیں پھر اگر ایسی بات ہو گئی تمہیں مات ہو گئی تو کہاں جاؤ گی؟

میں کوئی پدم نہیں ہوں جس کو ٹھاکر نے سوداگر سے خریدا ہو، وہ تیزی سے بات کہہ گئی اور

پھر مجھ سے لپٹ کر کہنے لگی۔ دیکھو بہورانی مجھے معاف کر دونا۔ آج کل میں پاگل ہو رہی ہوں ایک سال ہونے کو آیا ہے لال بہادر کتنی بار گیا اور ہر بار خالی ہاتھ پھر آیا ہے۔ مجھے تو لگتا ہے یہ وہاں تک جاتا ہی نہیں۔ نہیں مرنالنی ایسا نہیں ہوسکتا، میں نے من ہی من میں ارجن کی تصویر دیکھ کر کہا۔

پنجرے میں بند چوہوں کی طرح مرنے کے بجائے کیا یہ نہیں ہوسکتا کہ ہم ہمت کریں اور اپنے نصیب کا لکھا پڑھیں۔ اس نے میرے ہاتھ پکڑ کر کہا انگلیوں میں لگا رنگ اس کے ہاتھوں پر بھی چڑھ گیا۔ یہ تم کواڑ بند کئے کیا کرتی رہتی ہو بہورانی۔ اس نے رنگ کو چادر پر چھڑانے کی کوشش کی۔

اچھا تو پھر آخری بار لال بہادر کو اور بھیج دیں گے اگر اب کے بھی انہوں نے آنے کا وعدہ نہ کیا تو میں کوئی راستہ سوچوں گی مجھے چندا پر اور لال بہادر پر وشواس نہیں جانے سے پہلے ہی یہ تم سے ہزاروں روپے لیتے ہیں ہماری اس کمزوری سے فائدہ اٹھا کر ہم کو لوٹ رہے ہیں میں نے تو اپنے زیور بیچ دیئے ہیں پریم مجھے مہنگا پڑا ہے۔ مرنالنی جانے کیا کچھ اور کہتی۔

چندا نے کہا بابا لوٹ آیا ہے۔

خالی ہاتھ ہوگا۔ مرنالنی نے ہنس کر کہا اور ارے چندا تم نے تو ہمیں برباد کر دیا ہے۔ چندا نے برا سا منہ بنا کر کہا۔ چھوٹی بہو کسی کو کوئی برباد کرسکتا ہے۔ بربادی تو ہر آدمی کے اپنے اختیار میں ہے آپ ابھی سے گھبرا گئیں جس راہ پر آپ چلی ہیں یہ راہ بہت کٹھن ہے اور انت میں کیا ملے یہ بھی کوئی نہیں کہہ سکتا ہے۔

ارے چندا تم تو برا مان گئیں میں نے گھبرا کر کہا چندا کا خوش رہنا ہماری زندگی کے لئے بہت ضروری تھا، باہر کی دنیا، ارجن، من کی خوشی سبھی تو اس کے ایک بول کے دم سے تھی۔

چندا نے اسی طرح کہا بہورانی بھلا اس میں میرا کیا دوش ہے میں ان لوگوں کے دل کی بات کیا جانوں کوئی میں نے جان بوجھ کر تو آپ کو کہا نہیں۔ مرنالنی نے کہا ایک سال ہونے کو آیا ہے وہاں سے بھی کوئی جواب نہیں آپاتا۔ آخر اندھیروں میں کب تک بھٹکا جائے۔

چندا نے پھر کہا چھوٹی بہو یہ کوئی کھیتی تو نہیں ہے کہ سال کے بعد ضرور کچھ اگے پھل والا درخت تو نہیں کہ اس میں پھل لگیں گے۔ یہ دل کا روگ ہے اس میں کبھی کبھار سوائے بدنامی کے کچھ بھی نہیں ملا کرتا ہے۔ مرنالنی نے کہا چندا یہ سب باتیں تم نے مجھے پہلے ہی کہی ہوتیں اگر تم نہ کہتیں کہ نرنجن مجھے یاد کرتے ہیں تو میں کیوں اس راہ پر چلتی۔

چندا نے اسی ڈھٹائی سے کہا چھوٹی بہو ہر کوئی جو آپ کو یاد کرے گا آپ اس کے پیچھے دوڑ پڑیں گی کیا؟ میں نے دیکھا مرنالنی کا چہرہ پہلے سرخ ہو گیا پھر ایک دم اتنا زرد جیسے کسی نے سارا خون اس پر سے نچوڑ لیا ہو اور اس نے منہ پھیر کر اپنے آنسو چھپانے کے لئے کھڑکی کے باہر جھانکا جہاں ہوا سردی کے

آخری دنوں میں سوکھے پتوں پر دبے پاؤں چلتی اپنا بسنتی دامن جھٹکتی پھرتی تھی اور پنکھ پکھیرو ڈال ڈال کود رہے تھے اور یہی شام تھی جب ہماری بربادی نہیں صرف میری بربادی کا بیج بویا گیا ہم نے ایک آخری کوشش کر۔ نے کی صلاح کی۔

میں تو کئی جنموں انتظار کر سکتی تھی۔ مگر مرنالنی کا کیا تھا جانے کیا کر گزرے، اصل میں اس کے لئے مجھے بھی اندھیرے میں کودنا پڑا اور آج تک میرے قدم پاتال میں کسی شے پر نہیں ٹک سکے۔

مرنالنی نے نرنجن کے لئے تحفوں کا ایک صندوق بھر ڈالا تھا، چاندی اور سونے کے تصویریں رکھنے کے چوکھٹے، ہیرے کی انگوٹھیاں کپڑے اور جانے کیا کیا تیاری کرتے ہوئے جب اسے کچھ دیتی تو بھاگی ہوئی آتی اور کہتی پدم رانی میں تو شکنتلا ہوں اور اپنے راجہ کو یہ ساری چیزیں بھیج رہی ہوں شاید اسے کسی شے سے میری یاد آجائے۔ اوہ! مرنالنی تو پاگل ہوگئی تھی۔

میں چاہتی تھی اسے روک دوں۔ اس آخری گھڑی اسے سب بتادوں مگر میری زبان سے لفظ نکل نہ سکتے تھے اس ایک پل کی غلطی نے مجھے مرنالنی کو کیا دیا اتنا کچھ کہ اسے بھوگنے کے لئے جنموں بھی ہم جی سکتی تھیں چندا نے ٹھیک ہی کہا تھا۔ وہ آخری خط تھا جو میں نے ارجن کے نام لکھا۔

ارجن! تم بھگوان بن کر دیوتا بن کر مہربان نہیں ہوئے میں پجارن تو ضرور ہوں پر درشن کی بھی آس لگائے بیٹھی ہوں اگر آسکو تو مجھے چلنے کے لئے راہ کے نشان دکھائی دے جائیں آؤ تو دیکھو کہ میں نے مندر کی سیڑھیاں دھوکر مورتی کے خالی آسن پر پھول رکھے ہیں جب تم مندر میں آؤ گے تو پھر پھولوں کے لئے جگہ کہاں رہے گی ایک سال تو کیا میں ایک جنم تمہاری راہ دیکھ سکتی ہوں۔ صرف تم کبھی آنے کا کہہ تو دو تمہارے قدموں کی چاپ سننے کے لئے راکھ بھی راہ دیکھتی رہے گی مجھے معلوم ہے یہ ایک جگ کا نہیں سارے جنموں کا بیوپار ہے، تمہیں پاکر بھلا کسی نقصان کا خیال آسکتا ہے۔

لکھنے میں قلم رک رک چل ہی نہیں پاتا تھا دماغ خالی تھا اور مجھے حیرت ہورہی تھی کہ میں جو اپنے من کو پھول کی طرح کھلتا پاتی ہوں آخر آج کیوں ارجن کے نام خط لکھتے ڈر رہی ہوں اس سے پہلے بھی لال بہادر ہمارے خط لے کر گیا تھا اس نے جواب کبھی لاکر نہیں دیا مگر ارجن کی ایک تصویر تو تھی اور جہاں تک مجھے خیال تھا۔ ارجن کا نام بھی اس کے پیچھے لکھا تھا۔

کالی رات اندھیارے کی چادر اوڑھے جاتی تھی کہ چاند نے اس کو پکڑ لیا آس پاس کے تارے نکلے اور چادر کو الٹ کر اسے دیکھنے لگے۔ وہ ساری رات میں نے آنکھوں میں گزاری۔ بھگوان جانے اگر اب بھی ارجن نے جواب نہ دیا تو کیا ہوگا۔ آخری بازی اور آس کی ٹوٹی ڈوری کو گزھی کے دالانوں میں کہاں تک گھسیٹا جائے مگر بنا آس کے بنا جھنکار کے یہ چپ چاپ مجھے نگل نہ لے گی۔ بھلا کیا ہوگا اے پدم رانی کیا ہوگا میں ماں کے کہنے کے مطابق رانی تو بن گئی پر کسی دل کے سنگھاسن پر راج نہ کر سکی

کوئی میرے دل کے مندر میں کھلے دروازے سے اندر نہ آیا۔

جب بھی کبھی میری آنکھ لگی دل کی دھک دھک نے اس رات مجھے جگا دیا اور ہر دفعہ مجھے لگا جیسے میرا دم گھٹ رہا ہو سدا کی طرح اب کے میں نے دل کی آنکھوں سے ارجن کو یہ خط پڑھتے بھی نہیں دیکھا جانے اندھیرے میں میرا دم کیوں گھونٹ رہا تھا۔ ابھی سویرا بہت دور تھا جب چندا نے کواڑ دھڑ دھڑا کر کہا بہورانی ذرا کواڑ تو کھولئے۔

میری زبان منہ میں لکڑی کی ہوگئی، میں نے پانی کے لئے پکارا بھی تو کسی نے نہیں سنا، کواڑ کھولنے میں میرے ہاتھ مانو شریر کا حصہ ہی نہ ہوں۔ ساتھ ہی نہیں دے رہے تھے۔

اوہ بھگوان! چندا نے پھر کہا بہورانی ذرا جلدی!

ارے کیا ہو گیا ہے؟ کسی نے میرے دل میں کہا میں نہ بول سکتی تھی اور نہ ہی مجھ میں اٹھنے کی طاقت رہی۔ جب میں اٹھ ہی نہیں پائی تو اس نے کواڑ کے ساتھ منہ لگا کر کہا بابا کہتے ہیں صندوق جانے کہاں گم ہو گیا ہے جانے کون اٹھا لے گیا ہے وہ باہر کمرے میں سوئے تھے پچھلی رات نہانے کے لئے کنوئیں پر گئے ہیں کہ پوجا پاٹ شروع کریں آئے ہیں تو صندوق نہیں تھا۔

میں نے کہا چندا پیسوں کی ضرورت ہے کیا۔ ارے نہ۔ بہورانی یہ بات نہیں اس کی آواز میں منت تھی۔ میں نے دوار کھولا ہے تو دیکھ کر حیران رہ گئی وہ ننگے پاؤں تھی اس کے سر پر کچھ نہ تھا اور رات کے کپڑوں میں کھڑی کانپ رہی تھی۔

میں نے کہا صندوق کہاں جا سکتا ہے؟

یہی تو مجھے بھی معلوم نہیں۔ میں باہر کے کمرے میں ٹھاکر کے لئے پانی لینے آئی ہوں تو بابا نے مجھے بلایا اور کہا کہ صندوق کا پتہ نہیں۔

وہیں زمین پر بیٹھ کر میں نے کہا ارے اب کیا ہوگا ہمرا سندیس تو ارجن تک پہنچ ہی نہیں سکے گا؟ سائیں سائیں کرکے ویران ہوا میرے دل کے اجاڑ میں چلنے لگی۔

چندا نے میرا کندھا پکڑ کر ہلایا اور کہا۔

آپ کو پتہ نہیں بہورانی صندوق کے گم ہونے کا مطلب ہے کہ کسی اور آدمی کو بھی گڑھی میں اس بات کی خبر تھی کہ صندوق میں کیا تھا۔

نہیں یوں نہیں ہو سکتا، چندا بس تم کو پتہ تھا اور کسی کو تو معلوم نہیں تھا۔

بہورانی عورت کے دل میں کچھ نہیں سماتا پریم بھی نہیں۔

میں نے کبھی کسی سے بات نہیں کی تھی۔ ریکھا تک سے نہیں کیا پتہ کس نے کی ہوگی۔

مرنالنی کی باتیں اس کی آنسو بھری آنکھیں اور زرد چہرہ یاد آگیا۔

اب کیا ہوگا بھگوان نندا نے ہاتھ ملتے ہوئے کہا ٹھاکر مجھے اور چندا کو گڑھی سے نکال دے گا کیا پتہ باپو کو مروا دے ارے ہم تو تم لوگوں کی وجہ سے لٹ گئے بھورانی وہ ٹھاکر اس ویران گھر میں ہر صبح اٹھتا اور شاخ سے ایک حصہ توڑ کر لاتا کھڑا ہو کر پہلے مجھ سے پوچھتا۔

پدم کیا مجھے بتاؤ گی کہ ارجن سے تمہارا کیا ناطہ ہے؟

جانے کتنے درختوں کی شاخیں اس نے مجھ پر توڑی ہیں رستے زخموں پر ناسوروں میں گھرے گھاؤ پر جہاں ٹھاکر کا ہاتھ پڑا ہے، کہاں ادھڑتی چلی گئی ہے مگر مجھے بھی تو اس کے ساتھ اپنے ناطے کا پتہ نہیں تھا۔ میں نے تو اسے ڈھنگ سے دیکھا تک نہ تھا میں اس سے کیا کہتی کیا جواب دیتی۔

ہولے ہولے وہ تھک گیا، میرے سامنے زمین پر بیٹھ کر وہ اپنے سفید سر میں راکھ ڈالتا اور کہتا۔ پدم تم نے یہ مٹی میرے سر میں ڈال دی ہوتی پر جو کچھ کیا ہے وہ تو نہ کیا ہوتا۔

میں نے اتنے سالوں نہ کبھی انکار کیا اور نہ ہی اقرار میں نے تو کچھ کیا ہی نہیں تھا، ایک نام تھا جس سے میرا ناطہ تھا پر شریر سے تو میرا کوئی ناطہ نہیں رہا اور ٹھاکر کو کسی اور رشتہ کی بات کہاں پتہ چل سکتی تھی آتما اور انتر یہ ساری باتیں تو اس کے لئے بیکار تھیں ایسے نام جن کا مطلب زمانوں پہلے بیکار ہو چکا ہو میرے کمرے میں اس نے الماری کے نچلے حصے میں کپڑوں کی تہوں سے ارجن کی تصویریں نکال کر میرے سامنے رکھ دیں۔ ان سب کو میرے سامنے اگر آگ لگا دو تو میں اب بھی تمہیں معاف کر دوں۔

دل نے کہا، بس معافی کے لئے اپنے آپ کو سکھی کرنے کی تمہاری سہار کیا یہاں تک ہی تھی؟

میں نے دل کو اپنی سہار کا بتانے کے لئے تصویروں کو آگ لگانے سے انکار کر دیا کیوں یہ تصویریں میں نے آنکھوں کی روشنی اور پھولوں کے رنگوں سے ملا کر بنائی ہیں میں نے ان پر اپنے دل کا خون لگایا ہے۔ بھلا میں انہیں کیوں جلاؤں میرے انکار نے ٹھاکر کو دیوانہ کر دیا۔ اس کے غم کی تختی اور ہاتھ کی تختی نے مجھے بھی پاگل بنا دیا میں سسکیاں لیتی ہوئی روتی جاتی تھی اور کانپتی جاتی تھی۔

ٹھاکر تمہیں پوچھے گا نندا تم جاؤ۔ میں نے اسے باہر دھکیلتے ہوئے کہا۔

ارے اب کیا ہوگا پدم رانی کیا یہ نہیں ہو سکتا کہ تم درختوں کے جھنڈ میں چھپے کنڈ میں ڈوب مرو یہ تمہارا سنگار وہار یہ باندیاں اور یہ آتما کا روگ۔

مرنے والے کی طرح میں نے اس ایک گھڑی موت کا چہرہ اپنے سامنے دیکھ لیا۔ دل نے ہنس کر کہا اسی ہمت پر اتنا شور تھا بس ذرا سے شبہے پر جی چھوڑ کر مرنے کو تیار ہو لوگ تو پریم کے نام پر آگ میں کود گئے ہیں، بن باس لے کر بھی خوش رہے ہیں تم اس بات پر ہی پریشان ہو گئیں کہ وہ صندوق مس ہو گیا جس میں تمہارے پریتم کے نام تمہارا خط تھا۔ چھی۔

دل کی ہنسی کا جواب میں نے آج تک جی کر دیا ہے۔ وہ میرے سینے میں ایک بیگانے کی

طرح دھڑ کتا رہتا ہے پر مجھ سے بات نہیں کرتا، وہ اور میں دو دشمنوں کی طرح ایک ہی نگر میں رہتے ضرور ہیں۔ پھر بادلوں کے پیچھے چھپے سورج کا پرکاش جو کچھ لایا ہے وہ آج تک میرے پاس ہے ٹھاکر کی زندہ آنکھ خون کے رنگ کی ہو رہی تھی اس نے مجھے بالوں سے پکڑ کر گھسیٹا اور گھسیٹتا ہوا اندر کوٹھری میں لے گیا۔ بتاؤ ارجن سے تمہارا کیا ناطہ ہے۔

مجھے آج تک سمجھ نہیں آئی بھگوان کے اور منش کے بیچ کیا رشتہ ہو سکتا ہے۔

مرنالنی کو کھلے سر اس کے مائکے گھر بھجوا دیا گیا، نندا پر اتنی مار پڑی کہ اس کی چیخوں سے ساری گڑھی گونج اٹھی، چندا نے زہر کھا کر اپنی جان دے دی لال بہادر کو ٹھاکر نے نکال دیا۔

مجھے اپنے لئے سہے ہوئے دکھوں کا کوئی غم نہیں۔ ارجن کے نام پر میں نے اپنی بھینٹ چڑھائی ہے مجھے کسی بات کا غم نہیں۔ زبان کو اب تک قابو میں رکھا تھا وہ میرے قابو میں نہ رہی اور زبان کے بندھن جب کھل گئے تو وہ ارجن کو پکارنے میں ہر شئے کو بھول گئی۔

میں نے مٹی پر انگلیوں سے ارجن کی تصویر بنا ڈالی میں نے اپنے انگ انگ پر اس لئے اس کا نام لکھا کہ میں تو بس ایسی ہی کی تھی وہی میرا من موہن تھا وہی میرا بھگوان تھا وہی میرا پرماتما تھا۔

ٹھاکر نے سختی بند کر دی مجھے ارجن کا نام جپتے دیکھتا تو ٹھنڈی سانس بھر کر کہتا پدم اگر تم کہو تو ارجن آسکتا ہے کیا تم ارجن سے ملنا چاہتی ہو؟ نہیں میں ارجن کو نہیں جانتی، کون ارجن؟

ایسے میں ٹھاکر بہت نرمی سے مجھے سمجھاتا ارجن اپنے گرو مہاراج کا بالک وہی ارجن جس کا نام تم جپتی ہو کیا میں اسے بلوا دوں؟

جب سختی اور نرمی کسی سے بھی کام نہ چلا تو ٹھاکر نے مجھے باندیوں کی کوٹھریوں میں سے ایک میں قید کر دیا ساری باندیوں کو الگ کر دیا اور نندا کی جوان صورت کو پھر اپنے من میں اسا لیا۔

رونق سے بھرا اور دالانوں میں گونجتے گیتوں والا گھر کھنڈر بن گیا۔

پہلے تو کسی کو میرے پاس آنے کی اجازت نہیں تھی۔ پھر کبھی کبھار کھانا دینے نندا آنے لگی۔ نندا کی ان آنکھوں نے ارجن کو دیکھا تھا۔ اس کی ان آنکھوں نے میرے ارجن کو دیکھا تھا۔

میں نندا کو اپنے دل کے ساتھ لگا لیتی اور اس کی ان آنکھوں کو چوم لیتی۔

ٹھاکر کبھی دکھائی دیتا تو مجھے لگتا اس کے بالوں کی سفیدی اس کے جسم میں گھل گئی ہے اس کی روح میں اتر رہی ہے، تھکے قدموں سے وہ آتا اور کوٹھری کے سامنے کھڑا ہو جاتا۔ چپ کھڑا رہتا اور میں زمین پر مٹی میں انگلیوں سے ارجن بناتی رہتی۔ جانے کتنے سال بیت گئے۔

مرتے سے ٹھاکر نے کہا پدم تم نے کبھی اس بات کو سچ نہیں جانا مگر میں نے صرف تمہیں چاہا تھا۔ تم بھوک سے تنگ ہو کر دور دیس سے آئی تھیں اور میں نے اپنی پیاسی آتما کو تمہارے دم سے رونق دی

تھی۔تم نے میری لاج اور میرا مان توڑ دیا۔ پدم تمہیں ارجن سے پریم ہو گیا۔

میں نے اس سے بھی یہ نہیں کہا کہ مجھے ارجن سے پریم نہیں ہے۔ مرا دل ٹوٹ رہا تھا ٹھاکر نے پھر کہا پدم یہ ہمارے دیس کی ہوا ہے ہم عورت سے پریم کرتے ہیں اس کی آتما سے ہمارا کوئی ناطہ نہیں ہوتا اگر میں نے تمہیں دکھ دیئے ہیں تو صرف اس لئے کہ میں نے تمہیں خریدا تھا۔ تمہارا اس دیس سے کوئی تعلق نہ تھا۔ تم نے ارجن سے ناطہ کیسے جوڑ لیا۔

میں نے نہیں کہا کہ میرا ارجن سے وہ ناطہ نہیں رہا جس کو تم سمجھتے ہو میں نے ٹھاکر کی کسی بات کا کوئی جواب نہیں دیا۔ پدم ارجن میرا بہت پیارا دوست تھا وہ مجھے سارے نگر میں اپنا لگتا تھا۔ اس نے مجھے دھوکہ دیا ہے اس بات کو میں بھلا کیسے بھول سکتا ہوں۔ میرا وشواس تم دونوں نے اس میں چوری کی۔

آج سوچتی ہوں مرتے سے اگر میں ٹھاکر کو بتا دیتی کہ میں نے ارجن کو ایک بار گھونگھٹ کی اوٹ سے بھی ڈھنگ سے نہیں دیکھا تو اس کا مرنا آسان ہو جاتا مگر میں نے اسے کچھ نہیں بتایا۔ اپنے لمبے سیاہ بالوں کی بجائے ننگے سر اور ابھری رگوں والے ہاتھ کو میں نے نہ جھکایا ہے اور نہ بڑھایا ہے میں اس کی پدم رانی کا دل توڑ کر بھی زندہ رہی کہ کڑوا چوتھ کا برت رکھ سکوں جسے میں نے پتی جانا اور مانا تھا۔

ٹھاکر کو مرے ہوئے جب بہت دن ہو گئے تو مرنالنی کے لئے بھی ٹھاکر کے بیٹے کے دل میں جگہ ہوئی اور وہ اسے وداع کرا لایا کہ نسل ختم نہ ہو جائے بہو کے آنے سے گھر میں پھر چہل پہل ہو گئی اور میں بڑے گھر سے اس چھوٹے گھر میں چلی آئی۔ نندا کو بھی چھٹکارا مل گیا میرے جی میں ساری آسائشیں مر چکی تھیں دل نے کہا کیا اب بھی ارجن کو دیکھنے کا بل ہے؟ ارجن کو دیکھنے کی شکتی؟

ایک برسات بہت دھوم سے لگی مجھے یاد نہیں پڑتا کہ ایسی بارش کبھی ہوئی ہوگی۔ آس پاس کا سب علاقہ ڈوب گیا اور لوگ گڑھی میں آسرا ڈھونڈتے ہوئے آئے۔ مرنالنی نے سب لوگوں کو ماں کی طرح جانا، اب وہی تو گڑھی کی مالکن تھی۔ پھر مجھے اس سارے بکھیڑے سے کوئی ایسا تعلق بھی تو نہ تھا۔

مالا جپتی مورتی پر پھول چڑھاتی میں کسی بھگوان کو ملنے کے لئے کسی بھگوان کے درشنوں کے لئے کسی سورگ کے لئے پوجا نہیں کرتی تھی آخر جینے کے لئے کچھ نہ کچھ کرتے رہنا بھی تو ضروری ہے نا۔

ایک بڑھیا بڑے گھر میں گلی کی راہ سے مجھے ڈھونڈتی ہوئی آئی۔

مالکن اس نے کہا" لال بہادر میرا پتی تھا میں اس کے لئے تم سے معافی مانگنے آئی ہوں۔ کون لال بہادر اس سے میں نے پوچھا دنیا میں میں ایک ہی لال بہادر کو جانتی تھی اور اس کا جہاں تک مجھے یاد پڑتا ہے اب کوئی نہ تھا۔ مالکن میں کہانی کو لمبا نہیں کروں گی، چار لفظوں میں کہوں گی، لال بہادر کو معاف کر دیں تو آپ کی مرضی۔

کیوں، میں مندر کی سیڑھی پر بیٹھ گئی۔ نچلی سیڑھی پر بیٹھ کر بڑھیا نے پاؤں پکڑ لئے اور کہنے

گلی۔ مالکن لال بہادر آپ کا کوئی خط کبھی ارجن مہاراج تک لے کر نہیں گیا۔ وہ سارے خط میرے پاس رکھے ہیں۔ مالا میرے ہاتھ سے چھوٹ کر اس کے قدموں میں جا پڑی۔

نہیں یہ کیسے ہو سکتا ہے؟ میں نے اس کے ہاتھ کو اتنے زور سے پکڑ کر دبایا کہ وہ چیخ پڑی۔

ہاں مالکن ہو کیوں نہیں سکتا؟ ایسا ہوا ہے اگر آپ کہیں تو میں وہ صندوق آپ کو لا دوں۔

کہتی جاؤ۔ اب چپ نہیں ہونا۔ میں سر پکڑے بیٹھی رہی۔

لال بہادر اور چندا نے گڑھی کو لوٹنے اور ٹھاکر کے سر کو نیچا کرنے کی یہ ایک تجویز کی تھی۔ چندا کا انت آپ سے چھپا نہیں ہے بس اس کا ذہن ایسی ہی باتیں سوچا کرتا تھا۔ لوگوں کو تباہ کرنے کا دونوں باپ بیٹی سوچا کرتے تھے جب ارجن مہاراج یہاں آئے ہیں تو چندا نے آپ کے دل میں ایک خیال سا پیدا کر دیا اور شعلے کو ہوا دینے کا کام وہ دونوں کرتے رہے جب آپ لوگوں نے وہ خط لکھنے شروع کیے تو لال بہادر نے دولت بٹورنے کا طریقہ سمجھ کر اس دھوکے کو کسی نہ کسی طرح جاری رکھا۔ اس کی کیا مجال تھی کہ وہ مہاراج تک سارے خط پہنچا پاتا۔ پر وہ تصویر؟ میں نے گھور اندھیارے میں سہارے کی خاطر کہا۔ وہ تصویر لال بہادر اپنے لئے مہاراج سے مانگ کر لایا تھا۔

اور پرماتما۔

چھوٹی بہو نے اپنی کسی باندی سے ذکر کر دیا ہوگا اور بات نکل گئی ٹھاکر کو کسی نے بتا دیا کہ تمہاری لاج یوں بک رہی ہے وہ صندوق جس میں خط اور تحفے تھے وہ صندوق ٹھاکر نے چوری کروالیا۔ بعد کی باتیں تو آپ کو معلوم ہی ہے۔

مہاراج ٹھاکر کے مرنے پر نہیں آئے۔ انہیں تو پتہ چل ہی گیا ہوگا؟ میں نے بے یقینی سے کہا

ہاں انہیں تو بہت بعد میں پتہ چلا ہے اور وہ بھی جب ٹھاکر ان کی جان کا پیاسا ہو رہا تھا تو لال بہادر نے کسی نہ کسی طرح بنا کچھ بتائے ہی کہا تھا کہ وہ گڑھی نہ آئیں۔

اب تم جاؤ۔ میں نے اسے تقریباً دھکیلتے ہوئے کہا تھا۔

تو آخر میں پتہ چلا ہے پدم رانی کہ تم تو سدا سے کہیں بھی نہ تھیں۔ ایک دھرتی سے جب ذرے کی طرح اڑی ہو تو تمہیں کسی دھرتی نے کبھی سویکار نہیں کیا۔ جب انت آ گیا ہے تو جان پڑا ہے کہ تم کو کسی نے سویکار ہی نہیں کیا۔ چاند جو میری کھڑکی کے پاس آن کر رکا ہے تو کہتا ہے ست ساوتری سے بیت گیا ہے ستونتی سے بیت گیا ہے۔

میں خالی جیون کے ڈھنڈار گھر میں اب بھی کانپتے ہاتھوں سے دیا جلاتی سنگار کرتی اب ایسا پیڑ ہوں جس میں پھول آئے نہ پھل اندھیرے میں جھانک کر میں اسے بلاتی ہوں سے اوسے۔

●●

تیسری منزل

● ہاجرہ مسرور

● حلیمہ بائی بلڈنگ کی چھوتھی منزل کے خوبصورت فلیٹ میں بیٹھے بیٹھے حلیمہ بائی کو ایک دم غصہ آ گیا۔ انہوں نے وفد کے لیڈر دلی والے کی فصیح و بلیغ شکایات سننے کے بعد سر ہلا کر کہا۔

''پن ہم کسی کے بولنے کا کس طرح ایک دم مان لیں گا — فیر دیکھو، بابا کوئی آ کر تمہارے گھر کو کچھ بولیس گا تو ہم پہلے اس کا تپاس کریں گا فیر (پھر)''۔

دلی والے ایک دم گرم ہو گئے۔

''پھر آپ اسے نہیں نکالیں گی تو ہم پولیس کو اطلاع دیں گے۔ یہ بھی کوئی بات ہے کہ شریفوں کے رہنے کی جگہ پر —

''او بابا گرم کیوں ہوئیں گا وہ ہمارا سگے والا نہیں لگتا ہم بولا پہلے تپاس کریں گے —'' یہ کہہ کر حلیمہ بائی نے اپنے کارندے کو بلایا اور اسے بظاہر سخت آواز میں تحقیق کرنے کا حکم دے دیا اس کے بعد دلی والے کی قیادت میں وفد والے حلیمہ بائی بلڈنگ سے نیچے اتر گئے —

حلیمہ بائی نے زور سے دروازہ بند کر کے کھڑکی میں سے رابعہ بائی بلڈنگ پر ایک گہری نظر ڈالی۔ یہ ان کی دادی کی ملکیت تھی اسے دیکھ کر انہیں اپنی بوڑھی زرد رو دادی یاد آئی جس کے مرنے کا انہیں بہت عرصے انتظار کرنا پڑا تھا — رابعہ بائی بلڈنگ بھی میلی زردی تھی۔ بدرنگ کھڑکیاں، ٹوٹے شیشے اور ہلتے ہوئے چوبی زینے۔ وہ ہمیشہ اپنے کارندے سے کہا کرتیں ''یہ بلڈنگ گریں گے تو ہم اس جگہ آٹھ منزل کا بڑا بڑا فلیٹ والا بلڈنگ بنائیں گا — آج کل کو چھوٹا چھوٹا کمرہ کرائے پر اٹھانے کا کچھ فائدہ نہیں۔ بڑا ہو تو امریکی لوگ اصل سے دس گنا کرایہ دیں گا —''

لیکن یہ بلڈنگ موجود تھی۔ اس میں بال روم ڈانسنگ کی ماہر مس ڈورتھی پریرا رہتی تھی — اور ابھی جس کی شکایت لے کر اس کی بلڈنگ کے لوگ آئے تھے — حلیمہ بائی کو افسوس سا ہوا کیونکہ مس ڈورتھی رابعہ بائی بلڈنگ کی سب سے پرانی لیکن سب سے بہتر کرایہ دار تھی — حلیمہ بائی کے کارندے نے جب بھی جھوٹوں کرایہ بڑھانے کو کہا ڈورتھی نے اسے قبول کر لیا۔ وہ سالانہ سفیدی وغیرہ کے روپے بھی

کرائے میں نہ کاٹتی۔

''اکیلی ہے مگر اس کے گھر کبھی کوئی دنگا نہیں ہوا''۔ حلیمہ بائی اپنے جی میں کہہ رہی تھیں — ان کی آنکھیں بار بار مس ڈورتھی کے کمروں پر اٹھتیں جن کی پیشانی پر اس نے نیلا پینٹ کرا رکھا تھا۔ جس کی کھڑکیوں اور دروازوں کے سارے شیشے سلامت اور صاف تھے۔

مگر یہ گندگی کا قضیہ نہیں تھا۔ اگر ایسا سوال اٹھتا تو دلی والے کے کمرے کے سامنے کوریڈور میں سب سے زیادہ گندگی بکھری رہتی تھی — بلکہ ساری بلڈنگ ہی گندگی کی پوٹ تھی — گراؤنڈ فلور پر ''فینسی شومیکرز'' کے باں سے پھینکی ہوئی چمڑے کی کترنیں فٹ پاتھ پر بکھری رہتیں، دوسری منزل کی بوہرہ خاتون جھنگا مچھلی کی ٹانگیں اور مونچھیں نوچ کر ہمیشہ زینے پر پھینک آتیں۔ اور ان کے پڑوس کے کمرے میں رہنے والے مسٹر ڈگلس وائلن کی مشق کرتے کرتے کھانستے تو ہمیشہ دوڑ کر بوہرہ خاتون کے دروازے پر تھوکتے پھر تو شاید تیسری منزل کی بھولی بھالی میمن زینت بائی بھی اس چکر میں آجاتی جو ایک اچھی پڑوسن تھی۔ لیکن اپنے بچے کا پاخانہ کاغذ میں لپیٹ کر ڈورتھی کے گھر کے سامنے پڑے ہوئے کوڑے کے ڈبے میں چپکے سے ڈال دیا کرتی تھی

نو دولوگ کا دماغ پھریلا ہے اپنا کام نہیں کرتا — حلیمہ بائی نے رابعہ بائی بلڈنگ کے رخ کھلنے والی کھڑکی کا پردہ گھسیٹ دیا اور بیٹھ کر اپنے سیاہ دوپٹے پر فیتہ ٹانکنے لگیں۔

حلیمہ بائی کا کہنا ٹھیک تھا کہ لوگ اپنے کام سے کام رکھیں۔ مگر رابعہ بائی بلڈنگ کے مکینوں میں سوائے مس ڈورتھی پریرا کے کوئی ایسا نہ تھا جسے صرف اپنے آپ سے مطلب ہو۔ یہاں مختلف جگہوں سے آئے ہوئے لوگ رہتے تھے۔ اس لئے ہر شخص خود کو بھول کر دوسرے کو کھوجنے کی فکر میں رہتا — لیکن مس ڈورتھی پریرا اپنے آپ میں اتنی مست رہتی کہ لوگوں کے لئے پراسرار حد تک دلکش بن گئی..... مرد اس پر عاشق تھے اور عورتیں حاسد۔ بلڈنگ کی سب عورتیں ڈورتھی کی چال ڈھال اور لباس کی نقل کرتیں۔

وہ عموماً دن بھر اپنے گھر میں رہتی۔ ٹیلکم پوڈر میں بسی بڑے بڑے پھولوں والے پرانے جاپانی کمونو میں ملبوس لکڑی کی جاپانی کھڑاؤں پر وہ یوں چلتی جیسے سمندری لہروں پر کوئی بادبانی ڈونگا، جانے یہ جاپانی کھڑاؤں کے تلے کی تراش کی وجہ سے تھا یا کیا، بہرحال یہ چال غیر معمولی تھی۔ جسے اس کے پڑوس کے دلی والے کی جوان ہوتی ہوئی بیٹی بہت غور سے دیکھتی اور اپنی ماں رضیہ بیگم کو یہ کہنے پر مجبور کر دیتی کہ اے بی اس کا مٹکنا کیا آنکھیں پھاڑ پھاڑ کر دیکھ رئی ہو...... اس سے تو پردہ جائز ہے.....'' مگر مس ڈورتھی کو کس پردے وردے کا خاک خیال آتا...... وہ صبح صبح اٹھ کر کوریڈور سے اپنے طازم چھوکرے کو اٹھاتی اور پھر نہ صرف اپنے فلیٹ کی صفائی آپ کرتی بلکہ اپنے سامنے چھوکرے سے کوریڈور کی بھی خبر لے ڈالتی...... اس بلڈنگ کی بھنگن تو ایسی کام چور تھی کہ فلش بھی ٹھیک

طرح دھو کر نہ جاتی کجا کو ریڈور کی صفائی ؟...... رضیہ بیگم اس صفائی پر برا مانتیں، کیونکہ انہیں یقین تھا کہ یہ سب اپنے یاروں کی وجہ سے ہوتا ہے۔

حالانکہ ڈورتھی کی دوسری پڑوسن میمن زینب بائی کا کہنا تھا کہ اگر مس ڈورتھی کے ہاں آنے والے اس کے یار ہوتے تو کبھی رات کو تو رکتے......؟

''دن کو جو آتے ہیں؟ اے بی یہ بھی کوئی بہو بیٹی ہے کہ رات کے اندھیرے میں میاں کی صورت دیکھے نیں تو حرام سمجھے......'' رضیہ بیگم منطق چھانٹتیں۔ اور زینب بائی جھلا کر چپ ہو جاتیں۔

اب اس بات پر کیا بحث، یہ تو ساری بلڈنگ والے جانتے تھے کہ مس ڈورتھی کے گھر جب بھی کوئی مرد آیا تو کمرے کا دروازہ پاٹوں پاٹ کھلا نظر آنے لگا...... دروازہ بند ہو تو سمجھو ڈورتھی گھر میں اکیلی ہے۔ اور جب وہ اکیلی ہوتی تو اس کی پڑوسنوں کو خبر ہوتی کہ وہ یا تو سو رہی ہوگی یا ناچ کی مشق کر رہی ہوگی۔ رابعہ بائی بلڈنگ میں آنے کے بعد شروع شروع میں مس ڈورتھی ناچ والی بات کو یہاں کے رہنے والوں سے چھپاتی مگر جب اس کے ڈرائنگ روم کے چھت تلے رہنے والی بوہرہ عورت نے اوپر کی بے تحاشہ کھٹ کھٹ کی شکایت کرنی شروع کی تو مس ڈورتھی نے صاف کہہ دیا کہ ناچ اس کی زندگی ہے۔ وہ ناچے گی اور ضرور ناچے گی۔

نہیں ناچے گی تو زندہ کیسے رہے گی؟...... جب جھگڑا بڑھا تو بوہرہ عورت کے پڑوسی مسٹر ڈگلس وائلن والے نے اس سے اپنا کمرہ بدل لیا...... اس لئے اب مس ڈورتھی اوپر ناچتی تو نیچے مسٹر ڈگلس اپنے وائلن پر ناچ کے مطابق دھن بجایا کرتا۔ بڈھا ڈگلس جس کے سفید کوٹ پر ہر دوسرے تیسرے مہینے کالے رنگ کی ماتمی چٹ سلی ہوتی...... اور جو کام کی تلاش میں عموماً بے کار رہتا تھا۔ مگر مس ڈورتھی ڈگلس سے بھی کوئی واسطہ سوائے 'ہلو' کے نہ رکھتی...... ہاں سال میں ایک بار کرسمس کے موقعے پر وہ اسے ضرور اپنے ہاں لنچ پر بلاتی۔ یہ اور بات ہے کہ دوسری منزل پر رہنے والے نوجوان بابو نے ڈورتھی کے ملازم چھوکرے کے ہاتھ سے چٹھیں لے کر کئی بار پڑھیں جس میں ڈگلس کو مخاطب کر کے لکھا ہوتا کہ 'فلاں ہوٹل میں یا فلاں فلم کمپنی میں وائلن بجانے والے کی ضرورت ہے۔ فوراً پہنچو۔ شاید کام بن جائے......''

ان چٹوں کی وجہ سے بہاری نوجوان بابو ڈگلس کو ہمیشہ مشکوک نظروں سے دیکھتا۔ اور راتوں کو ڈگلس کے دروازے پر کان لگائے رکھتا کہ اب بڈھا چپکے سے تیسری منزل پر جانے کے لئے نکلے گا ...... لیکن جب دوسرے دن وہ دفتر جانے کے خیال سے جلدی سے ہڑ بڑا کر اٹھتا تو بڈھے ڈگلس کا دروازہ بند دیکھ کر اس کا کلیجہ مسلنے لگتا...... دیکھا ابھی تک سو رہا ہے۔ رات جاگا ہوگا نا!......

اسی چکر میں ایک رات یہ بابو صاحب ڈورتھی کے کمرے پر پہنچے...... رات کے سناٹے میں ان کے ہولے سے کھٹکھٹانے پر ایک دم دروازہ کھلا اور پھر ڈورتھی نے زور زور سے بولنا شروع کر دیا......

ہم تمہارے کو پولیس میں دیں گا...... بولو تم ہم کو کیا سمجھا...... ڈورتھی کے ہاتھ میں بابو کی ٹائی تھی۔ بڑی مشکل سے دلی والے اور میمن دکاندار نے اس کو چھڑایا تھا......

دلی والی رضیہ خانم نے اس قصے کے بعد سینہ ٹھونک کر رابعہ بائی بلڈنگ میں منعقد ہونے والی محفل میلاد میں دعویٰ کیا۔

اے بی ہمارے میاں نے جو عورت بولٹن مارکیٹ میں کر رکھی ہے۔ اس نے ایک دن ایسا ہی شور کیا تھا...... اس پر ہمارے میاں کو اس کا یقین آ گیا اور نکاح کر بیٹھے ...... سمجھو اب یہ مس ڈورتھی بھی کہیں ہاتھ مارے گی...... وہ ایک چھٹی ہوئی ''بمبئی والی'' ہے۔

بمبئی کی زینت بائی برا مان کر بولیں۔ مس ڈورتھی بمبئی کا کدھر ہے۔ وہ تو گوا، کا ہے۔......

مس ڈورتھی گوا کی تھی۔ یہ بات اس نے کب چھپائی تھی...... وہ تو کئی بار کوریڈور میں کھڑے کھڑے زینب بائی اور رضیہ بیگم کے سامنے بتا چکی تھی کہ وہ جب چھوٹی سی تھی تو گوا سے اپنی ماں کے ساتھ بمبئی آئی تھی...... اور بمبئی اسے بہت پسند تھا...... بہت زیادہ......

'ادھر ہم اسکول پڑھا، ادھر ہمارا مدر ایک بوہت بڑا سیٹھ کے بچوں کا گورنیس تھا'' ...... اس بیان پر ڈورتھی دیوار سے ٹک جایا کرتی اور اس کی آنکھیں دور دیکھتیں......

گورنر تھی...... تمہاری ماں، ایک بار رضیہ بیگم نے جل کر پوچھا۔

'گورنیس...... مطلب بچوں کا دیکھ بھال کرنے والا...... اس کو گورنیس بولتا انگلش میں۔'' ڈورتھی نے نرمی سے سمجھایا۔

'' آیا سمجھو۔'' رضیہ بیگم نے قصہ مختصر کیا تو ڈورتھی اپنے جاپانی کھڑاؤں پر کھٹ کھٹ ڈولتی اپنے کمرے میں چلی گئی تھی...... اس کے پیچھے زینت بائی اپنے بچے کو گود میں اٹھائے پہنچ گئی تھیں کیونکہ اس وقت مس ڈورتھی ان کے بچے کو ٹافی کا پیکٹ دینے کے بعد ہی تو اپنے بچپن اور اپنی ماں کا ذکر کرنے لگی تھی......

اسی دن وہ کتنی دیر تک زینب بائی کو اپنے بارے میں بتاتی رہی تھی۔

ادھر بمبئی میں ہمارا کتنا کام تھا۔ ادھر ہم بال روم ڈانسنگ سیکھا...... ڈانسنگ اسکول کا مالک ہم کو دوسرا چھوکرا لوگ کا پارٹنر بننے کا بہت روپیہ روز کا دیتا تھا پر ہم کو روپیہ کا لالچ نہیں، ہم کو ناچ کا شوق تھا...... ادھر سب ہم کو بولتا تم لورینا ینگ کی مافق ہے۔ تم کو فلم میں کام کرنا مانگتا...... مگر ادھر کا فلم والا ہمارا بیوٹی کو نہیں سمجھا۔ فیر لوگ ہم کو بولا تم ہالی وڈ جانا مانگتا پن ہمارے کو اتنا کرایہ نہیں جڑا...... فیر ادھر بمبئی میں ایک اسٹنٹ ڈائرکٹر تھا، بڑا حرامی سب کا قرض کھا گیا۔ ہم سے بھی قرض لیا۔ ہم منگا تو بولا ہمارے سنگ پاکستان چلیں گا تو ادھر کام بنیں گا۔ ادھر ڈائرکٹر بھی مانگتا اور ہیروئن بھی...... فیر (کچھ) ہم ادھر کراچی آ گیا

.. ادھر کا فلم والا بھی ہمارا بیوٹی کو نہیں سمجھا...... تو لوریٹا ینگ کو دیکھا ہے بائی" گارڈن آف اللہ" والی؟ وہ اپنی داستان کہتے کہتے زینب سے پوچھنے لگی۔ مگر زینب بائی نے کبھی کوئی انگریزی فلم نہیں دیکھی تھی...... وہ مایوس ہوگئی وہ اکثر مایوس ہو جایا کرتی تھی......

'ادھر کا چھوکرا لوگ بھی لوریٹا ینگ کو نہیں دیکھا۔'' اس نے ٹھنڈی سانس لے کر کہا تھا۔ اور پھر اپنے سنہرے بالوں میں سے پنیں کھول دیں۔ ایک دم اس کے سانولے چہرے کے گرد سنہرے ریشمی بال دھوپ میں گرتے ہوئے آبشار کی طرح پھیل گئے......

مگر مسٹر ڈگلس نے لوریٹا ینگ کی فلمیں دیکھیں تھیں اور بمبئی میں ڈورتھی پریرا کو بھی دیکھا تھا نمبرون پاپولر ڈانسر تھی...... اس کی ماں سیٹھ کے بچوں کو رکھتی اور یہ اسکول میں پڑھتی۔ پھر ایک دن اس کی ماں سیٹھ کے مکان میں بہت چیخی کہ سیٹھ نے میری بچی کو اپنے کمرے میں رکھ لیا ہے۔ میں نے اس کی ماں کو بہت سمجھایا۔ چپ رہو۔ پھر وہ چپ ہوگئی...... اور ڈورتھی ہوا سے باتیں کرنے لگی...... میں ان دنوں سیٹھ کے ایک بیٹے کو وائلن سکھاتا تھا...... چھوٹی سی گڑیا سی لڑکی تھی...... اب انکل سے بولتی بھی نہیں...... پرچے لکھتی ہے...... مسٹر ڈگلس اپنے مرجانے والے عزیز کی تصویروں کے درمیان بیٹھا ڈورتھی کے ہاتھ سے لکھے ہوئے پرزوں کو دیکھ کر تنہائی میں بڑبڑایا کرتا...... اس کی ایک بیٹی لکھنؤ میں تھی اور اس نے کسی سکھ سے شادی کر رکھی تھی۔

میں اگر لکھنؤ میں ہوتا تو ایسا ہو سکتا تھا؟ مسٹر ڈگلس 'فینسی شومیکرز' کے مالک حنیف سے بات کرتے ہوئے کہا کرتا۔ انسان کو اپنے مذہب میں ہی شادی کرنا چاہئے۔''

بے شک...... بے شک...... حنیف نہایت یقین سے کہتا۔

لیکن غیر مذہب والی سے عشق میں کیا ہرج ہے...... حنیف جی ہی جی میں اپنے آپ کو قائل کرتا...... کیونکہ وہ اس دن سے ڈورتھی پریرا پر باقاعدہ مرنے لگا تھا جب سے ڈورتھی اس کی فیکٹری میں موٹر سے اتر کر اچانک آ گئی تھی...... حنیف اور سارے کاریگر ڈوری تھی کو دیکھ کر ایسے بوکھلائے تھے کہ صف بستہ کھڑے ہو گئے...... ایک تو ڈورتھی، اس پر سے موٹر سے اترتی ہوئی۔ اور پھر وہ بول بھی رہی تھی......

'دیکھو ہم ایسا مافق گولڈن سینڈل مانگتا ہے۔ ادھر بازار میں نہیں ملے گا......' ڈورتھی نے اپنے بٹوے سے مارلین منرو کی نیم برہنہ تصویر نکالی اور ایک کاریگر کی طرف بڑھا دی...... سینڈل منرو کے پاؤں میں تھی۔

'میں پروپرائیٹر ہوں۔' حنیف نے بمشکل آواز نکالی تھی۔ اس کے بعد چند لمحے میں قیمت طے ہوئی اور ڈورتھی اپنی مخصوص مترنم کھٹ کھٹ کرتی رابعہ بائی بلڈنگ کا زینہ چڑھ گئی تھی...... لیکن حنیف کی روح ڈورتھی کے ساتھ ساتھ کھنچی چلی گئی...... حنیف نے کبھی تیسری منزل پر قدم نہیں رکھا تھا۔ حالانکہ

دلی والے صاحب کئی بار کہہ چکے تھے کہ میاں دلی لکھنؤ کی لڑائی بند اب تو کراچی ہی سب کچھ ہے کسی دن ہمارے ہاں آؤ تمہاری بہت تعریف کرتی ہیں کہ بڑا شریف بچہ ہے کبھی کسی کو نظر اٹھا کر نہیں دیکھتا۔ لیکن حنیف کو اپنے کام سے فرصت ہی کب ملتی۔ دوسرے رضیہ بیگم (تمہاری خالہ) اپنی نوجوان بیٹی کے ساتھ اتنی بار برقعہ الٹ الٹ کر اس سے اپنی بیٹی کی سینڈل بنانے کو کہہ چکی تھیں کہ حنیف کو ان سے ڈر لگنے لگا تھا ...... آخر وہ انہیں اتنی بار بتا چکا تھا کہ وہ پرائیویٹ آرڈر نہیں لیتا۔ اس کے بنائے ہوئے جوتے لینا ہیں تو دکان سے جا کرلو...... ہمیں کوئی موچی مقرر کیا ہے؟......

مگر اس دن اس کا جی بے ساختہ چاہا کہ رضیہ بیگم کے گھر ہی چلا جائے، آخر تو وہ گھر بھی تیسری منزل پر ہی ہے...... تیسری منزل جہاں ڈورتھی پریا رہتی تھی۔ جس کے گھر کی سجاوٹ اور صفائی کے بڑے چرچے تھے...... جو موٹروں میں بیٹھ کر آتی جاتی تھی...... موٹریں جو اس کی نہیں تھیں بلکہ زینب بائی کی زبانی یہ روایت عام تھی کہ یہ موٹریں فلم کمپنیوں کی ہیں۔ جہاں ڈورتھی ہیروئنوں کو ناچ سکھانے جاتی ہے۔ اور خود بھی فلموں میں ناچتی ہے...... یہ کون سی فلمیں تھیں ان کا نام کوئی نہیں جانتا تھا...... ایک بار حنیف نے کراچی کی ایک فلم کے گروپ ڈانس میں ڈورتھی کی جھلک سی دیکھی تھی اور وہ اپنے ساتھ کے لڑکے کو بتانے ہی لگا کہ وہ غائب ہوگئی......

سنا ہے یار ہزاروں لیتی ہے...... اس کے ساتھ کے لڑکے نے مرعوب ہو کر کہا تھا...... ویسے اپنا یار کلو خان کہہ رہا تھا کہ ہوٹلوں میں لونڈوں کے ساتھ ناچتی ہے۔ اس کے بڑے پیسے ملتے ہوں گے ...... کوئی یہ بھی کہتا ہے کہ ناچنا تو بہانہ ہے کماتی ہے...... حنیف کے ساتھ والا لڑکا اطلاعات پر اطلاعات بہم پہنچاتا رہا۔ اسے خبر نہ تھی کہ حنیف تو جانے کب سے ڈورتھی کا مداح تھا۔ اگر تیسری منزل پر دوسری منزل کے بابو صاحب کی بے عزتی کا قصہ نہ ہوتا تو حنیف کب کا اظہار عشق کر چکا ہوتا۔

''یار پتہ نہیں چلتا لوگوں کا...... کوئی کچھ کہتا ہے کوئی کچھ...... حنیف جب جوتے بنانے والے کاریگروں سے ڈورتھی کے بارے میں مختلف قسم کی باتیں سنتا تو اکتا کر کہا کرتا تھا...... لیکن جب حنیف نے اپنے اصول کے خلاف مس ڈورتھی کے دیئے ہوئے نمونے کی سینڈل خود بیٹھ کر بنانا شروع کر دی ہے تو استاد کاریگر بندو معنیٰ خیز ہنسی ہنس کر بولے تھے۔

کیوں میاں کانٹے میں سینڈل کا چارہ لگا رہئے او......

اور سچ یہ سینڈل چارہ بن گئی......

یہ بھی اتفاق تھا کہ حنیف اس رات سنہری سینڈل کی کتر بیونت میں پھنسا رہا اور میر کلو لکھنوی کے تنور پر دیر سے پہنچا، کھانا ختم ہو چکا تھا صرف چنے کی دال گوشت کی ایک رکابی بچی پڑی تھی...... وہ کھا کر اپنی شو فیکٹری میں بستر بچھا کر لیٹا تو مس ڈورتھی کی دی ہوئی مارلین منرو کی تصویر سینڈل کا نمونہ ذہن میں

اتارنے کو پکڑلی۔ بس پھر اس نے اتنی رات گئے تک ڈورتھی کی پسندیدہ سینڈل دیکھی کہ وہ پوری ٹانگ ہی اسے ڈورتھی کی ٹانگ لگنے لگی..... اس گڑبڑ میں ہاضمہ بگڑ گیا...... صبح صبح اپنے گراؤنڈ فلور کے مشترکہ غسل خانے کی طرف بھاگا..... غسل خانہ اندر سے بند پاکر دوسری منزل پر مشترکہ چیزوں کو گالیاں دیتا گیا...... مسٹر ڈگلس اسے دیکھ کر باتیں کرنے کے موڈ میں آنے لگے تو وہ ہاتھ سے اشارہ کرتا غسل خانے کی طرف چلا گیا مگر ایک فلش خراب تھا اور گندگی کے سمندر میں تیر رہا تھا اور دوسرا بند تھا...... تیسری منزل پر ایسی کیفیت میں جانے کا تصور اس کے ذہن میں کیسے آسکتا تھا مگر وہ بے سوچے سمجھے تیسری منزل پر تھا...... جونہی اس نے دروازے کے ہینڈل کو ہاتھ مارا..... اندر سے چٹخنی کھلی اور وہ باہر نکلتی ہوئی مس ڈورتھی پریرا سے ٹکرا گیا..... مس ڈورتھی کے منہ سے آدھی سلگی ہوئی سگریٹ اس کے جاپانی کمونو پر سے ہوتی زمین پر گری اور المونیم کا مگ دروازے سے ٹکرا کر بجا......

ہلو! ڈورتھی کے منہ سے گھبرا کر نکلا لیکن وہ غسل خانے میں بند ہوگیا..... غسل خانے کی عجیب سی بو اور سگریٹ کا دھواں..... یہ مشترکہ چیزیں بھی خوب ہوتی ہیں حنیف کے ذہن میں بجلی کے کوندے کی طرح خیال آیا۔

اس کے ہوش ٹھکانے آئے تو عجیب سی کیفیت میں ہنس پڑا...... کچھ حیرت کچھ مایوسی اور کچھ ہمدردی کی سی کیفیت.....!

مس ڈورتھی کو اسے یہاں ملنا چاہئے تھا یا نہیں..... یہ الگ بات ہے مگر حنیف ڈورتھی سے کئی بار کہہ چکا تھا کہ سسرے فلم اور ناول والے ناحق ہیرو ہیروئن کو ملانے کے لئے سمندر، باغ اور موٹریں ڈھونڈتے ہیں۔ تب ڈورتھی اسے انگریزی میں گالیاں دینے لگی ہے۔

ہاں تو حنیف نے وعدے کے مطابق اس شام سینڈل تیار کروالی۔ صبح کے واقعہ کے بعد جانے کیوں وہ خود اس سینڈل کو ہاتھ نہ لگا سکا..... اللہ جانے یہ محبوب لوگ انسان کے ذہن میں کیا بن کر گھستے ہیں کہ بعد میں صدمے پر صدمہ ہی اٹھانا پڑتا ہے! .....

اگر اس شام حنیف سینڈل کا ڈبہ اٹھائے تیسری منزل پر نہ جاتا تو قصہ یہیں ختم ہو جاتا۔

حنیف پہنچا تو ڈورتھی کے ڈرائنگ روم کا دروازہ کھلا ہوا تھا۔

نیلی روشنی میں ہر چیز نرم نرم اور خوابناک نظر آرہی تھی۔ گلابی گرہ لگے پردے نیلی دری، سرخ سوتی قالین، گدے دار کرسیاں اور کاغذی پھول..... اور گدے دار کرسی میں دھنسا ہوا گدبلے جیسا ایک آدمی..... حنیف کو ایک دم یاد آیا کہ نیچے ایک موٹر کھڑی ہے۔ اور اسے اپنے پاؤں میں پڑا ہوا جوتا پنجے دباتا ہوا محسوس ہونے لگا۔

دوسرے لمحے ڈورتھی گولڈن سینڈل پہنے یہ دیکھ رہی تھی کہ کاٹتی تو نہیں۔ اس وقت اس کے جسم

پر سیاہ کامدانی کی ساری تھی۔ حنیف کو اس کے پنوں سے کٹے ہوئے سنہری بال، سیدھی مانگ اور سانولے چہرے کے ساتھ عجیب سے لگے۔

''بیوٹی فل چوائس۔ موٹا اسے خوابناک نظروں سے دیکھ کر بولا......

کیا قیمت ہے؟ پھر وہ حنیف سے مخاطب ہوا تھا۔

کس کی؟ حنیف نے طنزاً پوچھا۔

چالیس روپے ڈیئر...... ڈورتھی نے اپنا بٹوا کھولتے ہوئے جواب دیا۔ اور موٹے نے دس دس کے پانچ نوٹ حنیف کی طرف بڑھا دیئے۔

سب رکھ لے تیرا انعام ہے۔ موٹے نے کہا اور حنیف کے پیروں تلے جیسے اسپرنگ آ گئے ...... وہ اچھلا اور اس نے موٹے کے گریبان پر ہاتھ ڈال دیا...... ڈورتھی نئی سینڈل کی ایڑیوں پر توازن کھونے لگی۔ ''کیا سمجھتا ہے ہم تیرے نوکر ہیں بھڑوے......؟ حنیف چیخا......اور ساری خوابناک فضا بدل گئی......موٹا گردن نکال کر ہاتھ اٹھانے لگا۔

''آئی ایم ویری سوری۔ مسٹر......پلیز......پلیز......ڈورتھی دونوں کے بیچ میں آ گئی اور اس نے ایک دم حنیف کے ہاتھ پر ہاتھ رکھ دیا۔ دوسرے لمحے حنیف تیسری منزل سے اتر رہا تھا...... ہتک کے احساس سے تلملایا ہوا۔ اس نے فٹ پاتھ پر بکھری ہوئی چمڑے کی رنگین کترنوں پر سے گزرتے ہوئے اس موٹر کو دیکھا جس میں بیٹھ کر ڈورتھی اس موٹے کے ساتھ جانے والی تھی...... اس نے اپنی بندھی ہوئی مٹھی کالی موٹر پر ماری اور پھر آگے بڑھ کر مٹھی پر لگی ہوئی گرد کی تہہ کو پھونک مار کر اڑا دیا۔

'سالے نے ہمیں موچی سمجھا ایسا ٹھونکتا کہ بیٹا کو چھٹی کا دودھ یاد آ جاتا۔ وہ اگر بیچ میں نہ آ جاتی تو......؟ حنیف ایرانی کے ہوٹل کی طرف جاتے ہوئے دانت کٹکٹا رہا تھا۔

''اماں حنیف تم بے وقوف ہو، خوامخواہ نواب میرزا اغن صاحب کی مثال سامنے رکھ کر یہ جوتے سازی شروع کر دی۔ بہت کہا کرتے تھے کہ موتی موتی رہے گا لو اب موتی جوتیوں میں ٹانک لو ...... یہاں کراچی میں تمہیں کوئی کیا جانے کہ باوا خاندانی تھے......میاں پڑھ لیتے تو باوا کی طرح دفتر کے سپرنٹنڈنٹ ہوتے......نویں پاس کر کے دسویں کرنے میں کون سے پہاڑ ڈھونا پڑتے؟......

لیکن جب حنیف رات کو کئی گھنٹے ایرانی کے ہوٹل میں بیٹھ کر اپنی فیکٹری کو خواب گاہ بنانے لوٹا تو وہ اپنے آپ کو سمجھا چکا تھا...... ''ہونہہ! بڑے بڑے لوگ آج کل قسم قسم کے کاروبار کرتے ہیں۔ وہ اپنے سید صاحب کھالوں کا کاروبار نہیں کرتے؟ پھر اس نے باہر نکل کر اپنے کمرے پر لگا ہوا بورڈ پڑھا، ''فینسی شو میکرز'' اور اس سے اسے بہت تسلی ہوئی۔ شکر ہے کہ ملک میں ایک ایسی زبان موجود ہے......جس میں بڑے سے بڑا مفہوم بھی کچھ بھلا لگنے لگتا ہے......اگر اس جگہ فصیح اردو میں لکھا ہوتا ''ہمارے جوتے بنانے

والے موچی'' تو جی پر کیا گزرتی۔

تب اس نے لات مار کر اپنا لپٹا ہوا بستر کھسکایا اور اس پر ایسے تکلیف سے بیٹھ گیا جیسے کسی ڈرائنگ روم کے صوفے پر ٹکا ہو۔

''پروپرائیٹر فینسی شومیکرز'' اس نے زیر لب دہرایا اور دیوار کی طرف یوں دیکھنے لگا جیسے ڈورتھی اس کے سامنے ہو۔ آپ کی تعریف؟......

''مس ڈورتھی مگ والی...... '' اس کے ذہن میں ایک دم ابھرا اور وہ مشفقانہ انداز سے ہنس کر اپنے جوتے اتارنے لگا...... اور پھر کپڑے ... وہ اس وقت اتنا پر اعتماد تھا کہ ڈورتھی سچ مچ اس کے سامنے ہوتی تو وہ ذرا نہ کانپتا......

لیکن دوڑتھی وقت آئی جب حنیف سوتے ہوئے خواب دیکھ رہا تھا کہ اس کی بیوی اور ماں آگئی ہیں .... کراچی میں اسے بغیر پگڑی دیئے اپنے کارخانے کے قریب ہی ایک کمرہ مل گیا ہے ..... بیوی اور ماں جو لکھنو سے آکر ابھی تک اس کے ماموں کے ہاں راولپنڈی میں پڑی کراچی میں پہنچنے کے دن گن رہی تھیں۔ اس نے دیکھا کہ اس کی بیوی پاس بیٹھی ہے وہ چومنا چاہتا ہے تو شرما کر سر ادھر ادھر کر لیتی ہے — ہاتھ جھٹک دیتی ہے۔

تب اس کی آنکھ کھل گئی۔ کمرے میں بدستور روشنی تھی اور ڈورتھی اس کا ہاتھ پکڑ کر ہلا رہی تھی۔

ہم ادھر اکھا ٹائم (پورے وقت) پریشان ہوا۔ آئی ایم ویری سوری — وہ تمہارا انسلٹ کیا۔ ہم کو بہت گسہ ہوا۔ تم اپنا چالیس روپیہ ہمار فلیٹ میں چھوڑ آیا تھا — یہ لو مسٹر — '' ڈورتھی الگ کھڑی جانے اور کیا کیا کہے جا رہی تھی۔ اس کے سنہری بال پنوں کی قید سے کہیں کہیں آزاد ہو کر لبے ہونے کی چغلی کھا رہے تھے ہونٹ خشک اور آنکھوں میں نیند کے ساتھ ہمدردی کی آنچ آتی ہوئی — حنیف کو لگا کہ ابھی تک وہ خواب دیکھ رہا ہے۔

تم اب ناراض نہیں ہوئیں گا۔ ہمارے لوگ دل ہرٹ (دکھانا) کرنا نہیں مانگتا۔ ام ادھر کسی کا روم میں کبھی نہیں گیا پن ہم سوچا ادھر ضرور آئے گا۔ کسی کو مت بولنا۔ ہم کسی کا انسلٹ نہیں مانگتا اس کا واسطے ہم ادھر کو سوری بولنے آیا — اپنا پیسہ لو — ''

اور جانے کیسے حنیف کا چکراتا ہوا سر گھٹنے پر آگیا — ایک بار پھر اسے اپنی بے عزتی کا واقعہ جی مسوسنا لگا — یا پھر جانے کیا بات تھی۔ وہ رونا چاہتا تھا رو پڑا۔ ڈورتھی تڑپ کر اس کے قریب آگئی...... اس نے جھک کر اس کے گال پر بوسہ دیا...... نہیں روئیں گا...... ڈورتھی بول رہی تھی۔

مگر حنیف کے اندر دھم سے لاوا پھٹ پڑا...... ڈورتھی اس کے کمرے میں تھی۔ اس لئے پولیس کو بلانے کی دھمکی نہ دے سکی۔

آئی لو یو..... مس ڈورتھی۔آئی لو یو..... جدو جہد کرتی ہوئی ڈورتھی کو لپٹانے کی کوشش میں حنیف کے منہ سے انگریزی کا یہ فقرہ بار بار ٹپک پڑتا—

آخر ڈورتھی نے ہار کر جیسے خود حفاظتی کے لئے چاقو کا پھل چمکایا۔

تب تم چالیس سینڈل کا چھوڑیں گا اور دس اور دیں گا۔

رابعہ بائی بلڈنگ کے مکینوں کو اس رات کے سودے کی خبر نہ ہوئی تو کیا ہوا— بعد میں جو سودے ہوئے ان کا تو رضیہ بیگم کو رتی رتی علم تھا۔ڈورتھی کے پیروں میں جو روز نئے نئے سینڈل ہوتے وہ کہیں چھت سے تو نہ گرتے ظاہر ہے کہ نیچے آتے ..... اور وہ جو روز صبح ڈورتھی کا چھوکرا سلیقے سے لگی ہوئی چائے کی ٹرے لے کر نیچے جاتا اور نیچے سے تورے چپاتی کی ٹرے لاتا، وہ محض کاروبار تو نہ تھا۔

رضیہ بیگم سینہ ٹھونک کر کہتیں۔ایسی عورتیں مرد سے چائے بنوا کر پیتی ہیں.....اے بی جب وہ مرد کو چائے بنا کر بھیجنے لگیں تو سمجھ لو کمبخت کی جان کو چمٹیں—

رضیہ بیگم کی یہ تھیوری کوئی تسلیم کرنے کو تیار نہ تھا۔بے شک حنیف کئی بار تیسری منزل پر ڈورتھی کے ہاں آیا تھا۔مگر بیٹھا کھلے دروازے کے سامنے۔رضیہ بیگم منہ پر ڈوپٹے کی آڑ کئے کئی بار ایسے موقع پر غسل خانے جانے کے بہانے ادھر جھانکتیں۔لیکن کسی قابل اعتراض نظارے سے محروم رہیں۔پھر بھی انہیں یہ غم تھا کہ حنیف جیسا بھلا آدمی خراب ہو کر رہے گا۔اور دیکھنے والے دیکھتے کہ حنیف کے خراب ہونے میں کسر بھی کیا رہ گئی تھی۔یا تو تمام دن اپنے کاریگروں میں گھرا آپ بھی رنگین چمڑے کی پتلی پتلی چپٹیں مشین پر سیا کرتا یا چلتے پھرتے انہی چٹوں کی چوٹیاں سی گوندھتا رہتا اب استاد بندو کاریگر رابعہ بائی بلڈنگ کے ہر مکین سے حنیف کے کاروباری مستقبل کی تباہی کی پیشین گوئی کرتے رہتے— واقعی یہ تو یکسر بدل گیا تھا۔جانے ڈورتھی اسے چائے میں کیا الو کی دم گھول کر بھیجتی تھی۔جب دیکھو جب تیسری منزل پر دھما دھم چڑھتا، سوٹ ڈالے ہاتھ میں ٹائی پکڑے آرہا ہے۔ڈورتھی اسے روز ٹائی باندھنا سکھاتی لیکن وہ روز بھول جاتا اور پھر ڈورتھی سے بندھواتا—وہ دونوں کبھی کبھار رکشہ میں بیٹھ کر باہر بھی جانے لگے— مگر ڈورتھی رات کو تو اکثر اکیلی ہی فلم کمپنی کو جاتی.....ایسی صبح حنیف ڈورتھی کی بھیجی ہوئی چائے واپس کر دیتا۔

فلم کمپنی کو جانا ہی مانگتا— حنیف بہت گلتی کرتا (غلطی) تم بولو بائی ہم ناچے گا نہیں تو مر جائیں گا— تم جانتا بائی ہم کو ناچ کا بہت شوق ہینگا.....ڈورتھی چائے واپس آنے پر اداس ہو کر زینب بائی سے شکایت کرتی.....اور پھر کواڑ بند کر کے اپنی صبح صبح کی مشق شروع کر دیتی.....اس کا دیوانوں کی طرح مست ہو کر ناچنا زینب بائی تک کو بھلا لگتا.....اس پر سے دوسری منزل کے مسٹر ڈگلس کا وائلن جیسے پکارنے لگتا۔ڈورتھی ناچ رہی ہے! ڈورتھی ناچ رہی ہے!!.....اس اطلاع پر

حنیف کے گلے شکوے مٹ جاتے اور زینب بائی دیکھتیں کہ حنیف دروازے میں کھڑا ڈورتھی کو یوں دیکھ رہا ہے جیسے اس پر مسمریزم کیا گیا ہو۔

ڈورتھی جب حنیف کے ساتھ گھر سے نکلتی، تو اس کی ساڑی کے ساتھ ہم رنگ سینڈل ہوتی۔ وہ ترنم سے کھٹ کھٹ کرتی زینہ اتر جاتی — تو تیسری منزل کی عورتیں اپنے کمروں سے جھانکنے لگتیں —

ایک دن رضیہ بیگم نے زینب بائی کی موجودگی میں بڑے چاہ سے کہا۔ اے اماں جان ڈورتھی جیسی سرخ سینڈل ہمیں بھی بنوادو۔ ہم کہیں جا کر حنیف بھائی سے — ؟

اس پر رضیہ بیگم کا ماتھا ٹھنکا۔ لو بھئی اب ہماری لڑکیاں اس کی ریس کریں گی اور یہ حنیف، خدا کی مار، واس پر، شریفوں سے تو یوں بھاگتا ہے جیسے کاٹ لیں گے۔ میری بچی کی سینڈل نہ بنا کر دی کبھی ......اور اس حرافہ کے لئے روز بغل میں ڈبے دبائے حاضر ...''

یہ پہلا موقع تھا کہ رضیہ بیگم چیخیں چلائیں نہیں۔ بلکہ انہوں نے برقعہ اوڑھ کر پوری رابعہ بائی بلڈنگ کے بال بچے دار لوگوں کو خطرے سے آگاہ کیا۔

ڈائن بھی اپنا پڑوس چھوڑ کر کھاتی ہے — ان کے پاس سب سے بڑی دلیل یہی تھی۔ دوسرے دن وہ وفد بن گیا جس نے رابعہ بائی بلڈنگ کی مالک حلیمہ بائی سے شکایت کی اور حلیمہ بائی کے کارندے کو تحقیق کے لئے تیسری منزل پر آنا پڑا۔

ڈورتھی کا نیلے پینٹ اور چمکتے ہوئے ہینڈل والا دروازہ بند تھا۔ زینب بائی کو خوشی ہوئی کہ اس وقت ڈورتھی اکیلی ہے۔ وہ سانس روکے اپنے دروازے پر کھڑی تھیں — اور رضیہ بیگم اپنے میاں کے پیچھے دوپٹہ منہ پر ڈالے لیکن سینہ کھولے کھڑی سوچ رہی تھی۔ دیکھیں سب باتوں پر ''نہ'' کردے مگر حنیف کے قصے پر کیسے مکرتی ہے؟ —

دوسری منزل پر وائلن بج رہا تھا اور تیسری منزل کے بند کمرے میں ایڑیوں کی کھٹ کھٹ ہو رہی تھی۔ کچھ دنوں سے ڈورتھی ہسپانوی خانہ بدوش ناچ کی دلدادہ ہو گئی تھی —

حلیمہ بائی کا کارندہ اپنے بید سے کوریڈور میں تال دیتا رہا۔ اس کے پیچھے بلڈنگ کے بیشتر مکین مردصف بستہ تھے — وائلن بند ہو گیا — کھٹ کھٹ ہوتی رہی پھر کارندے نے اپنے بید کی مٹھ سے دروازہ کھول دیا۔

زینب بائی کا دل دھڑکتے دھڑکتے رک گیا۔ ڈورتھی بند دروازے کے پیچھے آج اکیلی نہیں تھی۔ وہ حنیف کی گردن میں بانہیں ڈالے ابھی تک ایڑیاں بجا رہی تھی — جیسے ذبح کی ہوئی مرغی پھڑک رہی ہو۔ دیکھا...... دیکھا یہ رنڈی خانہ بنا رکھا ہے...... دلی والے صاحب سب سے پہلے بولے۔ باہر نکالو اس رنڈی کو...... دوسری منزل کے بابو صاحب آگے بڑھ کر چیخے ڈورتھی اچھل کر

الگ ہوگئی۔ پھر وہ چھوٹی سی گھگری اور پیٹ کھلے بلاوز میں سینہ تان کر باہر آ گئی۔

تم ہمارا ڈور کویں کھولا امین بھائی...... بلڈنگ کے لوگوں نے پہلی بار ڈورتھی کی اونچی آواز سنی وہ کارندے سے مخاطب تھی...... تم خدو بند کریں گا ہمارا دروازہ...... بند کرو ہم بولا بند کرو...... ڈورتھی چیخی۔

ہاں تاکہ تم یہاں مزے کرو۔ دلی والے صاحب دانت پیس کر آگے بڑھے۔

تم بھی اپنے گھر میں مزا کرنا مانگتا مولبی صاحب — ڈورتھی چیخی۔ یہ ہمارا گھر ہے ہم اس کا کرایہ دیتا ہے۔

بڑی آئی ہمارے منہ لگنے والی...... کمینی رنڈی حرافہ شریفوں کے محلے میں۔ رضیہ بیگم اپنے میاں کی بے عزتی برداشت نہ کرسکیں اور بیچ میں کود پڑیں۔

اس کے بعد وہ ہوا جو نہیں ہونا تھا...... ڈورتھی نے شریفوں کے محلے کو ادھیڑ کر رکھ دیا۔ اسے انگریزی اور بمبیا اردو میں جتنی گالیاں آتی تھیں وہ سب بک ڈالیں۔ اس نے الزام لگایا کہ رضیہ بیگم خود حنیف کو پھانسنے کی فکر میں تھی...... نتیجہ عورتوں کی مار پیٹ کی صورت میں نکلا۔

ہاں ہم حنیف پر مرتا۔ وہ ہم پر مرتا ہم اپن اجان بھی اس کو دیں گا۔

ڈورتھی رضیہ خانم سے پٹتے اور اسے پیٹتے ہوئے رو رو کر کہہ رہی تھی۔

تب ایک دم حنیف کے پتھر جیسے جسم میں جنبش ہوئی۔ وہ کوریڈور میں آ گیا اور نیچی کچی ڈورتھی کا ہاتھ پکڑ لیا۔ خبردار جو کسی نے اب میری عورت کی طرف آنکھ اٹھائی۔ حنیف آنکھیں نکال کر گمبھیر آواز میں بولا۔

مگر یہ تمہاری عورت نہیں۔ بابو صاحب پیچھے ہٹتے ہوئے کہہ گئے۔ اسی وقت نیچے سے حنیف کے سارے کاری گر بھرا مار کر اوپر پہنچ گئے...... اب حنیف اور اکڑ گیا۔

یہ میری عورت نہیں! اچھا!! حنیف کا منہ لال ہو گیا۔ پھر اس نے بندو خان کاری گر کو دیکھا ...... اے بھائی بندو خاں نیچے کسی کو دوڑا نا تو ذرا لڈو لے آئے...... آیئے مولانا دلی لکھنؤ کا جھگڑا تو وہیں رہ گیا...... اب ہم کراچی میں ہیں...... دو بول پڑھا دیجیے۔ اللہ آپ کی مشکلیں آسان کرے گا۔

یہ کہہ کر اس نے ڈورتھی کو سر سے پاؤں تک دیکھا اور ہلکا سا دھکا دے کر اسے کمرے میں دھکیل کر دروازہ بند کر لیا۔

حلیمہ بائی کے پاس کارندہ گیا تو نکاح کے لڈو لے کر...... حلیمہ بائی کو سارے قصے سے صرف اتنی ہی دلچسپی تھی کہ ڈورتھی آئندہ بھی ان کی کرایہ دار رہے گی۔

مگر رابعہ بائی بلڈنگ کے مکینوں کی ساری دلچسپی جوں کی توں تھی۔

استاد بندو کاری گر حنیف کے کاروباری مستقبل کے بارے میں ضرورت سے زیادہ فکر مند رہے — وہ کہا کرتے۔ دیکھ لینا میاں، ایک دن جو خود بیٹھ کر حساب لگاؤ گے تو بدھیا بیٹھی نظر آوے گی۔

میاں جوتا سازی تو جبھی ہووے ہے کہ مالک سر پر بیٹھا رہوے۔اب میں کام کرہاہوں تو کاریگروں کے ہاتھوں پر نظر بھی رکھ رہا ہوں......'' مگر حنیف پاجامہ پہنے چپلیس گھسیٹا تیسری منزل پر چلا جاتا ہے اور ڈورتھی کو قورمہ کباب پکانے کی صحیح ترکیب بتانے لگتا ہے۔ڈورتھی یوں تو بڑی ذہین تھی لیکن مرچ مصالے کا صحیح توازن قائم رکھنا بھی کوئی بچوں کا کھیل نہیں۔روز کوئی نہ کوئی گڑ بڑ ہو جاتی۔ہاں جب وہ کمونو پر اپیرن باندھے انگیٹھی کے سامنے کھڑی جھپا جھپ چپاتیاں اتارتی تو حنیف کو اپنی بیوی کے ہاتھ کی چپاتیاں یاد آجاتیں۔بیوی جو کراچی آنے کے لئے بے تاب تھی اور ہر دوسرے تیسرے دن اس کی اماں کی طرف سے خط لکھوادیا کرتی تھی۔اور یہ خط حنیف کی جیب سے ڈورتھی کے اسپرنگ والے پلنگ پر گر جاتے تو وہ انہیں اٹھا کر رضیہ بیگم کے پاس لے جاتی۔ہر خط میں ایک ہی بات پڑھوا کر سننے کے بعد وہ اکتا سی جاتی لیکن ایک ہی سی ہمدردی کرنے سے رضیہ بیگم نہ اکتاتیں۔

ہائے بے چاری کو کتنی دور ڈال رکھا ہے حنیف نے پھر تمہارا دل کیا کہتا ہوگا؟

ہمیں پہلے معلوم ہوتا کہ حنیف بال بچے دار ہے تو۔

فوہ! فیر کیا۔سب چلتا— ڈورتھی شانے اچکا کر کہتی اور کمونو کے اندر جلدی جلدی میں چھڑکا ہوا ٹیلکم پوڈر ہاتھ ڈال کر سینے پر ملنے لگتی......

وہ بولتا ہمارے کو اکھا جان سے پیار کرتا۔جب سے وہ ہمارے کو دیکھا..... کیا ہونے سکتا ؟...... پن دیکھو ادھر کراچی میں پگڑی بنا روم نہیں ملتا ادھر بمبئی میں بھی پگڑی چلتا تھا......ہم ادھر تین روم کا فلیٹ واسطے تین ہزار پگڑی دیا تھا۔ڈورتھی کی نظریں کہتیں جیسے وہ ابھی بمبئی سے ہو کر آئی ہے پھر وہ ایک دم اپنی جاپانی کھڑاؤں پر ڈولتی اپنے فلیٹ میں غائب ہو جاتی......اور جب رضیہ بیگم اس امید پر غسل خانے کا چکر لگاتیں کہ دیکھیں سوکن کے سلسلے میں وہ حنیف کی خبر کس طرح لے رہی ہے تو یہ دیکھ کر بڑی مایوس ہوتیں کہ ڈورتھی برش لئے دری پر سے حنیف کے جوتوں کا نشان جھاڑ رہی ہے۔

جانے اب حنیف باوجود اس کی ہدایت کے جوتے مونج کی چٹائی پر رگڑنا کیوں بھول جاتا ہے! ڈورتھی بڑے پیار سے زینب بائی سے شکایت کر چکی تھی۔

حنیف کا کیا؟ سب دیکھتے کہ حنیف تو ڈورتھی کے قبضے میں آکر عقل ہی چھوڑ بیٹھا تھا۔وہ کاریگروں کو استاد بندو کے سپرد کر آرام سے کام نمٹانے کے لئے چمڑے کی لمبی لمبی رنگین اور روپہلی سنہری چٹوں کا ...... نے اوپر آتا— مشین تو بہت پہلے سے اوپر ہی رکھی ہوئی تھی۔وہ چمڑا مشین پر ڈال کر دری پر آلتی پالتی مار کر بیٹھ جاتا اور آواز لگاتا۔

ڈارلنگ جلدی کھانا دو آج بہت کام کرنا ہے۔ڈورتھی دوسرے کمرے میں جلدی سے اپیرن کھول کر دوبارہ ٹیلکم پوڈر کو اندر چھڑکتی۔چہرے پر پف مارتی اور آکر مصنوعی غصے سے چلاتی۔

ہم ہندو مافق پر بیٹھیں گا تو ہم کھانا نہیں دینے مانگتا...... وہ منہ بنائے اس کا ہاتھ پکڑ کر کھینچتی۔ اندر جو دوسرے کمرے میں اس نے ننھی سی میز سجا رکھی تھی۔ اسے بیکار کیسے چھوڑ دیتی۔

اوہ بھول گئے تھا میم صاحب۔ بھول گیا تھا۔ حنیف اسے چومنے کی کوشش کرتے ہوئے کہتا اور کھانے پر ٹوٹ پڑتا...... اس کے بعد بہت سا کام بھول کر ڈورتھی کے پلنگ پر ایسا سوتا کہ اسے خبر بھی نہ ہوتی کہ ڈورتھی کب آٹھ گئی۔ کب اس نے حنیف کے جھوٹے برتن دھوئے اور کب اس کے ملے دلے سوٹ پر استری کی...... کب جوتے پر پالش کی۔

ام بولتا کیسا سلی (بے وقوف) ہے حنیف...... وہ میلا جوتا اٹھاتے ہوئے ہمیشہ بڑبڑاتی۔ لوگ بولے گا آپ جوتا فیکٹری کا پروپرئٹر اور اتنا ڈرٹی (گندہ) شو پہنتا...... شام کو کدھر پکچر یا ہوٹل جانے کے ٹائم اسی مافق پہن لیں گا......

ڈورتھی کو شام اس کے ساتھ باہر جانے کا خطرہ ہر روز ستاتا...... مگر حنیف یہ بھی بھول جاتا۔ ہمارے کو دیکھ کر سب کچھ بولیں گا۔ سلی! اپنا بزنس تو کرنا ہی مانگتا...... ڈورتھی مشین کے پاس چمڑے کی چنیں دیکھ کر اور بھی غصہ ہونے لگتی پھر مشین پر جھک کر چمڑے کی چنوں پر بخیہ کرنے لگتی......

مشین کی آواز سن کر کئی بار زینب بائی اس کے ہاں آئی تھیں...... ایسے موقع پر ڈورتھی ان کے سامنے شکایتوں کا دفتر کھول دیتی

یہ حنیف ہمارے کو پا کر سب کچھ چھوڑ دیا۔ اکھا دن ادھر رہیں گا پھر بولتا بڑا لاس (نقصان) ہوتا...... وہ اپن احساب کتاب بھی نہیں کرنے کو مانگتا۔ ہم مال کا سپلائی کا بل دکان پر جا کر نہ مانگے تو کاری گر لوگ کو شام میں پیسہ نہیں ملیں گا۔ تم بولو بائی ایسا کیا چلیں گا؟...... ڈورتھی مشین پر جھکی مسلسل بولے جاتی اور اس کی سمجھ میں نہ آتا کہ زینب بائی کا بچہ کیوں ٹھنکے جا رہا ہے۔ دراصل حنیف کے ساتھ رہ کر وہ خود بھی بھلکو ہو گئی تھی...... خود ہی سویرے جب بید کی ٹوکری لٹکائے سبزی گوشت کے لئے کاریڈور میں سے گھٹ گھٹ کرتی گزرتی تو بچے سے کہہ جاتی...... بے بی تمہارا واسطے ٹافی لائیں گا...... پھر جب واپس آتی تو یہ وعدہ بھول جاتی۔

تم کسی کو نہیں بولیں گا۔ ہم جانتا حنیف کا بزنس خراب ہو گیا۔ وہ کتنی ہی بار زینب بائی کو بتا چکی تھی۔

لیکن یہ عجیب بات تھی کہ فینسی شو فیکٹری میں کاریگروں کی تعداد بڑھتی جارہی تھی اور حنیف اپنے کرائے کی پڑوسی سے کئی بار کہہ چکا تھا کہ اگر وہ کمرہ چھوڑ دے تو وہ ڈیڑھ ہزار روپیہ پگڑی دینے کو تیار ہے...... آخر نئے کاریگروں کو بیٹھنے کی جگہ چاہئے تھی۔

اس وجہ سے رضیہ بیگم اور ان کے میاں کا کہنا تھا کہ حنیف ڈورتھی کی کمائی بھی کھاتا ہے۔ یہ نکاح تو پردہ ڈالنے کو تھا۔ رضیہ بیگم چپکے سے کہا کرتیں۔

بائی ہم کس طرح بولیں گا۔ ڈورتھی تو فلم کمپنی جانا بھی چھوڑ دیا شام کو...... زینب بائی پریشانی سے سر ہلاتیں۔

اے چلو رہنے دو۔ دن کو جو بن ٹھن کر جایا کرتی ہے؟..... رضیہ بیگم کے پاس منطق موجود تھی۔

او بی بی ہم کو پتہ ہے۔ حنیف کا بزنس بل لینے جاتا۔ اور سبزی گوشت بھی تو بازار سے لاتا ہے چھوکرا بھی تو نکالا ہے ڈورتھی نے۔'' زینب بائی بتائیں۔

ہونہہ! سب بہانے ہیں بی۔ اگر کچھ نہ ہو تو یہ روز روز ناچ کی کھٹ کھٹ نہ بند ہو جاتی اور نیچے اب بھی بڈھا کھٹ کھٹ کے ساتھ انگریزی سارنگی کی ٹوں ٹوں کرتا ہے۔! رضیہ بیگم پاؤں پٹختی اپنے کمرے میں جاکر پان منہ میں ٹھونس لیتیں۔ اور زینب بائی ایک بار پھر یہ بتانے کو بے چین رہتیں کہ ڈورتھی نے حنیف سے کہ دیا ہے کہ ناچ تو اس کی زندگی ہے۔ وہ نہیں ناچے گی تو مرجائے گی۔ پھر حنیف کی بھی اس کے ہسپانوی ناچ پر جان جاتی ہے ہاتھوں میں ننھی ننھی مجریاں، جسم پر ذرا سی جھالروں والی گھگری اور چولی...... زینب بائی نے تو خود اپنی آنکھوں سے دیکھا تھا کہ ناچ کے وقت حنیف پاجامے کے بجائے سوٹ پہن کر بیٹھتا اور ڈورتھی اس کے سامنے ناچتی ہے۔

ہمارے کو پاجامہ نہیں لگتا، پن حنیف پہننے کو مانگتا ہے۔ ہم بولتا اکھا دن سوٹ پہنے گا تم۔ ڈورتھی زینب بائی سے شکایت کرتی۔ اور خود ہی کہنے لگتی۔ حنیف کا بزنس ڈاؤن ہے کام بہت کرتا تھک جاتا...... اس کر کے ہم اس کا بزنس کا بہت کھیال کرتا ہے۔ بزنس اچھا ہوئیں گا تو ہم نیجر رکھیں گا فیر ہم دونوں روز ایوننگ کو باہر جائیں گا...... ہوٹل، پکچر، کلفٹن......'' ڈورتھی یہ سب کہتے کہتے اپنی کالی آنکھیں نیم وا کر لیتی...... اس کے جبڑوں کی ابھری ہوئی ہڈیوں تلے دبے ہوئے رخساروں کی ندی سی نمایاں ہو جاتی اور چوڑا دہانہ ذرا سا کھل جاتا جس میں سے سونے سے مڑھا ہوا دانت چمک اٹھتا۔

مکرانی نے اپنا کمرہ حنیف کو دے دیا۔ کاریگروں کی تعداد بڑھتی ہی گئی...... اس کمرے کے ایک کونے میں ڈورتھی کے کھانے کی ننھی سی میز بھی پہنچ گئی۔ یہاں بیٹھ کر اب حنیف ناولیں پڑھتا جاتا اور کام کی نگرانی بھی کرتا جاتا۔ مال سپلائی کرنے کے جو آرڈر آتے انہیں بھی لیتا...... مگر اس موقع پر ڈورتھی کو دوڑنا پڑتا۔ جیسے ہی کوئی موٹر یا موٹر سائیکل رکشا نیچے رکتی ڈورتھی ہزار کام چھوڑ کر نیچے بھاگتی۔

دیکھا یار آئے ہیں پرانے...... رضیہ بیگم ہانک لگاتیں...... اور زینب بائی جواب بولیں گا بائی...... حنیف بولنے سکتا۔ ڈورتھی بتاتا، بغیر انگریزی لوگ ایڈوانس نہیں دیتا...... زینب بائی بتاتیں اور رضیہ بیگم کھڑکی سے نیچے جھانکتے ہوئے اپنی بیٹی کے ساتھ مل کر اتنا ہنستیں کہ ان کے آنسو نکل آتے۔

دوسری منزل کے بہاری بابو صاحب اپنی بوہرہ پڑوسن کو قسم کھا کر بتا چکے تھے کہ حنیف نے پگڑی کے ڈیڑھ ہزار روپے اس کے بنک ہی سے نکلوا کر مکرانی کو دیئے۔ اور بنک میں اکاؤنٹ ڈورتھی

کے نام کا تھا۔اوراب دیکھواسے چلاتا ہے......کیسا بے غیرت...... بابو کہتے۔

لیکن مسٹر ڈگلس ہمیشہ بوہرہ عورت سے کہتے۔دیکھا عیسائی وائف اپنے ہسبنڈ کی کتنی مدد کرتی ہے۔اس نے حنیف کو کیا بنا دیا......پھرتم کو پتہ ہے وہ ہسپانوی ناچ کتنا اچھا ناچنے لگی ہے...... وہ تو ہمیشہ سے ناچ کی دیوانی ہے۔جب ذرا سی تھی سیٹھ کی لڑکیوں کو دیکھ کر منٹ بھر میں ناچ کی نقل کر لیتی...... تھی؟

بوہرہ عورت بڈھے ڈگلس کو یوں دیکھتی جیسے وہ پاگل ہو۔یہ پاگل پن کی بات نہ تھی تو کیا کہ ڈورتھی کہ کھٹ کھٹ کے سے وہ ہمیشہ نیچے ہوتا پھر بھی اسے علم تھا کہ ڈورتھی کیسا ناچ رہی ہے۔

پھر ایک دن رضیہ بیگم کے لکھے ہوئے خط کے جواب میں راولپنڈی سے حنیف کی بیوی ماں اور دونوں بیٹیاں آگئیں۔روتی بین کرتی وہ سیدھی تیسری منزل کے کاریڈور میں آکر برقعے اٹھا کر بیٹھ گئیں——

ارے کیا کر ڈالا......ارے پردیس میں ڈال کر منہ پھیر لیا۔ارے کراچی میں راس رچالیا۔ حنیف کی بیوی نے سینے پر ہاتھ مار مار کر ایسے درد سے بین کیے کہ رضیہ بیگم، زینب بائی اور بلڈنگ کی دوسری عورتیں بھی اس کے گرد اکٹھا ہو کر رونے لگیں۔حنیف کا چہرہ غصے سے سرخ تھا...... وہ اب اتنی عورتوں کے سامنے اپنی بیوی کا منہ تھپڑوں سے تو بند کرنے سے رہا تھا...... اس نے بیوی کو گھسیٹ کر ڈورتھی کے فلیٹ میں ڈال دیا اور پھر آہستگی سے اپنی اماں کا ہاتھ پکڑ کر اٹھایا۔

اماں کیا کروں یہاں مکان نہیں ملتا۔ورنہ آپ کو پہلے بلا لیتا......

تب ڈورتھی سبزی گوشت کی ٹوکری اٹھائے تیسری منزل پر نمودار ہوئی۔عورتیں اب تک کوریڈور میں جمع تھیں۔

حنیف بھائی ڈورتھی آگئی......رضیہ بیگم نے منہ پر دوپٹہ ڈال کر بآواز بلند یوں اعلان کیا جیسے بھاگا ہوا بچہ پکڑ لایا گیا ہو......

ڈورتھی اندر آگئی......سب منتظر تھے......پھر سب مایوس ہو گئے۔

ڈورتھی نے اپنا ایک کمرہ خالی کر دیا۔بیچ میں سے دروازہ بند ہو گیا۔

کیا ہونے سکتا۔ادھر بنا پگڑی روم نہیں ملیں گا......اور حنیف کا بزنس ڈاؤن ہے......کاریگر مزدوری بہت مانگتا...... فیروز دوپہر کا ٹائم کھانے کا چھٹی مانگتا...... اکھا دو گھنٹہ کھانا کھاتا رہتا......اور ادھر کو کام بند رہتا......ہم استاد بندو کو بولا۔یہ بات گڑبڑ کا ہے۔وہ بولا کھانا تو مانگتا......ہم بولا سمجھو ادھر ہم کینٹین بناتا۔دوپہر کا کھانا ہم دیں گے......کھانے کا پیسہ مزدوری میں کٹواؤ......سب بڑا فیکٹری میں کینٹین ہوتا ہے اب ادھر ایک روم ہے۔پن ہم گزارہ کریں گا......فیر جب حنیف کا بزنس 'لاس' نہیں کریں گا تو ہم پگڑی پر بڑا فلیٹ لیں گا......ڈورتھی نے اپنے ڈرائنگ روم کو سمیٹ کر کونے میں کر دیا اور

پردے کے پیچھے اسپرنگ والے پلنگ کے پاس ٹین جڑی میز پر بڑے سے دیگچے میں گوشت بگھار کر انگیٹھی دھونکنا شروع کردی۔

پن یہ تمہارا سوکن اس کو بولو کینٹین کا کام کرے...... زینب بائی نے چھیڑا۔

نو ہ! حنیف اس کو کبھی پسند نہیں کیا...... وہ بولتا بہت سست عورت ہے، کچھ حنیف کا کھیال نہیں کیا کبھی...... ڈورتھی ہاتھ جھٹک کر مطمئن انداز سے بولی۔

شام کو بڑی دیر تک مسٹر ڈگلس انتظار کرتے رہے کہ وائلن چھیڑیں...... پھر جب وہ مایوس ہوکر اپنا سفید کوٹ پہنے ایک سیٹھ کے ہاں ٹیوشن کے لئے جانے لگے تو ڈورتھی کے کمرے میں کھٹ کھٹ شروع ہوگئی...... مسٹر ڈگلس اچھل کر کھڑکی کے پاس کھڑے ہوئے اور وائلن بجانے لگے۔ ونڈر فل! ونڈر فل! وہ بڑابڑاتے رہے۔

اوپر حنیف کی ماں اس کھٹ کھٹ سے گھبرا کر رضیہ خانم کے پاس پہنچیں...... اور جب انہیں پتہ چلا کہ اس کھٹ کھٹ کا مطلب کیا ہے تو انہوں نے رونا بین کرنا شروع کردیا۔

ارے حنیف کیا گکرم کررہا ہے......

حنیف ماں کو نہ سمجھا سکا۔ اور اسے ڈورتھی سے بات کرنا پڑی۔

پر مسٹر ڈگلس ہم بولا حنیف ناچنا ہمارا لائف ہے...... ہم ناچیں گا اور تم دیکھیں گا۔ اس کے بنا ہم مرجائیں گا...... فیر حنیف بولا ڈارلنگ تم ہمارا مدد کو نئیں جانتا...... اس کرکے تم روز ناچ واسطے مسٹر ڈگلس کے گھر جانا مانگتا...... مے آئی ڈانس ہیئر؟ (کیا میں یہاں ناچ سکتا ہوں) ڈورتھی بڑے پیار سے مسکرا کر جھکی۔

ڈورتھی نے ایک کونے میں جاکر گھگری اور چولی پہنی اور کرسی پر بیٹھ کر حنیف کا انتظار کرنے لگی۔ پھر حنیف سوٹ پہنے ٹائی ہاتھ میں لئے مسٹر ڈگلس کے گھر آگیا...... اور ڈورتھی دیوانہ وار ناچتی رہی...... ناچتی رہی......

فیکٹری میں کام کی دیکھ بھال کے لئے منیجر آگیا۔ یہ حنیف کا سالا تھا...... ڈورتھی کو کینٹین چلانے اور سینڈلوں کے نئے ڈیزائن تیار کرنے سے اتنی فرصت نہ تھی کہ وہ آرڈر بک کرنے اور بل وصول کرنے جاسکتی۔ اس لئے اس کام کے لئے حنیف کے سالے کی رائے سے ایک اینگلو پاکستانی لڑکی کو پارٹ ٹائم ملازم رکھ لیا گیا......

پھر انہی دنوں رضیہ بیگم کی بیٹی سے حنیف کے سالے کی شادی کی بات پکی ہوگئی۔ ساتھ ہی حنیف کی والدہ کی رائے ہوئی کہ حنیف کی بڑی لڑکی ماشاءاللہ چودہ سال کی ہوگئی اور ماحول اچھا نہیں اس لئے اسے بھی چلتا کیا جائے...... رضیہ بیگم نے اس سلسلہ میں مدد کی اور حنیف کی لڑکی کی بات بھی طے ہوگئی

کاروبار پھیلایا جائے تو نفع یوں بھی کم ہوتا ہے، اس پر سے یہ شادیاں آپڑیں۔ حنیف کی لڑکی کا جہیز ایک مسئلہ بن گیا۔ ایک دن وہ بغل میں پوٹلی دبائے ڈورتھی کے کمرے میں آکھڑی ہوئی۔ اور کافی دیر سوچنے کے بعد اسے وہ انگریزی لفظ یاد آیا جس سے اسے ڈورتھی کو مخاطب کرنا تھا۔

فیر ڈارلنگ! بے بے بولا "ممی دیکھو دادی ہم کو شادی واسطے یہ کپڑے دیتا...... ہم دیکھا ڈارلنگ! ہم کو بہت شیم ہوا (شرم)۔ تم کچھ کرنا مانگتا ڈارلنگ۔ ڈورتھی نے اس رات جہیز کے معاملے میں، دخل دینا چاہا۔ مگر حنیف اینٹھ گیا۔

میں کیا کروں تم خود ہی تو بزنس پھیلوا رہی ہو...... میں کچھ نہیں کر سکتا۔

ایک بات بولیں گا ڈارلنگ۔ تم غصہ تو نہیں کریں گا...... ہم تمہارا دیا ہوا چاروں ساری "بے بی" کو دے دیا۔ اور گولڈن سینڈل بھی......

اور حنیف نے غصہ کیا۔ ڈورتھی اسے چومتی رہی۔ وہ اپنے آپ کو چھڑا کر باہر چلا گیا...... یہ اس کے رکنے کا وقت تھا کیوں کہ ڈورتھی اس وقت ڈگلس کے ہاں جا کر ناچتی تھی

تب ڈورتھی دھم دھم کرتی کوریڈور سے گزری اور ڈگلس کے ہاں جا کر اتنا ناچی کہ بے دم ہوگئی۔ دونوں شادیاں ہوگئیں...... کینٹین چلتی رہی...... حنیف کی بیوی کو الٹیاں آنے کی بیماری ہوگئی اس لئے کینٹین کا کھانا ادھر بھی جانے لگا......

اور پھر ایک رات بلی کی طرح ایک نوزائیدہ بچہ ڈورتھی کے دوسرے کمرے میں رویا۔

اسی دن حلیمہ بائی کا کارندہ ڈورتھی کے دروازے پر آیا کہ کچھ کرائے میں اضافہ کرو......

ڈورتھی آج اپنے کمرے سے چولی گھگری میں ملبوس مجیریاں انگلیوں میں پہنے بغیر کمونو کے باہر آرہی تھی۔

کارندے کے منہ سے کرائے میں اضافے کی بات سن کر وہ ایک دم ویسی ہی بن گئی جیسی پانچ سال پہلے اس وقت ہوگئی تھی۔ جب کارندہ حلیمہ بائی کی طرف سے اس کے خلاف بدکاری کی شکایت لے کر آیا تھا......

کیا بولا کرایہ بڑھائیں گے...... ہاں ہمارا کھال کھینچ لو...... وہ سینہ ابھار کر کولھوں پر ہاتھ رکھے اس کی طرف بڑھی...... کارندے کی آنکھیں بچ گئیں۔

کرایہ بولتا...... ہم بولتا بے ایمان ہمارا دس سال کا وہائٹ واشنگ اور پینٹ کا پیسہ واپس کریں گا...... بھاگ جاؤ! اپنا حلیمہ بائی کو بولو ہمارا پیسہ دیں...... کیا ہمارے کو دیکھتا؟ ڈورتھی نے برا سا منہ بنا کر اس کی آنکھوں کے سامنے مجیریاں بجائیں......

اور کارندے کے منہ میں جو آیا وہ بکنے لگا...... یہ اچھی باتیں نہ تھیں...... رضیہ بیگم زینب بائی اور حنیف کی ماں سب اپنے کمروں سے جھانکنے لگیں......

اور ڈورتھی برابر گالیاں بکتی حنیف کو بلانے اتری......

مگر فیکٹری کی چابیاں لئے حنیف کا سالا اوپر آرہا تھا اس نے بتایا حنیف مس عطا کے ساتھ آرڈر بک کرنے گیا ہے۔

تب ڈورتھی مسٹر ڈگلس کے کمرے میں گالیاں بکتی گھسی......

یو سی مسٹر ڈگلس......

مسٹر ڈگلس ساری تفصیل سنتے ہوئے اپنا وائلن رومال سے صاف کرتے رہے...... اور سر ہلاتے رہے۔

پھر مسٹر ڈگلس نے وائلن پر گز پھیرا...... ڈورتھی کھڑے سے بیٹھ گئی۔ دھن بڑھی تو کرسی پر سر ڈال دیا اور ٹانگیں پھیلا دیں......

مسٹر ڈگلس نے دیکھا اس کی سوکھی ہوئی ٹانگوں پر ہلدی کی چھینٹیں تھیں اور کوئلے کی کالک ان کا گز اور تیز ہو گیا۔ ڈورتھی نے اپنی آنکھیں نیم وا کرلیں اور ہاتھ کرسی کے ہتھے سے گرادیئے۔ مسٹر ڈگلس نے دیکھا کہ اس کے پالش اڑے ناخنوں میں سوکھا ہوا آٹا بھرا ہوا تھا...... اور پھر کھن سے مجیریاں فرش پر گر گئیں۔

آئی ایم ٹائرڈ...... آئی ایم ویری ٹائرڈ...... (میں تھک چکی ہوں) ڈورتھی بڑبڑائی اور اس کی آنکھیں بند ہو گئیں...... مسٹر ڈگلس نے وائلن بکس میں رکھ دیا اور کالی پٹی والا سفید کوٹ پہن کر ٹیوشن کے لئے چلے گئے...... پر جانے آج ان کا سر بار بار اس طرح کیوں ہل رہا تھا جس طرح وہ اپنے کسی عزیز کی موت کی خبر پر ہلاتے تھے۔

رات بھر بلی کی طرح کوریڈور میں پھرتی رہی تھی کم بخت...... زینب بائی سے کہتی تھی کہ بچہ میں رکھوں گی۔ برقعے والی عورتیں بچوں کو رکھنا نہیں جانتیں...... بے ناذات کی آیا؟...... بچے کو اس سے بچا کر رکھنا اے بی اس کا کوئی ٹھیک نہیں......'' رضیہ بیگم حنیف کی ماں کو چپکے چپکے بتا رہی تھی۔

تب حلیمہ بائی نے اپنے کمرے کی کھڑکی سے رابعہ بائی بلڈنگ پر ایک نظر ڈالی...... رابعہ بلڈنگ جو انہیں اپنی دادی کی طرح نظر آتی تھی۔ بوسیدہ زرد میلی...... پھر انہوں نے آنکھیں چمچا کر ڈورتھی کے کمروں کو پہنچاننے کی کوشش کی۔ نیلا رنگ اڑ چکا تھا...... شیشے ٹوٹے اور دھنوالے!!......

اچھا تو ڈورتھی ایسا بولا...... انہوں نے مڑ کر اپنے کارندے کو دیکھا اور تھک کر بولیں ''امین بھائی اب اس بلڈنگ کو گرانا ہی پڑے گا...... ایک کرایہ دار بھی اچھا نہیں رہا...... اب ادھر نیا بڑا بڑا فلیٹ بنائیں گا...... گورا لوگ جتنا کرایہ مانگو دیں گا......''

●●

خرمن

● خدیجہ مستور

● کنیز کوٹھری کے ایک کونے میں سر نیہوڑائے بیٹھی تھی اور دوپٹے کے آنچل سے آنسو پونچھے جارہی تھی۔ اس کے پاس اماں کمر پر دونوں ہاتھ رکھے کھڑی تھی اور اسے گھور گھور کر دیکھے جارہی تھی۔ کنیز نے ایک بار سر اٹھا کر بے بسی سے ماں کو دیکھا اور پھر گھٹنوں میں منہ چھپالیا۔

سوچ لے ری، ہاں کہنا بڑا آسان ہے۔ چھ مہینے بعد جب واپس آئے گی تو دنیا یہی کہے گی کہ تیری ماں نے کھصم کیا، بہت بُرا کیا کر کے چھوڑ دیا اس سے بھی برا کیا، مجھ بڑھیا کی جندگی، کیوں کھراب کرنے کی سوچ رہی ہے۔ اتنے دن تو گھر بیٹھوں گی اماں ری۔ کنیز منمنائی۔ دنیا تو اب بھی جانے کیا کیا کہتی ہے کوئی پتہ ہے، میں مڑ کر نہ آؤں۔

مڑ کر نہیں آئے گی تو پھر کہاں جائے گی ری؟ اماں نے کھا جانے والی نظروں سے دیکھا۔

"جباب دے اماں دیر ہورہی ہے۔ دین محمد نے صحن میں کھڑے کھڑے آواز لگائی۔ ستمبر کی دھوپ کھوپڑی چٹکائے دیتی تھی، بن باپ کی لڑکی ہے چھ مہینے تو مجھ سے کھائے پیے گی، دین محمد کی آواز بہت اونچی تھی۔

کہیں چلی جاؤں گی اماں، تو اسے جباب تو دے دے، کب کا کھڑا ہے، کنیز نے بے چینی سے کہا۔

تو میری ناک کاٹنے پر ادھر ہی آئے گی، پھر جائے گی کہاں؟ باؤلی ایسی جگہ بیٹھ جہاں سے مڑ کر نہ آئے، اتنے کو کھصم بنایا پر کسی کے گھر نہ ٹک گئی،

تجھ سے جو کہا ہے، کہہ دے جا کر کہ منجور ہے، بے سک کل آکر سادی کر لے۔ کنیز جیسے بلبلا کر کھڑی ہوگئی۔ پھر دھم سے بیٹھ کر اور ٹانگ میں پھنسے ہوئے چوڑی دار پاجامے کو کھسکا کر پنڈلی کھجلانے لگی۔

'حرامجادی کس کی سنتی ہے' اماں بڑبڑاتی اور گالیاں بکتی کوٹھری سے نکل گئی...... مجھے منجور ہے رے دین محمد! اس نے چیخ کر اعلان کیا۔ کنیز دوڑ کر کوٹھری کے دروازے سے جا لگی اور باہر صحن میں جھانکنے لگی جہاں کھڑا ہوا دین محمد اپنا صافہ ٹھیک سے باندھ رہا تھا۔

'اچھا اماں میں چلا کل کو آؤں گا تیار رکھیو۔ وہ پگڑی سر پر جماتا ہوا تیزی سے باہر نکل گیا۔
کنیز کوٹھری سے نکل آئی۔ سامنے صحن کا دروازہ اب تک کھلا تھا۔ وہ گم سم سی ادھر دیکھنے لگی۔

'کل پچی مچی تیری سادی ہو جائے گی رے کنیج' ۔ وہ آہستہ سے بڑبڑائی۔

'تل کوٹ کر تھوڑے سے لڈو بنا لے۔ کل جو تیرا کھصم آئے گا تو اسے کای دوں گی؟' ماں نے کڑوی کڑوی نظروں سے اس کی طرف دیکھا۔

'تو کس کارن کھار کھا رہی ہے اماں' کنیز نے چمک کر جواب دیا اور پھر کوٹھری میں جا کر مٹکی سے تل نکالنے لگی۔ ماں کچھ کہے بغیر باہر چلی گئی اور کنیز یل کوٹنے بیٹھ گئی۔ 'اگر ابا جندہ ہوتا تو ایک دن تیری سادی بھی عجت کے ساتھ ہو جاتی ری، جب عجت نہیں رہی تو تجھ سے سادی کون کرتا' کنیز نے ٹھنڈی سانس بھری' کھیر کوئی بات نہیں، تھوڑے دن تو عجت کے ساتھ گھر بیٹھ کر گجر جائیں گے' کنیز نے جیسے اپنے آپ کو سمجھایا۔ آج اسے بڑی مدت بعد جانے کیوں ابا بار بار یاد آرہا تھا اور اس کی موت کی ذرا ذرا سی تفصیل اس کی نظروں کے سامنے گھوم رہی تھی۔

اس دن جب ابا مزدوری کر کے واپس آیا تو بکری کے لئے ہریالی لانا بھول گیا تھا۔ ایک گلاس پانی پی کر فوراً ہی چلا گیا۔ ماں روکتی بھی رہی کہ مت جارے، بادل گھرے کھڑے ہیں۔ کپڑے بھیگ جائیں گے، رات ویسے بھی گجر جائے گی۔ پر ابا نے اس کی بات نہ سنی اور چلا گیا۔ پھر کنیز روٹیاں پکا کر انتظار کرتے کرتے تھک گئی مگر ابا نہ آیا۔ رات آگئی، بڑے زور سے بارش ہونے لگی تھی، باہر گھور اندھیرا تھا اور بڑے زور سے بجلی چمک رہی تھی۔ ماں بے چین ہو ہو کر بار بار بارش میں بھیگتی ہوئی باہر کے دروازے تک جاتی اور پھر لوٹ آتی۔ 'کنیز بار بار ماں کو تسلی دیتی کہ بارس میں بھیگنے کے ڈر سے کہیں درکھت تلے بیٹھا ہوگا' اس طرح اور بھی وقت گزر گیا۔ بارش رک گئی مگر ابا درکھت تلے سے نہ اٹھا۔ تب وہ اماں کے ساتھ ابا کو دیکھنے نکل کھڑی ہوئی، دیا جلا کر اس نے پلو کی آڑ میں چھپا لیا تھا اور کیچڑ میں سنبھل سنبھل کر پاؤں رکھتی قریب کے جنگل کی طرف جا رہی تھی۔ ہوا دیئے کی روشنی کے ساتھ دشمنی پر اتری ہوئی تھی مگر کنیز نے اسے بجھنے نہ دیا اور ایک ایک درخت تلے گھور گھور کر دیکھتی چلی گئی۔ پھر ایک درخت تلے اس نے دیکھا کہ ابا بڑے آرام سے لیٹا ہے۔ اس نے ابا کو آوازیں دیں مگر وہ نہ اٹھا۔ ہریالی کا گٹھا اس کے قریب پڑا تھا اور درخت کے پتوں سے بوندیں ٹپ ٹپ اس کے کپڑوں پر گر رہی تھیں۔ ماں نے دیے کی روشنی میں غور سے دیکھا تو ابا کے منہ سے ہرا ہرا جھاگ بہہ رہا تھا اور انگلی پر خون کی بوندیں بڑی تازہ لگ رہی تھیں۔ اری اسے تو سانپ ڈس گیا ہے۔ ماں کلیجہ پھاڑ کر رونے لگی۔

کنیز نے موسل زور سے پٹک دیا اور اوکھلی سے تل نکالنے لگی۔ 'جانے کتنا جہر بھرا ہوگا۔ انہی تلوں کی طرح کالا ہوگا ری' ۔ کنیز کو وہ تل لہراتے ہوئے سانپ معلوم ہو رہے تھے۔ 'اری تجھے نہ ڈس گیا۔ تیرا کیا کام تھا اس دنیا میں، ابا جندہ ہوتا تو کچھ کما کر لاتا، ماں کو عجت سے بٹھاتا۔ تو نے کیا کیا ری، سب کچھ لٹا دیا۔ بھوک جالم نے کچھ بھی نہ چھوڑا۔'

اور پھر کنیز کو یاد آیا کہ بھوک نے اسے کتنی جلدی بے ایمان بنادیا تھا۔ ابا کے مرنے کے دوسرے دن شام کو جب بکری سینگ تانے گھر میں داخل ہوئی تو وہ لپکا لے کر دوڑ پڑی تھی اور دودھ دوہ کر آدھے سے زیادہ خود پی گئی تھی اور آدھے سے کم اماں کو دیا تھا پھر بھی رات تڑپ کر گزری تھی۔ مارے بھوک کے ایک منٹ کو بھی نیند نہ آئی تھی اور وہ منہ اندھیرے چپکے چپکے اٹھ کر بکری کا دودھ دوہ کر پی گئی تھی۔ ساری رات کی روئی ہوئی اماں صبح بے خبر سو رہی تھی۔ دن چڑھے جب وہ اپنی کھاٹ پر سے اٹھی تو بکری کے تھن خالی تھیلیوں کی طرح لٹک رہے تھے۔ کنیز نے گھنٹوں تھنوں کو سہلایا تھا تو کہیں جا کر آدھا پاؤ دودھ اترا تھا۔ اماں اتنا سا دودھ دیکھ کر بلبلا اٹھی تھی۔ اس ناس ماری کو کسی کسائی کے ہاتھ بیچ دے ری، یہ بھی ساتھ چھوڑ گئی' اور کنیز نے بڑی مکاری سے کہا تھا کہ 'اماںساید یہ گیا بھن ہو گئی ہے، اللہ کرے گا دوسری بکری آ جائے گی، اسے بیچ کر کتنے دن روٹی چلے گی'۔

بکری شام کو جب چراگاہ سے واپس آئی تو تھن بھرے ہوئے تھے کہ بھوری بھوری کھال چٹخی معلوم ہو رہی تھی۔ دو تین دن میں اماں پر راز کھل گیا تھا کہ بکری گیا بھن نہیں اور وہ خوب چیختی تھی کہ 'حرام جادی، گیا بھن تو تو ہو گئی ہے۔ اری چار دن پیٹ کا بو میں نہ رکھا، اتنے میں کرائے تیرے ابا نے اور اب چاہتی ہے کہ تیرا پیٹ بھرنے کے لئے ابھی سے مجوری شروع کر دوں مرنے والے کی عجت کھاک میں ملا دوں، برادری بھی کہے گی کہ کچھ نہ چھوڑ مرا'۔

بڑے عیس کئے تھے۔ کنیز بڑبڑا اٹھی تھی۔ روج روج باجرے کی روٹی اور دھنیے کی چٹنی بہت ہوا تو گڑ کی بھیلی مل گئی، اب عجت لے کر بیٹھی رہ، مجوری کئے بگیر پیٹ بھرنے سے رہا۔ کنیز نے ماں کو سمجھایا تھا۔ ماں سر جھکا کر کچھ سوچنے بیٹھ گئی تھی' پر میں تو گٹھیا کی ماری ہوں مجھ سے مجوری کیسے ہو گی ری، اور او تو کرے گی تو تیرے ابا کی روح کیا کہے گی'؟

'لے بھلا روحیں بھی کبھی کچھ کہنے آتی ہیں اماں، تو پھکر نہ کر، میں تیری کھدمت کروں گی' اور پھر دوسرے دن سے کنیز محنت مزدوری کرنے گھر سے نکل کھڑی ہوئی تھی۔

'توبہ توبہ اللہ ما پھی دے' کنیز اوکھلی سے تل نکالتے ہوئے بڑبڑائی اور پھر سوچتی چلی گئی۔ 'بن باپ کا جان کر جگ نے کتنا ستایا ساروں نے اپنی عورت سمجھ لیا پر ایک نے بھی گھر نہ بٹھایا۔ جالم مار کر پانی بھی نہ دیتے اور توبے سرم پھر بھی تکیا میں نہ ڈوب مری۔ یہ جندگی بھی کیسی چیج ہوتی ہے، اپنے ہاتھوں نہیں لی جاتی ری'۔ کنیز نے ٹھنڈی سانس بھری اور دو آنسو ٹپ سے تلوں پر گر کر جذب ہو گئے۔ 'رے دین محمد تو یہ لڈو کھائے گا، اس میں کلیجے کے آنسو ملے ہیں، چھوڑیو نہ رے، تجھے ان آنسوؤں کی کسم'!

کنیز نے گھٹنوں میں منہ چھپا لیا اور سسکیاں بھر بھر کر رونے لگی مگر جب اماں جلانے کی لکڑیاں چن کر اندر آئی تو وہ آنسو پونچھ کر اس طرح آگ جلانے بیٹھ گئی جیسے ذرا دیر پہلے روئی ہی نہ تھی۔

اب شام ہونے لگی تھی۔ وہ چولہے پر چھوٹی سی کڑھائی چڑھا کر لڈو بنانے لگی۔ اس کی اماں نیم تلے کھاٹ ڈال کر بیٹھی جانے کیا سوچ رہی تھی۔ اس کے ماتھے کی شکنیں بڑی گہری ہو رہی تھیں۔

'اماں اداس نہ ہو۔ میں تیرا کھیال رکھوں گی۔ سال سے جیادہ کا اناج تو کوٹھری میں بھرا ہے تیری اکیلی جان ہے' کنیز نے کڑھائی اتارتے ہوئے کہا۔

'تو اپنی پھکر کر ری، میرا کیا ہے' ماں نے دھیرے سے کہا اور پھر المونیم کی للیا اٹھا کر باہر چلی گئی۔

لڈو بنا کر کنیز مسافروں کی طرح صحن میں ٹہلنے لگی۔ برسات میں جمی ہوئی کائی کے اب سوکھ سوکھ اکھڑ چلے تھے، کچی دیواروں پر شورا پھول رہا تھا اور نیم کا درخت خوب ہرا بھرا ہو رہا تھا۔ اسے یاد آیا کہ برسات میں ابا اس درخت میں جھولا ڈال دیتا تھا اور وہ لڑکیوں کو جمع کر کے گھنٹوں جھولا جھولا کرتی تھی۔ شادیوں کی باتیں ہوتی تھیں اور ساس سے جلن کا اظہار کرتے ہوئے سب کی تیوریوں پر بل پڑ جاتے تھے۔

کنیز ٹھنڈی سانسیں بھرتی ہوئی کھاٹ پر لیٹ گئی۔ 'اری کنیج! تیری ہی کسمت کھراب تھی، ساری لڑکیاں اپنے اپنے گھروں کو چلی گئیں۔ ان کی سادیوں میں کھوب ڈھول بجی، تماسے ہوئے، دولہے سہرے باندھ کر آئے تھے۔ ایک تیری سادی ہوگی اپنے ہاتھوں لڈو بنا کر بیٹھی ہے۔ تو کیا ہے ری اور تیری سادی کیا ری؟ ڈھول بجانے کون آئے گا۔ اماں تو سب سے چھپاتی پھرتی ہے، کسی کو پتہ نہ چلے کہ چھ مہینے کے لئے سادی ہو رہی ہے، وہ نیم سے جھڑی ہوئی پتیاں دوپٹے پر لے اٹھا کر مسلنے لگی'۔

مغرب کا وقت ہو رہا تھا نہ اماں باہر سے لوٹی اور نہ کنیز کھاٹ سے اٹھی۔ اس وقت اسے اپنی بدنصیبی کے احساس کو جگانے اور رونے میں بڑا سکون مل رہا تھا۔ بکری جب سے آئی تھی صحن میں کھلی پھر رہی تھی اور ہر جگہ مینگنیاں بکھیر رہی تھی مگر کنیز کا جی نہ چاہا کہ اٹھ کر اسے باندھ دے۔

اماں نے گھر میں داخل ہوتے ہی یہ منظر دیکھا تو منہ ہی منہ میں جانے کیا کچھ کہنے لگی پھر بکری کو باندھ کر دودھ دوہا اور آنگن سے مینگنیاں بٹورنے بیٹھ گئی۔

رات کچی کچی نیند میں کٹ گئی۔ آج صبح مزدوری کے لئے جانے کے بجائے وہ ماں کے ساتھ جنگل جا کر واپس آ گئی۔ جھاڑو اٹھا کر اس نے کوٹھری اور آنگن جھاڑا۔ پھر دو کھاٹیں نیم تلے بچھا دیں۔ اپنے حساب وہ براتیوں کے بیٹھنے کا انتظام کر رہی تھی مگر نظریں باہر کے ادھ کھلے دروازے پر لگی ہوئی تھی۔ بس اب آتا ہی ہوگا وہ، کہیں نہ آیا تو، مارے شبے کے کنیز کا دل بیٹھنے لگا۔ اری اس گاؤں میں تو کوئی تجھ سے چھ مہینے کے لئے بھی سادی نہ کرے گا۔

ماں کوٹھری کی دہلیز پر چپ چاپ بیٹھی تھی۔ کنیز ہاتھ دھو کر اس کے پاس کھڑی ہوگئی۔ میں تیرا کھیال رکھوں گی اماں ری!

چپ رہ حرام جادی! ماں نے جھنجھلا کر کہا اور پھر گھٹنوں میں سر چھپا کر رونے لگی۔ جو تو ایسی نہ

ہوتی تو آج اپنی برادری میں عجت کے ساتھ بیاہ جاتی۔ اپنا گھر گاؤں ہوگا چھ مہینے بعد پھر بے عجت ہوکر آجائے گی۔ اماں آنسو پونچھ کر اٹھ گئی اور کوٹھری میں جاکر سرخ پھولوں والے پرانے بکس میں الٹ پلٹ کرنے لگی۔ کنیز جیسے کلیجہ تھامے وہیں کھڑی رہی۔ اس نے پہلے بھی اپنے لئے دوسروں سے اور خود اپنی ماں سے جانے کیا کچھ نہ سنا مگر اسے اتنا برا نہ لگا تھا۔ پر آج اس کا جی چاہ رہا تھا کہ چیخ چیخ کر کہے کہ وہ ایسی نہیں۔ وہ تو ہمیشہ سے گھر اور عزت کے لئے تڑپتی رہی تھی۔

'لے یہ تیرے باپ نے تیرا جوڑا بنایا تھا۔ نہا کر پہن لے، وہ کہہ گیا تھا کہ نہ کچھ لانا ہے نہ لینا ہے پھر کن جوڑوں کے انتجار میں بیٹھی ہے۔ اماں نے جاپانی کیلے کا سرخ پھولدار جوڑا اس کی طرف بڑھا دیا' اور پھر مٹکی سے چاول اور گڑ کی بھیلی نکال کر سوپ میں رکھنے لگی۔

'اماں کھا مکھا جان نہ جلا۔ تو نہ ڈرری میں واپس نہیں آنے کی'۔ کنیز نے کپڑے بغل میں دبا لئے۔ آلینے دے پھر پہن لوں گی، تو پھکر نہ کر۔ جوڑا کھاٹ پر رکھ کر وہ صحن میں چلی گئی۔ پانی کا گھڑا اٹھا کر نیم کے پاس رکھا اور پھر کھاٹ کھڑی کر کے اس کی آڑ میں نہانے بیٹھ گئی۔ نہانے کے بعد اس نے کھاٹ بچھا دی اور کوٹھری میں جاکر میلے دوپٹے سے بال پونچھنے لگی۔ اماں اب تک دہلیز پر بیٹھی ٹھنڈی ٹھنڈی سانسیں بھر رہی تھی۔ جانے اس وقت وہ کیا کیا سوچ رہی تھی۔ شاید یہی کہ سردیاں آنے والی ہیں۔ اس کے جوڑوں کا درد جاگ اٹھے گا۔ وہ اس گھر میں اکیلی کھاٹ پر پڑی کراہا کرے گی، کوئی اس کے جوڑوں پر سرسوں کا تیل ملنے والا نہ ہوگا۔ کوئی ایک گلاس پانی دینے والا نہ ہوگا۔ آج اگر اس کی کنیز اپنی برادری میں اپنے گاؤں میں بیاہی جاتی تو وہ اسے سردیوں کے سردیوں سسرال سے بلا لیا کرتی اور جانے کیا کیا۔

'اماں یوں چپ چاپ نہ بیٹھ' کنیز نے بال پیچھے جھٹک کر دھیرے سے کہا۔ اس کی نظریں آنگن کے ادھ کھلے دروازے کے پار دین محمد کی راہ تک رہی تھیں۔

ابھی اچھی طرح دھوپ نہ چڑھی تھی کہ دین محمد چار آدمیوں کے ساتھ آگیا۔ اماں نے آگے بڑھ کر ان کو کھاٹوں پر بٹھایا اور خود ایک طرف ہو کر کھڑی ہوگئی۔ بہت صبح چلے ہوگے۔ پھر دھوپ کڑی ہو جاتی ہے، راستے میں تکلیپھ تو نہیں ہوئی تھی۔

کوئی تکلیپھ نہ ہوئی۔ اب تم جلدی کرو اماں، دھوپ چڑھنے سے پہلے نکل کھڑے ہوں، تین کوس کا راستہ ہے۔ دین محمد نے آہستہ سے کہا اور پھر اپنے ساتھیوں سے باتیں کرنے لگا۔

لے اتنی صبح صبح آگیا، چین نہیں پڑا تجھے رات کو۔ کنیز نے دل میں کہا۔ وہ خوشی سے جیسے باولی ہوئی جا رہی تھی۔ گاؤں والوں کو جب مالوم پڑے گا کہ کنیج بیاہ کر چلی گئی تو کیسا پانی پڑ جائے گا سب پر۔ اس نے جلدی سے پھولدار کپڑے بدل لئے تین موتیوں والی پیتل کی نتھ ناک میں ٹھونس لی اور پڑیا سے لال رنگ ہونٹوں پر ملتے ہوئے جب اس نے شیشہ دیکھا تو اس کی آنکھیں خود بخود جھک گئیں۔ 'ہے ری

کلیجے، اس وکھت ڈھول بجانے والیاں پاس ہوتیں تو پھر کیسا مجا آتا'۔ وہ بڑبڑائی۔

گواہ کوٹھری کے دروازے کے پاس کھڑے ہو گئے اور کنیز نے اتنے زور سے ہوں کی کہ سب نے سن لی۔ اماں ایک بار پھر کھڑے سے بیٹھ گئی اور پھر لڈوؤں کی تھالی اٹھا کر کوٹھری سے نکل گئی۔

لڈو کھلانے کے بعد جب اماں اندر آئی تو اس نے سوپ میں رکھے ہوئے چاول اور گڑ کی بھیلی کنیز کے پلو میں باندھ دیئے۔ لے اب اٹھ، جانے کا وکھت ہو گیا ہے۔

کنیز ذرا دیر تک اسی طرح بیٹھی رہی، اس وقت اس کا جی دکھ رہا تھا۔ یہ کیسی شادی ہے کہ کوئی رخصت کرنے والا بھی نہیں اور پھر چھ مہینے کا کھٹکا جی کرڑے جاتا ہے۔ وہ پلو میں بندھے ہوئے چاول سنبھال کر کھڑی ہوئی۔ اماں کسی کو پتہ نہ چلے کہ میری سادی چھ مہینے کے لئے ہوئی ہے۔

ایسا ہی ڈر پڑا تھا تو پہلے سوچتی ری، جب آئے گی تو سب کو نہ مالوم ہو گا؟ اماں کی آواز بھرا رہی تھی۔ لے اب چل۔

اماں کنیز کا بازو تھام کر اسے باہر آنگن میں لے آئی تو دین محمد اور اس کے ساتھی کھڑے ہو گئے۔ انہوں نے اماں کو سلام کیا اور جلدی سے باہر نکل گئے۔ کنیز اماں سے گلے مل کر ان کے پیچھے پیچھے چل پڑی۔ کچھ لمبے راستے پر جب وہ تھوڑی دور چل لی تو اس نے مڑ کر دیکھا کہ اماں کھلے دروازے کے بیچ میں بیٹھی آنسو پونچھ رہی ہے۔ اماں سے رخصت ہوتے وقت اسے رونا نہ آیا تھا مگر اب اس کا جی بھر آیا۔ وہ رک کر اماں کو دیکھنے اور آنسو پونچھنے لگی۔ اماں میں تیرا بڑا کھیال رکھوں گی تو پھکر نہ کرنا، کنیز کا دل چاہا کہ چلا کر کہہ دے۔ جانے کیوں اب اس کے قدم نہ اٹھ رہے تھے۔

دین محمد چلتے چلتے رک گیا، کیوں روتی ہے ری، جلدی جلدی چل نہیں تو دھوپ تیج ہو جائے گی۔

اپنا آدمی اپنا ہوتا ہے ری، ابھی سے کھیال کر رہا ہے۔ کنیز کے پاؤں جلدی جلدی اٹھنے لگے۔

اگلی پگڈنڈی پر جب وہ مڑی تو اس کا گھر اور گاؤں نظروں سے اوجھل ہونے لگے۔

چلتے چلتے وہ پسینے میں نہا گئی۔ ہونٹوں پر لگا ہوا لال رنگ پسینے میں بہہ گیا اور مارے گرمی کے اس کا سانولا رنگ تپ کر سیاہ لگنے لگا۔ راستے کی دھول نے اس کے پھول دار پاجامے کو گھٹنوں تک ڈھانپ دیا تھا، پھر بھی اسے تھکن کا احساس نہ ہو رہا تھا۔ وہ اپنے آدمی کے ساتھ اپنے گھر جا رہی تھی۔ اس کے خوابوں میں بسنے والا، چھوٹی چھوٹی مونچھوں والا موٹی سی لاٹھی زمین پر مارتا اس کے آگے آگے چل رہا تھا اور کنیز کی آنکھیں اس کی پیٹھ پر جمی ہوئی تھیں۔ اس کے سوا وہ کچھ نہ دیکھ رہی تھی۔ کھیتوں میں ہل چل رہے تھے۔ بکریوں کے ریوڑ ادھر سے ادھر پھر رہے تھے اور چرواہے لڑکے لاٹھی کے سہارے ٹک کر اسے بڑے غور اور دل چسپی سے دیکھ رہے تھے۔

بس وہ اپنا گاؤں دیکھتا ہے ری، چلتے چلتے دین محمد نے رک کر کہا اور پھر آگے بڑھ گیا۔ کنیز بھی

تیزی سے چلنے لگی۔ 'ہے رے دھیرج بندھاتا ہے جانتا ہوگا کہ میں تھک گئی، ارے میں تیرے ساتھ چل کر نہیں تھکتی رے' کنیز نے بڑے جوش سے سوچا۔

اگلی پگڈنڈی کے موڑ پر وہ چاروں آدمی ہاتھ ملا کر دین محمد سے رخصت ہو گئے وہ اپنا گھر دکھتا ہے ری۔ دین محمد نے سب کو رخصت کر کے کنیز کی طرف دیکھا اور پھر اس کے برابر چلنے لگا۔ تو گھر سنبھال لے گی، میرے دو بچے ہیں، سکینہ بہت بیمار رہتی ہے۔

'تو پھکر نہ کر مجھے سب مالوم ہے'۔ کنیز نے آہستہ سے جواب دیا۔

'لڑائی جھگڑا تو نہ کرے گی'؟

'میں تجھے سرمندہ نہ کروں گی۔ پھکر نہ کر' کنیز نے کہا۔ اس کا جی بیٹھا جا رہا تھا۔ گھر قریب تھا اور وہ تھک گئی تھی۔ اس سے اب ایک قدم بھی نہ اٹھ رہا تھا۔ 'ارے دین محمد اس وکھت تو کوئی اچھی سی بات کر لیتا، اپنا ملہ پکا کرتا ہے۔ لڑنا ہوتا تو ساتھ آنے کو راجی کیوں ہوتی — تو کنیج کو نہیں جانتا'۔ کنیز نے آنسو پونچھ کر محمد کی طرف دیکھا جو اب اس سے بہت آگے چل رہا تھا۔ وہ سوچتی چلی گئی اپنی تو کسمت ہی کھراب تھی ری، لڑ کر کسے کھوسی ملے ہے۔

دوپہر پلٹ چکی تھی۔ اب دونوں گاؤں کے اندر داخل ہو رہے تھے عورتیں کنویں پر پانی بھر رہی تھیں اور گاؤں کی پن چکی زور سے ہک ہک کر رہی تھی۔ دین محمد ایک گھر کے سامنے رک گیا اور پھر دروازہ کھول کر اندر داخل ہو گیا۔ کنیز بھی اس کے ساتھ اندر چلی گئی۔ دین محمد جھپٹ کر آگے بڑھا اور برآمدے میں لیٹی ہوئی سکینہ پر جھک گیا۔ کیسی طبیعت ہے ری؟

کنیز اجنبیوں کی طرح آنگن میں کھڑی رہ گئی۔ دو چھوٹے چھوٹے بچے گوندھی ہوئی مٹی سے کھیلتے کھیلتے اٹھ کر اسے اشتیاق اور حیرت سے دیکھ رہے تھے۔

'لے آیا رے'؟ سکینہ بستر سے اٹھنے کی کوشش میں جیسے گر سی پڑی۔

'لے آیا، پر تو نہ اٹھ طبیعت کھراب ہو جائے گی'۔

سکینہ نے کوئی جواب نہ دیا۔ اس نے تکیے کے نیچے رکھا ہوا دوپٹہ نکال کر اپنے منہ پر ڈال لیا جیسے وہ کچھ بھی نہ دیکھنا چاہتی ہو۔

'اری تو ہی نے تو کہا تھا کہ گھر اور بچے تباہ ہو رہے ہیں'۔ دین محمد بڑا بیتاب ہو رہا تھا اور بار بار اس کے چہرے سے دوپٹہ ہٹانے کی کوشش کر رہا تھا۔

تو ہاتھ منہ دھو لے رے، میری طبیعت بگڑ رہی ہے، ابھی ٹھیک ہو جاؤں گی۔ سکینہ نے منہ پر سے پلو ہٹا لیا اور دین محمد کا ہاتھ پکڑ کر بڑے انداز سے دیکھنے لگی۔

کنیز آنگن میں کھڑی جیسے نہ کچھ دیکھ رہی تھی نہ سن رہی تھی۔ دیوار پر بیٹھے ہوئے کوے

شور مچا رہے تھے اور آنگن ایک کونے میں بندھی ہوئی بھینس جانے کیوں ڈکرا رہی تھی۔

'اندر آجا کنیز، وہاں کیوں کھڑی ہے' سکینہ نے نقاہت سے کہا اور کنیز دھیرے دھیرے چلتی ہوئی سکینہ کے پاس جا بیٹھی۔ چاول اور گڑ کی پوٹلی اس کی گود میں آپڑی۔

گھونگھٹ الٹ دے ری۔ سکینہ نے اشتیاق سے کہا۔ میں بھی تو منہ دیکھوں تیرا۔

کنیز نے نیچی نظروں سے سکینہ کی طرف دیکھا اور حیران رہ گئی۔ 'اے ری کیسی کھوبصورت بلا ہے پر جان میں تو کچھ رہا نہیں، بڈیاں ہی بڈیاں، جانو کھمر کے کنارے لگ گئی ہے اور کتنے دن جیے گی گریب' کنیز نے بھی اطمینان کی سانس لی۔

سکینہ کی بری حالت نے اسے جانے کتنا مطمئن کر دیا تھا پھر بھی سکینہ کا حسن آنکھوں میں کھٹک رہا تھا۔

دین محمد ہاتھ منہ دھو کر لال انگوچھے سے منہ پونچھتا ہوا باہر چلا گیا تو سکینہ پٹی کی ٹیک لے کر اٹھ گئی، بڑے دنوں سے بیمار ہوں، کوئی نہ گھر دیکھنے والا ہے نہ بچے۔

تو پھکر نہ کر ری، میں جو آگئی ہوں تیری کھدمت کرنے، کنیز نے دھیرے سے کہا اور پھر اٹھ کھڑی ہوئی۔ مجھے سب کام بتا دے۔ وہ دوپٹے کے پلو میں بندھے ہوئے چاول کھولنے لگی۔ اس نے یہ بھی نہ دیکھا کہ سکینہ کی آنکھوں میں اس کے لئے کتنی نفرت تھی۔

چاول اور گڑ کی بھیلی تھالی میں رکھ کر کنیز نے بچوں کے سر پر ہاتھ پھیرا اور گھڑے کے پاس بیٹھ کر ان کا منہ دھلانے لگی۔ راجہ بابو منہ دھلائے گا، گڑ کا ملیدہ کھائے گا، وہ لڑکوں کو ضد کرنے پر بہلا بھی رہی تھی۔

دوپٹے کے پلو سے منہ ہاتھ پونچھنے کے بعد دو بچوں کو کوٹھری میں لے گئی اور پھر چھوٹے سے ہرے پھولدار بکس سے کپڑے نکال کر بچوں کو پہنا دیے۔ ہاتھ منہ صاف کرا کے دونوں کیسے پیارے لگ رہے تھے۔ بڑے لڑکے کی رنگت تو بالکل سکینہ جیسی تھی۔ چھوٹا باپ پر پڑا تھا۔ کنیز کو چھوٹے پر بڑی ممتا پھٹ رہی تھی۔ اس نے چھوٹے کو لپٹا کر چومنا شروع کر دیا۔ 'ہے ری کچھ دن بعد بے چارے بن ماں کے رہ جائیں گے، پر میں انہیں تکلیپھ نہ ہونے دوں گی۔ یہ تو میرے دین محمد کے بچے ہیں'۔

بچے خوشی خوشی باہر نکل گئے تو کنیز اپنے گھر کا جائزہ لینے لگی۔ تین بڑے بڑے بکس جن میں تالے پڑے ہوئے تھے۔ پیتل کے بھاری بھاری، سرخ پایوں والا نواڑی پلنگ اور اس کے پائنتی رکھا ہوا نیا لحاف اور گدا، ایک طاق میں رحل پر قرآن شریف رکھا تھا، دوسرے طاق میں گیس کی لالٹین اور تیسرے طاق میں آئینہ اور سرمے دانی۔

کنیز کا جی چاہ رہا تھا کہ کسی طرح ان تینوں بکسوں کو بھی کھول کر دیکھ لے۔ جانے کیا کچھ بھرا

ہوگا آخر تو اب یہ سب چیزیں اس کی ہیں۔ سکینہ کی بری حالت دیکھ کر کنیز کو یقین ہو گیا تھا کہ وہ گھر سے مر کر ہی نکلے گی۔

ہر چیز پر دھول جمی تھی، بچوں نے ہر طرف کوڑا پھیلا رکھا تھا۔ جانے کب سے کوٹھری میں جھاڑو نہ دی تھی۔ کنیز کو افسوس ہونے لگا۔ عورت روج روج کی بیمار ہو تو پھر یہی ہوتا ہے ری۔ اسی کارن تو بے چارے کو دوسری سادی کرنی پڑی۔ ایسی عورت سے بھلا کیا سواد ملے۔ کنیز نے شرما کر دوپٹہ ٹھیک سے اوڑھ لیا۔ ہے ری کیسا محل جیسا گھر ملا ہے کیسی کیسی چیجیں کہ آدمی کی نجر نہ ہٹے۔

دالان میں آ کر اس نے سکینہ کی طرف دیکھا جو نہ معلوم کیا سوچ رہی تھی۔ سکینہ نے چونک کر کنیز کی طرف دیکھا۔ باہر چھپریا تلے جو بیل بندھے ہیں وہ اپنے ہیں ری، کنیز نے پوچھا اس وقت وہ سب کچھ بھول کر گھر کی مالکن بنی ہوئی تھی۔

کیوں ری، کس لئے پوچھ رہی ہے؟ سکینہ نے اسے ایسی نظروں سے دیکھا جیسے کہہ رہی ہے پر تجھے کیا، بیل میرے ہیں تیرے باپ کے نہیں۔ اب جا کر ہانڈی چڑھا دے شام ہو رہی ہے دینو جلدی روٹی کھاتا ہے۔ بھینس بھی دوہ لے۔ سکینہ نے منہ پھیر لیا۔

ہے ری کیسا گھور ہے، کل کی آس نہیں، جندگی نام کو باکی نہیں۔ کنیز صحن میں جا کر بالٹی دھونے لگی۔ اری اب تو یہ گھر میرا ہے۔ تیری بھی کھدمت کر دوں گی۔

بھینس دوہتے ہوئے کنیز کو عجیب سا فخر محسوس ہو رہا تھا — یہ اتنا بڑا جانور جانو ہاتھی لگتا ہے۔ بھلا بکری بھی کوئی چیج ہوئی۔ ایک لٹیا دودھ دے اور سینگ مارے الگ ہے، بکری کے ساتھ اسے اپنی بکری بھی یاد آ گئی اور اماں کی تنہائی کا خیال بھی ستانے لگا۔ جانے بے چاری اماں کیا کرتی ہوگی، پر بیٹیاں ہمیسہ تو نہیں بیٹھی رہتیں۔

شام ہو گئی تھی، آنگن کی کچی دیوار پر بیٹھے ہوئے کوے کائیں کائیں کرتے اڑ گئے باہر سڑک سے بھینسوں اور بکریوں کے گلے میں بندھے ہوئے گھنگھروؤں کی آوازیں آ رہی تھیں۔ اس نے جلدی سے دال صاف کر کے چڑھا دی اور پھر دو گھڑے اٹھا کر کنویں پر پانی بھرنے چلی گئی بچوں کا ہاتھ منہ دھلانے کے بعد ذرا سا پانی رہ گیا تھا۔

گھڑے منڈیر پر رکھ کر وہ اپنی باری کا انتظار کرنے لگی۔ دوسری عورتیں بڑی تیزی میں تھیں۔

اری تو دوسرے گاؤں سے آئی ہے، دین محمد کی عورت ہے نا؟ ایک عورت نے اس سے پوچھا۔

ہاں ری! کنیز نے غرور سے گردن اونچی کر کے ذرا سی گھونگھٹ نکال لی۔

آج ہی تو لایا ہے کر کے، اس دنیا کا کیا اتبار، سکینہ کو تو مر لینے دیتا۔ دوسری عورت نے کہا اور گھڑا کمر پر جما کر چل دی۔ چڑیل کو جانے کا ہے کا دکھ ہے۔ کنیز نے ٹیڑھی ٹیڑھی نظروں سے جاتی ہوئی

عورت کو دیکھا اور گراری میں رسی ڈال دی۔

پانی بھر کر جب گھر لوٹی تو دین محمد چھوٹے کو گود میں لیے سکینہ کے پاس بیٹھا تھا اور سکینہ منہ موڑے لیٹی تھی۔ وہ اسے اپنی طرف متوجہ کرنے کے لئے بار بار شانے پر ہاتھ رکھ رہا تھا اور آنچل کھینچ رہا تھا۔ کنیز کو ایسا محسوس ہوا کہ اس کے دل کے بالکل قریب کسی نے آگ جلا دی ہے وہ جلدی جلدی روٹیاں پکانے لگی۔ وہ اپنے آپ کو سمجھاتی بھی جا رہی تھی۔ اری تجھے تو پہلے ہی مالوم تھا پھر کیا پھائدہ اس کڑھنے کا، تجھے تو چھ مہینے کو لے کر آئے ہیں۔ تو تو مسا پھر ہے رے۔ رات کے رات ٹھہرے، منہ اندھیرے چل دیئے۔ کنیز نے ٹھنڈی آہ بھری اور دونوں لڑکیوں کو پیار کر کے روٹی کھلانے لگی۔

بچوں کو کھانا کھلانے کے بعد اس نے ڈلیا میں روٹی اور دال کا پیالہ رکھ کر سکینہ کی طرف بڑھا دیا جواب تک منہ پھیر لیتی تھی۔ پھر چپ چاپ کھڑے ہو کر نیچی نیچی نظروں سے دین محمد کو دیکھنے لگی۔

اٹھ کر تھوڑا سا کھا لے۔ دین محمد نے سکینہ کو سہارا دیا تو وہ تکلیف سے اٹھ گئی اور دین محمد اپنے ہاتھ سے نوالے بنا بنا کر کھلانے لگا۔ سکینہ ہر نوالے پر بس بس کر رہی تھی اور کنیز بڑی بے بسی سے کھڑی دیکھ رہی تھی کہ اس جھانکڑ جیسی عورت میں اب کیا رہ گیا ہے جو دین محمد اس کے پیچھے پاگل ہو رہا ہے۔

بس کرو دینو میرے پیٹ میں چھریاں چلتی ہیں رے، دو چار نوالوں کے بعد سکینہ نے تڑپ کر پیٹ پکڑ لیا۔ دین محمد نے گھبرا کر اسے لٹا دیا اور طاق سے چورن کی شیشی اٹھا کر پھنکا لگا لیا۔

کنیز روٹی کی ڈلیا اٹھا کر چولہے کے پاس چلی گئی۔ کیسا جی دکھ رہا تھا۔ دینو نے کچھ بھی تو نہ کھایا ری، اسی لئے مجبور ہو رہا ہے، نہ کھد کھائے نہ کھانے دے، میں ہوتی تو اس کے لئے جبردستی کھاتی، چاہے میرا پیٹ پھٹ جاتا، کیسی جھوٹی محبت کرتی ہے تو بھی جانے کس سے جادو کرا دیا ہے، ویسے کون پھرتا ہے بیمار عورت کے پیچھے۔ کنیز کو کئی نام یاد آ گئے جن کی عورتیں ہمیشہ بیمار رہتیں اور وہ انہیں پلٹ کر پوچھتے تک نہ تھے۔ ان میں سے دو ایک تو کنیز کے پیچھے پھرتے تھے۔ سامان بٹورتے اور بھینس کو سانی لگاتے خاصی رات ہو گئی۔ دوسرے سیاروں کے بولنے کی آوازیں آ رہی تھیں۔ اور جانے کہاں، کتنی دور بہت سی مردانی آوازیں مجیرے پر گا رہی تھیں پیا سوتن گھر جائے بسے ہو ہو۔

کنیز کان لگا کر سننے لگی —— لے تیری سادی کی کھوسی میں گانے ہو رہے ہیں، تیری تو ایسی سادی ہوئی کہ نہ ڈھول بجی، نہ ڈولی میں بیٹھی، کسی نے بیل گاڑی بھی نہ کی، بس تیری سادی ہو گئی۔ پھر ایک دم کنیز کو یاد آیا کہ آج تو اس کی شادی کی پہلی رات ہے۔ ابھی تو اسے اپنا بستر لگانا ہے۔ بھلا تو کہاں سوئے گی ری —— تو اس سے کون سی باتیں کرے گی، ہائے کیسا میٹھا لگتا ہے۔

تو چھوٹے کو اپنے پاس سلا لی جیوری۔ آنگن میں بستر لگا لے۔ اچھی طرح اڑھا لی جیورات اوس پڑتی ہے چھوٹے کو ٹھنڈ نہ لگ جائے۔ سکینہ نے درد سے تڑپتے ہوئے اور دین محمد کی آغوش میں سر

تکتے ہوئے کہا۔اس وقت وہ بری طرح کراہ رہی تھی۔کنیز کو ایسا لگا کہ سکینہ کے پیٹ سے ایک چھری نکل کر اس کے کلیجے کو چیر گئی ہے۔وہ ذرا دیر تک خاموش کھڑی رہی۔رات کے سناٹے میں کنویں کی گراری گھومنے کی آواز بڑی صاف سنائی دے رہی تھی۔اماں نہ کہتی تھی کہ سوچ لے اب کاہے کا گم کرتی ہے؟ کنیز نے اپنے آپ سے پوچھا۔

آنگن کے ایک کونے میں بستر لگا کر اس نے باہر کے دروازے بند کر لئے اور پھر چھونے کو اپنے سینے سے لگا کر لیٹ گئی۔بھول تو نہ جائے گا رے؟ سکینہ ہولے ہولے کہہ رہی تھی۔دینو نے کیا کہا کنیز سن نہ سکی۔اس نے گردن اچکا کر برآمدے کی طرف دیکھا۔وہ دونوں منہ سے منہ جوڑے لیٹے تھے۔

کنیز نے ٹھنڈی آہ بھری۔جانے چاند کی کون سی تاریخ ہوگی۔سایدرات گجرے چاند نکلے گا۔ابھی تو اندھیارا پھیلا ہے۔کنیز جیسے اپنے جی کو بہلا رہی تھی۔جانے گاؤں والوں نے اپنے جی میں کیا سوچا ہوگا، کہتے ہوں گے کہ لونجے کی بھی سادی ہوگئی،اب جرور پچتاتے ہوں گے کہ ہم نے کیوں نہ سادی کرلی۔سب جرور یاد کرتے ہوں گے، پر اب یاد کرنے سے کیا بنتا ہے ری۔اس وکھت تو سب کو کہہ تھکی کہ گھر میں بٹھالو،تب کسی نے نہ مانا۔

ایک بار اس نے پھر گردن اٹھائی۔وہ دونوں اسی طرح لیٹے تھے۔سایدسو گئے۔گریب سوئے نہ تو کیا کرے،مرد جاگے تو کچھ اور ہی یاد آتا ہے۔اس نے جادو کرا کے کابو میں کرلیا ہے۔کب تک جیے گی۔تین کوس پیدل چلنے کی تھکن نے اسے جلد ہی سلادیا مگر وہ صبح منہ اندھیرے اٹھ گئی بھینس دوہنے کے بعد اس نے آگ جلا کر دودھ پکنے کے لئے رکھ دیا اور پھر جلدی سے رات کے جمے ہوئے دہی کو متھنے بیٹھ گئی۔اتنے میں دین محمد جنگل سے فارغ ہو کر آگیا۔اس نے رات کی باسی روٹی سے ناشتہ کیا اور چھاچھ کا گلاس پی کر جانے کے لئے کھڑا ہوگیا۔

سکینہ کا خیال رکھیو ری، باہر نکل کر چھپریا تلے بیل کھول کر وہ جلدی سے انہیں ہانکنے لگا۔

کنیز اسے ناشتہ کرتے اور جاتے ہوئے ٹکر ٹکر دیکھتی رہی تھی۔اسے کتنا انتظار تھا کہ شاید وہ کچھ کہے گا۔سکینہ سو رہی تھی اب تو وہ کچھ کہہ سکتا تھا۔

دین محمد کے جانے کے بعد کنیز نے بھینس کے نیچے سے گوبر سمیٹ کر اس میں پیلی مٹی ملائی اور سکینہ اور بچوں کے سو کر اٹھنے سے پہلے پہلے کوٹھریا اور برآمدہ لیپ ڈالا جس وقت سے وہ یہاں آئی تھی جگہ جگہ سے کھدی ہوئی زمین کھل رہی تھی۔

کوٹھری کو لیپتے ہوئے اس نے بڑا سکون محسوس کیا تھا۔اسے بڑے سہانے خواب نظر آرہے تھے اور وہ اپنے کو سمجھا رہی تھی، اری کچھ دن کی دیر ہے ماہ پوہ کی سردی میں تو یہیں اس نواڑی پلنگ پر زینو کی چھاتی سے لگ کر سویا کرے گی۔سکینہ نہیں جیئے گی۔

ہاتھ دھو کر جب وہ بچوں کو لپٹائے پیار کر رہی تھی تو سکینہ اٹھ گئی اس کی آنکھوں میں ذرا دیر کے لئے التفات کی جھلک آ کر غائب ہو گئی۔اس نے کراہتے ہوئے کنیز کو آواز دی تو وہ اس کے لئے دودھ کا گلاس لے کر بھاگی۔ہائے ری سکینہ رات کی تکلیپھ میں کیا پیلا منہ ہو رہا ہے، ذرا سا دودھ پی لے تو کچوری جائے۔''

سکینہ نے بڑی مشکل سے دو گھونٹ لئے اور پیٹ سہلانے لگی۔نصیبوں سے کھانا پانی اٹھ گیا ہے ری۔تو جلدی جلدی روٹی پکا لے، کھیت پر لے جانی ہوگی، چھوٹے کو ساتھ لے جائیو، رستہ بتا دے گا، سکینہ نے کراہتے ہوئے کہا اور پھر لیٹ گئی— کتنے خطرات، کتنی نفرت اس کی آنکھوں میں امنڈ رہی تھی، کتنی کامیاں زہر گھول رہی تھیں۔موٹی موٹی گھی چپڑی دو روٹیاں اور چھاچھ سے بھری ہوئی لٹیا لے کر جب کنیز نے کھیت پر جانے کے لئے چھوٹے کی انگلی پکڑی تو سکینہ جیسے ناگن کی طرح لوٹنے لگی۔روٹی دے کر پھور امڑا آئیو، دھوپ اس دیوار تک نہ چڑھنے پائیری۔سکینہ نے سامنے دیوار کی طرف اشارہ کیا۔کنیز نے مڑ کر دیکھا، دھوپ دیوار کے نزدیک پہنچ چکی تھی۔

کنیز جب کھیت پر پہنچی تو دین محمد تھک کر ایک پیڑ تلے لیٹا ہوا تھا۔اس کے چہرے پر دھول کا غبار سا چھایا ہوا تھا۔کنیز اس کے قریب بیٹھ گئی اور انگوچھا کھول کر روٹی سامنے رکھ دی۔دین محمد نے اس کی طرف دیکھا اور نظریں جھکا کر کھانے لگا۔سکینہ کیسی ہے ری؟ اس نے پوچھا۔

اچھی ہے رے، کنیز نے آہستہ سے جواب دیا۔اتنی دور سے آئی ہوں مجھے بھی پوچھ لے رے، کنیز نے ٹھنڈی سانس بھری۔دین محمد نے کوئی جواب نہ دیا اور روٹی کھا کر برتن انگوچھے میں باندھ دئے تجھے میرا گھر اچھا لگا ری؟ دین محمد نے دھیرے سے پوچھا جیسے کسی سے سننے کا خوف طاری ہو۔

تیرا گھر نہیں میرا گھر ہے دین محمد۔کنیز نے کچھ اس طرح سر اٹھا کر کہا کہ دین محمد ایک لمحے کو جیسے ان آنکھوں میں کھو کر رہ گیا۔اچھا رے میں چلی سکینہ نے کہا تھا کہ دھوپ دیوار پر نہ چڑھے تو لوٹ آئیو۔وہ اٹھ کھڑی ہوئی۔

تو اس کی کھوب کھدمت کرے گی نا؟ سکینہ کا نام سنتے ہی دین محمد کا چہرہ اتر گیا۔

میرے اوپر بھروسہ کر رے، وہ چھوٹے کی انگلی پکڑ چل دی۔

گھر پہنچی تو سکینہ کی نظریں دروازے پر لگی ہوئی تھیں۔تو نے اتنی دیر کیوں لگائی ری؟ سکینہ جیسے چیخ پڑی۔لمبا رستہ ہے سکینہ! اس نے روٹی کھائی تو میں اٹھ پڑی۔

تو نے اس سے کون سی باتیں کی تھیں؟ سکینہ نے اسے گھورا۔

اری مجھے کیا کہنا ہے، میں تو تیری کھدمت کو آئی ہوں۔کنیز کمر پر گھڑا جما کر پانی بھرنے چلی گئی۔

شام جب دین محمد کھیت پر سے واپس آیا تو سکینہ بیتابی سے اٹھ پڑی اور اس کی آنکھوں میں اس طرح جھانکنے لگی جیسے کچھ تلاش کر رہی ہو۔دین محمد نے اس کا سر سینے سے لگا لیا تو سکینہ سرگوشیوں میں

اس سے جانے کیا کہتی رہی۔ یہاں تک کہ ذرا ہی دیر میں دینو صافے سے آنسو پونچھنے لگا۔

ارے تو کیوں روئے تیرے دشمن روئیں۔ کنیز نے پھڑک کر ادھر دیکھا مگر کچھ نہ کہا۔ توے پر پڑی ہوئی روٹی جلتی رہی۔ اس کا کیسا جی چاہ رہا تھا کہ دین محمد کے آنسو پونچھ ڈالے اور سکینہ کا گلا گھونٹ کر یہ چار دن کی زندگی بھی چھین لے۔

رات مارے درد کے سکینہ نے کچھ نہ کھایا۔ دین محمد نے بھی اس کا ساتھ دیا۔ کنیز بچوں کو کھلا کر خود بھوکی پڑ رہی، پھر اس سے کون کہتا کہ تو بھوکی نہ رہ۔ ہاں سکینہ ساری رات ٹھنڈی ٹھنڈی آہیں بھرتی رہی اور دین محمد اس کی ہر آہ پر سوتے میں بھی چونکتا رہا۔ دوسرے دن جب کنیز کھانا لے کر اس کے پاس کھیت پر گئی تو اس نے نظر اٹھا کر بھی نہ دیکھا، بیلوں کی طرح سر جھکا کر کھانا شروع کر دیا۔

بہت تھک گیا ہے رے، تو کھانا کھالے تو میں تیرے پاؤں داب دوں کنیز نے اس کے قریب سرک کر کہا۔ چھوٹا ادھر گڑے کھیت میں ادھر ادھر بھاگا پھر رہا تھا۔ تجھ سے سکینہ نے کہا ہے کہ بات نہ کیجیو۔ نہ بول، پر میں تو بولوں گی، اس نے تجھے کونسی کسم دی ہے، تجھ سے نہ بولوں گی تو پھر کس کے سنگ بات کروں گی رے، کیوں میں جھوٹ کہتی ہوں؟ دین محمد پھر بھی کچھ نہ بولا۔ بس ایک بار نظر اٹھا کر کنیز کی طرف دیکھا اور پھر چھوٹے کو آواز دینے لگا۔ کنیز ذرا اور قریب سرک گئی۔ دین محمد چھوٹے کو گود میں بٹھا کر پیار کرنے لگا۔ یہ کس کے نام کی چمیاں لے رہا ہے رے، کنیز نے اسے چھیڑا اور کھلکھلا کر ہنس دی۔ دین محمد نے بوکھلا کر اس کی طرف دیکھا۔ گھر جاری۔ اس نے چھوٹے کو گود سے اتار دیا اور بیلوں کی طرف بڑھ گیا۔ ہائے تو کتنا اچھا لگتا ہے۔ مجھ سے کیوں بھاگتا ہے؟ کیا میری تیری سادی نہیں ہوئی؟ تین کوس دور تیرے پیچھے آئی ہوں رے۔ کنیز اکیلی بیٹھی سوچتی رہ گئی اور پھر برتن اٹھا کر چھوٹے کی انگلی پکڑ لی۔ دینو کی شرافت پر تو وہ اس وقت قربان ہو کر رہ گئی تھی۔ اگر کوئی اور آدمی ہوتا تو جانے کیا کرتا ری پر وہ آدمی تھوڑے ہوتے ہیں، ڈنگر ہوتے ہیں۔

گاؤں والے حیران تھے کہ کنیز نے گھر اور بچوں کو سنبھال لیا۔ سکینہ کی خوب خدمت کی، کبھی کسی نے لڑنے بھڑنے کی آواز نہ سنی۔ جب کنویں پر جاتی عورتیں سکینہ کا حال پوچھتیں اور وہ ایسی رقت سے اس کی خراب حالت کا ذکر کرتی کہ ان کی آنکھوں میں آنسو آ جاتے۔ جوں جوں سردی بڑھتی جا رہی تھی سکینہ کی حالت بھی گرتی جا رہی تھی۔ کنیز اطمینان کی لمبی لمبی سانسیں لیتی مگر اس کی یہ کیفیت کون جانتا تھا۔ دین محمد خود نظر آتا تھا کہ اس کی سکینہ کی خوب خدمت ہو رہی ہے مگر جب کنیز کھیت پر روٹی لے کر جاتی اور اسے رجھانے کے لئے باتیں کرتی تو وہ ٹس سے مس نہ ہوتا۔

جب سے سردیاں پڑی تھیں۔ سب لوگ ایک ہی کوٹھری میں سوتے، ایک سرے پر سکینہ اور دین محمد کا پلنگ ہوتا دوسرے سے پرے کنیز چھوٹے کو لے کر لیٹتی۔ سر شام اپلا کھا کر وہ کوٹھری کو اپلے جلا جلا

کر گرم کر دیتی اور پھر دور پڑے پڑے دیکھتی رہتی کہ کراہتی ہوئی سکینہ پر دین محمد جھکا ہوا ہے، اسے سہلا رہا ہے، دبا رہا ہے، چوم رہا ہے، اس کی تکلیف پر آنسو بہا رہا ہے۔ کنیز تڑپتی رہتی جلتی رہتی، اس کے شوہر کو ایک بیمار عورت چھینے ہوئے تھی مگر کنیز منہ سے اف بھی نہ کر سکتی تھی۔ وہ سکینہ کی موت کا انتظار کر رہی تھی۔ اس کو بہت سے لوگوں نے بتایا تھا کہ بعض جادو ایسے ہوتے ہیں جن کا اثر اسی وقت ختم ہوتا ہے جب کہ جادو کرانے والا مر جائے۔

شام پڑتے ہی کنیز جلدی جلدی سارا کام ختم کر لیتی تو بھینس کو دالان میں باندھ کر اپنے بستر میں آ جاتی۔ دین محمد جیسے ہی گھر میں آتا اور سکینہ کے پاس بیٹھتا تو کنیز کے ہاتھوں میں جیسے بجلی کی تڑپ آ جاتی۔ ہائے ری جانے وہ دونوں کیا کر رہے ہوں گے، کون سی باتیں کرتی ہوگی سکینہ، گھنٹوں کے کام منٹوں میں کر کے وہ اپنی کھاٹ پر آ جاتی اور سکینہ کو بار بار کام یاد آنے لگتا مگر آج جب وہ اپنی کھاٹ پر لیٹی تو سکینہ کو کوئی کام نہ یاد آیا۔ دین محمد کے کندھے پر سر رکھے جانے کیوں وہ چپ چاپ بیٹھی دیئے کو تکے جا رہی تھی۔ دین محمد بار بار اس سے پوچھ رہا تھا کہ وہ کیا دیکھ رہی ہے۔ کنیز کا جی چاہ رہا تھا کہ چیخ کر کہہ دے مرنے والے! اسی طرح روشنی کو تکتے ہیں رے، تو کیوں فکر کرتا ہے۔

تیل کھتم ہو جائے تو بتی آپی آپ بجھ جاتی ہے رے، میری جندگی کا تیل بھی کھتم ہو رہا ہے۔ دین محمد کے اصرار پر آخر سکینہ بول ہی پڑی۔ اس طرح کہے گی تو میں کنویں میں کود پڑوں گا، تو نے تو ساری باتیں بھلا دیں سکینہ، دین محمد بیتاب ہو رہا تھا۔ کنیز تن من سے سن رہی تھی۔ کون سی باتیں رے دین محمد، تجھ سے کیا کہا تھا سکینہ نے ہائے رے مجھے نہ بتائے گا؟ کیا تو میرا آدمی نہیں؟ مجھے بتا، میں جو تیری عورت ہوں۔ ارے دین محمد میں نے تیرے ہی تو کھواب دیکھے تھے۔ کنیز بار بار کروٹیں بدل رہی تھی اور سکینہ دیے کی لو تکے جا رہی تھی۔

بول ری؟ دین محمد اس سے جواب مانگ رہا تھا۔ پھر باعدہ کر کہ اگلے مہینے پھسل کاٹ کر مجھے سہر آگرہ علاج کے لئے لے جائے گا، وہاں بڑے اسپتال میں رکھے گا، تو چاہے گا تو تیل کبھی نہ کھتم ہوگا۔ سہر میں علاج کے لئے تو بہت سے رپیوں کی جرورت ہوگی، پر تو نے پہلے کیوں نہ کہا۔ میں تیری کھاطر ہل، بیل، بھینس سب بیچ دوں گا۔ پھسل کا دانہ دانہ اٹھا دوں گا، میں بھوکا رہ لوں گا پر تجھے جرور لے جاؤں گا۔ بھوکے مریں تیرے دشمن۔ کنیز تڑپ کر بیٹھ گئی۔ کون بیچے گا میرے بیل، میری بھینس، پر یہ سب کہاں سے ملے گا رے؟ گاؤں والے بے عجت سمجھیں گے، سہر میں تو بابو لوگ جاتے ہیں علاج کرنے۔ جانے کیسے کنیز نے یہ سب کچھ کہہ دیا۔ اس کا تن لٹ رہا تھا اب گھر لٹتے کیسے دیکھتی۔ اری تو کون بولنے والی۔ کہاں سے آ گیا ترا گھر حرام جادی! تجھے تو چھ مہینے کے لئے کھدمت کرنے کو لائی ہوں۔ سکینہ ڈائنوں کی طرح چیخی۔ کھبردار جواب تو نے بات کی، جان کھینچ لوں گا، دین محمد چنگھاڑا۔ لے میں کیوں نہ بولوں؟

سب بیچ دے گا تو بھوکا مرے گا، میں تجھے بھوکا کیسے دیکھوں گی، یہ تجھے الٹی باتیں سکھاتی ہے، اس نے تجھ پر جادو کیا۔ ہے رے۔ یہ مرجائے گی پر تجھے بھوکا چھوڑ کر جائے گی۔

یہ مرجائے گی؟ دین محمد دیوانوں کی طرح کنیز کی طرف جھپٹا اور چوٹی پکڑ کر بے دردی سے پیٹنے لگا۔ نکل جا ابھی نکل جا۔ وہ زور زور سے چیخ رہا تھا۔ کنیز نے ایک لمحے کو اسے پھٹی پھٹی آنکھوں سے دیکھا اور پھر دونوں ہاتھوں سے منہ چھپالیا۔ اس نے اپنے جسم پر پڑتے ہوئے گھونسوں سے بچنے کی ذرا بھی کوشش نہ کی۔ چھوٹا سوتے سے اٹھ کر کنیز کے ساتھ لپٹ گیا تھا اور بری طرح رورہا تھا۔

'بس کررے دینو، چھوٹے کو کیوں رلاتا ہے ابھی تو میں جندہ ہوں، میں اس کے کہنے سے نہ مروں گی' سکینہ کی آواز میں بلا کا سکون تھا۔ دین محمد نے کنیز کو چھوڑ دیا اور اپنے بستر پر آکر لحاف میں منہ چھپالیا۔ بس رے جلمی تھک گیا؟ کنیز نے زخمی نظروں سے دین محمد کی طرف دیکھا اور پھر چھوٹے کو سینے سے لگا کر لیٹ گئی۔ دوسرے دن جب کنیز دین محمد کا کھانا لے کر گئی تو دین محمد نے اس کی طرف دیکھا تک نہیں بس سر جھکائے روٹی کھاتا رہا اور کنیز اس کے قریب بیٹھی تکتی رہی مگر جب دین محمد نے برتن اس کی طرف بڑھائے تو ایک لمحے کو نظریں مل گئیں۔ اس کے ہونٹ کانپے اور وہ جلدی سے پیٹھ موڑ کر آگے بڑھ گیا۔ جالم مارتا ہے تو پھر چھاتی سے بھی لگالے۔ کنیز سوچتی ہوئی تھکے تھکے قدموں سے گھر کی راہ ہولی۔ سرمندہ ہے نجریں نہیں ملاتا۔ ارے باؤلے میں کوئی پرائی عورت ہوں، تیری ہی تو ہوں۔ تیرا کیا کھور، تجھ پر تو سکینہ نے جادو کیا ہے۔

کنیز کو مارنے کے بعد جانے کیوں دین محمد پھر اس سے بات نہ کرسکا۔ وہ روز روٹی لے کر جاتی جانے کتنی بہت سی باتیں کرتی۔ دینو رے، گیہوں کی کیسی موٹی موٹی بالیاں پڑی ہیں۔ دینو رے چھوٹے کے کپڑے بنوادے چھوٹے کی صورت بالکل تیری جیسی ہے رے۔ دینو رے، مجھ سے ناراج ہے کیا؟ مجھے چھوڑیو نہیں، دیکھ رے میں نے تیرے گھر کو چندن بنادیا ہے۔ دینو رے، ایک بار تو مجھے بھی چھاتی سے لگالے۔ دینو رے — دین محمد جانے سب کچھ سنتا بھی تھا کہ نہیں۔ کھانے کے بعد برتن اس کی طرف بڑھا دیتا اور فوراً ہی کھیت کے اندر چل دیتا۔

فصل کٹتے کٹتے سکینہ بڑی کمزور ہوگئی۔ دین محمد نے ساری فصل بیچ دی تھی اور کل صبح سکینہ کو شہر لے جارہا تھا۔ اسٹیشن تک جانے کے لئے بیل گاڑی کا انتظام بھی کرلیا تھا۔ کنیز خوش تھی کہ اب سکینہ جارہی ہے وہیں اسپتال میں مرجائے گی، کنیز کو اچھی طرح یاد تھا کہ اس کے گاؤں سے کئی آدمی آگرہ اسپتال گئے تھے۔ جو وہ لے جائے گئے تھے تو ان کی سخت بری حالت تھی۔ اسپتال جاکر وہ زندہ واپس نہ آئے تھے۔ کنیز کو یقین تھا کہ سکینہ بھی واپس نہ آئے گی اور پھر وہ اس خیال سے بھی کتنی خوش تھی کہ دین محمد نے اسے مارنے کے باوجود بھینس نہ بیچی تھی۔ ساری فصل بیچ دی تو کیا ہوا۔ وہ خرید کر کھالے گی۔ گھی بیچ کر روپے

کمرے کرے گی۔ صبح منہ اندھیرے جب سکینہ جا رہی تھی تو بڑے دنوں کے بعد اس نے کنیز سے بات کی۔ بچوں کو تیرے سہارے چھوڑ رہی ہوں کنیج، ان سے برائی نہ کچیو۔ جندگی کا کیا بھروسہ، اور پھر بچوں کو لپٹا کر رونے لگی۔ کنیج مر جائے گی پر انہیں تکلیپھ نہ ہونے دے گی۔ کنیز نے جواب دیا اور روتے ہوئے بچوں کو لپٹا کر کوٹھری میں چلی گئی۔

دین محمد سکینہ کو بیل گاڑی میں بٹھا کر سامان اٹھانے آیا تو کنیز کو یوں دیکھنے لگا جیسے کچھ کہنا چاہتا ہو۔

تو تو نہ گھبرا ... ان کو اچھی طرح رکھنا۔ یہ تو میرے اپنے ہیں تو جا۔

آٹھ دس دن گزر گئے، نہ دین محمد آیا نہ کوئی خبر گئی۔ کنیز پل پل انتظار میں گزارتی۔ خواب میں کتنی ہی بار اس نے سکینہ کو مرتے دیکھا تھا۔ اس نے آخری ہچکی کی آواز تک سنی تھی۔ اس نے اطمینان کی ٹھنڈی سانسیں بھری تھیں مگر جب خواب سے چونکتی تو پھر عجیب سا عالم ہو جاتا۔ اس کی حالت پاگلوں جیسی ہو رہی تھی۔ بچوں کو جیسے تیسے روٹی کھلا دیتی مگر خود کھانا بھول جاتی، ہاں دوپہر میں جانے اسے کیا ہوتا انگوچھے میں دو روٹیاں باندھ لیتی، لٹیا میں چھاچھ بھرتی اور پھر ذرا دیر بعد انگوچھا کھول کر رونے لگتی۔ ارے دین محمد! تو اس کے پیچھے پھرتا ہے، جانے وہ کس سے فریاد کرتی۔

ان دنوں اسے اماں بھی یاد آنے لگی تھی۔ جانے کیسی ہوگی، سردیاں کیسے کاٹی ہوں گی۔ اس کے گھٹنوں پر سوجن چڑھی ہوگی تو کس نے سینکا ہوگا۔ ایک بار تو آ کر جاتی رہی۔ شاید ڈرتی ہوگی کہ کنیج ساتھ ہی نہ مڑ آئے۔ اماں کی یاد سے وہ بہت جلدی پیچھا چھڑا لیتی۔ اسے اپنے گاؤں سے ڈر لگنے لگا تھا۔ جانے کیوں گاؤں کا خیال بھوت کا سایہ بن جاتا۔

دسویں دن صبح صبح دین محمد آ گیا۔ کنیز اسے دیکھ کر حیران رہ گئی۔ وہ گھٹ کر آدھا رہ گیا تھا۔ رنگ ایسا پیلا کہ لگتا برسوں کا بیمار ہے۔ اس نے آتے ہی بچوں کو لپٹا لیا۔ کنیز دور کھڑی دیکھتی رہ گئی۔

سکینہ کی حالت بڑی کھراب ہے ری۔ اس کا آپریشن ہوا ہے۔ دین محمد نے کنیز کی طرف دیکھا۔ اس کی آنکھوں میں آنسو امڈے ہوئے تھے۔ کنیز کچھ نہ بولی دین محمد کے پیروں کے پاس بیٹھ کر راستے کی دھول پونچھنے لگی۔ یہ حال بنا لیا رے، سکینہ اب نہ اچھی ہوگی تو کیوں پاگل ہوا جاتا ہے۔ کنیز بڑے اطمینان سے سوچ رہی تھی۔ آپریشن کی خبر نے اسے پکی طرح یقین دلا دیا تھا کہ اب سکینہ لوٹ کر نہ آئے گی۔ تو مجھے جلدی سے روٹی دے دے، کام سے جانا ہے ری۔ دین محمد نے اپنے پاؤں کھینچ لئے کل سے کچھ نہیں کھایا۔

کنیز نے جلدی سے روٹی، پیاز کی گٹھی اور تھوڑا سا مکھن اس کے سامنے لا کر رکھ دیا اور خود بھی پاس بیٹھ گئی۔ اتنے دن بعد دین محمد کو دیکھ کر اسے چپ لگ گئی تھی۔ اس سے ایک بات بھی نہ کی جا رہی تھی۔ جلدی جلدی روٹی کھا کر دین محمد اٹھ کھڑا ہوا اور بھینس کے کھونٹے سے زنجیر کھول کر اسے باہر

ہانکنے لگا۔کنیز بھاگ کر سامنے آگئی۔ابھی سے کہاں چلا رے، ابھی تو پیروں کی دھول بھی نہیں جھڑی۔

بھینس کا سودا کر آیا ہوں، اسے بیچنا ہے ری بہت سی دوائیں کھریدنا ہیں، آرام کا بکھت نہیں۔

بچے بن دودھ کے کیا کریں گے رے، یہ تیرے آنگن کی سان ہے میں اسے نہ بیچنے دوں گی۔کنیز نے زنجیر پکڑ لی۔

دین محمد ایک لمحے کو جیسے بے بس سا ہو کر کنیز کو تکنے لگا، پھر اسے اتنے زور سے دھکیلا کہ وہ دیوار سے جا لگی۔دروازے سے باہر نکلتے ہوئے دین محمد نے مڑ کر کنیز کی طرف دیکھا جو ابھی تک دیوار سے لگی بیٹھی تھی۔میرا انتجار نہ کیجیو۔میں اسٹیشن چلا جاؤں گا۔

بھینس نہ بیچ دینو، تجھے میری قسم نہ بیچیو..کنیز دروازے تک دوڑی اور پھر جیسے تھک کر دہلیز پر بیٹھ گئی۔اری سکینہ۔تو مرنے سے پہلے میرا گھر لٹا کر جائے گی تجھے کبر میں بھی چین نہ پڑے، تیرے کیڑے پڑیں۔

دین محمد بھینس کو ہنکاتا چلا جا رہا تھا اور اس کے پیچھے دھول کا بادل امنڈ رہا تھا۔کنیز بڑی حسرت سے ادھر دیکھ رہی تھی۔جب دین محمد نظروں سے اوجھل ہو گیا تو وہ دروازے کا سہارا لے کر اس طرح اٹھی جیسے اچانک بوڑھی ہو گئی ہو۔اس کی ساری طاقت جواب دے گئی ہو۔وہ دھیرے دھیرے بڑبڑا رہی تھی۔بیچ دے بیچ دے، کنیج پھر سے بھینس کھرید لے گی تیرے آنگن کی سان نہ جانے دے گی۔

بھینس جانے سے آنگن کیسا سونا سونا سا لگتا۔کنیز نے باہر چھپریا کے نیچے بندھے ہوئے بیل کھول کر آنگن میں باندھ لئے پھر بھی بھینس والی بات نہ بنی۔

دین محمد کو گئے چھ دن ہو گئے۔ان دنوں میں کنیز نے ایک بار آنگن اور برآمدہ لیپ لیا تھا بیلوں کے لئے کھیت سے بھوسا اٹھا اٹھا کر گھر لائی تھی۔گھر کی دیواریں جھاڑی تھیں، جالے چھڑائے تھے، پھر بھی کام کر کر کے اس کا جی نہ بھرتا۔رات ہوتے ہوتے وہ اس قدر تھک جاتی کہ کسی کروٹ چین نہ پڑتا۔نیند نہ آنے سے ساری فکریں دھاوا بول دیتیں۔دین محمد کی یاد بری طرح ستاتی۔اسے بار بار خیال آتا کہ سکینہ کی موت پر اس کا کیا حال ہو گا۔ایسے وقت میں اس کا پاس ہونا کتنا ضروری تھا۔وہ اسے تسلی تو دے لیتی، اس کے آنسو تو پونچھ دیتی۔اب وہ اکیلا کیا کرے گا۔

دس دن گزر رے تو کنیز کا سارے کاموں سے جی اچاٹ ہو گیا۔وہ بولائی بولائی پھرتی۔بچے سارے دن باہر گلی ڈنڈا کھیلتے اور تنہا کنیز کو ڈھیروں خدشات ڈسنے آجاتے۔اگر سکینہ اچھی ہو گئی تو؟ آپریشن کے بعد وہ اتنے دن تک نہیں آیا۔وہ اتنے دن کیسے زندہ رہی۔کیا اس کی اتنی پتھر زندگی ہے؟ کیا وہ نہیں مرے گی؟ انجام کے انتظار میں کنیز کی آنکھیں دروازے پر لگی رہتیں۔چھوٹے اگر کسی وقت کھیلتے کھیلتے آکر دروازہ بند کر دیتا تو کنیز دوڑ کر کھول دیتی۔نہ میرے لال درواجہ نہ بند کر تیرا ابا آئے گا۔

گیارہویں دن دوپہر کو دین محمد آ گیا۔ اس نے ادھر ادھر دیکھا جیسے بچوں کو تلاش کر رہا ہو اور پھر کھاٹ پر بیٹھ گیا۔ کنیز جلدی سے اس کی طرف لپکی۔ سکینہ کیسی ہے رے؟ تجھے کیا ہو گیا؟ تو تو پہچانا بھی نہیں جاتا۔ کنیز جواب کے لئے اس کا منہ تک رہی تھی اور وہ کھاٹ سے پاؤں لٹکائے خاموش بیٹھا تھا۔ اس کی آنکھوں کے گرد گہرے گہرے حلقے پڑ گئے تھے۔ گال پچک گئے تھے اور ہونٹوں پر سیاہ پڑیاں جمی ہوئی تھیں۔

بول رے سکینہ کیسی ہے؟ کنیز بہت بیتاب ہو رہی تھی۔

بے دپھانکلی، ساتھ چھوڑ گئی جالم، دین محمد جیسے خواب میں بولا۔

ہائے ری سکینہ — کنیز نے اپنا سینہ کوٹ لیا، بال نوچ ڈالے مگر اس کی آنکھوں میں ایک بھی آنسو نہ تھا۔ اتنے زور زور سے سینہ پیٹتے ہوئے اسے ذرا بھی تکلیف کا احساس نہ ہو رہا تھا۔

وہ سینہ پیٹتے ہوئے دین محمد کے قدموں کے پاس بیٹھ گئی مگر نہ تو دین محمد رویا نہ اس نے کنیز کو سمجھایا۔ اس کا چہرہ کس قدر سپاٹ ہو رہا تھا۔ شاید وہ بہت رو لیا تھا۔ شاید اسے صبر آ گیا تھا۔

کنیز اس کے یوں خاموش بیٹھنے پر کس قدر مسرت محسوس کر رہی تھی۔ ساری باتیں جندگی کے ساتھ ہوتی ہیں مرے کو دو چار دن سے جیادہ کون روتا ہے ری سب بھول جاتے ہیں۔ اس نے بڑے فخر سے سوچا اور دین محمد کے پیروں کی دھول اپنے آنچل سے جھاڑنے لگی۔ جندگی کا کوئی بھروسہ نہیں پل کے پل کیا سے کیا ہو جاتا ہے، اب تو گم نہ کریو۔ کنیز نے اسے سمجھانے کے لئے کہا۔

سکینہ کی کھاطر میں نے جانے کیا کیا سہا۔ ایک رات گاؤں والوں نے گھیر کر لاٹھیوں سے مارا بھی تھا۔ جکھم اب تک نجر آتے ہیں۔ دین محمد نے اپنے سر پر ہاتھ پھیرا۔ اس کے بھائی نے کتنا جور مارا، کتنے جتن کیے پر سکینہ میرے پاس آ کے رہی۔ اس کا عسک جہر کھا کر مر گیا پر سکینہ اس کی موت پر بھی نہ گئی۔ کہتی تھی میں تو ایک پل کو بھی تیرا ساتھ نہ چھوڑوں، جا جالم آ کھر کو سدا کے لئے ساتھ چھوڑ گئی ناں، دین محمد نے احمقوں کی طرح ہر طرف دیکھا۔ پھر سر جھکا لیا۔

پھر وہ ایک دم چونک پڑا اور کنیز سے بولا۔ لے کنیج ایک جروری بات تو میں بھول ہی گیا۔

اسی ضروری بات کے لئے تو کنیز نے چھ مہینے دین محمد کی پوجا میں گزار دئے تھے۔ اس کی آنکھیں کہہ رہی تھیں۔ ہائے جلدی سے بول دے نا جروری بات۔

دین محمد نے کرتے کی جیب سے ایک مڑا تڑا کاغذ نکال کر کنیز کی طرف بڑھا دیا۔ تیرا کام کھتم ہو گیا کنیج۔ چھ مہینے پورے ہو گئے۔ یہ لے میں نے کاگج لکھوا لیا ہے اب جا۔

دینو رے۔ کنیز آگے کچھ نہ کہہ سکی۔ اسے جیسے کچھ کہنا ہی نہیں تھا۔

پلٹ کر ایک پل کے لئے اس نے چھوٹے کو ڈھونڈا پھر اٹھی، کاغذ کو پاجامے کے نیفے میں اڑسا اور بولی — ہاں رے، اب چلوں نہیں تو سام پڑ جائے گی۔ ●●

نیا عاق نامہ یا ہجرت

● الطاف فاطمہ

● خیر اب وہ بات اتنی پرانی اور فرسودہ ہو چکی ہے کہ اس کے اندر اسکینڈل بننے کی سکت رہ نہیں جانا چاہئے تھی کہ اب تو بات کو اسکینڈل بنانے والے اور پھر اسکینڈل کا چرچا کر کے اس کو آگے چلانے والوں میں سے بیشتر لوگ تو اللہ کو پیارے ہو گئے ہیں۔ ان کی ساری باتیں اور ہرزہ سرائیاں وقت کے دھارے کے ساتھ بہہ کر تحلیل ہو چکی ہیں۔ بس اب تو ان کی بھی باقیات رہ گئی ہیں جن میں سے زیادہ تر کے لئے یہ سنی سنائی بات رہ گئی ہے۔ وہ کانوں سنی کہتے ہیں۔ آنکھوں دیکھی بتا ہی نہیں سکتے۔ تاہم یہ اتنی پرانی، اتنی فرسودہ اور بے جان بات اب بھی کسی نہ کسی صورت تازہ دم اسکینڈل کی سی جاذبیت اپنے اندر رکھتی ہے۔

اچھا تو اگر یہ بات اتنی ہی بے سکت اور بے جان ہے تو پھر مجھے کیا ضرورت ہے کہ اس مردہ گھوڑے کو زندہ کرنے بیٹھ جاؤں جب کہ ذاتی طور پر اس بات کے حاضرین، ناظرین اور سامعین میں کبھی شامل اور شریک بھی نہیں۔ میں تو یہاں آئی ہی اس وقت جب اس علاقے کے مستقل مکینوں کے نزدیک یہ بات اب یاد کرنے کے قابل نہیں رہی۔ خیر تو اب یہ تفصیل بیان کرنے کی کیا ضرورت کہ کیوں اور کیا سبب جو میں اس سوئے ہوئے فتنے یا اسکینڈل کو جگانے بیٹھ گئی ہوں۔

وہ بات تو فقط اتنی تھی کہ اس علاقے کی بیشتر وسیع و عریض اراضی کے مالکوں کا ایک بیٹا ریس کا رسیا ہو بیٹھا۔ جیسا کہ اب سے تیس چالیس پچاس سال پہلے اس قسم کے خاندانی پیسے والے لوگوں کے شوق کے لئے یا اوباش بیٹوں کا طریقہ یا شغل ہوتا تھا کہ ان کا وقت کالج یا یونیورسٹی کی چاردیواری میں گذارنے اور کتابوں سے سر مارنے کے بجائے ریس کورس میں گذرتا تھا۔ اس میں شک نہیں کہ وہ شاید پیدا ہی چابک سواری کے لئے ہوا تھا۔ وہی دبلا پتلا، دیکھنے میں منحنی پتلی کمر، ایک دم ستا ہوا جسم اور تنا پھر تیلا جس کو ادھر ادھر چیتا پھرتا دیکھو تو مانو کہ اس میں بجلی سی بھری ہوئی ہے۔ اوپر سے نیچے تک برقی تار سا دوڑا ہوا ہے اور جو کوئی گھوڑا سامنے آجائے تو یوں زقندیں بھرتا کہ جانو چیتا اپنے شکار کو دیکھ کر لپکے۔

سو ظاہر ہے کہ اس ڈیل ڈول اور سراپے کے ساتھ ساتھ خاندانی رئیس مالکوں کی اولاد ہونے اور جدی پشتی طور پر گھڑ سواری یا شہسواری کا رسیا ہی نہیں تھا بلکہ اس میدان کا مرد تھا۔

ظاہر ہے کہ اس قسم کے رئیس زادے کہ جن کو موروثی طور پر زمینیں، جائیدادیں، حویلیاں اور اراضیات گھر بیٹھے، بلا مشقت صرف خاندان کے ایک بڑے کے مرجانے پر مل جاتی ہیں، ان کو اپنے مستقبل اور رکھ رکھاؤ کے بارے میں شروع شروع میں کوئی تشویش نہیں ہوتی۔ البتہ بات اس وقت فکر کی ہوتی ہے جب ان کے خاندانی رکھ رکھاؤ یعنی اسٹیٹس پر زد پڑنے کا امکان واضح ہونے لگے اور پھر چونک کر وہ ایک دم ہی روک تھام کے لئے مختلف ہتھکنڈے آزمانے شروع کر دیتے ہیں۔ سو یقیناً ظاہر بات ہے کہ اسی قسم کے ہتھکنڈے ان پر بھی آزمائے گئے ہوں گے۔

ارے ہاں اپنی باتوں میں میں یہ تو بتانا بھول ہی گئی کہ صاحب مذکور ہیں کون۔ حالانکہ قاعدے سے اس قسم کے مذکورہ کردار کو متعارف کرادیا جاتا ہے۔

اب صاف بات تو یہ ہے کہ مجھے آج تک شخص مذکور کا نام معلوم نہیں۔ پوچھنے کی ضرورت ہی نہ تھی، نہ ہی پچھلے آٹھ دس سالوں میں کبھی سوچا کہ مجھے کبھی ان پر لکھنے کی مجبوری لاحق ہوگی۔ بس میرا تو یہ مشاہدہ کہ یہ جوکیز (چابک سواروں) جیسا کہ بوڑھاپے کی دہلیز پر کھڑا شخص...... ہاں جی وہ خاصے پکے پرانے ہونے کے باوجود فی الحال بوڑھاپے کی دہلیز پر قدم رکھتے ہوئے محسوس ہوتے ہیں۔ دیکھیں ان کی بات کرنے سے دل یوں کتراتا ہے کہ بات کہیں جا پہنچی ہے۔ ہاں تو میں کہہ رہی تھی یہ جوجوکیوں جیسا شخص ہے اس کو دیکھ کر یوں لگتا ہے کہ جیسے لوسی فر آپ کے سامنے کھڑا ہوا ہو۔

بالکل ایسا ہی جیسے ہم آپ کبھی کبھی بچوں کے ڈرانے کے لئے کالے کاغذ پر بوئے کی شکل کاٹ کر دکھاتے ہیں۔ صاحب بات یہ ہے کہ میں تو خود ڈرا کرتی تھی۔ لگتا تھا اکیلے دکیلے کھڑا دیکھ، کمر سے لگا پستول نکال کر کنپٹی پر رکھ کر کھڑا ہو جائے گا۔ یا پھر رات برات نالے کے پائپ پر چڑھ کر گھر میں کود جائے گا اور ڈانٹ کر چابیاں مانگ لے گا۔ اسی سبب سے ڈر ڈر کر چپکے چپکے لوگوں سے پوچھ گچھ کا آغاز کر دیا۔ اس علاقے کے کئی لوگوں سے پوچھنے پر کہ بھئی یہ کون شخص ہے اور یہ ہر وقت اسی علاقے میں کیوں پھرتا رہتا ہے تب مجھے کسی نے بتایا تھا کہ وہ تو یہیں اس جگہ کا ساکن ہے۔ کسی نے ایک پتلے سے راستے کے نکڑ پر بنے مختصر سے مکان کی طرف اشارہ کر کے بتایا تھا۔

میں اس مکان کو دیکھ کر حیران رہ گئی۔ آخر اس طرح کی زمین پر مختصر اور تنگ جگہ پر تعمیر کی گنجائش نکالی کس طرح گئی۔ اس لئے یہ تو یقین جانیے، کرتے کی گلی کے اندر اور کٹاؤ والا ایک ٹیڑھا ایک مرلے کا ٹکڑا تھا۔ جس پر اس جوکی نما لوسی کا گھر کھڑا تھا۔ اس شخص کی پراسراریت کچھ گمبھیر معلوم ہوئی۔

اب یہ باتیں تو رفتہ رفتہ ہی سننے میں آئیں کہ جب سے بیٹے کا ریس انہماک اور شوق حد سے

بڑھاتو اور شوق کے مول کا خرچہ بڑے ملک کی جیب پر بھاری پڑنے لگا تو انہوں نے ریسے کی لگا میں کھینچ کر روکنا چاہا۔ ترکیب الٹی پڑی تھی۔ ضدی اور سرکش بیٹا اور بھی بھڑک گیا تھا اور اس کشمکش میں چاہ کا رشتہ ٹوٹ گیا۔ خیر سننے اور دیکھنے والے تو یہی کہیں گے کہ عاق تو ہونا ہی تھا، حرکت ہی ایسی تھی۔

پر مجھے کچھ یوں لگتا ہے کہ اتنی معمولی اور چھوٹی سی بات پر اتنی بڑی سزا دینے کا کوئی تک بنتا نہیں تھا۔ اب دیکھئے نا جب کوئی حد سے زیادہ ڈھیل دے کر پالے ہوئے نوجوان بیٹے کی لگا میں کھینچے گا، اس کا جیب خرچ بند کر کے اس کو گھر سے نکال دے گا تو وہ ریس کا دھنی، شراب اور گھوڑے کا رسیا کسی غریب جوکی کے گھر میں ہی تو سر چھپائے گا۔ جوزف مسیح تو اس فن میں اس کا استاد بھی تھا...... باپ نے بیٹے کے سر پر سے ہاتھ اٹھالیا تو پھر مجبوراً روحانی باپ کو ہی سر پر ہاتھ رکھنا پڑا اور اس طرح لوسی فرنما (خیر وہ پہلے تو ایسا نہ تھا) کو اصطبلوں اور ان کے ساتھ والی گراؤنڈ سے بھر سائیون اور جوکیوں کے چند مختصر سی گنجائش والے گھروں میں سے ایک گھر میں رہائش اختیار کرنا پڑی جہاں جوزف مسیح کی سکونت تھی۔ میاں بیوی کے علاوہ چار بیٹوں اور دو عدد بیٹیوں پر مشتمل کنبے کے لئے یہ گھر کچھ زیادہ تو نہ رکھتا تھا البتہ استاد کے دل والی گنجائش ضرور میسر تھی۔ بس اسی گنجائش میں گھر سے دھتکارا ہوا بیٹا سما گیا۔

ہاں تو وہ بات تو بیچ میں ہی رہ گئی۔ ارے وہی ذرا سی بات پر بننے والا اسکینڈل جس کے اثرات تیس بتیس سال گزرنے پر زائل ہونے کی بجائے اور زیادہ اذیت ناک بنتے چلے گئے تھے۔

ہاں! واقعی ایک ذرا سی بات ہی تو تھی کہ..... کہ ریسے نے استاد کی تیسری بیٹی شیلا کو اپنا لیا۔ نہیں...... وہ آج کل والا ماڈرن دوستانہ تعلق نہیں۔ ہاں اس نے وہ رکھیل رکھیل والا چکر بالکل نہیں چلایا۔ بلکہ باقاعدہ کورٹ مریج کے بعد گرجا میں رسم کدخدائی کے علاوہ قاضی صاحب کے آگے بیٹھ کر عقد مسنون کے ایجاب قبول کے تمام تر مرحلے طے کئے۔

ہاں یہ تو ہے کہ شاید بڑے ملک کے غیض و غضب میں اس درجہ اضافہ نہ ہوتا، اگر وہ بات رکھیل والی بات تک ہی رہتی۔ پر وہاں تو غضب یہ ہوا..... پکا نکاح۔

اگلے تین دن انہوں نے ایک طرح سے ہنی مون میں گذارے۔ وہ اس طرح کہ شیلا کا بڑا بھائی للیانی کی ڈسپنسری میں کمپاؤنڈر لگا ہوا تھا۔ ساری کارروائی کے بعد ان دونوں کو اپنے ساتھ لے گیا۔ اس تقریب شادی کا واحد مہمان بھی وہی تھا۔ اس کی بیوی نے اس تقریب میں شرکت سے یوں انکار کر دیا تھا کہ وہ اس بے جوڑ شادی کے حق میں نہ تھی۔ وجہ اپنی نند سے حد درجے حسد ہی ہوسکتا تھا کہ شیلا جیسی کلکتری کو یہ دن لگ گئے۔ وہ اتنے اونچے گھرانے کے بیٹے (وہ نکھٹو اور اوباش ہی سہی) سے بیاہی گئی۔

اس وقت کے دیکھنے والوں کا بیان ہے کہ چار دن للیانی میں گذارنے کے بعد واپسی پر بڑے اعتماد سے اگلے دن وہ اپنی دلہن کو ساس سسر کو سلام کروانے کو لے کر اپنی کوٹھی پر پہنچا تو سچی بات ہے کہ یہ

بات بے چاری کے خواب و خیال میں نہ تھی کہ وہ اتنی وسیع و عریض اور شاندار کوٹھی میں بہو کی حیثیت سے داخل ہو رہی ہے۔ اس نے تو اپنے سے ذرا بہتر گھر کا ہی تصور کیا ہوگا۔ پہلے تو اس نے یہی خیال کیا کہ اس کے شوہر کی رہائش کوٹھی کے شاگرد پیشے کے کسی کوارٹر میں ہوگی۔ اب یہ بات تو شیلا نے خود اپنے منہ سے سننے والوں کو بتائی ہوگی کہ، انہوں نے اپنی ٹیکسی آرائشی گملوں اور پھولوں سے لدی بیلوں سے سجے سجائے بڑے سے پورچ کے پاس ہی رکوائی تھی۔ کچھ تو اس لئے کہ پورچ میں ایک عدد اسٹیشن ویگن کے جلو میں ایک عدد موریس پہلے ہی کھڑی تھی اور کچھ یہ سوچ کر کہ بڑے ملک صاحب سخت ناراض ہوں گے کہ وہ ان کی نئی نویلی دلہن کو ٹیکسی میں بٹھا کر سلام کروانے لایا ہے۔ کیا تھا جو فون کر کے گاڑی منگوا لیتا۔ یہ موریس تو اسی کے استعمال میں رہتی ہے۔

بہر حال شیلا کا کہنا تھا کہ بابا میرے تو گھٹنے ہی لزرنے لگے تھے پورچ کو دیکھ کر ہی۔ اندر جانا تو بڑی بات تھی۔ پر ان کی ہمت تو دیکھو میری بانہہ پکڑ کر دندناتے ہوئے اندر گیلری میں گزرتے سیدھے اپنے بیڈروم میں جا گھسے اور مجھے مسہری پر بٹھا دیا۔ مسہری پر بیٹھتے میں خود سٹ پٹا رہی تھی۔ اتنا سفید، برف سے نرم نرم پلنگ پوش، اس پر رکھے نرم نرم پروں والے تکیے اور پیروں تلے قالین کہ پیر اندر ہی دھنسے جا رہے تھے۔ سائڈ ٹیبل پر چاندی کے فریم میں لگی ان کی وہ مسکراتی تصویر آج بھی میری آنکھوں میں بسی ہے جو میں نے پہلی اور آخری بار اس وقت دیکھی تھی۔ جرمن سلور کے لمبے سے گلدان میں گلاب مسکرا رہے تھے۔

دوسری سائڈ ٹیبل پر سفید سلک کے شیڈ والا سیاہ اور سنہرا لیمپ رکھا ہوا تھا یہ کمرہ ہمارے ہی لئے تیار کیا گیا تھا۔ دو منٹ چپ کھڑے رہنے کے بعد انہوں نے لیمپ کا بٹن دبا دیا اور میری طرف محبت سے دیکھ کر بولے تھے۔ یہ ہے جناب کا بیڈ روم۔

روشنی ہوئی تو مجھے اپنا آپ بہت برا لگا تھا۔ شیشہ جار جٹ کی لال لہو ساری کے نیچے سفید پٹی کوٹ، ساٹن کے طوطے جیسے سبز رنگ کے بلاوز کا گلا ٹیڑھا اور آستین کندھوں پر ڈھلک رہی تھیں۔ سستے سنہری سینڈلوں میں گھرے سانولے پیر اور ان کے ناخون پر لگی کبوتر کے خون جیسی نیل پالش، اس کو یعنی خود اپنے آپ کو بری لگ رہی تھی اور سوچ رہی تھی ایسے ہی میرے گال بھی لگ رہے ہوں گی جن پر اس نے ہاتھ کھول کر لال لہو رنگ سرخی تھوپ لی تھی۔ ویسے وہ اب پچھتا رہی تھی کہ اس سے زیادہ بھلی تو میں بغیر میک اپ کے لگ سکتی تھی۔ تو خیر اب تو جو ہونا تھا ہو گیا تھا۔ سٹپٹائی بیٹھی تھی۔

اس کمرے میں وہ کتنی بے جا اور نا مناسب لگ رہی تھی۔ یہ تو اس کا اپنا دل ہی جان رہا تھا۔ تو خیر وہ کمرے سے نکل کر گیلری میں گئے، امی جی! وہ آپ کو سلام کرنے آئی ہے۔ اس کے کانوں نے یہ بات صاف طور پر سنی، کون؟

آپ کی چھوٹی بہو۔

امی جی نے گیلری سے مڑ کر کمرے کی اور دیکھا اور بے اختیار منہ سے نکلا۔

نی ہائے میں مرگئی۔

یہ کہتے کہتے انہوں نے دونوں ہاتھوں سے سر پکڑا تو ان کی بھر بھری دم دماتی کلائیوں میں پھنسی پھنسی سونے کی چوڑیاں یوں لشکارے مار رہی تھیں گویا اس پر ہنس رہی ہوں۔

ان سب عوامل نے مل جل کر اس کمرے میں قیام کے وہ پندرہ منٹ پندرہ دن سے بھی زیادہ بھاری بنا دیئے تھے۔ ابھی وہ اس 'نی ہائے میں مرگئی' والے نعرے کے تاثر سے سنبھل نہ پائی تھی کہ پورچ میں جیپ رکنے کی آواز کے ساتھ ہی رائڈنگ بوٹس رائڈنگ برجیس میں چرمر کرتے ملک صاحب گیلری میں داخل ہوئے تو وہیں سے ان کی چھٹی حس نے ناگوار موجودگی کو تاڑ لیا۔ سناٹے کے عالم میں کھڑی بیگم کا چہرہ مزید ثبوت فراہم کر رہا تھا۔ ان کے چہرے کی طرف نظر کرتے ہوئے چونک کر سوال کیا۔'' کیوں خیر تو ہے؟''

ہاں، خیر ہی ہے، آپ کا چھوٹا ملک آیا ہوا ہے۔

چھوٹا ملک گھر سے اکثر غائب رہتا تھا، کبھی گھر میں شکل نظر نہ آتی تھی۔ پر اب تو پورے ایک ماہ سے غائب تھا۔ ویسے ملک صاحب کو اس کی نقل و حرکت کا علم رہتا تھا۔ ریس کورس سے ان کا پرانا تعلق تھا۔ وہاں کے خاص جوکی ان سے متعلق رہے تھے۔ ایک زمانے میں تو ان کے اپنے گھوڑے ریس کورس میں رہتے تھے۔ شیلا کا باپ بھی ایک زمانے میں ان کا بڑا معتمد رہا تھا۔ سچ پوچھو تو چھوٹے کے ریس کے اس شوق کا سبب بھی یہی کچھ تھا۔ اتنی طویل غیر حاضری کے بعد اس کی آمد کا سن کر تیوریاں چڑھ گئی تھیں۔

گھنے سے لہجے میں سوال کیا اچھا تو فرصت مل ہی گئی عشق بازی سے۔

جی فرصت تو کیا ملنی تھی۔ اب تو ڈھول ہمارے گلے پڑ گیا ہے۔ ان کی جانب مُڑ کر سرگوشی کے انداز میں بولیں۔

نوہ آئی ہے آپ کے سلام کو۔

طیش کی شدت سے وہ گنگ سے ہو کر ان کی طرف دیکھنے لگے۔ بیوی نے بیڈ روم کی طرف اشارہ کیا تو وہ ایسے جھپٹے جیسے بلی چوہے کی طرف جھپٹتی ہے۔ ان کے اس طرح جھپٹنے پر وہ سہم کر کچھ اور سمٹ کر بیٹھ گئی۔ پیچھے آڑ میں کھڑے شوہر نے اشارہ کیا کہ کھڑی ہو کر سلام کرو۔ تو وہ گھبرا کر کھڑی ہو گئی۔

ابھی سلام کے لئے پورا ہاتھ اٹھا بھی نہ تھا کہ یوں لگا جیسے بپھرا ہوا سانڈ ایک دم ہی ڈکارنے لگا ہو۔

جرات کیسے ہوئی اس کی اس بیڈ روم میں قدم رکھنے کی؟ کس کی اجازت سے گھسی تھی؟

سوالیہ نظر ڈالی تو بیگم پر تھی۔ پردہ پیچھے سے نکل کر سامنے آ کھڑا ہوا۔ یہ میرا بیڈ روم ہے اور یہ

میری بیوی ہے۔ ظاہر ہے میری بیوی میری اجازت سے ہی اندر اپنے بیڈروم میں داخل ہوئی ہے۔

کس کا بیڈروم کس کی بیوی۔ یہ میرا گھر ہے اور یہاں میری اجازت کے بغیر کوئی آجا نہیں جاسکتا۔ طیش کے عالم میں انگلی اٹھا کر دروازے کی طرف اشارہ کیا چلو نکلو اور ساتھ ہی اس گند کو بھی لے کر دفع ہو جا۔ غیرت مند ہے تو اب کبھی یہاں قدم نہ رکھنا۔

چھوٹے ملک کو شاید اس سلوک کی توقع نہ تھی۔ ایک دم منہ پر جیسے بسنت رت کھل گئی ہو۔ دو قدم پیچھے ہٹ کر اسے باہر چلنے کا اشارہ کیا۔ دونوں چل پڑے۔ وہ وہیں کھڑے مغلظات بکتے رہے۔ ساری کی ساری گالیوں کی زد بیگم پر تھی دل جل رہا تھا۔ دبے قدموں وہ شیلا کے پیچھے پیچھے آئیں اور اس کی مٹھی میں کچھ ٹھونس دیا۔ بھیگی بھیگی آنکھوں سے وہ جاتے ہوئے ان مل بے جوڑ جوڑے کو دیکھتی رہیں۔

ٹیکسی بہت دور چلنے کے بعد ملی تھی یوں کہ ایسی سڑکوں پر شاید ہی کوئی ٹیکسی یا تانگے پر آتا ہو۔ ابھی رکشہ وجود میں نہ آیا تھا۔ ٹیکسی میں بیٹھتے ہوئے ہی پہلا کام شیلا نے یہ کیا تھا کہ اپنی بھیگی ہوئی مٹھی کھول کر دیکھی۔ اس کی بند مٹھی کے پسینے میں بھیگے بھیگے ہزار ہزار کے دو نوٹ اداسی سے اس کی جانب دیکھ رہے تھے، گھبرا کے اس نے نوٹ جلدی اپنی بلاؤز کے گلے میں اندر ٹھونس لیے تھے کہ اپنا گھٹیا سا پرس تو وہ گھر ہی بھول آئی تھی اور اب اگر اس وقت وہ یہ نوٹ اپنے شوہر کو دکھا دیتی ہے تو وہ ان کو پھاڑ کر ٹیکسی کے باہر پھینک دیتا کہ فرط غم سے اس کا منہ اترا ہوا تھا اور طیش کی شدت سے آنکھیں سرخ انگاروں کی طرح دہک رہی تھیں۔

● اس سے اگلا دن

شہر کے تمام قابل ذکر اخبارات کے شعبہ اطلاعات اور اعلانات میں یہ عاق نامہ جلی حروف میں شائع ہوا تھا کہ جس کی رو سے ملک مختار نے اپنے بیٹے ذوالفقار کو اپنی ولدیت اور ہر قسم کی مملوکہ وراثت سے محروم قرار دیا تھا۔

ایک طرح سے یہاں پر آکر یہ اپی سوڈ تمام ہوئی۔ قاعدے کے اس قصے کو اس انجام تک پہنچ کر ختم ہو جانا چاہئے تھا۔ یا پھر آگے چل پڑنا چاہئے تھا۔ پر یہ سب تو اس وقت ہوتا کہ جب اس بات کو خاندان والے محض ایک بات اور ایک واقعہ سمجھ کر فراموش کر دیتے مگر ایسا یوں نہ ہو سکا کہ ایسا کرنا ان کے خلاف جاتا اور ان کے مفادات پر زد پڑتی تھی کہ ملک صاحب کے تین اور بیٹے اور بیٹیاں سب کی سب آمنے سامنے اور وٹے سٹوں میں بیاہے ہوئے تھے۔ سارے کے سارے ان کے اپنے بہن بھائیوں کے گھروں میں دئے ہوئے تھے اور ایسا ہی کوئی رشتہ اس چھوٹے ملک ذوالفقار کے سلسلے میں غور تھا کہ اس

سے یہ لغزش سرزد ہوئی اور وہ قعرِ مذمت میں جا گرا۔ بلکہ خاندان والوں کا تو یہ کہنا تھا کہ اس نے ہمیں ذلت کے گڑھے میں گرادیا ہے۔ خیر اس بیچارے نے کیا گرایا تھا اور لوگوں کو بھی بھلا اتنی فرصت کہاں ہوتی ہے کہ وہ لوگوں کے اتنے چھوٹے چھوٹے واقعات کو یاد رکھیں خصوصاً اس وقت میں جب ملک اور سیاست میں بڑے بڑے واقعات جنم لے رہے ہوں۔ ہاں تو یہ پچاس کی دہائی والے دن تھے۔ اس وقت سے اب تک کیا کچھ نہ ہورہا تھا۔ اور رہ گیا عزت اور ذلت کا معاملہ تو یہ بات کہ خون کی کتنی ندیاں بہی تھیں، قوم کی بیٹیاں اور بہنیں اغواء کی گئیں، ان کو سرتا پا برہنہ کر کے سڑکوں پر پریڈ کرنے پر مجبور کیا گیا اور اس سے بھی بدتر گندی گندی باتیں بروئے کار آئیں، پھر ان سب باتوں سے صرف نظر کر کے لوگ پرائے مال اور متروکہ جائیدادوں پر نظریں گاڑ کر بیٹھ گئے تھے۔ تو یہ تو پھر اپنا مال تھا کہ چھوٹا ملک محروم قرار پایا تو پھر اس کے حق کے حصوں بخروں میں انہیں بھی تو مستحق قرار دیا گیا۔ آمنے سامنے کے رشتوں کی ٹیڑھ اس وقت کام آرہی تھی اور اس تمام قصے کو تازہ اور گاہے بگاہے بیان کرتے رہنے کے عمل میں سب سے پیش پیش وہی تو تھیں۔ خالص دم دماتے سونے کی چوڑیاں اور کڑوں سے بھری بھری کلائیوں اور ہاتھوں کو نچا نچا کر بات کو تازہ دم کرتی تھیں۔ اور اس طرح کی آتش غضب کو ہوا دے کر پارسی خاندانوں کے گھروں کے آتش کدوں کی طرح سرو نہ ہونے دیتی تھیں۔ سو اس طرح سے پہلے سگمنٹ کی پہلی اپی سوڈ ہی آن ایئر چل رہی تھی۔ اسکینڈل تازہ بتازہ اور زندہ و تابندہ چل رہا تھا۔ وہ بھی اپنوں ہی کے ہاتھوں۔ البتہ چھوٹے ملک اور اہل خانہ کے درمیان جو خالی اسکرین آگئی تھی وہ بدستور حائل رہی۔ جو کچھ یوں کہا اور کیا جاتا تھا وہ پس آئینہ اور پس اسکرین تھا۔ بہرحال چھوٹا ملک اور اس کی منکوحہ بیوی شیلا تقریباً بیس سال اس منظر سے غائب رہے چھوٹا ملک اس عرصہ میں کیا کرتا رہا۔ آیا اس نے مستقبل اور آئندہ زندگی کی کوئی منصوبہ بندی کی بھی یا نہیں۔ اس بارے میں اس کے متروکہ علاقے کے لوگ کوئی بیان دینے سے قاصر تھے۔ اس لئے کہ گھر بدری اور عاق ہونے کے بعد چھوٹے ملک اور اس کی زوجہ نے اس علاقے کی حدود میں قدم رکھا ہی نہ تھا بیس سال گزرنے کے بعد تک۔ ویسے اندازاً تو یہی کہا جاسکتا تھا کہ یہ منصوبہ بندی اور آگے پیچھے کی سوچ کی صلاحیت اس کے اور اس خاندان میں سرے سے موجود نہیں تھی کہ دو دو ملوں اور شہروں اور دیہی علاقوں میں موجود وسیع رقبوں والی اراضیات اور کوٹھیوں کی موجودگی میں یہ دردسر کون مول لیتا۔

سو اندازاً قیاس کیا جاتا ہے۔ عاق شدگی کے چند ابتدائی سالوں میں ممتا کی مجبوری اور اس کے جبر کے تحت ملکائن چوری چھپے کچھ رقم پرانے معتمد ڈرائیور کے ہاتھ چھوٹے مالک کو بھجواتی رہی ہوگی اور یہ کہ استاد سسر بھی ان دنوں اپنے پورے فارم میں تھے اور بڑے طمطراق سے اپنے ہنر کے حوالے سے قسمت آزمائی فرمارہے تھے۔ ان کو شیلا اور اس کے خاوند کی گھر دامادی پر اعتراض نہ تھا بلکہ چپکے چپکے اس بات پر بڑا فخر تھا کہ شہر کے اتنے اونچے گھرانے کا بیٹا ان کا داماد ہے چلو وہ عاق شدہ ہی سہی۔

عاق شدہ داماد اپنے پینے اور ریس کے شغل کو بھی کسی نہ کسی طور پر نباہتا ہی رہا ہوگا۔ ان تمام بیس سالوں میں چھوٹا ملک ایک بار ہی اپنے آبائی گھر میں قدم رکھنے کی جرات یا حماقت کا مرتکب ہوا تھا۔ موقع یہ تھا کہ باوجود کم تعلیم یافتہ ہونے کے چھوٹا ملک اخبار صبح صبح دیکھنے کا اسی طرح عادی تھا جیسے پینے پلانے یا ریس کھیلنے کا۔ اس روز صبح صبح اخبار دیکھا تو شہر کے معزز گھرانوں کے اچھے برے اعلانات کے کالم میں بڑے ملک صاحب کے راہی ملک عدم ہونے کی خبر پر نظر پڑی۔ بیٹا تو بیٹا ہی ہوتا ہے۔ اخبار ہاتھ سے چھوٹ کر گر پڑا۔ آنکھوں سے آنسو چھلک پڑے، خبر میں نماز جنازہ کا وقت بھی دیا ہوا تھا، نہا دھو کر تیار ہوا۔ سفید شلوار قمیص زیب تن کی اور ٹیکسی لے کر گھر کی طرف چل پڑا۔ پورچ میں رکھا جنازہ بھائی، بھتیجوں اور بیٹوں کے کندھوں کا منتظر تھا۔ گھر کے باہر کاریں ہی کاریں کھڑی تھیں۔ دبے قدموں وہ گیٹ کی جانب بڑھا۔ سیدھا پورچ میں پہنچا۔ اندر سے عورتوں کے رونے دھونے کی ملی جلی آوازیں چلی آتی تھیں کلمہ شہادت کی آواز کے ساتھ پلنگ کا پایہ چھوا ہی تھا کہ ملک صاحب کے منجھلے داماد نے لپک کر اس کو دور ہٹا دیا اور ان کے بھائی سے مخاطب ہو کر بولا۔ چاچا جی! اس کو کس نے خبر دے دی۔ چاچا جی نے حلیمی سے سر کے اشارے سے کہا۔ اسے منہ دیکھ لینے دو۔ "مگر میں اپنے باپ کو کندھا ضرور دوں گا۔"

یہ نہیں ہوگا۔ مرحوم تم کو عاق کر چکے تھے۔ منجھلا پھر غرا کر اس کی طرف بڑھا جب کہ بڑے اور چھوٹے داماد نے خاموشی اختیار کی اس لئے کہ وہ ان کے بھائی اور بہن کے بیٹے تھے۔ یہ کنبے سے باہر کا تھا۔ اس کا حق نہیں بنتا تھا۔ البتہ اس کے عاق نامے کے اعلان کے بعد سننے میں آرہا تھا کہ اس کے حصے میں سے کچھ حصہ اس بہن کو دیا جانے کا امکان ہے۔

منجھلے داماد کے تیور دیکھ کر ایک کم حیثیت بوڑھے رشتے دار نے اس کو قریب بلا کر کہا، ملک ذوالفقار یہ وقت جھگڑے اٹھانے کا نہیں۔ بہتر ہے کہ تم ہٹ جاؤ۔ تمہاری پہلے ہی جگ ہنسائی ہو چکی ہے۔

پر مذہب کی رو سے تو عاق نامے کی کوئی حیثیت نہیں۔

جانتا ہوں زمین، جائیداد والوں کا مذہب۔ یہ کہتے کہتے انہوں نے منہ بند کر لیا۔

بات سنیں آپ میری۔ ماما نذیر۔ آخر یہ سارے دنیا بھر کا لفنگا پن کریں تو خیر، کوٹھوں پر جائیں۔ رکھیلیں رکھیں، بیویوں کی موجودگی میں اور جو میں نے ایک غریب اہل کتاب کی لڑکی سے نکاح کر لیا تو کیا قیامت ہو گئی؟ اس برادری میں کتنی میمیں آئی ہیں، ان کو کیوں عاق نہیں کیا گیا۔

بیٹے ذوالفقار یہ وقت ان باتوں کا نہیں، اونچی آواز سے بولو گے تو بے حرمتی ہوگی، میت کو بھی اور اس کے گھرانے کو بھی، نرمی سے اس کا بازو پکڑ کر وہ اس کو کوٹھی سے باہر لے آئے۔

● سات سال بعد

ایک بار پھر اس کوٹھی میں داخل ہوا تھا جس کی ملکیت کے حق حقوق اور جس میں داخلے کے حق سے اس کو محروم کر دیا گیا تھا۔ آج وہ آیا تھا تو اس کے ساتھ سات سالہ ملک افتخار بھی تھا۔ آج کے داخلے کا سبب بڑی مالکن کی وفات تھی۔ باپ کی میت کو کندھا دینے کے خیال سے وہ ڈرتے ڈرتے، جھجھکتے داخل ہوا تھا اور وہاں سے وہ دھکے دے کر نکال دیا گیا تھا۔ پر آج وہ پورے اعتماد اور جمے قدموں سے آیا تھا۔ سیدھا گیلری سے گزرتا ہوا، لاؤنج میں داخل ہوا جہاں کا فرش اٹھا دیا گیا تھا اور جنازہ رکھا ہوا تھا۔ اگر چہ وہ ملک صاحب کے موقع والی رونق نہ تھی پھر بھی گہما گہمی تھی۔ عزیز رشتہ داروں کے علاوہ دو بڑے بیٹوں اور تین بیٹیوں کے سسرالی ناطے دار سمدھیانوں سے گھر بھرا ہوا تھا۔ اس کا گیلری میں قدم رکھنا تھا کہ ایک کھلبلی سی مچ گئی۔ دونوں بھاوجوں نے تو آگے بڑھنا مناسب ہی نہ سمجھا کہ مورچہ سنبھالنے کو باجی فاخرہ کم نہیں تھیں اور صاف بات یہ ہے کہ ان کو تو اس نمٹنے میں پڑنے کی ضرورت بھی نہ تھی کہ ان کو تو ساس کا چالیسواں کر کے فلائی کر جانا تھا، ایک کو سنگاپور اور دوسری کو نیروبی، خاوند کے کاروبار ادھر ہی تھے۔ اب امی جی کے بعد اس گھر میں بیٹھنے اور اس کو کھلا رکھنے کی ذمہ داری ان پر اور ان کے نکھٹو شوہر پر ہی عائد ہوتی تھی۔ اس وقت بھی ان کے پلنگ کی پٹی سے لگی بیٹھی سونے کی ان چوڑیوں کو گن رہی تھیں اور ان کا وزن جوکھ رہی تھیں جو امی جی کی چوڑی اور فربہ کلائیوں سے کاٹ کر اتاری گئی تھیں۔ فاخرہ باجی کے نکھٹو اور برادری سے باہر کے شوہر کمروں میں بچھے قیمتی اور پرانے اور کاشانی قالینوں اور برما اور سنگاپوری لکڑی سے تیار شدہ فرنیچر کو ابھی سے اپنی ملکیت جان کر اس کی دیکھ بھال میں معروف تھے۔ چھوٹے ملک پر نظر پڑتے ہی انہوں نے باجی فاخرہ کو اشارے سے بلا کر بارعب انداز میں سوال کیا۔ یہ پھر آ گیا۔ آخر اس کو خبر دی کس نے۔ کیوں خبر دینے کی ضرورت کیا تھی۔ بڑے گھرانے کی موت کی خبر اخباروں میں آتی ہی ہے۔ باجی فاخرہ بھی کوئی موقع ان کو یہ جتانے سے نہ چوکتی تھیں کہ وہ بڑے گھرانے کی ہیں اور ان کے نکھٹو خاوند چھوٹے گھرانے کے ہیں۔ ان کے مقابلے کے نہیں۔ یہ کہتی ہوئی باجی فاخرہ نے اشارے سے دونوں بہنوں کو بلایا اور وہ ماں جی پلنگ کے ادھر ادھر جا کھڑی ہوئیں تو پھر باجی فاخرہ گرجیں۔

تم کو معلوم ہے ملک ذوالفقار کہ تم اس عاق نامے کی رو سے اس کنبے سے باہر ہو چکے ہو۔ انہوں نے عاق نامہ کی وہ کٹنگ بھری محفل کے سامنے نچائی جو آج سے دس سال قبل مقامی اخبار میں شائع ہوئی تھی اور اب اس وقت ان کے شوہر نے اپنے والٹ سے نکال کر ان کے ہاتھ میں تھمائی تھی۔

''ہاں بالکل جانتا ہوں اور یہ بھی جانتا ہوں کہ یہ عاق نامہ ملک مختار نے دیا تھا، میری ماں نے نہیں جاری کیا تھا۔ میں یہ بھی جانتا ہوں کہ ہمارے مذہب میں ایسے عاق ناموں کی کوئی گنجائش نہیں۔

پھر بھی میں اپنے باپ کے فرمان کا پابند ہوں۔ پھر وہ گرج کر بولا میں اس وقت اپنی ماں کی قدم بوسی کو آیا ہوں جن کے قدموں تلے میری جنت ہے اور اس کے پوتے ملک افتخار کو اس کی دادی کا منہ پہلی اور آخری بار دکھانے لایا ہوں"۔ یہ کہتا ہوا وہ سب کو ہٹاتا ہوا آگے بڑھا اور اس نے اپنی آنکھیں اپنی ماں کے قدموں تلے لگا دیں، کہنے والے کہتے ہیں کہ اس دم کئی نرم دل بیبیاں اپنے آنچل اپنی آنکھوں پر رکھ کر سسکیاں بھرتی ہوئی باہر نکل گئیں۔ پر جو مالی اور ملکیتی مفادات سے مجبور نہیں تھیں وہ سپاٹ چہرے اور خشک آنکھیں لئے کھڑی رہیں۔ چھوٹے ملک نے اپنے بیٹے کو ماں کے قدموں میں جھکایا اور اس کا ہاتھ پکڑے باہر نکل گیا۔ تب باجی فاخرہ نے حقارت سے کہا۔

بڑا رام جی بنا تھا۔ بن باس لے کر کیا خیال تھا اس کا کوئی بھرت سنگھاسن پر اس کی کھڑاویں رکھ کر اس کی راہ دیکھے گا۔ تب ماما یوسف اپنے تانبے کی طرح تپے ہوئے چہرے پر سفید برف سی مونچھیں سجائے آگے بڑھے۔ فاخرہ بی بی تو فکر نہ کر یہ اب کبھی لوٹ کر نہ آئے گا۔ یہ رام جی نہیں کہ اپنی کھڑاویں چھوڑ کر بن باس کو نکلے اور چودہ سال گزار کر راج محل کو لوٹ آئے اور وہ بھی مجبور لاچاری کو۔ دیکھ بی بی کبھی کبھی ہم ہی جیسے عام بندوں میں ایسے لوگ بھی پیدا ہوتے ہیں جو اپنے ماحول سے اپنے گرد و پیش سے گھبرا کر خود رضا سے جوگ لے لیتے ہیں کبھی شاکیہ منی گوتم کے روپ میں کپل وستو کے راج محل سے راتوں رات نکل بھاگتے ہیں اور کبھی ابراہیم ادہم بن کر اپنی بادشاہت چھوڑ چھاڑ کر دریا کنارے گدڑی گانٹھنے جا بیٹھتے ہیں۔ سو بات سن یہ میری بہن کا پوت بھی اپنی رضا سے اپنا مقصد لے بیٹھا ہے۔ بی بی تم سب حق دار بے دھڑک اور بیدرد ہو کر اس راج سنگھاسن کو سنبھالو۔

کتنی سچ بات کہی تھی ماما یوسف نے۔ اس بات کے پورے بیس سال تک کسی نے ملک ذوالفقار کی جھلک بھی نہ دیکھی تھی۔

اب اس اثناء میں وہ کیا کچھ کرتا رہا تھا اور گذر اوقات کے لئے کیا کیا وسائل اور ذرائع چھوڑتا پکڑتا رہا تھا۔ اس نے اس کام اور پیشے سے کنارہ کیا جس نے اس کو یہ دن دکھائے تھے یعنی اس نے جوکی کے پیشے اور کام کو ترک کیا جس نے اس کو یہ دن دکھائے اور جسے اس نے اپنے خسر پیٹر پال کے گھوڑے سے گرنے اور کام کے قابل نہ رہنے کے بعد اپنا لیا تھا۔

وجہ یہ تھی کہ وہ اب ریس کورس کے ماحول سے اکتا گیا تھا۔ اس کو یہ خیال آتا کہ ایک زمانہ تھا کہ یہاں سے اس کے گھرانے کے اپنے گھوڑے پلتے اور ریس کے لئے تیار کئے جاتے تھے اور شیلا کا یہ باپ پیٹر پال بڑے ملک صاحب کا بڑا پسندیدہ اور خاص جوکی تھا۔ چھوٹے ملک کو انہوں نے خود اس کی شاگردی میں دیا تھا۔ یہ اور بات ہے کہ پھر اسی پیٹر پال کی وجہ سے انہوں نے اس کو عاق نامے کے ذریعہ بے دخل کیا۔ گھر سے بے گھر اور محروم آسائش کیا۔ خیر وہ بات تو ملک صاحب اور ملکانی کے مرنے کے بعد

آ ئی گئی ہوئی۔ تاہم اس میں شک نہیں کہ اس بات نے چھوٹے ملک کا بیڑا ہر طرح غرق کیا۔ ملکانی زندہ تھی تو ہزار دو ہزار چوری چھپے بھجوا دیتی تھی۔ اب تو یہ حال تھا کہ جیب خالی تھی۔ ہاتھ کوئی ہنر نہ ڈگری۔ روز بروز چڑچڑا اور صورت سے بے صبر ہوتا چلا گیا۔ پیٹر پال کا گھرانہ سوائے شیلا کے اب اس کو ایک ناگوار بوجھ کے طور پر کسی نہ کسی طرح برداشت کرتا تھا۔ اب پیٹر پال کے چارپائی پر پڑ جانے سے تو ہر کسی کو سارا قصور اور ساری خطا اسی کی نظر آنے لگی تھی اور خاص طور پر ساس تو اپنی مخصوص زبان کی ساری ناگفتہ بہ اصطلاحوں کا نشانہ بنائے رکھتی تھی۔ اتنا کہ اُوب گیا۔ پانی سر سے اونچا ہونے لگا تو بھرے گلے سے شیلا سے کہنے لگا۔ ''شیلی مجھے احساس ہے کہ میں نے تجھے بھی اپنے ساتھ تختی میں ڈالا ہوا ہے۔ سوچ رہا ہوں تجھے آزاد کر دوں۔ اور تم اپنے گھر والوں کی پسند اور مشورے سے دوسری شادی کر لو'۔ پر وہ تو شیرنی کی طرح بپھر گئی۔ ہونہہ.........سوچ رہا ہوں بڑا آیا چھوٹا ملک کہیں کا۔ جانتی ہوں اپنی جائیداد اور عیش یاد آرہے ہیں مجھ سے پیچھا چھڑا کر اپنوں سے جا ملے۔ پر یاد رکھنا میں اتنی آسانی سے پیچھا چھوڑنے والی نہیں۔ یہ بتا تو مجھ سے پیچھا چھڑا لے گا اور تیرے کہنے سے میں کسی اور کے گھر بیٹھ جاؤں گی پھر کبھی سوچا ہے اس ملک افتخار کا کیا بنے گا۔ کہہ سکتا ہے تو یقین سے کہ تیری بہن اور چاچا تائے تجھ کو بڑے ملک کا وارث قبول کر لیں گے۔ سوچ لو.........میں عورت نہیں آسیب ہوں۔ اس سے پہلے میں تجھے خود اپنے ہاتھوں سے موت کی نیند سلا دوں گی۔ وہ اپنے مختصر سے سراپا اور نازک سے وجود کے ساتھ اس کے سامنے آگ کی سلگتی ہوئی لاٹھ بنی کھڑی تھی۔ اتنی کہ وہ ہنس پڑا تھا۔ اپنے شدید کرب کے باوجود گلے سے چمٹا لیا تھا۔ '' کمینی! تو مجھے اتنا گھٹیا اور نیچ سمجھتی ہے کہ میں اس بے وفا، ٹُر کے اور وراثت کے لئے اپنی اتنی بڑی دولت چھوڑ دوں گا۔ تو، تو میری محبت کا دریا ہے۔ جس کی موجوں میں سونے کی دھاریں سنگ سنگ چلتی ہیں اور یہ ملک افتخار نہیں موجوں کے دھارے کا پلا ہوا موتی ہے۔ میں اسے ان جھوٹے سہاروں کے بدلے چھوڑ دوں گا۔ اری پگلی محبت کے بوٹے کو تو دکھوں کی کھاد ہی راس آتی ہے۔ اس کے بل پر ہی تو یہ بوٹا بنتا ہے۔'' اس کی اُلجھی ہوئی زلفوں کو اس نے اپنی لرزتی ہوئی انگلیوں سے سلجھاتے ہوئے تسلی دی۔ '' بات یہ ہے کہ میں تیری ماما اور پاپا کی گالیوں اور طعنوں سے گھبرا جاتا ہوں''۔

'' بکنے دو سب کو۔ میں خود کتنے ہی دن سے سوچ رہی ہوں۔ ہم اپنے دکھ درد کے سنگی ہیں۔ ان پر بوجھ تو نہیں۔ چلو ہم اپنی چھوٹی سی دنیا کی خود کھوج لگائیں۔ میں تمہارے ساتھ ہوں۔''

پھر وہ مطمئن ہو کر اپنے اپنے کام بتانے لگے۔ اس تمام دن شیلا کے لبوں پہ یہی بول گنگناتے رہے۔

لٹ الجھی سلجھا جا رے بالم۔ ہاں تو قارئین یا ناظرین۔

اب اس کے بعد جو ہوا سو ہوا۔ میں اس کی نہ ہی تو عینی شاہد ہوں نہ اس کی تفصیل یا جزئیات

کے معلوم کرنے کا مجھے شوق تھا۔ میں تو بس اتنا ہی سن لینا بہت سمجھتی تھی کہ چھوٹے ملک نے پیٹر پال کا گھر اس طرح چھوڑا جس طرح روح بیمار جسم کو چھوڑ جاتی ہے۔ پر شیلا اور افتخار ملک تو اس کے جسم وجان کا حصہ تھے۔ سو وہ بھی اس کے ساتھ ہی نکلے۔

اب بے ہنر اور کم سواد ملک نے اور دھندا کیا کرنا تھا۔ ایک طرف خاندان کی ساکھ اور وجاہت کا خناس دماغ سے نہ نکلا دوسری طرف پیٹ کا سوال تھا۔ پھر بھی وہ کوئی کھوکھا لے کر تو نہ بیٹھ سکتا تھا۔ بھلے انہوں نے مجھے عاق کر دیا ہے۔ میرا منہ دیکھنا گوارا نہیں پر میں تو ان کی ساکھ اپنے ہاتھوں مٹی میں رول نہیں سکتا۔

سو اب رہ کیا گیا تھا اس کے کرنے کو وہی پھنڈے بازیاں، جھوٹے اور جعل سازی کے مقدموں میں جھوٹی گواہیاں، جھوٹے حلف اٹھانا بس یہی تو اس کا ذریعہ معاش رہ گیا تھا اور تھا اتنا کٹھور کہ جھوٹے حلف اٹھا کر کبھی اللہ تعالی سے معافی نہ مانگتا، کہتا تھا کہ اللہ کو کیا پڑی ہے کہ وہ میری پھنڈے بازیوں کو بیٹھا معاف ہی کرتا رہے۔ خیر میں اب اتنا بھی بے غیرت نہیں کہ بس جو کماتا وہ کھا پی کر اللے تللے بازیوں میں اڑاتا گیا۔ اور شیلا کون سی ایسی گھر گھرہستن تھی کہ آگا پیچھا سوچ کر کچھ جوڑ بچا کر رکھتی۔ وہ تو ریسیوں اور جاکیوں کے درمیان زندگی گزار کر آئی تھی کہ آ گیا تو لہر مہر نہیں تو نقر فاقہ۔ اسی طرح گذر گئی گذران کیا جھونپڑی کیا میدان۔ پر جب ملک افتخار قد نکالنے لگا تو اس کو خیال آنے لگا تھا۔ آج بچہ ہے کل جوان ہوگا بہو آئے گی تو ہمارا کوئی ٹھکانہ نہیں۔ ستر کی دہائی میں مکانوں کے کرائے پگڑیاں اوپر سے اوپر کو جانے لگیں۔ کرایہ نکالنا بھی دشوار ہو گیا۔ ملک کو تو اب مقدموں، پیشیوں کا چسکا لگ گیا تھا۔ ویسے ہی اللہ واسطے گواہیاں دینے لگا تھا......اور لوگ تو ذرا پانی ترتا دیکھیں ہر کوئی اپنا دکھڑا سناتا اور ملک جی کا دل پسیج جاتا۔

ملک افتخار، پڑھنے میں خاندانی طور پر ڈل اور کوڑھ مغز تھا۔ کچھ کر ہی نہ پار ہا تھا تو اس کو مجبورا ایک ورکشاپ میں ڈال دیا۔ ان دنوں فیکٹریاں اور کارخانے دھڑا دھڑ ابند ہو رہے تھے۔ تالہ بندی عام تھی، نہیں تو ڈھنگ ٹھکانے کی کوئی نوکری لگ ہی جاتی۔ اپنے کارخانے بند کر کے حکومت بیروزگار ہنر مندوں سے نجات پانے کے لئے ان کو دھڑا دھڑ ادبئی کے ویزے دے دے کر، سر سے بلا ٹال رہی تھی۔

سو ملک افتخار بھی سولہ سال کی عمر میں ٹل گیا۔ ورکشاپ میں اچھا خاصہ کام سیکھ لیا تھا۔ اب شیلا کو یہی رٹ لگ گئی کہ گھر ہوتا تو اس کا گھر بسا دیتے۔ ہم نے تو اپنی بے گھری کے خیال سے اس کے سوا دوسرا بچہ پیدا نہ کیا۔ اب کیا اپنی نسل بھی نہ آگے آنے دو گے۔ اب میں کسی سلم میں تو جا کر رہنے سے رہا۔ وہ یہی جواب دیتا۔

ارے تو یہ جو تمہارے اتنے بڑے بڑے گراؤنڈ خالی پڑے ویران ہو رہے ہیں، کتے لوٹ

رہے ہیں تم اس کے کسی کونے میں ایک جھلک بھی نہیں ڈال سکتے۔

تو جانتی تو ہے کہ تیری وجہ سے بڑے ملک صاحب نے میرا عاق نامہ جاری کر دیا۔ یہی ایک بات تو تھی جو شیلا کو کھائے جاتی تھی۔ جہاں تک چھوٹے ملک کی بات تھی وہ بھی درست تھی اس نے اول تو کوئی کام ٹک کر کیا ہی نہیں آور جو کوئی پھنڈے بازی یا الٹ پلٹ کر کام کرتا بھی تو بس پیٹ بھر روٹی ہی کھانے کو کما لیتا۔ ادھر باجی فاخرہ کے نکھٹو شوہر کو اللہ نے لمبی حیات اور لمبی فرصت دی تھی۔ اب بڑے ملک اور ملکانی کی کوٹھی پر باجی فاخرہ اور ان کے شوہر ہی مقیم تھے، مدت سے، یعنی باقی تین بھائیوں کے ملک سے باہر کینیڈا، سنگاپور اور ہالینڈ جا کر بسنے کے بعد اور باجی فاخرہ کے شوہر اتنے سمارٹ کہ ان بیس سالوں میں انہوں نے ایک دن بھی ایسا گزرنے نہ دیا کہ اس منحوس عاق نامے اور ملک کا ذکر نہ کرتے ہوں اور جب سے ملک افتخار نے قد نکالنا شروع کیا تو باجی فاخرہ بھی چوکنی ہونے لگیں ہر روز جانماز پر بیٹھ کر درد ناک آواز میں سارا قصہ دہرا کر شیلا کو بد دعا دیتیں۔

شیلا بندی تیرا ککھ نہ رہے۔

یہ بات شیلا تک پہنچی تو وہ ہنس کر بولی۔ میرے پاس ہے کیا سوائے ان دو باپ بیٹوں کے۔ سو وہ بھی میرے تو نہیں ان ہی کا مال ہے۔ ان کے باپ دادا کی نسل ہے پر جن کا مال تھا ان کا یہ حال کہ باجی فاخرہ کو یہ بھی گوارا نہ تھا اس علاقے کی بالشت بھر زمین پر بھی ملک افتخار کا پیر پڑے۔ وہ جب بھی چھوٹے ملک یا اس کے بیٹے کو اس علاقے کے آس پاس منڈلاتے دیکھتی تھیں، ہوکیں اٹھنے لگتی تھیں ان کو، گھڑی گھڑی لوٹا اٹھائے غسل خانے کی طرف دوڑنے لگتیں۔

چھوٹا ملک بھی ایک ضدی۔ آخر کو اس کے کان میں بھی ہر ایک بات پڑتی تھی اس نے بھی قسم کھائی تھی کہ کٹیا ڈالوں گا تو اسی گھر کے سامنے۔ سو اس نے ملک افتخار کو ایئر کنڈیشن اور ٹی وی کی مرمت کا کچا پکا کام سکھا کر قرض دلا کر کے کویت بھجوا دیا تھا۔ یہ بھی جانتا تھا کہ شیلا کے لاڈ پیار نے زلفی کو ایسا بنا دیا ہے۔ یہی وجہ ہے کہ اس کے بھیجے ہوئے پہلے دو ڈرافٹوں کی رقم سے اس نے کوٹھی کی بغل میں ابھرنے والی کچی آبادی میں تقریباً دو مرلے زمین خرید لی۔ تقریباً دو مرلے پورے تو کیا تھے کرتے کی کلی کی صورت میں ایک آڑا ترچھا قطع زمین تھا جس پر اس نے بڑی محنت اور دماغی کاوش سے چھوٹی سی بنگلہ نما کٹیا بنا ڈالی تھی۔ ان دنوں اس نے لگاتار اتنی محنت سے ہر قسم کا کام دل لگا کر کیا جتنا زندگی بھر نہ کیا تھا۔

اس طویل داستان نما قصے کو لپیٹنا اس طرح سے پڑے گا کہ پہلے تو یہ بتانا پڑے گا کہ چھوٹے ملک کے اس فعل سے سب سے زیادہ اپ سیٹ جو شخص ہوا وہ باجی فاخرہ اور ان کے نکھٹو گھر جوائی قسم کے شوہر تھے۔ باجی فاخرہ دن میں کئی بار اپنی رانوں پر ہاتھ مارتیں وہ بھی جانماز پر بیٹھ کر۔ آئے ہائے اس کو کس نے یہ صلاح دے دی۔ یہ تو ہماری ہی چھاتی پر مونگ دلنے آن بیٹھا۔ وجہ بے چینی کی یہ تھی وہ خود

بڑی مالکن کے مرتے ہی بجی سجائی کوٹھی میں آن بیٹھی تھیں۔ شوہران کے بڑے ملک صاحب کے شیورلیٹ سے لے کر چھوٹی بڑی تمام گاڑیاں اڑائے پھرتے تھے۔ لڑکے ان کی خود اپنی گاڑیاں چڑھ کر کالجوں میں پڑھنے جارہے تھے اپنے خیال میں جب کہ چھوٹے ملک کا اکلوتا بیٹا اسی علاقے کے سامنے والی سڑک کے اس طرف ورکشاپ میں گاڑیوں کی مرمت کا کام سیکھتا تھا۔ اور وہیں سے اٹھ کر کویت یا دبئی پہنچا تھا۔

چھوٹا ملک اور شیلا، ملک افتخار کی ملازمت اور اپنی معمولی سی اوقات پر اس حد تک مطمئن ہوگئے کہ وہ اس کی فوری شادی کی بات کرنے اور سوچنے لگ پڑے تھے۔ باجی فاخرہ اس سب سے بے خبر تو وہ نہ رہ سکتی تھیں۔ ایسی خبریں دھوبی مالی اور ڈرائیور کی اہل خانہ یعنی گھر والیوں کی زبانی پہنچتی ہی رہتی تھیں اور یوں ان کی وحشت اور بے کلی بڑھتی ہی جاتی تھی۔

اللہ خیر کرے اب یہ اس علاقے اور زمین پر بیٹھ کر اپنی فصل بوئے گا اور نسل اٹھائے گا۔ سب اس درجہ بے کلی کا یہ بھی ہوسکتا تھا کہ بڑے بھائی جو شروع سے زمینوں کی آبادی کے لئے وہیں جا بیٹھے تھے کبھی کبھار آتے تو ان کے منہ سے یہ نکل جاتا کہ بھائی ابا جی نے چھوٹے ملک کو عاق کیا تھا پر اس کی اولاد کس طرح عاق نامے کی زد میں آسکتی ہے وہ تو...... وہ بات پوری نہ کرپاتے کہ باجی فاخرہ اور ان کے میاں اتنا بولتے اتنا بولتے کہ وہ سختی سے منہ بند کرلیتے تھے۔ ویسے بھی وہ اور ہی رستے پر چل پڑے تھے۔ داڑھی چھوڑلی تھی وہ بھی بنگلے کا پر نظر آتی ہے۔ مسجد جا کر باجماعت نمازوں پر اصرار کرنے لگے تھے۔ کہتے ہیں کہ وہ تو اب گھر میں لٹھے کی تہ بند باندھ کر پھرنے لگے تھے۔ تینوں بیٹے باہر نکل گئے تھے، کوئی ڈاکٹر کوئی انجینئر بن کر کینیڈا، جاپان اور کوریا کے عوام کی خدمت کرنے۔ بیٹیاں خود انہوں نے جان بوجھ کر باہر کے لڑکوں کو بیاہی تھیں۔

ان کی حیات بے ثبات کے یہ تمام ویک پوائنٹ باجی فاخرہ کے شوہر کی نوک زبان پر تھے سو اب وہ دل کھول کر ان کا نفسیاتی تجزیہ کرتے رہتے تھے۔ ان کا کہنا تھا کہ وہ وقت سے پہلے ہی Senile ہوچکے ہیں۔

باجی فاخرہ کی دہشت یوں بڑھی کہ جب انہیں اطلاع ملی کہ ان کا بیٹا چھٹی پر آئے گا تو شیلی اپنے بیٹے کا بیاہ رچائے گی اس خاندان کے حوالے سے۔ اسی دہشت کے عالم میں انہوں نے فیصلہ کرلیا تھا کہ اب وہ یہ کوٹھی بند کرکے اپنے ڈیفنس والے بنگلے میں منتقل ہوجائیں گی جو ان کے شوہر نے چھوٹے ملک کے حصے کی دو کنال زمین بیچ کر اس کے حصہ کی فصلوں سے آنے والی رقم سے تیار کروائی تھی۔

افتخار کی شادی کا قصہ بھی بڑا عجیب اور باجی فاخرہ کے لئے دل شکن تھا...... وہ ہوا یوں کہ ایک سال پہلے کی بات ہے کہ ایک روز ذوالفقار ملک (وہ اپنے کو ملک نہیں کہلواتا تھا اور اس کی اس حرکت پر باجی فاخرہ کے شوہر حد سے زیادہ مطمئن ہوئے تھے......) کسی سوچ میں گم کچھ آزردہ سا چلا جارہا تھا کہ

ایک ٹیکسی سے کسی نے ہاتھ نکال کر اشارے سے روکا اور اگلے ہی لمحے جو شخص ٹیکسی سے کود کو باہر آیا وہ ملک نسیم تھا اس کے چاچے کا بیٹا۔ پچھلے بیس برسوں سے جرمنی میں رہ رہا تھا۔ صرف ایک بار اپنے ابا جی کے مرنے پر آیا تھا۔ اپنی عاق شدگی کی بنا پر ذوالفقار نے چاچا جی کو گھر بیٹھ کر ہی رو لیا تھا۔ لڑکپن میں نسیم ملک ہی اس کا بانی تھا۔ ٹیکسی سے باہر نکلتے ہی اس نے زلفی پر جھپاڑ الا اور بڑی دیر پرنم آنکھوں سے اس کو گلے لگائے کھڑا رہا تھا۔ کچھ دیر گم سم رہنے کے بعد چھوٹے ملک نے زباں کھولی۔ سناؤ ملک نسم کیا حال ہے۔ تو اپنی کہہ یار۔ بہت ماڑا ہو گیا ہے۔ چل نا تو کہاں رہتا ہے وہاں لے چل مجھے تو کوئی بات ہو۔ ہاتھ پکڑ کر ٹیکسی میں بٹھایا اور بولا ہن دس کتھے چلئے۔

ارے ملک نسیم تو ابھی بھی پنجابی وچ گلاں کر سکنا ایں، حیرت سے ایک ٹک اس کو دیکھا تو وہ افسردگی سے ہنس پڑا۔ اردو، پنجابی، پشتو، جو مانگو حاضر مال ہے۔

ملک نسیم اپنے ساتھ کھیلے کودے چھوٹے ملک کا کلی نما قطعہ زمین پر بنا ہوا بنگلہ دیکھ کر بہت خوش ہوا۔ شیلا نے اپنی ساری تخلیقی قوتوں کو استعمال کر کے اس بنگلے کو سجایا تھا۔ ٹین کے سائبان کے چوبی ستونوں پر خوبصورت بیلیں لپٹی ہوئی بڑی خوش گوار لگ رہی تھیں۔ ملک نسیم نے شیلا کے آگے قدرے جھک کر سلام بھابی جی کہا تو شیلا کی آنکھوں میں آنسو آ گئے، زندگی میں پہلی بار اس خاندان کے کسی فرد نے اس کو بھابی جی کے نام سے مخاطب کیا تھا۔

آدمی کا دل بھی کتنا نازک اور تھوڑا ہوتا ہے۔ پھر دونوں بہت تنگ، تاریک اور مختصر سے ڈرائنگ روم میں جا بیٹھے۔ مدتوں کے بعد چھوٹے ملک کو کسی نے خونی رشتہ کے ناطے پہچانا... اور اس کے گھر تک بن بلائے آیا بھی۔ اس واردات نے اس کو گم سم کر چھوڑا تھا۔ اچھا بیٹے کی سناؤ۔ نسیم نے ہی ابتداء کی۔ 'کویت میں ہے' بھرے گلے سے مختصر جواب دیا۔ اچھا سیٹ ہے نا؟ اچھا کما رہا ہے۔

ہاں بس کچھ دال روٹی کا سہارا ہمیں بھی دے رہا ہے۔

میں نے تو اس کو بہت ہی چھوٹا سا دیکھا تھا جب تم چاچی جی کے جنازے پر لائے تھے۔

کمرے کے کونے والی شیلف پر اس کی تصویر فریم میں لگی ہوئی تھی۔ اچھا نوجوان نکل آیا تھا، وہی خاندانی قد کاٹھ، وہی موٹی موٹی سی آنکھیں اور گھنی سیاہ مونچھیں...... چھوٹے ملک نے اشارے سے کہا یہ تصویر ابھی کویت سے ہی بھیجی ہے۔

ہونہہ! ہونہ ملک نسیم بے چینی سے اپنے دونوں گھٹنے ہلاتا رہا۔ باتوں کے لئے دونوں کے پاس رکھا ہی کیا تھا۔ وہ لڑکپن کا جو لفنگا پن تھا وہ ایک جو تھا وہ جرمنی ہی کی گردشوں کی بھینٹ چڑھ چکا تھا۔ دوسرا جو تھا اس نے وطن میں رہ کو ٹھوکروں اور نفرتوں کی نذر کر دیا تھا۔ بس دونوں چپ بیٹھے رہے۔ اس چپ کو شیلا نے آ کر توڑا۔

کھانا لگ گیا ہے ملک جی، آج اس کے چہرے پر نئی نویلی دلہن والا روپ تھا جس کے گھر پہلے پہل کوئی سسرالی آیا ہو۔

چھوٹی سی میز پر کھانا اتنے سلیقے سے چنا گیا تھا اور وہ بھی انتہائی لذیذ......کوفتے، کڑھی اور مٹر پلاؤ، اس گھر کا رکھ رکھاؤ اور کھانا پینا ملک نسیم کو ایسی طمانیت کا احساس دلا رہا تھا جیسے اس نے پالا مار لیا ہو۔

آپ بے اطلاع آئے ہیں۔ ہم آپ کی خاطر ہی نہ کر سکے۔ شیلا جھینپ رہی تھی۔

ارے ارے بھابی اور خاطر کیا ہوتی ہے۔

نہیں بھئی تم لوگ جرمنی میں اتنا اعلیٰ درجے کا کھانا کھاتے ہو۔ یہ تو مجھے بھی پتا ہے ہم لوگ تو بس پیٹ ہی بھرتے ہیں۔ چھوٹا ملک بھی جھینپ رہا تھا۔

کمال بات کرتے ہو یار اپنے گھر کے کھانے کی بات ہی اور ہوتی ہے اور یہ تو اتنا نفیس کھانا تھا۔ ہاتھ دھوتے دھوتے ملک نسیم نے دل کی بات کہہ ڈالی۔ یار زلفی افتخار مجھے دے دے۔ ملک ذوالفقار حیرت سے اس کا منہ تکنے لگا تو وہ خود ہی بولتا گیا۔

سارہ اب سولہ سال کی ہوگئی ہے۔ یار میں نے اس کو بڑے دھیان سے پالا ہے۔ اس کی ماں تھی تو جرمن ایک ہوٹل کی ویٹریس تھی پر اچھی عورت تھی۔ سارہ آٹھ سال کی تھی جب نورا فوت ہوئی، متزئی ماں بھی جرمن ہے۔ یار میں تو حیران ہوں یہ جرمن عورت بھی عجیب ہے اپنا بچہ پیدا کرنے سے بھاگتی ہے پر دوسرے کا بچہ ایسے پیار سے پالتی ہے۔ سارہ اتنی اچھی اور صورت دار نکلی ہے. بڑے لڑکے منڈلاتے ہیں۔ اور کم بخت متزئی کہتی ہے کیا حرج ہے۔ اس کی ماں بھی تو جرمن تھی۔ اب میں اس چکر میں آیا ہوں تو برادری بھر منہ بناتی ہے۔ اس کی ماں ہوٹل میں کام کرتی تھی۔ وہاں کی عورتیں ایسی ویسی۔ ان کے چہروں پر اُگی نفرت اور حقارت کی فصلیں دیکھ کر مجھے یہی خیال آتا ہے۔ کہ تمہارے بعد اس برادری کی کالی بھیڑ میں ہی تو ہوں۔

بس اسی قسم کی الٹی الٹی باتیں کر کے رشتہ طے ہوگیا تھا اور یہ بات قرار پائی تھی کہ جیسے ہی ملک افتخار چھٹی لے کر آئے گا ادھر سارہ کا باپ اور متزئی ماں اُسے لے کر آجائیں گے۔ بس یہی خبر باجی فاخرہ کی بے کلی اور دہشت کا سبب بنی۔ ان کی اپنی تو کیا سوچ ہوتی۔ ان کے شوہر نے بتدریج ان کی برین واشنگ شروع کر دی۔ دیکھ لینا...... یہ ملک نسیم کی سیڑھی ہی افتخار کو چڑھائے گی۔ یہ چھوٹے ملک کی چال ہے۔ کبھی کہتا بھئی اللہ ملائی جوڑی ایک اندھا دوسرا کوڑھی...... ملک ذوالفقار نے چوڑی گھر میں ڈالی تو ملک نسیم نے ہوٹل کی خادمہ...... گھر بسائی اس پر تو باجی فاخرہ بھی برا مان گئی تھیں اور چیخ کر بولی تھیں اور جی اب آپ ایسا بھی نہ کہیں۔ وہ گھر ڈالی نہیں ہے باقاعدہ نکاح کیا ہے زلفی نے، وہ مسلمان ہوئی تھی۔

اس پر وہ کمینگی سے ہنسنے لگتے۔ اور وہ تمہاری جرمن بھرجائی...... سارہ کی ماں...... سنا تو ہے

گرجا میں نکاح کیا تھا نسیم نے بھی، ہیں تو اہل کتاب۔ وہ پھر نہایت کمینگی سے قہقہے لگانے لگتے۔ ہنس ہنس کر کہتے دیکھ لینا ولیمہ اسی کوٹھی میں ہوگا۔

مارے ہیبت کے باجی فاخرہ نے فیصلہ کیا اور ڈیفنس منتقل ہوگئیں۔

سارہ مشرق اور مغرب کا بڑا شاداب اور رسیلا امتزاج تھی۔ ملکوں کی توقع کے خلاف کسی کو کانوں کان پتہ نہ چلا، ملک نسیم سارہ اور متری ماں ریٹا کو ساتھ لاکر چھوٹے ملک کے اسی چھوٹے سے مختصر بنگلہ نما مکان میں اترے۔ نکاح ہوا اور برادری کے راندے ہوئے دو بھائی ایک نئے رشتے میں منسلک ہوگئے۔ دو ماہ وطن میں گزار کر جب وہ رخصت ہونے لگے تو متری سارہ کو گلے سے چمٹا کر پھوٹ پھوٹ کر روئی، سسکیاں بھرتی، ایئر پورٹ کو گئی۔ سارہ نے ساس کو بتایا کہ میں آٹھ سال کی تھی جب سے ممی نے مجھے اپنے دل سے لگا کر پالا ہے۔

وہ متری رخصت ہوتے وقت سارہ کو چمٹا کر ٹھیک ہی پھوٹ پھوٹ کر روئی تھی۔ وہ بار بار کہتی تھی کہ نسیم نے غلط فیصلہ کیا، لڑکے کو ساتھ لے جانے کی بات کرتے، لڑکا تو اچھا تھا بلکہ اچھا ہونے سے بہت زیادہ اچھا۔ اور سعادت مند اتنا کہ اسی بات نے اس کا اور اس کے بچوں کا مقدر پھوڑ کر رکھ دیا۔

ساس بنتے ہی شیلا کے اندر سے پوری پکی ساس باہر نکل کر آ کھڑی ہوئی تھی۔ پہلے تو جیسے اس نے آزاد پھر پھر چڑیا کے پر کھینچ لئے۔ اتنا گھونٹ کر رکھا کہ جیسے کابک میں بند کر چھوڑا ہو۔ لڑکی اتنی سادی اور بھولی تھی کہ اسے یہ سب بھی اچھا لگتا تھا ایک تو اس کے ہونٹوں پر ہر وقت ہنسی ہی کھیلتی تھی۔ پھر جب شیلا نے حکم صادر کیا کہ کوئی نہیں باہر جانا۔ اپنے دیس میں کوئی کمی نہیں ہے کیا روٹی پانی کی کمی ہے۔

بس یہی وہ گھڑی تھی جب ملک ذوالفقار کے زوال اندر زوال کی گھڑی آ گئی۔

یہ بات تو اول دن سے ملک کے جی میں تھی کہ دیکھ لینا اسے اپنے حصے کی زمین کا کوئی نہ کوئی ٹکڑا باقاعدہ اسٹامپ اور رجسٹر کے ذریعہ خرید کر رہوں گا۔ ظاہر ہے وہ بھی اسی ہڈی بوٹی سے بنا تھا۔ اپنی اس حسرت کی تکمیل کے خیال سے اس نے وہ وہ کام کئے جن کو پڑے بازی کہا جاتا ہے۔ اور اس طرح وہ اپنی زمین کا ایک قطعہ خریدنے میں کامیاب ہوا۔ دن رات کی محنت اور خود اپنے ہاتھوں سے راج اور مزدور کا کام کر کے اس نے ورکشاپ کا ڈول ڈالا۔ قصہ پیچیدہ طویل اور غیر دلچسپ ہے۔ دلچسپی کا امر صرف یہی ہے کہ یہ بات باجی فاخرہ کے میاں پر بڑی شاق گذر رہی تھی اور انہوں نے اپنے ہی سر پر ہاتھ رکھ کر قسم کھائی تھی کہ میں ایک نہ ایک دن ملک ذوالفقار کو اس جگہ سے بے دخل کر کے رہوں گا۔ کروں گا تو ضرور مگر ذرا ٹھہر کر۔ میں چاہتا ہوں کہ اس کو چوٹ ذرا گہری لگے اس لئے اس کا کام چمک جائے اس وقت چوٹ لگاؤں۔ ایک بار بوڑھے ڈرائیور نے جوان کی یہ لاف زنیاں سن سن کر تنگ آگیا تھا، ان کو مشورہ دینا چاہا چھوڑیں ملک جی اب اتنا ویلا گزار لیا ہے۔ چھوٹا ملک بھی اسی گھر کا بیٹا ہے۔ اتنے بڑے رقبے سے اگر

آٹھ دس مرلے اس کے کام آجائیں تو آپ کو کیا فرق پڑتا ہے۔ آپ کی بیٹی ڈاکٹر لگی ہے۔ ایک بیٹا کینیڈا اور دوسرا نیوزی لینڈ میں بسا ہوا ہے چھوٹی بیٹی آپ کی سعودی عرب میں ماسٹرنی لگی ہے۔ اب اگر یہ بھی چار پیسے کما لے گا تو آپ کا کیا حرج ہے۔

یہ سنتے ہی باجی فاخرہ کے میاں بھبک اٹھے۔ رحمت علی یہ ہمارے خاندانی معاملات ہیں، تم ان باتوں میں نہ ہی بولو تو ٹھیک ہے۔ یہ ہے کہ بڑے ملک صاحب نے اس کو جب عاق کر دیا تو بس۔ اب یہ عاق ہی رہے گا نہیں تو ان کی روح بے چین ہوگی اور میں ان کو دکھ نہیں دوں گا۔

ان کی یہ باتیں سن کر تو باجی فاخرہ تک مکدر ہو جاتیں اور کہتیں۔

چھوڑیں ملک جی اب اس نمانے کا پیچھا چھوڑ دیں۔ دیکھیں آپ اپنے بچوں کی خیر مانگیں۔ آپ کی بڑی بیٹی وہاں زنجبار میں بے اولاد پڑی ہے کہتے ہیں کسی کالی بچی کو گود لے لیا ہے۔ چھوٹی کو آج تک بر نہیں ملا۔ عمر نکل گئی ہے۔ اور بڑے بچے کی دونوں بیٹیاں، اے کیا کہتی ہیں بیک ورڈ ہیں۔ پاگل ہی کہتے ہیں نا ایسوں کو۔ اس سے اچھا تو چھوٹے ملک کا افتار ہی ہے چھ سال میں چار بچے پیٹ لیے ہیں اور کس اچھی طرح سارہ پال رہی ہے۔ یہ گھوڑا سا قد نکالا ہے اور آپ کو ویسے ہی بلڈ پریشر رہتا ہے اور مجھے تو یہ نگوڑا جوڑوں کا درد لے بیٹھا ہے۔ سچی بات تو یہ ہے کہ اب تو مجھ سے اتنی لمبی چوڑی ڈیفنس کی کوٹھی بھی نہیں سنبھلتی۔ پہلے تو ان کا یہ تھا کہ ان کے شوہر ان کی داب میں رہتے تھے۔ پر ملکانی کے مرنے کے بعد اور دو بھائیوں کے باہر چلے جانے کے بعد وہ چوڑے ہونے لگے تھے۔ بڑے پا جی حج کے بعد سے اب اپنی زمینوں کے سوا کسی چیز سے کوئی سروکار رکھتے نہ تھے۔ سو اب اس کوٹھی اور زمین کے وارث اور مالک مطلق وہ اپنے آپ کو ہی سمجھتے تھے۔ اور پھر انہوں نے تو اپنے منہ پر ہاتھ پھیر کر ہی کہہ دیا تھا کہ ملک ذوالفقار کو ایک نہ ایک دن اس ورکشاپ والے ٹکڑے سے بے دخل کرنا ہے۔

وہ بارہ جنوری کا بہت سرد دن تھا جب دیوانی کے ایک اہلکار نے آکر ملک ذوالفقار کو عدالت میں پیشی کا سمن اور ورکشاپ سے بے دخلی کا حکم پکڑایا۔ ورکشاپ میں دھکا دھک مشین چل رہی تھی۔ ورکشاپ کے دروازے کے ساتھ لوہے کی کرسی ڈالے ملک ذوالفقار خود بیٹھا تھا، ٹمن کے سپاہی کے انداز میں اکڑا ہوا۔ بڑے وقار اور متانت سے اس نے عدالت کا وہ حکم نامہ وصول کیا جس کی عدم تعمیل کی رو سے اس کی گرفتاری عمل میں آسکتی تھی۔ کرسی سے اٹھ کر اندر گیا، کاریگروں کو فوری طور پر باہر جانے کو کہا۔ مشین بند کروائی۔ کاریگر باہر آئے تو گیٹ کو تالا لگا کر گھر آ گیا۔

گھر میں نتاشا کی سالگرہ کا اہتمام تھا، چھوٹے سے ٹیڑھے میڑھے بنگلہ نما گھر کو جھنڈیوں اور غباروں سے سجایا گیا تھا۔ سارہ اون سے وہ کیک نکال رہی تھی جو مترئی ماں ریٹا نے اس کو بیک کرنا سکھایا تھا۔ سارا گھر کیک کی خوشبو سے مہکا ہوا تھا۔ شیلا اپنے روایتی قصے کے مطابق بھی نئی جوڑا باندھے گیس کے

ہیٹر کے پاس بیٹھنے کے باوجود سردی سے نالاں تھی۔

کیک کٹنے سے لے کر ہر رسم پورے اہتمام سے ادا ہوئی......

رات گئے ملک نے بڑی خاموشی سے شیلا کو ممن دکھایا۔ اور اس کا چہرہ پیلا پڑنے لگا تو وہ ڈانٹ کر بولا۔ مجھے بزدلی اچھی نہیں لگتی۔ وہ یوں اکڑا ہوا بیٹھا تھا گویا کسی اسٹول پر نہیں وقت کے گھوڑے پر سوار جوکی بنا بیٹھا ہے۔

اری احمق باری تو میری اب آئی ہے، اب یہ میری کرنی دیکھیں گے۔

سارہ کے باپ کی وفات کی عین ان دنوں میں خبر آئی تھی جب اس گھرانے میں بچوں کا دودھ تک بند کر دیا گیا تھا۔ وہ کالی چائے رات کی روٹی سے کھا کر اسکول جا رہے تھے۔

باجی فاخرہ کے میاں کو ملک نسیم کی وفات سے بڑی طمانیت ملی۔ اب وہ امداد بھی بند ہوئی جس کے بل پر چھوٹا ملک پیشیاں بھگتا تھا۔

چھوٹا ملک اتنا چپ اور خاموش تھا کہ شیلا تو شیلا، افتخار کو بھی تشویش تھی کہ وہ کیا کر رہا ہے۔

ہر طرح کے کاغذات مکمل ہو لیے تو ملک نے شیلا کو بتایا کہ یہ مکان اور ورکشاپ بک گئی ہے۔

کل ہم کو یہ گھر چھوڑ دینا ہے تم سفر کی ہلکی پھلکی تیاری کر لو۔ مگر ہم جائیں گے کہاں۔

تو ملک نے سارہ کی متری ماں ریٹا کا خط کھول کر اس کے سامنے ڈال دیا جس مین اس نے لکھا تھا۔ میں یہاں بہت تنہا ہوں۔ اگر تم لوگ آ سکو تو یہاں آ جاؤ ورنہ سارہ اور بچوں کو بھیج دو۔ آخر وہ کہاں تک اپنی ناکردہ خطاؤں کی سزا بھگتیں گے۔

یہ خط ریٹا نے آٹھ دس ماہ پہلے لکھا تھا۔ بس اسی دن سے ملک نے تیاری شروع کر دی تھی۔

جاتی بہار کا آخری ہفتہ تھا جب باجی فاخرہ کے میاں ملک ریاض ورکشاپ پر چسپاں بڑے سے کاغذ پر تحریر کو دیکھ کر ٹھٹکے کاغذ پر لکھا تھا۔

منکہ ملک ذوالفقار......ولد فلاں ولد فلاں...... اعلان کرتا ہوں کہ اگر چہ میرے نزدیک مذہب کی رو سے اس عاق نامے کی کوئی حیثیت نہیں تھی نہ ہے تاہم میں اب تک اس ملکیت اور زمین کا مالک تھا۔ اپنے قانون کے تحت، مسترد کرنے کے باوجود، آج اپنی اس ملکیت اس زمین اور جائیداد کو خود عاق کرتا ہوں۔ اپنے تمام حقوق سے دستبردار ہو کر اس ملک کو چھوڑ کر جا رہا ہوں۔ اور اس طرح کے جانے کا نام ہی ہجرت ہے۔

ملک ریاض اس تحریر کو آنکھیں پھاڑ پھاڑ کر دیکھ رہا تھا۔ اگر چہ وہ اب اس وقت اپنی زوجہ باجی فاخرہ کو انتہائی نگہداشت کے وارڈ میں داخل کرا کے آیا تھا، تاہم اس کے چہرے پر عجیب طرح کا سکون تھا۔

جینے کی پابندی

• خالدہ حسین

• بشی خالہ سے اور کیا توقع کی جاسکتی تھی۔

مگر آپ تو بشی خالہ کو نہیں جانتے۔ پورا قصہ سنانے سے پہلے ان کا معمولی سا تعارف خوب رہے گا۔ ایک تو آپ کو بھی کچھ اس قصے میں لطف آئے اور کچھ میں بھی ان کے بارے میں زیادہ واضح ہو جاؤں کہ لفظوں میں آ کر لوگ زیادہ ٹھوس اور حقیقی ہو جاتے ہیں۔

شاید بشی خالہ زیادہ پڑھ لکھ جانے کے باعث ایسی ہو گئی تھیں۔ ایسی سے مراد یہ کہ دوسروں سے، ان سب سے جن کے درمیان وہ نظر آتی ہیں، بالکل مختلف۔ آدمی جو کچھ بن جاتا ہے کیا اس کا اپنا ہی کیا دھرا ہوتا ہے؟ بڑا پیچیدہ سوال ہے۔ شاید آپ کے پاس اس کا کوئی جواب ہو۔ بشی خالہ نے خود سے جو کام لینا چاہا یا کیا ہو جانا چاہا اور کیا بن گئیں، (افسوس کہ کچھ بھی نہ بنیں) یہ ایک عجیب کنفیوز کرنے والی کہانی ہے۔ پہلے یہ واضح کر دینا ضروری ہے کہ میرا ان کا ایسا کون سا خاص ناتا ہے جو اس موقع پر انہوں نے اتنے اہتمام کے ساتھ سب سے پہلے مجھی کو مدعو کیا۔ دوسروں کو بلانے کا خیال تو یقیناً انہیں بعد میں آیا ہوگا۔

یوں تو گھر میں آنے جانے والے ہر ایرے غیرے کے ساتھ میری فوراً دوستی ہو جاتی تھی۔ اس کو بعد میں (بڑے ہونے پر) میری آوارہ مزاجی پر محمول کیا گیا۔ دراصل مجھے لوگ اچھے ہی بہت لگتے تھے۔ (ابھی وہی عالم ہے!) اور خاص طور پر وہ جن کو دیکھ کر گھر والے فوراً محتاط ہو جاتے ہوں۔ بشی خالہ بھی ایسے ہی لوگوں میں سے تھیں۔ اماں سے بہت چھوٹی۔ ان کے بھائی بہنوں میں سمجھیں کہ آخری۔ اور پیار دلار میں پلی بڑھیں۔ معلوم نہیں جب یہ سب بھائی بہن اپنے ابا اماں کے ساتھ رہتے ہوں گے تو وہ کیسی ہوتی ہوں گی مگر میں نے تو جب سے دیکھا، چہرے پر حیرانی، آنکھوں میں کچھ تلاش کرنے کی کیفیت۔ اس کے ساتھ بڑا باذوق لباس اور نفیس جوتے اور کاندھے پر لٹکتا ہوا بیگ۔ کبھی کولھوں پر ٹک ٹک کرتی لمبی چوٹی اور کبھی گردن پر بڑا سا لاپرواجوڑا۔ ایک لمحہ کسی جگہ چین سے بیٹھنا ناممکن۔ بیٹھی ہیں تو بار بار جگہیں بدل رہی ہیں۔ کبھی صوفے کے اس کونے کبھی اس پر۔ نہیں تو اٹھ کر کسی موڑھے، تخت پوش پر جا بیٹھیں۔ پھر

انھیں تو کسی کرسی پر ٹکی ہیں۔ نہیں تو کسی بچے کے ساتھ فرش پر آلتی پالتی مارے تصویروں میں رنگ بھر رہی ہیں۔ نہیں تو بس کھڑی ہوگئیں، کمرے کے ایک کونے سے دوسرے تک گھوم رہی ہیں۔

''آؤ بھئی بیٹھ جاؤ۔'' ابا کو ویسے ہی ہلتے جلتے لوگ بہت بُرے لگتے تھے۔

''اچھا۔ اچھا بس جا رہی ہوں۔ ادھر سے گزر رہی تھی۔ میں نے کہا، بچوں کو دیکھتی جاؤں۔'' وہ فوراً ہی باورچی خانے کا رخ کرتیں جہاں اماں کسی سندھی بریانی یا کوفتوں کی نئی ترکیب وغیرہ میں کانوں کان ڈوبی بوا کے حواس پر سوار ہوتیں۔

''رک جاؤ۔ کھانا کھا کے جانا۔'' اماں ان کی طرف دیکھے بغیر کہتیں۔

''نہیں دیر ہو جائے گی۔ جا رہی ہوں۔'' وہ بھی انہیں دیکھے بغیر جواب دیتیں اور دروازے کی طرف بڑھتیں مگر گیلری میں لگی تصویروں کے پاس ایک ایک کر کے رکتی جاتیں۔ یہ پینٹنگ اماں نے ملکوں گھوم کے جمع کی تھیں (ابا کے سفارت خانوں میں تقرر کے دوران) سنا ہے بشی خالہ نے دراصل مصوری ہی میں ڈگری حاصل کی تھی اور کافی عرصہ بڑے زور شور سے تصویریں بناتی رہیں۔ پھر اچانک سب کچھ چھوڑ دیا اور بڑے جوش و خروش کے ساتھ جسمانیات کی موٹی موٹی کتابیں پڑھنے لگیں۔ یہ میری یادداشت سے پہلے کی باتیں ہیں مگر ایک بار میرے پوچھنے پر انہوں نے اتنا ضرور کہا تھا ''دیکھو بھئی بات یہ ہے کہ دنیا میں سب سے ٹھوس اور حقیقی شے انسان کا اپنا جسم ہے اور اس کے بارے میں کچھ نہ جاننا اول درجے کی جہالت۔ اس جسم کے ہونے میں کسی قسم کے شک اور شبہہ کی گنجائش نہیں ہو سکتی اور باقی سب تو اسی کے وسیلے سے ہے نا تو اسی لئے ہم نے وہ مصوری اور سمجھو کہ رنگ اور لکیروں کا سلسلہ چھوڑ دیا۔ وہ تو سب کچھ یہاں تھا نا۔ انہوں نے انگلی سے سر کو بجا کے کہا۔ سو پریشانی ہوتی تھی کہ غیر موجود کو موجود کرتے رہو اور جو موجود ہے اسے خاطر میں نہ لاؤ۔ تو اس لئے یہ رگ و ریشہ اور پٹھے اور ہڈیاں اور سب سے بڑھ کر یہ ایک پونڈ بھر سلیٹی گودا، اس استخوانی پیالے میں، سارا کھیل اسی کا رچایا ہوا ہے۔ کیوں؟'' انہوں نے پیار سے میرے گال تھپتھپائے۔

''پھر تو آپ کو میڈیسن پڑھنا چاہیے تھی۔''

''ہاں ٹھیک ہی تو کہتی ہو۔ مگر بس چوک گئے۔ پھر وقت گزر گیا۔ بس اپنے طور پر جو کچھ پڑھ سکے پڑھ دیکھا۔ انہوں نے ہاتھوں کی انگلیاں ایک دوسرے میں ڈال کر انگڑائی لی۔'' ہاں دیکھو۔ جانتی ہو ان بیچارے ذرا ذرا سے ہاتھوں میں کتنی ہڈیاں کتنے جوڑ، کتنے پٹھے، رگ و ریشہ ہیں۔ کیوں؟''

مگر ان کے پاس اپنی ہر الٹی سیدھی حرکت کا جواز موجود تھا۔ ہاں انہوں نے بتایا کہ سب کچھ بے کار اور تضیع اوقات ہے۔ لے دے کے آدمی کو صرف اچھا باورچی اور درزی ہی ہونا چاہیے۔ اس کے بغیر تو ہماری کوئی وقعت ہی نہیں۔ ایک تو اس سے پیسہ بچتا ہے اور پھر گھر کے لوگ بھی خوش رہتے ہیں اور

ایک عجب سا اطمینان ہوتا ہے کہ ہم نے کچھ کرلیا دن بھر میں۔ کچھ ایسا کام جو نظر آتا ہے۔ جس کا کچھ نتیجہ ظاہر ہوتا ہے۔ کیوں بھئی ٹھیک ہے نا۔''

اب مجھے معلوم تھا کہ وہ دماغی طور بالکل غیر ہونے کو ہیں۔

ان کا گھر چھوٹا سا، بس صاف ستھرا اور قاعدے قرینے کا تھا۔ مجھے خاص طور پر ان کے کمرے میں بہت مزہ آتا۔ ان کی وارڈروب جس میں ان کے کپڑے ایسے قرینے سے ہینگروں پر لٹکے ہوتے۔ ملبوسات کے طرح طرح کے نمونے۔ تراش خراش اور رنگوں کا انوکھا امتزاج دیکھ کر مجھے سخت حیرت ہوتی۔ شاید انہوں نے اپنی مصوری اور جسمانیاتی علم دونوں کو سمو کر اظہار کا ایک نیا وسیلہ دریافت کرلیا تھا۔ ان کا سلا ہوا ایک ایک کپڑا جسم پر اتنی وجاہت کے ساتھ موزوں نظر آتا کہ گویا اس کے سوا کچھ اور ہو ہی نہیں سکتا تھا۔ ان ملبوسات کو دیکھ کر کسی خوبصورت فن پارے کی سی لذت حاصل ہوتی۔ شلوار قمیض ،غرارے، چوڑی دار پاجامے، پشواز ،صدریاں اور اب تو انہوں نے جینز پر بھی ہاتھ صاف کرنا شروع کردیا تھا۔ جینز کے ساتھ ہر طرح کے جمپر، بلاؤز، کرتی۔

وہ تو اب ہردم بازار کے چکر لگاتی رہتیں۔ کپڑا، ہم رنگ دھاگے، بٹن لیسیں، فیتے، ڈوریاں، کبھی پتہ چلتا کہ صرف ایک کناری کے لئے وہ پوری پوری مارکیٹیں کھنگالتی رہیں اور صبح سے شام کردی۔

یہ صرف اماں کا کہنا نہیں تھا، میں نے خود بھی دیکھا کہ ہر دم بازاروں میں گھومنے سے ان کا رنگ روپ ختم ہوتا جارہا تھا۔ عجیب بات تھی کہ جو لباس وہ اپنے لیے تیار کرتیں اسے پہننے کا وقت انہیں کبھی نہ ملتا۔ یا تو وہ ان کے دل سے اتر جاتا یا پھر وہ مزید لباس سینے سجانے میں معروف ہوجاتیں۔ اس سے پہلے میں نے کبھی ان کے بال اس طرح بے ترتیب اور روکھے سوکھے نہ دیکھے تھے۔ اب تو وہ نفیس جوتے بھی غائب ہوگئے۔ صرف آرام دہ موٹے موٹے فوم دار سول والی چپلیں اور خوبصورت ہینڈ بیگز کی جگہ خریداری کے بڑے بڑے لفافے۔ اماں کا کہنا تھا کہ یہ سب ان کے میاں یعنی ہمارے خالو اکرام کا کیا دھرا تھا جو ملک سے باہر ہی رہتے تھے اور جنہیں ہم نے چند ایک بار ہی دیکھا تھا۔ مرچنٹ نیوی کی نوکری بھی کیا بلا ہوئی کبھی آج تک گھر میں ڈھنگ سے رہنا نصیب ہی نہ ہوا اور جبھی خالہ میں تو خانہ بدوشی کی بالکل بھی صلاحیت نہ تھی۔ سب سے زیادہ حیرت کی بات یہ کہ خالہ کبھی اکرام انکل کا ذکر تک نہ کرتیں۔ دن بھر میں جتنا کام وہ کر ڈالتیں اس حساب سے یقیناً انہیں کچھ سوچنے اور محسوس کرنے کا وقت ہی نہ ملتا ہوگا۔ ان کی مصروفیات بھی سمندر کی لہروں کی طرح تھیں مسلسل۔ مگر اپنی اپنی جگہ پر منفرد۔ سلائی کڑھائی کے بعد پکانا اور بیکنگ ان کا اگلا جنون تھا۔ معلوم نہیں وہ اپنا وقت تقسیم کیسے کرتی ہوں گی

(یقینا انہوں نے کڑکپن میں وقت اور کام کے حسابی سوالوں میں پورے پورے نمبر لیے ہوں گے۔ میں سوچتی)

چند ہی دنوں میں وہ ہر طرح کا کیک بنانے میں ماہر ہو گئیں ۔ بنانا بریڈ، بلیک مار بسٹ اور جناب فروٹ کیک اور چاکلیٹ اور ماربل اور آئلنڈ یک، مختلف شکلوں اور ذائقوں کے بسکٹ کوئی گول کوئی تارا، کوئی چوکور، تکونا، پھر پینٹرا اور پیزا ۔ میں نے دیکھا ان کی آنکھوں کے گرد سیاہ حلقے بننا شروع ہو گئے تھے اور آنکھوں میں وحشی سی چمک ۔ سچ پوچھیں تو اب ہم ان سے خوفزدہ رہنے لگے تھے ۔ بس یہ انہی دونوں کی بات ہے ۔ ایک روز وہ آئیں اور تھکی تھکی سی، بے حد خاموش، میرے پاس بیٹھ گئیں ۔

''بشی خالہ! چائے لاؤں؟ ہاں بسکٹ بھی ہیں ۔ آپ جیسے تو نہیں، پھر بھی!''

''نہیں کچھ نہیں ۔'' انہوں نے اپنے جھولے میں سے بھنے چنوں کا پیکٹ نکالا ۔

''یہ دنیا کی بہترین غذا ہے ۔ لو'' انہوں نے لفافہ میری طرف بڑھایا ۔ پھر ایک پھنکا چنوں کا خود لگایا ۔ ''بس اب ایک گلاس پانی اور یہی ہے کہانی ۔'' انہوں نے ذرا تھکن سے اپنا سر پیچھے دیوار کے ساتھ لگا دیا ۔

''چھوڑیں بشی خالہ ۔ آپ کو ایک عدد شاندار بیکری کھول لینا چاہئے ۔ شہر کا بہترین گورے ۔ اور اس کے ساتھ ہی ہنگامہ خیز بوتیک، شاندار ملبوسات کا شوروم ۔''

''نہیں ۔'' انہوں نے سوچتی آنکھوں سے میری طرف دیکھا ۔ حیرت ہے فاطی ۔ (ان کے منہ سے مجھے اپنا یہ نام بہت اچھا لگتا تھا) آدمی کی ضروریات کتنی کم ہیں ۔ بہت ۔ بے حد کم ۔ ایک مٹھی چنے، دو ایک جوڑا کپڑا اور اٹھنے بیٹھنے کو کتنی جگہ کی ضرورت ہو گی کیوں؟'' پھر وہ ایک دم جیسے اپنے آپ میں آ گئیں ۔

''کیا پڑھ رہی ہو؟ کب ہے امتحان؟''

پھر وہ جس طرح آئی تھیں اسی طرح چپ چاپ اٹھ کے چل دیں ۔ مجھے تبھی معلوم ہو گیا تھا کہ میں کل جس بشی خالہ سے ملوں گی وہ آج والی نہ ہوں گی ۔ اور کچھ ایسا ہی ہوا ۔ پانچ چھ روز وہ غائب رہیں ۔ فون کی گھنٹی بے کار بجتی رہی اور موبائل فون بند رہا ۔ اماں سر پکڑ کے بیٹھ گئیں ۔

''لڑکی اس کا پتہ کرو ۔ معلوم نہیں یہ دیوانی اب کیا کر گزرے گی ۔''

مجھے بھی ان کے ہاں گئے کافی عرصہ گزر چکا تھا ۔ پہلے تو ہم جب بھی ان کے ہاں جاتے تو ایک پکنک سا موڈ ہوتا ۔ معلوم ہوتا کہ بشی خالہ کے ہاں زبردست چائے اور نایاب قسم کے روسٹ اور کیا کیا پکوان ملیں گے ۔ یوں بھی انہیں لوگوں کی تواضع میں خاص لطف ملتا ۔ کیسی کیسی سجی سجائی ڈشز پیش کرتیں ۔ لگتا کسی پکوان کے مقابلے میں رکھی جا رہی ہیں ۔ اس روز بھی دہلیز پار کرتے ہی میری بھوک چمک اٹھی تھی مگر خلاف معمول گھر میں خاموشی تھی اور وہ جوان کے گھر کی ایک خاص خوشبو تھی لذیذ کھانوں کی، غائب ۔ خالہ ایک موٹی سی سوئی میں مضبوط دھاگا پروئے کورے موٹے کپڑے کا چھاتا سا تھیلا ہاتھ سے سی رہی تھیں ۔

''آپ کہاں ہیں بھئی؟ اتنے دن گزر گئے۔'' میں نے دیکھتے ہی فریاد کی۔ انہوں نے ہاتھ روک کر میری طرف دیکھا۔ معلوم نہیں ان کی آنکھوں میں کیا تھا کہ میں ایک دم سے خاموش ہوگئی۔

''خیریت تو ہے۔''

''ہاں بیٹھو'' انھوں نے قریب رکھا کشن آگے بڑھایا اور پھر تھیلا سینے میں مشغول ہوگئیں۔

''یہ کیا ہے؟'' بالآخر میں نے پوچھ ہی لیا۔

''یہ؟ یہ بس یہی ہے۔'' وہ دانتوں سے دھاگہ توڑنے لگیں۔ فاطی! دنیا میں سب سے زیادہ تنوع کس چیز میں ہے؟'' وقفہ۔ پھر خود ہی بولیں ''دکھوں اور اذیتوں میں۔ جتنی کثرت اور نگارنگی اس جنس میں ہے اور کسی میں نہیں۔ جتنے وجود اتنے دکھ، اتنے ہی ان کے رنگ۔ سبزیوں، پھلوں، پھولوں، کسی کو دیکھ لو کہیں اتنا تنوع نہیں۔ تمہیں حیرت نہیں ہوتی اتنے دکھوں، بیماریوں، محرومیوں، ذلتوں کے باوجود آدمی کیوں زندہ رہنا چاہتا ہے، کسی بھی حالت میں؟''

سو اس طرح پتہ چلا کہ سب کچھ چھوڑ چھاڑ وہ کسی رفاہی ادارے میں کام کرنے لگی ہیں۔ روزآنہ صبح آٹھ سے دوپہر دو بجے تک اور باقی کام گھر پر لے آتیں۔ وہ تھیلے ضرورت مندوں کو راشن اور تحفے تحائف بھیجنے کے لیے تھے۔ انہی دنوں انہوں نے مصائب اور آفت زدوں کے کیسے کیسے قصے نہیں سنائے۔ وہ فلاحی اداروں کے علاوہ اسپتالوں میں بھی رضاکارانہ طور پر ہر طرح کے کام کرنے لگی تھیں جس کے نتیجے میں خاندان کے سب لوگوں نے بھی مشکل وقتوں میں انہی سے رجوع ہونا شروع کر دیا تھا۔ بڑی ممانی کی اماں بستر مرگ پر پڑیں تو بشی خالہ کو بلا لیا گیا کیونکہ ممانی کی اپنی مجبوری تھی۔ انہیں سارک کی میٹنگ میں سری لنکا جانا تھا۔ چھوٹے چچا کے سالے کینسر سے رحلت کر گئے تو آخری دنوں میں بشی خالہ ہی ان کی خدمت میں حاضر رہیں۔ کبھی ہمارے ہاں رک جاتیں۔ ان کے بالوں میں تیزی سے سفیدی اترنے لگی تھی۔ مجھے یاد آتا وہ کتنے خوبصورت شیڈز سے رنگتی تھیں اپنے بال۔ گھنے ریشمیں بال جو کندھوں تک اپنے پورے وزن کے ساتھ پھیلے رہتے۔ کسی سخت گرمی میں انہیں سمیٹ کر جوڑا سا بناتیں اور اس میں بڑی سی چٹکی اڑس لیتیں وہ بھی کتنی طرحدار نظر آتی۔ مگر اب روکھے پھیکے سفید پڑتے بال تھے جو آہستہ آہستہ کم ہوتے جا رہے تھے۔ مخروطی ناخن جو خوش رنگ وارنش سے سجے رہتے بالکل اندر تک کاٹ دیئے گئے تھے۔ قریب قریب پوروں میں دھنس گئے تھے۔ ہاتھوں کی جلد خشک اور صابن سے بار بار دھلنے سے بھربھری ہونے لگی تھی۔ انہیں دیکھ کر کوئی نہیں کہہ سکتا تھا کہ یہ وہی بشریٰ لطیف ہیں۔ بھرے بھرے چہرے کی جگہ اب ڈھلکتے رخسار بھی بس مرجھائی جلد کی صورت رہ گئے تھے اور رخساروں کی ہڈیاں ابھر آئی تھیں۔ بس اتنا تھا کہ کبھی ان کے چہرے پر اطمینان کی چمک سی آجاتی تھی۔

پہلے تو ان کے گھر میں سب عزیز و اقارب کسی نہ کسی بہانے چکر لگاتے رہتے تھے۔ ان کا گھر

بڑی مارکیٹ اور سیکر ٹریٹ کے درمیان تھا۔ آتے جاتے لوگ چائے پینے رک جاتے تھے اور جی چاہتا تو کھانے کے بعد ہی جاتے۔ مگر اب وہاں کوئی بھولے بھٹکے بھی نہ جھانکتا۔ وہاں جھانٹنے کو تھا بھی کیا۔ ہر طرف پھیلے ہوئے راشن کے چھوٹے بڑے تھیلے، دودھ کے ڈبے، صابن کے بنڈل وغیرہ وغیرہ، جو وہ اپنی گاڑی میں ڈھوڈھو کر اداروں میں پہونچاتی رہتیں۔

ہمیں یقین تھا کہ وہ زیادہ دن اپنے اوپر بوجھ سہار نہ پائیں گی اور واقعی ایسا ہی ہوا۔ کچھ عرصہ بعد پتہ چلا کہ بیمار پڑی ہیں۔ میں نے سوچا کہ چند دن کے آرام کے بعد تازہ دم ہو جائیں گی اور نئی توانائی کے ساتھ کام میں لگ جائیں گی مگر ان کی نیت شوق کے بھرنے سے بہت ڈر لگتا رہتا اور یہ بھی خیال آیا کہ آخر کب تک آدمی اپنی توانائیوں کے ہدف بننے کی سکت رکھ سکتا ہے۔

مگر اس مرتبہ یوں لگتا تھا کہ وہ سنبھل گئیں۔ کافی عرصہ خاموشی رہی۔ کبھی دس پندرہ دن کے بعد کسی نہ کسی کا چکر ادھر لگ جاتا تو پتہ چلتا کہ ان کا گھر پہلے ہی کی طرح صاف ستھرا، قاعدے قرینے کا ہو چکا ہے۔ معلوم نہیں کیوں مجھے ان کی صحت کی طرف سے کچھ اطمینان سا ہو گیا۔

ایک روز وہ حسب عادت خاموشی سے آن وارد ہوئیں۔ ان کا پہلے سے کہیں زیادہ مطمئن چہرہ دیکھ کر ہم سب خوش ہو گئے۔ ایک بہت بڑی تبدیلی ان میں یہ آئی تھی کہ ایک بے ساختہ ہنسی، بلا وجہ ان کے حلق سے ابلنے لگتی اور آنکھوں میں سرخوشی سی لہرانے لگتی۔

''واہ بھئی۔ خالہ۔ اب ٹھیک ہے۔ اسی طرح خوش رہا کریں۔''

''ہاں بھئی۔ میں بہت خوش ہوں اور اسی خوشی میں۔۔ یہ دیکھو۔

اب انہوں نے اپنے طرحدار بیگ میں سے ایک خوبصورت کارڈ نکالا۔

''ضرور آنا۔'' انہوں نے کارڈ میری جانب بڑھاتے ہوئے کہا۔ سچ پوچھیں تو میرا دل دھک سے رہ گیا تھا ان سے کسی سیدھی بات کی توقع تھی ہی نہیں اور خاص طور پر ان کے چہرے پر دم بدم پھیلتی سرمستی ہزاروں وسوسے پیدا کر رہی تھی۔ میں نے جلدی سے کارڈ پکڑا۔ یہ یقیناً انہوں نے خود بنایا تھا۔ مور پنکھ رنگوں کے حاشیے میں منی ایچر کا عجیب وغریب کام۔ نہ معلوم کتنے عرصے کے بعد انہوں نے اپنے موقلم کو چھوا تھا اور ان کے چھوتے ہی رنگ بولنے لگے تھے۔ فن آدمی کے اندر کہاں چھپا رہتا ہے۔ اس کے ہاتھوں۔ ذہن، دل ودماغ میں کہاں۔ کس رنگ میں۔ کبھی مرتا نہیں۔ میں نے کارڈ کو محبت سے ہاتھوں میں چھپا لیا۔ یہ چائے کی دعوت تھی جس میں ایک نہایت محترم نابغہ روزگار مہمان گرامی صدر محفل ہوں گے جن سے مل کر آپ کو بے خوشی ہوگی۔ میں نے ان کی طرف دیکھا۔

''مہمان گرامی کون؟''

''یہی تو سب سے بڑی کشش ہے۔ اسی روز ملنا۔ آنا ضرور۔ اور یہ صرف تمہارے لئے ہے۔

آپا تو مجھے معلوم ہے ایسی محفلوں کو دور سے سلام کرتی ہیں اور بھائی صاحب سے کوئی توقع نہیں۔ خیر تم ضرور آنا۔'' وہ اپنی جوانی کے دنوں کا کوئی گیت گنگناتے ہوئے اٹھ گئیں۔ مگر دروازے میں رک گئیں۔ پلٹیں۔''ہاں تم ایک گھنٹہ جلد پہنچ جانا۔ کچھ ہاتھ بٹا دنیا، کام ہوگا کافی۔'' اس روز واقعی ان کا گھر جگمگا رہا تھا۔ بہت سی چیزوں کا اضافہ ہو چکا تھا۔ خصوصاً ڈرائنگ روم تو کرسٹل سے بھرا تھا اور کٹ گلاس کا نیا شینڈ لئر جگر جگر کرتا ست رنگی شعاعیں پھینک رہا تھا۔ اور پھول، بے شمار پھول، ٹوکریاں بھر بھر، کونوں میں دھرے، دیواروں پر آویزاں، میزوں پر سجے اور سہگل اور خورشید کے گیت بہت دھیمے اور مدھم، نرم ہوا کی طرح فضا میں بسے تھے۔

''واہ بشی خالہ! مجھے تو سب الف لیلہ کا منظر لگ رہا ہے۔''

''اچھا!'' ایک قہقہہ قلقل کی طرح ان کے حلق سے نکلا ''اچھا اب تم سنبھالو۔ مہمان آئیں تو دیکھ لینا۔ میں گھنٹے تک آجاؤں گی۔ بس وقت پر پہنچ جاؤں گی۔''

تو کیا ان مہمان گرامی کو لینے جارہی ہیں؟ پراسرار مہمان گرامی کو لینے جارہی ہیں؟

''ہاں ہاں، بس سب کچھ تیار ہے۔ کچن اور پینٹری میں ہر چیز تیار رکھی ہے۔''

وہ بیگ اٹھا تیزی سے نکل گئیں۔ پھر گاڑی سٹاٹ ہونے کی آواز آئی اور میں کچن کا معائنہ کرنے چلی گئی۔

''واہ۔ ہر طرف پرانی بشی خالہ کا سلیقہ رنگ دکھا رہا تھا۔ اون اور ریشم کی نفیس کڑھائی میں ٹرے کلاتھ اور ٹی کوزیاں اور جگمگاتی کٹلری، جاپانی کراکری اتنا اہتمام انہوں نے اکیلے ہی کیا تھا۔ لگتا تھا ان کا بیکنگ کا پرانا جنون پلٹ آیا تھا۔ ایک سائڈ بورڈ پر یہاں سے وہاں تک طرح طرح کے بسکٹ، کپ کیک اور پائی اور پیٹز، پزا، معلوم نہیں کیا کچھ۔ میں اسی حیرت میں گم تھی کہ دروازے کی گھنٹیاں بجنا شروع ہوگئیں اور مجھے فوراً یاد آیا کہ بھئی میں تو ایک اہم تقریب میں آئی ہوں اور اس وقت تقریباً میزبان کی حیثیت میں ہوں۔ باہر ایک دم سے، ایک جیسی چار پانچ جامہ زیب خواتین کو دیکھ کر میں کچھ پریشان سی ہو گئی۔ بشی خالہ نے کبھی اپنے حلقۂ احباب کا ذکر نہ کیا تھا۔ تعارف تو دور کی بات ہے۔ دیکھنے میں وہ سب پروفیشنل کارکن نظر آرہی تھیں۔ مجھے لگا میں غلطی سے کسی کالج کے سٹاف روم میں آن گھسی ہوں یا پھر کسی سفارتی دفتر میں۔ مجھے دیکھ کر وہ کچھ حیران سی ہوئیں۔ پھر فیروزی ساڑھی اور کانوں تک کٹے براؤن بالون والی خاتون نے بڑے اعتماد کے ساتھ اپنا بیگ کرسی کی پشت سے لٹکاتے ہوئے کہا۔

''کہاں ہے بشریٰ؟ اور آپ؟''

''جی خالہ۔ بس ابھی آرہی ہیں۔''

پھر میں نے مشروبات پیش کرنے ہی میں اپنی عافیت سمجھی۔ وہ سب بڑی گرما گرم بحث میں

معروف تھیں۔ مگر مشروب اٹھائے ہوئے شاید مروّتاً مجھ سے بات کرنا مناسب سمجھا۔ گرے شلوار کرتے میں ملبوس اونچے جوڑے والی خاتون نے اپنی انگوٹھیوں کے ہیرے دیکھتے ہوئے کہا۔ ''ہاں بھئی بی بی! کیا نام ہے تمہارا؟ یہ تمہاری خالہ ایک دم سے کہاں غائب ہوگئیں اور ہاں ہم سب کلاس فیلوز ہیں۔''

''مدتوں پہلے کی۔'' گلابی لباس والی نے لقمہ دیا۔

''دراصل ہم پانچوں کا گروپ تھا۔ یہ بشی تو بیچ میں تو غائب ہوگئی۔ ہم لوگوں کا تو رابطہ رہا ہے ہمیشہ۔ اب اچانک کوئی دو ایک ماہ پہلے اس نے ہمیں ڈھونڈ نکالا ہے۔

''کتنے افسوس کی بات ہے، ہم سب میں سب سے زیادہ ٹیلنٹڈ، سب سے زیادہ معطل زندگی گزار رہی ہے۔ دیکھو یہ سول انجینئر ہیں، یہ ڈاکٹر اور یہ سائی کرسٹ اپنا کلینک چلا رہی ہیں اور یہ پرنسپل ایک سکول سسٹم چلا رہی ہیں اور تمہاری بشی خالہ کیا زبردست آرٹسٹ تھی۔ مگر''

یہاں اب اچانک گیٹ کھلنے کی آواز آتی ہے اور پھر گاڑی کے دروازے کھل، بند۔ پھر کال بیل۔ ہم سب دروازے کی طرف دیکھتے ہیں۔ اور اگر یہ منظر میری دید کا حصہ نہ بنتا تو یقیناً آپ یہ قصہ نہ پڑھ رہے ہوتے۔ ہمیشہ ہی سے مجھے مناظر پریشان کرتے چلے آئے ہیں۔ کہیں دماغ میں، کسی دیوار کے ساتھ چپک جاتے ہیں اور بات کرتے ہیں۔ وقت بے وقت سامنے آن کھڑے ہوتے ہیں۔

اس وقت دروازے میں جو بجی سجائی شخصیت کھڑی تھی، یوں جیسے اسٹیج پر داخل ہو رہی ہو، اسے پہچاننے میں چند لمحے ضرور لگے، دھانی رنگ کی زردوزی ساڑھی میں وہ کیسی پروقار نظر آ رہی تھیں۔ میں نے حیرت سے ان کے متناسب جسم کو دیکھا اور شفاف گردن سے ہوتی میری نظر اُن کے تر و تازہ چہرے پر رک گئی۔ معلوم نہیں کون سے بیوٹی پارلر نے ان کی جلد کو وہ نرمی اور شادابی بخشی تھی اور ان کے تقریباً معدوم ہو جانے والے نقوش کو ابھار دیا تھا اور آنکھوں میں وہ گرمی اور ملامت بھر دی تھی کہ ان کی آنچ مجھ تک پہنچ رہی تھی اور سب سے بڑھ کر وہ بال۔ بال جو بدرنگ اور کھچڑی ہوتے جا رہے تھے کیسے چمک، نرم روشنی دیتے، سرخی مائل براؤن گردن پر کتنی شان کے ساتھ پھیلے تھے۔ اور گردن جس میں ایک نازک نامعلوم سی زنجیر میں گہرا قرمزی یاقوت دمکتا تھا، ہنسلی کے وسطی گڑھے میں جہاں نبض کی دھڑکن میرے اپنے کانوں کو سنائی دے رہی تھی، وہ مقام جو زندگی کا مرکز ہے، جو وجود اور روح کی جڑ ہے، جو چشمہ حیات کا منبع ہے، وہاں وہ جیتا جاگتا لہو رنگ یاقوت دمکتا تھا۔ اور کانوں میں ویسے ہی مگر چھوٹے چھوٹے آویزے لرزتے تھے۔ میں نے ایک بار نہیں کئی بار انہیں اوپر سے نیچے تک دیکھا۔ یہ انہونا، ان چھوا وجود کہیں ان کے اندر چھپا تھا۔ برسوں برسوں اور آج نامعلوم کس طرح برآمد ہوگیا تھا۔

''بشری! واؤ'' باقی سب کی گویائی تو پلٹ آئی تھی مگر میں۔ میں اسی طرح بے جان کھڑی تھی۔ وہ سب اٹھ کر ان کی طرف بڑھیں مگر وہ ایک بے نیاز وقار کے ساتھ چلتی ان سے دور مرکزی

میز جس پر سب سے زیادہ کرسٹل سجا تھا، کے سامنے لگے صوفے پر ایک شاہانہ انداز میں بیٹھ گئیں۔ مجھے آج پتہ چلا کہ ان میں کوئی بڑا منجھا ہوا اداکار بھی سانس لیتا تھا۔ اب ایک عجب خوف چیونٹیوں کی طرح میری کمر میں سرسرانے لگا۔ یہ ٹھیک نہیں ہیں۔ یہ اپنے حواس میں نہیں ہیں۔ ان کی آنکھیں بالکل اجنبی، کہیں اور دیکھتی تھیں۔

''معاف کیجئے گا مجھے کچھ دیر ہوگئی۔'' شہد میں گھلا لہجہ۔ ایک جنونی آسیب میں ڈوبا ''مگر مہمان گرامی تو دیر ہی میں آیا کرتے ہیں'' چھوٹی سی ہنسی۔ اب وہ سب کی سب ایک دوسرے کی طرف دیکھ رہی تھیں۔

''کیا ڈرامہ ہے بھئی'' انجینئر صائمہ بے قابو سی ہوگئیں مگر ڈاکٹر رفعت نے سب کو ہاتھ کے اشارے سے روک دیا۔

''نہیں۔ ڈرامہ تو ختم ہوگیا۔ اب ہم اپنے اصل وجود میں آگئے ہیں'' انہوں نے سائڈ ٹیبل پر سے وہ بہت بڑا سا گلدستہ اٹھا کر اپنے رخسار کے ساتھ چھوایا جو مہمان گرامی کے لیے لا کر رکھا گیا تھا۔

''اس سے پہلے کہ ہم چائے میں مصروف ہو جائیں میں بتانا چاہوں گی کہ وہ نقل کیسے ختم ہوئی۔ سب سے اہم بات یہ ہے کہ میں بشریٰ لطیف ہوں اور آپ صائمہ چنا۔ اور آپ۔ آپ'' انہوں نے ڈرامائی انداز میں انگشت شہادت ایک ایک کی طرف اٹھائی۔ مگر ہمیں یہ نام کس نے اور کیوں دیے۔ یہ جو چند حروف، حروف بھی کیا، بس مختصر سی آوازیں۔ آوازیں بھی کیا، بس لہریں جو آپ کے وجود کو دوسروں سے علیحدہ کرتی ہیں۔ مثلاً مجھے اس صوفے، اس کرسی اس گلدستے اور شینڈلئر اور آپ سب سے الگ کرتی ہیں۔ یہ کوئی معمولی لہریں نہیں۔ یہ دم ہوا کا نہیں۔ ہرگز نہیں۔ یہی بات تو اتنی مدتوں کے بعد مجھ پر منکشف ہوئی۔ یہ نام جو حروف مجھے آپ کو دیے جاتے ہیں، لفظ جو ہمارے غلاف بن جاتے ہیں۔ یہ کسی کی شوخی ادا یا خوش فعلی نہیں۔ یہ تو تقدیر کو مجسم کرنے کا عمل ہے۔ کیونکہ ان حروف سے ہم کبھی جدا نہیں ہو سکتے۔ یہ لفظ ہمیشہ ہمیشہ کے لیے رہیں گے۔ زندگی کے بعد بھی ہم ان سے باہر نہیں نکل سکتے۔ نئی زندگی، بعد از موت، اگر کوئی ہے تو انہی لفظوں کے حوالے سے ہوگی۔ میرا وجود، اس وجود کا شعور اور احساس تا ابد انہی لفظوں کے پیکر میں زندہ رہے گا اور یہ کبھی مٹی میں مل کر مٹی نہ ہوں گے۔ سو، نام رکھنے والوں کو لرزنا چاہیے کسی وجود کو لفظوں میں زنجیر کرتے ہوئے، کہ یہ ابدی ہیں۔ جب مجھے یہ معلوم ہوا تو میں اپنی عظمت پر حیرت میں گم ہوں۔ میں ابدیت ہوں، ثبات ہوں، دوام ہوں۔

وہ رک رک کر اور کبھی تیزی سے، کبھی ٹوٹتی سانس، دہکتی آنکھوں کے ساتھ بول رہی تھیں۔

تب میں نے دیکھا ان کی آنکھوں میں شناسائی کی ہلکی سی لو بھی بجھ گئی تھی۔ وہ شاید معروفیت کی آخری حد پر کھڑی تھیں، اپنے سے باہر۔

تتلیاں ڈھونڈنے والی

● زاہدہ حنا

● نرجس نے سفید سر والی اماں کو دیکھا جو سلاخ دار دروازے کے دوسری طرف بیٹھی تھیں اور جن کی آنکھوں سے آنسوؤں کی جھڑی لگی ہوئی تھی۔ بھیا سر جھکائے ہوئے تھا اس کا چہرہ نرجس کو نظر نہیں آرہا تھا۔

مہدی تالی بجا کر زور سے ہنسا پھر اس نے سلاخوں کے درمیان سے اپنے دونوں ہاتھ باہر نکال دیئے۔ مما میری ثانی۔ وہ چہکا تب بھیا نے اپنا جھکا ہوا سر اٹھایا اور مہدی کے دونوں ہاتھ تھام لئے۔ نمکین پانی کے قطرے مہدی کے گرد آلود ہاتھوں کو دھونے کی ناکام کوشش کرنے لگے۔

نرجس نے دوسرے اچھے اور برے مناظر کی طرح اس منظر کو بھی اپنے اندر رکھ لیا۔ اس کے دل کو تسلی سی ہوئی۔ اماں نہیں رہیں گی تب بھی مہدی کے سر پر ہاتھ رکھنے والا تو رہے گا۔ بھیا جی جان سے چاہتا تھا، وہ یقیناً مہدی کو بہت عزیز رکھے گا۔ بھیا نے رحم کی اپیل پر دستخط کروانے کے لئے اس سے کیسی کیسی منتیں نہ کی تھیں لیکن نرجس کے لئے بس یہی ممکن نہ تھا۔ اپیل کا وقت گزر گیا تھا اور اب وہ موت کے مقابل تھی۔

اماں اس کا ہاتھ یوں تھامے ہوئے تھیں جیسے تیرنے والے ڈوبنے والوں کا ہاتھ تھامتے ہیں۔ اس لمس میں بے بسی تھی، جدائی تھی، بے پایاں الم تھا۔ یہ لمس باہر کی دنیا سے اس کا آخری رابطہ تھا۔ وہ دنیا جو حسن اور بدصورتی سے اچھوں اور بروں سے، محبت اور نفرت سے بھری ہوئی تھی۔

مہدی کھکھلاتا رہا — بھیا سے باتیں کرتا رہا۔ کبھی دو سلاخوں کے درمیان سے اپنا ننھا سا چہرہ آگے نکال کر مما کا چہرہ چومتا رہا اور کبھی ہاتھ بڑھا کر نانا کے سفید بالوں سے الجھتا رہا۔

اماں اسی بات پر خوش ہولیں کہ مہدی اب آزاد ہو جائے گا۔ اس نے سلاخوں، ہتھکڑیوں، زنجیروں اور سنگینوں کے سوا دیکھا بھی کیا ہے، وہ یہیں پیدا ہوا، یہی بیرکیں اس کی کل کائنات ہیں۔ اب وہ اسکول جائے گا، بازار جائے گا، باغ میں کھیلے گا، بھیا اسے جھولے پر ضرور بٹھاتا۔

آپا تمہیں خدا رسول کا واسطہ، چپ رہو۔ بھیا بلکنے لگا اور وہ خاموش ہو گئی۔ وہ اماں کی اور بھیا کی اذیت، ان کا عذاب سمجھتی تھی لیکن انہیں یہ نہیں سمجھا سکتی تھی کہ کبھی انسان اپنے لئے موت منتخب کرتا ہے کہ دوسرے زندہ رہیں۔ موت کے پیالے میں جب تک زندگی کے سکے نہ ڈالے جائیں، آدرش ہاتھ نہیں آتے۔

وہ اور حسین ایک ساتھ ہی گرفتار ہوئے تھے پھر اطلاع آئی کہ تفتیش کے دوران حسین نے خودکشی کر لی۔ وہ جانتی تھی کہ وہ قیدی جو فوجی حراست میں تشدد کی تاب نہ لا کر ہلاک ہو جائیں، ان کی لاشیں ان کے ورثاء کو نہیں ملتیں۔ وہ بے نشان قبروں میں سوتے ہیں اور ایسے مقتولوں کی ہلاکت کو قتل و خودکشی کا ہی نام دیتے ہیں۔ حسین پر اس کا ایمان لانا یک لحظہ کے لئے بھی متزلزل نہیں ہوا تھا۔ وہ بھی اس کی طرح ضمیر کا قیدی تھا۔ اور ضمیر کے قیدی خودکشی نہیں کرتے، رحم کی درخواستیں نہیں گزارتے۔

آخری ملاقات کا وقت ختم ہوا تو اماں غش کھا گئیں۔ بھیا سلاخوں سے چمٹ گیا۔ وہ اس کے ہاتھوں کو پیار کر رہا تھا اس کے بالوں کو چھو رہا تھا۔ پھر وہ لوگ چلے گئے۔ نہیں وہ لوگ گئے نہیں، لیجائے گئے۔ نرجس کا کیسا جی چاہا تھا کہ ایک بار، آخری بار بھیا کو سینے سے لگالے لیکن یہ ممکن نہ تھا۔ جیل کے آداب انسانوں نے بنائے تھے۔ ان سے انسانی رشتوں اور جذبوں کا خیال لا حاصل تھا۔

مما چلا گیا تو مہدی بلکنے لگا۔ وہ وہاں جانا چاہتا تھا جہاں کی کہانیاں امی نے سنائی تھیں۔ لیکن امی تو اسے کہیں بھی نہیں جانے دیتی تھیں۔

کل چلے جانا۔ مما تمہیں کل لے جائیں گے۔ نرجس مہدی کے رخسار چومنے لگی۔

وارڈن مریم نے ماں اور بیٹے پر ایک نظر ڈالی اور سر جھکا لیا۔ یہ کیسی عورت تھی جس نے موت کی سزا کے خلاف رحم کی اپیل نہیں کی تھی، جس نے پھانسی گھر پہنچ کر ایک آنسو نہیں بہایا تھا۔ چیخیں نہیں ماری تھیں، خدا سے لے کر جیلر تک کسی کو بھی گالیاں نہیں دی تھیں۔

یہ عجیب عورت تھی کہ جب اسے قرآن دیا گیا تو اس نے اسے آنکھوں سے لگا کر ایک طرف رکھ دیا اور اپنے بیٹے کو چومتی رہی۔ مولوی صاحب نے آکر اسے نماز پڑھنے کی، بارگاہ رب العزت میں توبہ استغفار کرنے کی ہدایت کی تو وہ مسکراتی رہی۔ مولوی صاحب کے جانے کے بعد اس نے جاء نماز اپنے تکئے کے نیچے رکھ دی۔ پھر تکئے پر سر رکھ کر لیٹ گئی اور اپنے بیٹے کو کہانیاں سنانے لگی۔

زنانہ وارڈ کیسی کیسی مجرم و ملزم عورتوں سے بھرا ہوا تھا۔ لیکن نرجس ان سب کو اپنے آپ میں سے نہیں لگتی تھی۔ گذشتہ چار برسوں میں ان بری عورتوں نے اسے اچھی طرح رکھا تھا۔ وہ ان کی سمجھ سے بالاتر تھی۔ اسلئے وہ اس سے محبت کرتی تھیں۔ اس کا احترام کرتی تھیں، اس سے خوف کھاتی تھیں۔ ان کی سمجھ میں نہیں آتا تھا کہ جب اس نے کسی کی ناک چٹیا نہیں کاٹی، کسی کے مویشی نہیں چرائے، بچی

شراب اور چرس نہیں بیچی، کسی کو قتل نہیں کیا تو پھر اسے کن گناہوں کی اتنی بڑی سزا ملی ہے۔

بی بی تمہیں ڈر نہیں لگتا؟ پھانسی گھاٹ منتقل ہونے کے چند دن بعد وارڈن مریم نے اس سے پوچھا تھا۔

کس بات سے ڈر؟ نرجس کے لہجے میں سکون تھا۔

موت سے۔

نہیں، موت پر جب اپنا اختیار ہو تو اس سے ڈر نہیں لگتا۔ پھر مہدی بھی تو ہے۔ وہ میرے بعد رہے گا اور میں اس میں رہوں گی۔ پھر جب وہ چلا جائے گا تو میں اس کے بچوں میں زندہ رہوں گی۔

مریم نے اس کے بعد نرجس سے کوئی سوال نہیں کیا تھا۔ ہاں بیرکوں میں یہ بات ضرور گھوم گئی تھی کہ پھانسی گھر میں جو بی بی بند ہے وہ بہت پہنچی ہوئی ہے۔ اسے بشارت ہوئی ہے کہ وہ اپنے بعد بھی رہے گی، ہاتھی کے کلیجے والی ہے۔

نرجس نے محسوس کیا تھا کہ اس کے سامنے پہنچ کر لیڈی وارڈنوں کی نگاہیں جھک جاتی ہیں، سپرنٹنڈنٹ جیل کو اس کی کوٹھری سے جانے کی جلدی ہوتی ہے اور صبح و شام جب وہ اپنی کوٹھری سے باہر نکالی جاتی ہے تو ہر طرف سناٹا چھا جاتا ہے۔ لڑتی ہوئی، شور مچاتی ہوئی عورتیں خاموش ہو جاتی ہیں اور سلاخ دار دروازوں کے پیچھے سے اسے یوں دیکھتی ہیں جیسے وہ ان میں سے نہیں ہے کہیں اور سے آئی ہے۔

وہ کھانا، اس کا آخری کھانا کس اہتمام سے آیا تھا۔ THE LAST SUPPER! اسے بڑے آرٹسٹوں کی تصویر یاد آئیں۔ مہدی اس کھانے کو دیکھ کر کس قدر خوش ہوا تھا ''آج کھانا بہت مزے کا ہے امی۔ اس نے ماں کے گلے میں باہیں ڈال دی تھیں۔ ہاں میری جان یہ کہتے ہوئے نرجس نے اسے نوالہ بنا کر دیتے ہوئے نگاہیں جھکا لیں تھیں کہ مہدی ان آنسوؤں کو نہ دیکھ سکے جو پلکوں کی چلمن سے لگے بیٹھے تھے۔ پھر رات ہوگئی... مہدی اونگھنے لگا۔ لیکن نرجس اس سے جی بھر کر باتیں کرنا چاہتی تھی، اس کی آواز سننا چاہتی تھی وہ اسے تا دیر جگانا چاہتی تھی تا کہ وہ لوگ پو پھٹنے سے پہلے جب اسے لینے آئیں تو وہ میٹھی نیند سو رہا ہو۔

نرجس نے اس کی روشن آنکھوں کو دیکھا اس کے خوبصورت ماتھے کو دیکھا۔ یہ حسین کی آنکھ تھا، حسین کا ماتھا تھا۔ اس بدن سے حسین کی خوشبو پھوٹتی تھی۔ حسین کی، زندگی کی امید کی خوشبو۔ حسین اب جبکہ تم کہیں نہیں ہو تو کیا اب بھی تم کہیں رہتے ہو؟ زمین و آسمان کے درمیان؟ اس کے لہو میں بھنور پڑنے لگے۔ اس نے مہدی کو اپنے سینے میں سمیٹ لیا۔

بہت زور کی نیند آ رہی ہے امی'' مہدی نے فریاد کی۔

میری جان ابھی کچھ دیر میں سو جانا۔ مجھ سے تھوڑی سی باتیں اور کر لو'' نرجس کی آواز لرزنے

لگی'' کل صبح مما تمہیں اپنے گھر لے جائیں گے وہ تمہیں کہانیاں سنائیں گے، بازار لے جائیں گے جاؤ گے نا؟ سچ امی؟ ہمارے ساتھ آپ بھی بازار چلیں گی نا؟ مہدی نیند کو بھول کر اٹھ بیٹھا۔

میں تمہارے ساتھ نہیں جاؤں گی بیٹے۔

تو کیا آپ اسی گھر میں رہیں گی؟

نہیں بیٹے میں تمہارے لئے تتلیاں ڈھونڈھنے جاؤں گی۔

راہداری میں آہٹ ہوئی۔ نرجس نے سر اٹھا کر دیکھا۔ وارڈن مریم سلاخیں تھامے ان دونوں کو دیکھ رہی تھی۔

امی کل تتلیاں ڈھونڈھنے جائیں گی۔ مہدی نے خوش ہو کر مریم کو بتایا۔ اس نے تتلیاں دیکھی نہیں تھی۔ لیکن امی نے اسے بہت سی تتلیوں کی کہانیاں سنائی تھیں۔

''ہاں راجا۔ امی سے خوب باتیں کرلو، خوب پیار کرلو مریم کی آواز ٹوٹنے لگی اور وہ جلدی سے مڑ گئی۔

آپ شام تک آجائیں گی نا؟ نہیں مہدی تتلیاں بہت تیز اڑتی ہیں میں انہیں ڈھونڈھنے نکلوں گی تو بہت دور نکل جاؤں گی۔ آپ کونسی تتلی ڈھونڈھیں گی؟

نرجس ایک لمحے کے لئے رکی آزادی کی تتلی میری جان۔ اس نے بیٹے کے بال چوم لئے۔

وہ کس رنگ کی ہوتی ہیں؟''

اس میں دھنک کے ساتوں رنگ ہوتے ہیں۔

دھنک کیسی ہوتی ہے؟

''اس بار جب مینہ برسے تو مما سے کہنا کہ وہ تمہیں دھنک دکھادیں گے''۔

پھر بھی دھنک تتلیاں ڈھونڈوں گا۔

نہیں میری جان دھنک تتلیاں تمہارے پاس آپ سے آپ آجائیں گی ہم اسی لئے تو انہیں ڈھونڈھنے نکلے ہیں کہ تمہیں ہماری طرح نہ سفر کرنا پڑے۔ نرجس کا بدن لرزنے لگا وہ دیوانہ وار اسکی بے داغ گردن چومنے لگی اس ایک ہفتے کے دوران اس کی آنکھوں سے پہلی مرتبہ آنسو گر رہے تھے۔

مہدی سوگیا تو نرجس نے اسے اٹھا کر اپنے سینے پر لٹالیا۔ مہدی کے وجود میں امید کا پودا نمو پا رہا تھا اور اسی امید نے اس کے سینے میں جو صلے کے پہاڑ رکھ دئے تھے اسے آنے والے زمانوں میں زندہ رہنے کی بشارت دی تھی۔ آس پاس کی بیرکوں سے آیتیں پڑھنے اور کلمہ دہرانے کی آوازیں آنے لگیں۔ کوئی عورت بڑی خوش الحانی سے سورۃ رحمان کی تلاوت کر رہی تھی۔ سب کو معلوم تھا کہ آج بی بی رخصت ہونے والی ہیں اور یہ اس کی رخصت کی تیاریاں تھیں۔

چہرے اس کی آنکھوں کے سامنے چک پھیریاں کھانے لگے۔ مہربان اور نامہربان چہرے۔

اجنبی اور نا آشنا آوازیں نرجس کو اس آواز پر بے ساختہ پیار آیا جو اس کا آخری سفر آسان کرنے کے لئے اپنی نیندیں قربان کر رہی تھیں ایک ہفتہ پہلے تک وہ ان آوازوں کے ساتھ تھی لیکن یہ آواز اسے ذرا بھی نہیں سمجھتی تھی اس کے بارے میں میں کچھ بھی نہیں جانتی تھیں۔

جس دن رحم کی اپیل کی مدت ختم ہوئی اور اطلاع آئی کہ سپرنٹنڈنٹ اور ڈپٹی سپرنٹنڈنٹ جیل اسے بیرک سے پھانسی گھر منتقل کرنے کے لئے آ رہے ہیں تو ہر طرف سناٹا تھا۔ وہ اور مہدی بیرک سے رخصت ہوئے تو اس نے بعض عورتوں کو چپکے چپکے آنسو پونچھتے اور چہرے جھکاتے ہوئے دیکھا یہ وہ عورتیں تھیں جو چھوٹی چھوٹی باتوں پر ایک دوسرے کو گالیاں دیتی تھیں، گریبان تار تار کرتی تھیں اور جنہیں علیحدہ کرنے کے لئے میٹرن اور وارڈن کو بید کا آزادانہ استعمال کرنا پڑتا تھا۔

نرجس کو نیند کا جھونکا چھو کر گزرا۔ اس کا دل اینٹھنے لگا مہدی کا دل اس کے دل کی ساتھ دھڑک رہا تھا۔ اس ننھے دل کا دھڑکتے رہنا ہی موت کے سامنے اس کی سب سے بڑی جیت تھی۔ وہ اپنے بعد بھی رہیگی لیکن روح کیا تھی اور اگر تھی تو بدن سے نکل کر کہاں قیام کرتی تھی؟ حسین کہاں تھا؟ کہیں بھی نہیں۔ سب کچھ فنا ہو گیا تھا۔ فنا کا مطلب کیا ہے؟ لغوی طور پر اسے معلوم تھا لیکن حواس خمسہ کی سطح پر بس معلوم ہی ہونے والا تھا۔

بی بی' مریم نے سلاخوں کے پاس آکر دھیرے سے اسے آواز دی۔

ہاں مریم؟'' راجا کو بستر پر لٹا دو بی بی ۔ وہ لوگ آ رہے ہیں مریم کی آواز تڑخنے لگی۔

ایک لحظے کے لئے نرجس کو زمین ہلتی ہوئی محسوس ہوئی۔ پھر سنبھل کر اس نے کروٹ لی اور سینے سے لپٹے ہوئے مہدی کو بستر پر لٹا دیا۔ اسے بھلا میری صورت کیا یاد رہے گی اس کے لئے میں تو محض ایک نام، ایک خیال رہوں گی۔

ساری خطائیں معاف کر دینا بی بی، ہم روٹی اسی کی کھاتے ہیں، پیٹ بڑا بدکار ہے بی بی، مریم سلاخوں سے سر ٹکا کر بلکنے لگی۔ نرجس نے چارپائی سے اتر کر دونوں ہاتھ سلاخوں سے باہر نکالے اور مریم کا شانہ تھام لیا۔ لفظ بیکار تھے۔ بھاری قدموں کی چاپ قریب آئی تو نرجس نے مریم کا ہاتھ تھپ تھپایا۔ اس نے سر اٹھا کر لبریز آنکھوں سے نرجس کو دیکھا۔ سفید ململ کے دوپٹے سے اپنی آنکھیں صاف کیں اور اٹن شن کھڑی ہو گئی۔ مریم نے تالے میں چابی گھمائی اور پھر جس قدر آہستگی سے ممکن تھا دروازہ کھول دیا۔ آہنی دروازے کو سپرنٹنڈنٹ جیل نے دھکا دیا تو دیوار سے ٹکرا کر آواز ہوئی۔

''صاحب جی بچہ سو رہا ہے، جگ نہ جائے۔'' وارڈن مریم نے حد ادب کو عبور کرتے ہوئے آنے والوں کو لجاجت سے یاد دلایا۔

''اچھا بک بک مت کر۔ بڑی آئی بچے کی سگی۔'' سپرنٹنڈنٹ نے اس کو تیز آواز میں جھڑکا۔

SIR ,I REQUEST YOU NOT TO TALK LOUDLY

نوجوان مجسٹریٹ نے ایک نظر سوئے مہدی پر ڈالی اور پیشانی سے پسینہ پوچھتے ہوئے کہا۔

سپرنٹنڈنٹ کی تیوری پر بل پڑ گئے۔ یہ نئے افسر اپنے آپکو جانے کیا سمجھتے ہیں۔ ان کا منہ کڑوا ہو گیا۔ پھر اس نے اپنے آپ پر قابو پاتے ہوئے ضابطے کی کاروائی شروع کر دی۔ اس نے پہلے نرجس کو شناخت کیا پھر ایک کاغذ کھول کر دفتری لہجے میں اس کی عبارت بہ آواز بلند پڑھنے لگا۔ یہ کاغذ بسم اللہ الرحمان الرحیم سے شروع ہو کر اس مفہوم پر ختم ہوا، مجرمہ کے گلے میں پھانسی کا پھندہ اس وقت تک پڑا رہے جب تک کہ اس کا دم نہ نکل جائے۔

میڈیکل افسر نے آگے بڑھ کر نرجس کی نبض دیکھی، دل کی دھڑکن سنی اور آہستہ سے سر ہلا دیا۔ ڈپٹی سپرنٹنڈنٹ نے اس سے چند کاغذوں پر دستخط کرائے، نوجوان مجسٹریٹ نے ان دستخطوں کی تصدیق کی اور سپرنٹنڈنٹ کوٹھری سے نکل گیا۔

ڈپٹی سپرنٹنڈنٹ نے وارڈن مریم کو اشارہ کیا۔ اس کا چہرہ جیسے کانسی میں ڈھل گیا تھا، نگاہیں جھکی ہوئی تھیں۔ وہ نرجس کے دونوں ہاتھ تھام کر پشت پر لے گئی اور انہیں چمڑے کے تسمے سے باندھنے لگی، نرجس نے اس کی انگلیوں کی لرزش اور نرمی کو محسوس کیا۔ وہ تنہا نہیں تھی، باہر بہت سے لوگ تھے، اور اندر بھی بہت سے لوگ تھے۔ تمام بیرکوں پر اس وقت رائفل برداروں کا پہرا تھا۔ صدر دروازے پر بارہ وارڈنوں کی ایک پلٹن تعینات ہو چکی ہوگی۔ ان سب کی رائفلوں میں دس دس گولیاں ہونگی اور انہی کے مقابل خاک پر بھیا بیٹھا ہوگا۔

مہدی کا چہرہ اس کی نگاہوں کے سامنے تھا۔ وہ اسے ایک ٹک دیکھ رہی تھی۔ میٹرن کے اشارے پر مریم نے اس کا بازو تھاما۔ چلو بی بی۔۔"

وہ ایک قدم بڑھی، پھر پلٹ کر مہدی کو دیکھا۔ وہ کلبلا رہا تھا۔ سسکیاں لے رہا تھا۔ شاید کوئی ڈراؤنا خواب دیکھ رہا ہو، نرجس کا دل کسی نے مٹھی میں جکڑ لیا۔ آنکھوں کی دہلیز تک آنے والے آنسوؤں کو اس نے بہ جبر دھکیلا۔ وہ ان لوگوں کے سامنے تھی جنہوں اس کی اور اس جیسے دوسروں کے حوصلوں کو شکست دینے کی تمام کوششیں کی تھیں۔ لیکن وہ ان سے ہاری نہیں تھی تو اب آخری لمحوں میں انہیں فتح مندی کے ذائقے سے آشنا کیوں کرے؟

نوجوان مجسٹریٹ کی نگاہوں نے اس کی نگاہوں کا تعاقب کیا۔ بچہ کہاں رہے گا؟' اس نے میٹرن سے پوچھا۔ مجسٹریٹ کی پیشانی پر شکن تھی۔ اس نے نرجس پر ایک گہری نظر ڈالی پھر دروازے کی دہلیز کھڑی ہوئی ایک وارڈن کو آواز دی۔

جی۔" صاحب وارڈن اندر آ گئی

بچے کو گود میں اٹھالو۔ ذرا احتیاط سے۔"

صاحب جی میں۔ اٹھالوں۔ مریم کی آواز سراپا التجا تھی۔

چلو تم ہی سہی، اسے بی بی کیساتھ لے کر چلو۔

''لیکن یہ تو جیل مینو کے.........ڈپٹی سپرنٹنڈنٹ نے مداخلت کرنی چاہی۔

TO HELL WITH THE JAIL MANNUAL ''

نوجوان مجسٹریٹ نے کہا اور تیز قدموں سے باہر نکل گیا۔ مریم نے آگے بڑھ کر مہدی کو اٹھایا اور سینے سے لگالیا۔ وہ فوراً چپ ہو کر گہری نیند میں چلا گیا۔

ڈپٹی سپرنٹنڈنٹ کی سرکردگی میں قافلہ روانہ ہوا۔ دو سپاہی آگے چل رہے تھے اور دو پیچھے۔ وہ درمیان میں تھی اور اس کے دائیں مریم اور بائیں دوسری وارڈن چل رہی تھی۔ چلتے ہوئے نرجس کی نگاہیں مہدی پر جمی تھی۔

باہر مئی کے مہینے میں پو پھٹنے سے پہلے کی خوشگوار خنکی رچی ہوئی تھی۔ ڈوبتے ہوئے چاند کی روشنی میں اس تختہ دار کو دیکھا۔ سیڑھیاں اسے نظر آرہی تھیں۔ موت پاتال میں اترنے کا نام ہے اس پاتال میں اترنے کے لئے سیڑھیاں کیوں چڑھنی پڑتی ہیں؟ اسے جلاد نظر آیا۔ آج اس کے بچے کتنے خوش ہوں گے، باپ کو آج پھانسی بھتہ ملے گا۔ دس روپے۔ دس روپے تو بہت ہوتے ہیں۔ ان روپوں سے بہت سی چیزیں خریدی جاسکتی ہیں نرجس کا ذہن بھٹک رہا تھا۔ لیکن اس کے پیروں میں کوئی لرزش نہ تھی۔ اچانک وہ رک گئی۔ ''مریم۔'' اس کی آواز سناٹے میں بجلی کی طرح چمکی۔

''حکم بی بی۔'' وارڈن مریم کی آواز آنسوؤں سے بھیگی ہوئی تھی۔ جانے کون حاکم تھا اور کون محکوم۔ اس نے مریم کو قریب آنے کا اشارہ کیا۔ مریم اس کے سامنے جھک گئی۔ پشت پر بندھے ہوئے نرجس کے دونوں ہاتھ مہدی کو چھونے کے لئے پھڑ کے پھر اپنی جگہ ساکت ہو گئے۔ مہدی نیند میں ہنس رہا تھا شاید پریوں سے کھیل رہا تھا۔ نرجس نے دھندلائی ہوئی آنکھوں سے زندگی کو دیکھا بہت آہستہ سے جھک کر ماتھا چوما، رخسا چومے، زندگی، زندگی سے رخصت ہو رہی تھی۔

وہ سیڑھیاں چڑھنے لگی۔ تختۂ دار پر پہونچی تو سرکاری جلاد اس کے قدموں میں جھکا اور تسمے سے پیر باندھنے لگا۔ نرجس نے اوجھل ہوتے ہوئے، منظر پر ایک نظر ڈالی پھر اسے بھی اپنے اندر رکھ لیا۔ اس کی آنکھیں بند تھیں اور منظر اس کے اندر تھا۔ وہ جانتی تھی چاند ڈوب رہا ہے۔ صبح کا ستارہ طلوع ہو گیا ہے، مہدی پریوں سے کھیل رہا ہے۔ سورج کا ظہور ہونے والا ہے اور اللہ کے بابرکت نام سے شروع ہونے والے حکم نامے پر عملدر آمد کا وقت آ پہنچا ہے۔

●●

میگی

● فرخندہ لودھی

● اواخر اپریل کی چمکدار دوپہر تھی۔

امین تھوڑی دیر کے لئے دفتر سے اٹھ آیا تھا۔ کھانے کا وقت ہونے کے باعث بازار میں چہل پہل کم تھی، سڑک پر لوگ نہیں تھے۔ شور تھا۔ جتنے ہوٹل اور ریسٹوران تھے۔ سب کے ریڈیو سیٹ مختلف اسٹیشنوں کے پروگرام سنا رہے تھے۔ پھر دھوپ کی ہر لحظہ بڑھتی تمازت۔ وہ بازار کے اس سرے سے اس سرے تک، بغیر کسی مقصد کے، چلتا رہا۔

یوں ہی بے کار ایک ہوٹل میں گھس گیا۔ کھانے پر لوگ اس طرح ٹوٹے پڑے تھے گویا دنیا میں اس سے اہم کام کوئی نہیں۔ مگر وہ بیٹر کو اپنے پیچھے چلاتا چھوڑ کر فوراً باہر آ گیا۔

پنواڑی کی دکان کے بڑے آئینے میں اس نے اپنی صورت کو غور سے دیکھا پٹ سن جیسی پیلی چمک دار مونچھیں اور آنکھوں کی چھدری پلکیں چہرے پر بیزاری امین مڑنے ہی کو تھا کہ پنواڑی نے آواز دی۔

''صاحب! گلوری'' اچھا خاصا، لگا ہوا گاہک، مڑا جاتا تھا، امین رک گیا۔

چلو۔ دے دو۔

وہ حسب معمول مسکرا نہیں رہا تھا۔ اس نے منہ کھول دیا جیسے کوئی کڑوی کسیلی دوا کھانے پر مجبور ہو۔ بوڑھے پنواڑی نے مسکراتے ہوئے ہاتھ روک لیا۔

دیکھئے صاحب! یوں نہیں۔ مسکرا کے کھایئے۔

یگانگت اور لہجے کی الھڑپن کو سن کر امین ہنسی نہ روک سکا۔

ہاں ...... یوں۔ پنواڑی نے نفاست سے گلوری امین کے منہ میں رکھ دی اور اس کی بھوری آنکھوں میں جھانکا۔ کیا بات ہے صاحب جی! جی تو اچھا ہے۔

پنواڑی کے رویے میں ہمدردی تھی۔ امین کو اداس دیکھ کر اس کا دل ہول گیا تھا۔

میں بالکل ٹھیک ہوں بڑے میاں۔ شکریہ...... تم مجھے ہمیشہ بڑے فن کار نظر آتے ہو نہ معلوم کیوں!

امین نے ادھر کی بات ادھر جوڑی۔ وہ موضوع بدلنا چاہتا تھا۔

تم ہمیشہ زیادہ پیسے لیتے ہو۔ پان کے دام لیتے ہو یا فن کے؟ امین بڑے میاں کو پیسے دیتے ہوئے پوچھ رہا تھا۔ اسے پنواڑی کے پان کھلانے کی یہ ادا ہمیشہ عجیب لگی اور اچھی بھی اس ادا کی اصل کہاں ہے؟ وہ ہمیشہ سوچتا۔

ارے واہ بابو! فن کی قیمت کون دے سکتا ہے؟ یہ اصلی مال ہوتا ہے۔ اس کے بھاؤ اس زمانے میں نہیں لگتے۔ بڑے میاں صافی سے ہاتھ صاف کرتے ہوئے اترا رہے تھے۔ امین نے جیب سے سگرٹ نکالی۔ سلگتے ہوئے رسے کے سرے سے سلگائی اور چل دیا۔

رولدد پنواڑی شہر کا سب سے عجیب پان سگریٹ والا تھا۔ وہ پان کے پتے کے ساتھ اپنا مخصوص مشرقی فلسفہ بگھارتا۔ پرانے گاہک کے ساتھ کھل کر باتیں کرتا۔ نئی روشنی کے بابو لوگ دل لگی کے لئے اس کے پاس رکتا اور باتیں سننا پسند کرتے تھے۔ وہ پان میں تازہ مکھن کی انگلی لگا کر گلوری بناتا تھا اور اس کی گفتگو مکھن سے کہیں زیادہ نرم اور طراوت بخش ہوتی ''میاں! مکھن خشکی دور کرتا ہے۔ مگر آہستہ آہستہ سب کچھ رخصت ہو جائے۔ سارے لوگ ہر شے میں ملاوٹ کرنے لگے ہیں......اور پھر پان ....کھانے والے رہ کتنے گئے ہیں۔''

رولدد کو بدلتے ہوئے حالات سے گلہ تھا۔ امین نے ایک روز اسے سمجھایا بھی تھا کہ یہ تجرباتی دور ہے۔ ملاوٹ اور امتزاج کے نتیجے کے طور پر جو کچھ ہمیں حاصل ہوتا ہے اس سے ہماری تخلیق کی حس کو تسکین ملتی ہے اور ہم علم اور جدیدیت سے ہم کنار ہو کر اپنی ذات سے قطعی مطمئن ہوں نہ ہوں یک ہمیں گو نہ تسلی ضرور ہو جاتی ہے کہ ہم نے کچھ تو کیا جو اس سے پہلے نہیں تھا اور رولدد بھی تو پان میں مکھن لگاتا ہے۔ یہ اور اس قسم کی معقول وجوہات سن کر رولدد لاجواب ہو گیا تھا اور امین کی قدر کرنے لگا تھا۔ اب وہ اکثر فارغ وقت میں تبادلۂ خیالات کرتے۔

آج امین کا دل کام میں نہ لگا اور پنواڑی سے وہ باتیں کرنے کو بھی نہ چاہا۔ وہ اداس تھا۔ بس اس کے حواس پر چھوٹے بڑے گلابی ہاتھ چھائے ہوئے تھے جو یکا یک چھونے جاتے تھے، اندراج کے رجسٹر کے صفحوں پر چاندی کا نازک لاکٹ تڑپ رہا اور کام ادھورا چھوڑ کر چلا آیا......اس کا ذہن بری طرح گڈمڈ ہو رہا تھا وہ جا رہی تھی۔

مگن جا رہی تھی۔ ہمیشہ ہمیشہ کے لئے مہینے کی آخری تاریخیں.......... جیب میں کوئی پیسہ نہ تھا..........اور وہ تھا اور کئی مہینوں کا ساتھی دفعتہً چھوٹ رہا تھا۔

میگ! میگ! محبت کرنا گناہ تو نہیں۔ کسی بھی شریعت میں کسی قانون میں۔ پھر تم کیوں جا رہی ہو؟......اچانک......یوں......اس طرح......امین پان چباتا، سوچتا جا رہا تھا......پھر وہ واپس ہوا اور بنک

سے سو روپے ایڈوانس لے کر سونا بازار کی طرف چلا گیا۔

اسے میگی کو کوئی نہ کوئی تحفہ تو دینا تھا..... اس سے پہلے دیئے گئے تمام تحفوں سے بڑھیا۔

ستمبر کی کسی تاریخ کو بڑے بازار میں گزرتے ہوئے، اس سے میگی کی ملاقات ہوئی تھی......

ایسے ہی اچانک جیسے وہ اب جا رہی تھی..... اپنا بوریا بستر کمر پر لادے چھوٹے سے قد کی اجنبی لڑکی......

سرمہ بیچنے والے کو سمجھانے کی ناکام کوشش کر رہی تھی اکیلی۔

سرے والا، میم صاحب میم صاحب کی رٹ لگائے جاتا تھا۔ امین اپنی نیبل کا کام بھگتا کر ذرا ٹانگیں سیدھی کرنے کی غرض سے بازار میں چلا آیا۔ شام کو نوجوان کلرک طبقے کی طرح تھکی ہوئی آنکھوں کو سینکتے۔ وہ اکثر بڑے بازار میں اس سرے سے اس سرے تک گھوما کرتا۔ لیکن اس وقت دوپہر تھی۔ میگی کو ان پڑھ دکاندار کے ساتھ الجھتے دیکھ کر امین کی رگِ حمیت بھڑکی۔ اسے انگریزی آتی تھی۔ اگرچہ وہ بی۔ اے تک کم گو اور شرمیلا طالب علم رہا تھا۔ بہر کیف وہ کوشش تو کر سکتا تھا۔ امین ادھر ادھر نظر دوڑا کر جھینپتا ہوا آگے بڑھا۔ میگی دھات کی بنی ہوئی چھوٹی چھوٹی چمکدار سرے دانیاں ہاتھوں میں پکڑے کھڑی تھی اور سرے والے کو سمجھانے کی کوشش کر رہی تھی کہ سلائیاں تم رکھ لو اور نچلے حصے مجھے دو۔۔۔ میں گلدان بناؤں گی۔ اتنی لمبی بات میگی کو کہنی آتی تھی نہ سرے والے کے پلے پڑتی تھی۔ ہاں وہ آٹھ گنا دام لینے کی فکر میں تھا اور کہہ رہا تھا۔

''میم صاحب، مال بہت گڈ، بہت اچھا آپ کو ولیت میں نہ ملے گا۔'' پردیسی گاہک چیزوں کو الٹ پلٹ کر دیکھنے میں مصروف تھا کہ امین نے اپنی خدمات پیش کیں اور سودا سستے داموں طے ہو گیا۔ میگی نے تشکر آمیز انداز سے امین کو دیکھا۔ وہ مسکرایا اور سر کی جنبش سے اپنے کارنامے کی داد وصول کی۔ ..... اجنبیت کی دیوار سے ایک چٹختی اینٹ کھسک گئی۔

میگی نے اسے بتایا کہ وہ سیاح ہے اور اس بڑے شہر میں نو وارد تو امین اس کو اس کی قیام گاہ تک پہنچانے پر بھی آمادہ ہو گیا۔ میگی سے تھیلا اور کھانے کا ڈبہ پکڑ کر وہ اس کے ساتھ باتیں کرتا ہوا فخر محسوس کر رہا تھا..... اسے خیال گزرا کہ انگریزی بولنے سے کتراتا اس کا Complex تھا۔ جو میگی سے گفتگو کے دوران کم سے کم ہوتا جا رہا تھا۔

منزل تک پہنچتے وہ ایک دوسرے کو اس حد تک جان چکے تھے جتنا دو باتونی ہم سفر اجنبی، طویل سفر کے بعد جان جاتے ہیں اور کسی ایسی انجانی ضرورت کو ذہن میں رکھ کر پتے بھی بدل لیتے ہیں۔

میگی، شوقیہ سیاحت کرنے والی پارٹی کی رکن تھی۔ امین کو یہ معلوم کر کے بہت مسرت ہوئی۔ راستے میں ایک آدھ بار امین تانگہ وغیرہ لینے کے لئے رکا۔ مگر میگی نے یہ کہہ روک دیا کہ وہ جگہیں دیکھنے آئی ہے روندنے نہیں۔

اور امین کے لئے یہی غنیمت تھا کہ وہ ایک گوری نسل کی اجنبی لڑکی کے ساتھ شانہ بشانہ چلتے ہوئے بولے جاتا تھا...... اور کم مائیگی کا احساس قطعاً نہ تھا۔

امین دو چار روز کے بعد میگی سے ملاقات کرنے گیا۔ وہ خندہ پیشانی سے ملی۔ شام کے وقت سڑک پر ٹہلتے ہوئے میگی نے اس کی غلط فہمی دور کردی کہ وہ انگریز ہرگز نہیں بلکہ ویلش ہے۔ اور ویلش اپنے آپ کو انگریز کہلوانے میں دکھ محسوس کرتے ہیں اور وہ انگریزوں سے ایسے ہی نفرت کرتے ہیں جیسے کوئی محکوم قوم اپنے حاکم سے...... وہ زخم جو انگریزوں نے سینکڑوں سال پہلے ویلش قوم کی آزادی سلب کرکے ان کی قوم کے دل پر لگایا تھا آج بھی ہرا ہے۔

میگی کو اگر کوئی انگریز کہتا تو وہ ناک سکوڑ کر اپنی پوزیشن واضح کرنے کی کوشش کرتی۔

پاکستان میں ورود کے بعد امین پہلا شخص تھا جس پر وہ پورا اعتماد کرسکی۔ یہ بھوری آنکھوں اور سنہری بالوں والا نوجوان دل سے اداس اور تھکا ہوا سا ہے۔ اور یہ اپنے ملک کے ایک طبقہ کا نمائندہ ہے۔ چند ملاقاتوں کے بعد میگی اس نتیجہ پر پہنچی تھی...... اب وہ ایک دوسرے کے لئے بالکل اجنبی نہ تھے۔

امین کی معیت میں میگی شہر اور اس کے گرد و نواح کے قابل ذکر مقامات دیکھ کر بہت خوش ہوئی تھی خاص طور پر جدید شہر کی شان بان دیکھتے ہوئے چیخ چیخ کر اپنے آپ کو سمجھا رہی تھی کہ پاکستان دنیا کا امیر ترین ملک ہے۔ زیورات اور زرق برق لباس میں لپٹی ہوئی...... یہاں کی ہر عورت رانی ہے...... وہ جس کا ذکر کہانیوں میں سنا تھا اور تخیل نے اس کی تجسیم کی تھی اب وہ اسے چھو کر دیکھ سکتی تھی۔ باتیں کرسکتی تھی۔

میگی عجیب فطرت کی سیاح تھی۔ تصویریں لیتی نہ نوٹ...... بس گھومے جاتی اور خوش ہوتی رہتی۔ سیاحت کے بارے میں اس کا اپنا ذاتی نظریہ تھا کہ وہ واقعات اور مقامات جو نہایت حسین اور اثر انگیز ہوتے ہیں ذہن سے کبھی محو نہیں ہوتے...... پھر وہ اپنی خوشی کے لئے دنیا دیکھنے نکلی ہے۔ کتاب دیکھنے کے لئے نہیں۔ یہ بات اپنی جگہ ایک حقیقت ہے کہ میگی زیادہ تعلیم یافتہ نہیں تھی...... سادہ سا، سچا دل...... عام انسانوں کے سے طور اطوار۔ بس وہ انسان تھی۔

اس سیلانی لڑکی سے مل کر خود امین کو یوں لگتا جیسے اس نے ساری دنیا دیکھ لی ہے...... انسان سب جگہ ایک سے ہوتے ہیں...... فرق حیوانوں میں ہوتا ہوگا...... میگی کا بھی یہی خیال تھا۔

رفتہ رفتہ امین کے لاشعور میں مبہم سا خیال جاگزیں ہو رہا تھا کہ اس لڑکی نے دیس دیس، بستی بستی جو خاک چھانی ہے تو اس سے ملنے کے لئے تو نہیں! میگی روشن دماغ قوم کی بیٹی ہے تو کیا؟ محبت کی کہانی کہیں پرانی نہیں۔

میگی کے پیار کا نشہ امین کو ہولے ہولے چڑھتا تھا۔ ایسے ہی جیسے بے جان رسی پر کوئی سرسبز

بیل چڑھتی چلی جائے اور ری کا وجود برگ و گل کے نیچے دب جائے۔

اس نشے کا اندازہ امین کو اس وقت ہوا جب میگی نے موسم بدلتے ہی یکبار گی اعلان کر دیا کہ وہ جا رہی ہے۔ اس کی اگلی منزل تاج محل ہے۔ سری نگر ہے...... وہ انڈیا جائے گی...... امین کی محبت کا تاج محل ٹوٹ کر ڈھیر ہو گیا۔

تاج محل محض ایک مزار ہے جس میں ماضی کی ایک خوبصورت کہانی دفن ہے۔ کیا دل کا مزار نہیں بن سکتا۔ کیا اس میں حسین لمحے کی لاش سنبھالے رکھنے کی گنجائش نہیں...... میگی کے فیصلے کے کئی دن بعد وہ اتنا ہی سوچ سکا۔ کیا ہوا جو وہ یوں چھوڑ کر چلی جائے گی۔ اور یہ بھی دکھ کی بات نہیں کہ دیس کی کسی لڑکی نے اسے درخور اعتناء نہیں سمجھا...... امین شکل وصورت اور آمدنی کے لحاظ سے معمولی تھی۔ امین کے لئے یہ بات بڑی حیران کن تھی کہ وہ ایک پردیسی عورت کو دل دے بیٹھا...... کالے کوسوں سے آنے والا رنگ رنگیلا پنچھی...... میگی...... جس کی آنکھوں میں خلوص دیکھ کر وہ دیوانہ وار چیخ اٹھا تھا۔

میں تمہارے لئے کوئی تشبیہ نہیں تراش سکتا۔ تم اتنی زندہ ہو کہ کسی بے جان چیز کا نام لینا تمہاری توہین ہوگا...... ہاں میں یہ کہوں کہ سمندر تمہاری آنکھوں کی مثال ہے اور پھول......

کبھی کبھی امین جھنجھلا جاتا۔ روایت سے بغاوت کر کے وہ مطمئن بھی نہ تھا۔ وہ ساری اقدار جو مشرقی عشق کا خاصا تھیں...... ملیا میٹ ہوئی جاتی تھی۔

پردیسی پیا سنگ نینا جوڑائی کے انتن میں پچھتائی۔

ایسے گانے اور دوہے یاد کر کے امین کا دل چھوٹنے لگتا۔ بھلا وہ سنجیدہ کیوں ہو گیا۔ کہیں اس ملک سے باہر گیا ہوتا اور کوئی میم پکڑ لاتا تو کوئی بات بھی تھی۔ اب یہاں گھر بیٹھے بٹھائے کوئی دل اڑا کے لے بھاگے! وہ اپنے آپ کو ستا۔

توہین ہے سراسر توہین۔ اس نے مشرقی مرد کے پلے کچھ نہیں چھوڑا۔ امین نے میگی کی طرف دوستی کا ہاتھ بڑھایا تھا۔ میگی نے اسے ایسے ہی تھام لیا جیسے ایک ملک دوسرے ملک کو تھام لے۔ پر اب امین کی نگاہیں بدل گئیں تھیں...... ان کی بان میگی کے مضبوط دل پر بھی لگا۔

بہت گھوم چکنے کے بعد وہ شاہی قلعہ کے سرسبز لان میں ستا رہے تھے۔ ٹھنڈی گھاس پر اوندھا لیٹے لیٹے امین کی نظریں میگی کے تھکے ہوئے چھوٹے سے گلابی چہرے پر کچھ یوں پڑیں جیسے اسے پہلی بار دیکھ رہا ہو۔

پتلے رنگین ہونٹ کے اوپر پسینے کی شبنمی بوندیں...... امین کا جی چاہا اس چمک کو اپنی انگلی کی پور میں اچک لے اور اس پنکھڑی کو چھیڑے جو شبنم میں نہا کر حسین تر ہو گئی ہے۔

میگی، امین کی موجودگی سے بے خبر دور ڈھلے ہوئے نیلے آسمان پر اڑتی ہوئی چیلوں کو تکے

جاتی تھی۔ دربار خاس کی محرابوں میں جنگلی کبوتروں کے جوڑے غٹرغوں کرتے پرپھڑپھڑا رہے تھے۔ ان کے پر سیاہی مائل نیلے تھے۔ آسمان کا رنگ نیلا تھا۔ میگی کی آنکھیں نیلی تھیں.......... آغاز سرما کی بھوری نیلی شام قلعے کے کھنڈرات کی اوٹ میں اتر آئی تھی...... اداسی، تنہائی، فاصلہ، نیلگوں گہرا...... شعلہ، سمندر اور آسمان..... امین سوچ رہا تھا۔

''یا پھر یہ ایک اصل کا پرتو ہے کہ ہرا تھاہ میں جھلکتا ہے۔''

میگ ..... امین نے سکوت کے سمندر میں کنکری پھینکی۔ انگوٹھے کی پور کی میگی کے ہونٹوں پر نرمی سے پھرا اور چپ رہا۔

میگی نے دنیا دیکھی تھی اس ٹھہراؤ کی تہ میں متلاطم لہروں کو جانتی تھی جوابا دھیرے سے مسکرائی اور اپنا چھوٹا سا ہاتھ امین کی طرف بڑھایا۔

میگ! میں تم سے محبت کرنے لگا ہوں۔ میگ!

شروع شروع میں وہ میگی کو اس کے پورے نام مارگریٹ پارسین کہہ کر پکارتا دوستی ہوئی تو میگی کہنے لگا اور اب میگ میگ کہے جاتا تھا۔ سچی محبت کے اظہار کے الفاظ کبھی استعمال شدہ نہیں ہوتے۔ نئے لفظوں سے کہانی نئی بن جاتی ہے۔ جس کی تفہیم کبھی نئی نہیں ہوتی۔

اس شام وہ دیر تک بازاروں میں پھرتے رہے۔ میگی نے بہت سی چیزیں خریدیں جو خالص مشرقی تھیں وہ امین کو بتاتی رہی کہ جب وہ گھر واپس جائے گی تو ان کی ماں ان سب چیزوں کو دیواروں اور کارنس پر سجائے گی اور تمام قصبہ نمائش دیکھنے آئے گا۔ وہ ہمیشہ ملک ملک کے تحائف لے کر گھر لوٹتی ہے البتہ وہ جرمنی سے کچھ نہ لا سکی تھی۔ یہ جرمنی میں اقتصادی اور سیاسی بحران کے دن تھے...... اور ترکی میں کسٹم ڈیوٹی پر کھڑے نوجوان آفیسر نے اسے آنکھ ماری تھی اور گذرتے ہوئے کندے پر چٹکی کاٹ گیا تھا۔ اور یروشلم میں اسے اور اس کے ساتھیوں کو جاسوسی کے شبہ میں دھر لیا گیا تھا اور وہ رات بھر سردی میں ٹھٹھرا کئے تھے۔ کیوں کہ ان کے بستر تلاشی کی غرض سے چھین لئے گئے تھے...... یہ اور اس قسم کے اور بہت سے واقعات سنا کر وہ امین کو خواب میں جھنجھوڑتی رہی۔

میگی کی اقامت گاہ تک پہنچتے پہنچتے پورنماشی کا چاند افق سے کئی سیڑھیاں اونچا چڑھ آیا تھا۔

چودھویں کا چاند ہو۔ امین نے بے خیال میں دھن گنگنائی۔

...... رخصت ہونے سے پہلے میگی نے اصرار کر کے پورا گانا سنا۔ وہ امین کے خلوص کا تجزیہ نہ کر پائی تھی۔ مشرقی مرد کے اظہار محبت کی دھیمی دھیمی سوختہ جاں آنچ جو راکھ نہیں کرتی، لگاتی ہے۔ اس نے اس آنچ میں اپنے آپ کو پگھلتا ہوا محسوس کیا۔

رات کو اپنے بستر پر لیٹی ہوئی وہ اپنے ہاں کے مردوں کا مقابلہ امین سے کرتے ہوئے اس

نتیجہ پر پہنچی کہ یہاں آغوشِ محبت یوں ہولے ہولے کھلتی ہے جیسے کوئی غنچہ کھلتا ہو۔

''غنچہ'' اچھی تشبیہ ہے۔ وہ آپ ہی آپ مسکرائی۔ امین کی یاد اور بدن کی باس اس کے حواس پر مسلط تھی۔ تھوڑی دیر پہلے امین سے سنے ہوئے گانے کے بول کیا ایک لفظ بھی اس کے حافظے میں نہیں تھا۔ ہاں بات اچھی تھی اور پورے چاند کا تذکرہ تھا اور جوش جنوں میں امین نے اس کا منہ اونچا کر کے کہا تھا .... تم بھی پورے چاند جتنی حسین ہو...... یہ سن کر میگی اترانے کی بجائے زوردار قہقہہ لگا کر ہنسی۔

"God Forbid How Rediculous" پورے چاند جتنا گول اور چپٹا چہرہ....

امین کو غصہ آ گیا۔ اور اس نے میگی کے سر پر ہلکی سی چپت لگائی۔

''الو کی پٹھی۔ '' پھر ترجمہ کیا۔ میگی کھل اٹھی۔ ''ہاں یہ اچھی تشبیہ ہے۔''

اب کے امین کو اس کی بے وقوفی پر ہنسی آئی، میگی اس کے چہرے کے تاثر دیکھ کر چیخی۔

ہاں ہاں۔ ہم اہل مغرب الو کو دانائی اور دور اندیشی کی علامت سمجھتے ہیں۔

پھر وہ دونوں بغلگیر ہو کر قہقہے لگاتے رہے اور یوں ایک فاصلہ اور بُعد جو باتوں سے اچانک پیدا ہو چلا تھا۔ کم سے کم ہو گیا۔

تاریخی مقامات کی سیر کے بعد میگی امین کو بار بار کہتی تھی کہ تمہاری قوم بلا شبہ عظیم ... چھوٹی اینٹوں سے لے کر بلند میناروں تک۔ سب تمہاری عظمت رفتہ کی گواہی دیتے ہیں اور یہ سب کچھ پختہ ہیں۔

امین کے ذہن پر میگی کی تمام گفتگو میں سے صرف ایک بات چسپاں ہو کر رہ گئی۔

''عظیم قوم تھی''۔ پل بھر کی ساری رواداری اور محبت جو وہ سات سمندر پار کی حوا سے رکھتا تھا۔ دب کر رہ گئے اور چلا کر بولا۔

ہم اب بھی ہے نہیں..... تاریخ کو نئے رنگ سے دہراتے ہیں...... یہ اور بات ہے کہ ہم نے اس حقیقت کو اب محسوس کیا کہ یہ دنیا فانی اور آنی جانی ہے...... پکی عمارتیں بنانا فضول ہے...... خالص ذاتی گھروں کی بات دوسری ہے۔ ان میں بیوی بچوں کو دن رات رہنا ہوتا ہے.... ان کی آسائش کا خیال تو رکھنا ہی پڑتا ہے۔

وہ بولتا چلا گیا۔ میگی نے ایک جھرجھری لی اور امین کی طرف ہمہ تن متوجہ ہوئی۔ مگر اب وہ خاموش تھا۔ گویا اس کے پاس باتیں ختم ہو گئیں۔ سارے دلائل ہاتھ سے جاتے رہے۔ میگی نے اپنا ہاتھ آگے بڑھایا۔ امین نے اس پر آنکھیں رکھ دیں......

پیپل کے پتوں کے پیچھے پہلی تاریخوں کا پہلا چاند ہٹ ہٹ کے جاتا تھا...... وہ جینز میں پھنسی ہوئی ٹانگیں پسارے ہاتھوں کے سہارے لان پر بیٹھی تھی۔ اس کے گلے میں لٹکتے ہوئے چاندی کے لاکٹ کی چین کو چاند کی چور کرنیں چمکا رہی تھیں۔

تمہارے دیس میں حسن ہے۔ ہر طرف بکھرا ہوا۔ پریشان۔ یہ بکھراؤ دیکھنے والے کو مدہوش کردیتا ہے۔ نہ معلوم مجھے ایسا کیوں لگتا ہے، کہ تم سب مدہوش ہو...... امین! امین پھیکی طنزیہ ہنسی ہنسا۔

یہ لاکٹ اس کے پہلے یار کی نشانی ہوگا...... وہ سوچ رہا تھا۔

امین تم نے ٹینی سن کی Lotus Eaters پڑھی ہے۔ پس تم "لوٹس ایٹر" ہو......

امین کے اعصاب کھنچ گئے اسے تاؤ آرہا تھا...... وہ اس کے جذبات مجروح کرنے کے موڈ میں کیوں تھی...... خلوص، معیشت اور سیاست سے کہیں بلند تر چیز ہے...... یہ اپنی اور اس کی زات کے بارے میں کیوں نہیں سوچتی اس کے متعلق کیوں نہیں کہتی۔ عورت باہمی رشتے اور ذات سے الگ ہوکر سوچنے لگے تو وبال جان بن جاتی ہے۔

امین چڑ کر میگی کی باتوں کا جواب دیتا تھا...... میگی نے آخر چٹکی لی۔

''محبت کے درمیان کوئی دیوار حائل نہیں ہوتی۔ مگر اس کی بقاذہنی پختگی چاہتی ہے۔

امین بے نیازی سے بیٹھا درختوں کے پیچھے چاند کو ہولے ہولے اترتے دیکھ رہا تھا۔ فضا خاموش تھی۔ شہر کے بڑے گھڑیال نے دس بجائے وہ اٹھ کھڑا ہوا۔

امین، میگی سے ناراض ہرگز نہ تھا۔ بس اسے شکایت تھی تو اتنی کہ وہ اس کی ذات سے آگے بڑھ کر کیوں سوچتی ہے۔ امین نے یہاں کی عورتوں کا صرف ایک مرکز خیال دیکھا تھا...... مرد خواہ شوہر ہو یا محبوب...... بہت کیا تو تصوف میں پناہیں لینے لگیں۔ وہ اپنے آپ کو بہر طور پھنسائے رکھتی ہیں۔ آب وہوا کا اثر ہے یا مٹی کا؟ وہ اس چکر سے نکلنا پسند نہیں کرتیں۔

ڈوبتے چاند کی دھندلی چاندنی میں وہ میگی کی آنکھوں میں نہ جھانک سکا اور بظاہر ترش لہجے میں بولا۔

میگ! ہم دوستی سے سوا ہیں...... جانتی ہو!

وہ میگی پر جھکا اور میگی نے اپنی پیشانی اس کے ہونٹوں کے قریب کردی...... کسی گنجان درخت میں پرندوں کے پر پھڑپھڑانے کی آواز آئی...... امین چل دیا۔

قیام گاہ کے باغ کی چوڑی سڑک پر اسے خوشبو نے گھیر لیا جو میگی کے بالوں کی نہیں تھی...... چاند کی کرنوں کے ساتھ ھلنے والے مردا کے سپید پھولوں کی تھی...... قیام گاہ سے ملحق گرجا گھر کے قبرستان میں الو بول رہا تھا۔ امین کو چڑیلوں، بھوتوں اور آوارہ روحوں کے خیال کے ساتھ میگی کی بات یاد آئی۔ اس نے لاحول پڑھتے ہوئے ایک بار پھر وہی گالی دی...... ''الو کی پٹھی......''

دوسرے روز میگی بنک میں آئی تو امین کا چہرہ روٹھے ہوئے بچے کی طرح سوجا ہوا تھا۔ میگی کو کمرے میں داخل ہوتے دیکھا اور منہ دوسری طرف پھیر کر لوگوں کے ساتھ انہماک سے گفتگو کرنے لگا میگی نے آہستہ آہستہ سے اس کے کندھے پر ہاتھ رکھا اور پکارا......

دفتر آتے ہی میگی کو ٹیلی فون کرنا امین کا معمول تھا۔ صبح نہ ہو سکا تو دو پہر کو۔ بنک کے اوقات کار ختم ہونے تک تین چار بار ضرور ٹیلی فون پر بات کرتا...... مگر آج ...... میگی یہی معلوم کرنے آئی تھی۔

امین نے مڑ کر اپنے پیچھے کھڑی میگی کو دیکھا اور کوشش کے باوجود مسکراہٹ کو نہ دبا سکا۔ کھسیانی ہنسی، چہرے پر پھیلی آنکھوں میں ندامت اور اعتراف جرم بن کر تیری پھر ایک ادھورے قہقہے کے ساتھ اڑ گئی۔

چند ثانیے کے بعد وہ بڑے بازار میں گھوم رہے تھے۔ میگی نے امین کے کندھے کو تھپتھپایا اور کہا۔

تمہیں دوستی رکھنے کا سلیقہ آتا ہے ...... اور ہاں آج مجھے وہی چاند والا گانا۔ رومن رسم الخط میں لکھ دو نا! میں اسے رٹنے کی کوشش کروں گی۔'' وہ نہایت سنجیدہ نظر آتی تھی۔

میرے جذبات کی سنجیدگی کو کب سمجھو گی میگ! وہ بڑبڑایا۔

میگی چلتے چلتے لڑکھڑا گئی اور اس نے اپنا سارا بوجھ امین پر ڈال دیا۔

کافی ہاؤس میں بیٹھی دلچسپی سے ہر طرف دیکھ رہی تھی اور چپ تھی۔ پاکستانی گڑیاں اور ماڈل پیکٹوں میں بند میز کے ایک کونے پر رکھے تھے۔

میگ! یہ خوشی کی بات نہیں کہ دنیا کے تمام انسان ایک کنبے کی صورت اختیار کئے جاتے ہیں؟ ...... تہذیبی اور تمدنی انفرادیت غیر پختہ ذہن کی باتیں ہیں ...... بچوں کی سی۔''

میگی اپنے طور پر اپنی سوچ سے مسرور اور مسحور امین کی آنکھوں میں تصدیق اور تسلیم ورضا تلاش کر رہی تھی۔ وہ کچھ توقف کے بعد بولا کہ اس نے اس قسم کی باتوں کے متعلق کبھی غور نہیں کیا۔

بنک کاری نے سوچنے کی صلاحیت سلب کر لی تھی۔ امین اب صرف اس قدر جانتا تھا کہ اس رقم پر اتنا سود لگے گا اور اس آسامی کو اس حد تک قرضہ دیا جا سکتا ہے...... اور معیار زندگی بلند کرنے کے لئے صرف روپیہ چاہئے۔ بوند جتنے وقت میں دولت کی روپہلی نہر نکلے تو زندگی۔ ورنہ کتے کا سا جینا مقدر ...... تجربے نے اسے یہ سب کچھ سکھا دیا تھا۔ مگر وہ ٹیکٹکس نہیں جانتا تھا جو کاروباری زندگی میں نہایت ضروری ہوتے ہیں۔

سامنے کی میز پر ادیب اور شاعر نما دو شخص کسی زبردست سیاسی، سماجی الجھن میں تھے اور زور زور سے بول رہے تھے۔ وہ بار بار خالی پیالوں کو بجاتے اور بیرے کو بلاتے۔ کبھی ماچس کے لئے کبھی دو عدد سگریٹ اور گلاس بھر پانی کے لئے ...... پر ان کی بحث کسی نتیجے پر پہنچی تو کوئی بات نہیں تھی ...... اچانک ان میں ایک گھونسا ہوا میں اچھال کر چیخا۔

میں برٹرینڈ رسل کے خیالات کی پرزور حمایت کرتا ہوں۔ خدا کی قسم! اگر خدا نہ ہوتا تو وہ خدا ہوتا۔'' (نعوذ باللہ) ''لعنت ہو تم...... ''

دوسرے نے بھی اتنی بلند آواز سے جواب دیا۔

قریب تھا کہ وہ برتن اٹھا کر ایک دوسرے کے سر میں دے مارتے لیکن ریسٹوران کے ماحول سے مرعوب پیچ و تاب کھاتے بیٹھے رہے۔ میگی کی آنکھیں خوف سے پھیل گئیں۔ امین نے اسے تسلی دی اور سمجھایا کہ وہ لڑ ہرگز نہیں رہے۔ ادب پیدا کر رہے ہیں...... نیا ادب مشاہدے مطالعے اور ذہنی اپج سے زیادہ بحث و تمحیص کا مرہون ہے۔

میگی ہلکے ہلکے تحیر، اکتاتی، مخصوص ٹھہرے ہوئے انداز میں دیکھا کی۔ یہ بہت تیزی سے سوچنے والی عورت تھی۔ اتنا تیز کہ امین اکثر پیچھے رہ جاتا اور وہ ایسی باتیں کہہ جاتی جن کے متعلق وہ کئی دن بعد سوچتا اور جھنجھلاتا۔

کافی ہاؤس سے نکل کر سڑک پر چلتے ہوئے وہ امین کو بتانے لگی کہ پوری دنیا Teen Ager Problem سے دوچار ہے۔ کوئی ذہنی طور پر، کوئی مادی پر۔

امین نے میگی کو پنواڑی کی دکان سے پان کھلوایا۔ پتے کو چبا کر میگی کے چہرے پر مسرت کی لہر دوڑ گئی۔ جیسے اس نے کچھ دریافت کر لیا ہو...... نیا اور انوکھا...... اس تجربے کے ادراک سے اس کی روح مسرور تھی۔ امین کا ہاتھ بھینچتے ہوئے وہ زور سے چلائی۔

''یہ مشرقی ہے۔ خالص مشرقی...... اور وہ خوشبو''۔ گو پان کا ذائقہ اس کے لئے کڑوا تھا۔

اس کے بعد وہ جب بھی اس طرف سے گزرتے میگی، رولدد کے ہاتھ سے پان ضرور کھاتی رولدد دونوں کو اپنی طرف آتا دیکھتا تو گلوری پہلے ہی سے تیار کر لیتا۔ میم صاحب کے منہ میں گلوری رکھنے کے بعد وہ سرخرو ہو کر اعتماد بھرے انداز سے دیکھتا اور نہایت سلیقے سے بڑہانکتا جیسے کسی ملک کا سفیر اپنے قومی کلچرل شو کے لئے تماشائیوں کے سامنے اطلاعات سے بھرپور تقریر کرے میگی کے پلے کچھ بھی نہ پڑتا اور وہ رولدد کو خوش کرنے کے لئے ہوں ہاں کرتی رہتی...... رولدد کے من میں کئی بار سکیم آئی کہ وہ میگی سے سرٹیفکٹ لے کر دکان میں لگائے جس میں لکھا ہو۔

''وہ میم صاحب ہوتے ہوئے بھی بڑے میاں سے متاثر ہوئی ہے اور خاص طور پر ان کے پان سے۔ قوام کی تو بات ہی کیا؟ اور ان کا پان کھلانے کا انداز...... واللہ! دنیا دیکھی، کہیں نہیں دیکھا''۔

رولدد نے امین کے سامنے اپنی تجویز پیش کی مگر امین نے اتنا کہا۔

''اس سے کیا ہوتا ''

اور چل دیا۔ اسے کیا معلوم اس سرٹیفکیٹ سے کاروبار کتنا چمک اٹھے گا۔ یہ سرٹیفکٹ ذرا شیشے میں جڑوا کر دیوار پر ٹانگ دیا جائے تو دیکھو ساری ماڈرن سوسائٹی ادھر کھنچی چلی آئے اور ایک بار پھر وہ زمانہ لوٹ آئے کہ عطر بیز شاموں میں پان کی خوشبوئیں مہکتی پھرے جیسے دلی کے چاندنی چوک کی

کنواریاں۔ جن کی موجودگی اور چڑھتے جوبن کے احساس سے اہل دل سرشار رہتے تھے۔ اک باس چڑھی رہتی تھی اک آس بندھی رہتی تھی۔

کام کہنے کہانے اور بیچ بچاؤ کرنے سے چلتا ہے۔ نہیں تو پیسے چڑھا دو۔ چٹکیوں میں چھوڑ پلک جھپکنے تک میں کام چلالو۔ پر امین یار تو بات ہی موڑ گئے... اس سے کیا ہوتا ہے؟ یہ کوئی جواب تھا۔ رولدو کو انگریزی آتی ہوتی تو وہ خود ہی میگی سے بات کر لیتا۔

ایک روز رولدو اشاروں کنایوں میں مافی الضمیر بیان کرنے میں کامیاب ہو ہی گیا۔ میگی نے امین سے تفصیل سنی تو وہ بڑے زور سے ہنسی اور ٹوٹی ہوئی اردو میں کہا۔

''پان والا! تم بچہ... ٹمن ایجر بچہ ہائے''۔

بڑے میاں بڑی معصومیت کے ساتھ مسکراتے ہوئے میگی کی طرف تکے جاتے تھے..... میگی کو انتہائی پیار آیا۔ اس کا جی چاہا کہ وہ بڑھ کر رولدو کے جھریوں بھرے گال چوم لے۔

آنکھوں کی زبان کتنی سادہ ہے... میگی نے سوچا اور خوشی کی لہر اس کے سارے جسم میں دوڑ گئی۔ اور تم کتنے پیارے بوڑھے ہو۔ تمام دنیا کے بوڑھے اور بچے ایک سے ہوتے ہیں۔ جوانی کو جانے کیا ہو جاتا ہے؟ اس کے بے شمار رنگ ہیں اور اس کے آہنگ کو بقا نہیں......''

میگی نے اپنا ہاتھ امین کے ہاتھ میں تھما دیا۔ بڑے میاں کو شب بخیر کہتے ہوئے چل دیئے۔ امین اس کے ساتھ گھسٹا ہوا جا رہا تھا میگی کا ہاتھ خنک تھا اور لرزاں۔ اس کی شفاف آنکھوں میں موٹروں کی روشنیاں جھلملاتی تھیں اور لبوں پر پان کی لالی تھی۔

''ہمارے ملک کا سنجیدہ تجربہ کار طبقہ چھوکرے چھوکریوں کے مسائل سے پریشان ہے اور تم سب ابھی اس عمر میں ہو۔ اس عمر میں جی ایک ایک خواہش کے احیا کے لئے تڑپتا ہے..... اجتماعی شعور سے نابلد انفرادی مسرتوں کا متلاشی ذہن......''

وہ بولتی گئی امین نے اس کا ہاتھ چھوڑ دیا۔ اب وہ الگ الگ چل رہے تھے۔

امین! میں لنڈن میں سال بھر تک Probation Officer کے طور پر کام کرتی رہی ہوں .... اس مسئلے کا مطالعہ میں نے خوب کیا ہے..... امین..... امین..... تم بھی کچھ بولو''۔

اس نے امین کو جھنجھوڑا۔

میں کیا بولوں! میرے پاس کہنے کو کچھ نہیں۔ میں تمہارے ساتھ صرف تمہاری باتیں کر سکتا ہوں..... وہ تم سننا پسند نہیں کرتیں خالص اور ٹھیٹ اور بیجنل باتیں میں کہاں سے لاؤں! ادھر کچھ عرصہ سے ہمارے پاس کچھ بھی نہیں رہا۔ اور..... اور....''

امین کو مایوسی اور کم مائیگی کے احساس نے دبا لیا۔ میگی نے پیار سے اس کا ہاتھ دوبارہ پکڑ لیا

..... اب وہ دونوں خاموش تھے۔

امین باتیں کرتے کرتے یاس اور ناامیدی کے اندھیرے میں غرق ہو جاتا ہے ایسے موقعے پر میگی کے دل میں ایک خاص قسم کا جذبہ ابھرتا کہ وہ اس تھکے ہوئے بھاری سر کو اپنے سینے پر رکھ لے...... بالکل ایسے ہی جیسے کوئی ماں اپنے بچے کو دکھ میں دیکھ کر کرب اور الجھن محسوس کرے۔ وہ الجھی سی جاتی۔ امین کی بھوری آنکھوں میں جھانکتی...... خلوص، محبت اور یگانگی کی رو سی چلتی وقت ان کے درمیان ہزاروں میل کا فاصلہ اور سینکڑوں صدیوں کا تہذیبی بعد سمٹ کر سانسوں کی رو سے بھی کم رہ جاتا۔

میں بستی بستی گھومتی چلی آئی ہوں۔ امین! شائد تمہارے لئے"

میگی رک رک کر کہتی۔ "تم کبھی نہ جانا...."

امین کہتا۔ اچھا....

میگی لفظ اچھا بخوبی ادا کر لیتی تھی اور اس کا خیال تھا کہ وہ اس کی ادائیگی میں ایک ذائقہ محسوس کرتی ہے جو ناقابل بیان ہے۔ اس کا ارادہ تھا کہ پاکستان میں رہنے کی صورت میں وہ یہاں کی زبان پر کچھ ریسرچ کرے گی۔ اس مقصد کے لئے میگی نے پڑھے لکھے لوگوں سے مشورے بھی کئے لوگ مدد کے لئے فوراً آمادہ ہو گئے؟..... بالآخر تان ٹوٹی تو یہاں کہ ہماری لسانیات کا مکمل علم حاصل کرنے کے لئے ولایت جانا پڑے گا...... تو میگی ایک ہی بار اکھڑ گئی۔

سردیوں کا موسم بھی بیت گیا۔ سرد ممالک سے آئے ہوئے سیاح موسمی پنچھیوں کی طرح گھروں کو لوٹ رہے تھے یا پھر ان علاقوں کا رخ کر رہے تھے۔ جہاں کی آب و ہوا سازگار ہو۔ میگی کو امین کے خلوص اور محبت نے باندھ رکھا تھا۔ امین کا خیال تھا کہ میگی اگر یہ موسم گرما جھیل گئی تو وہ اسے شادی کا پیغام دے دے گا۔ یوں جلد بازی کرنا ویسے بھی اوچھا پن ہے۔

میگی کی وجہ سے امین سب کی نظروں میں آ گیا تھا اب بنک کے منیجر صاحب اس کے ساتھ بے تکلفی سے ملتے۔ دو ایک بار تو انہوں نے امین کو میگی کے ساتھ ہوٹل میں مدعو بھی کیا۔ اس کے شریک کار اس سے حسد کرتے۔ کبھی میگی دفتر کے اوقات میں امین سے ملنے آتی تو دفتر کے معروف کار عملے میں جو مخصوص بھنبھناہٹ ہوتی ہے۔ دم توڑ دیتی پھر کوئی فقرہ جڑتا۔ میگی کہاں سمجھ سکتی تھی۔ ہاں وہ نگاہوں کی زبان سمجھتی تھی۔

جو کوئی آنکھ جھوٹ بولتی تو میگی کو نہایت غصہ آتا۔ وہ اس جھوٹ کو تربیت اور ماحول پر محمول کرتی۔ امین بھی کبھی کبھی دل کی بات چھپا جاتا۔ لیکن جھوٹ اس کے چہرے پر صبح کاذب کی طرح ابھرتا۔ عارضی اور دھندلا ایسی کیفیت اس وقت طاری ہوتی جب وہ میگی کی طرف پورے خلوص سے مائل ہوتا .... ایک سوال آنکھوں میں ابھرتا...... وہ چپ رہتا اور میگی تڑپ کر رہ جاتی۔ تم کچھ پوچھنے والے تھے۔" ایک

روز میگی نے پوچھ ہی لیا۔

ہاں میں ہر روز پوچھنا چاہتا ہوں۔

اس نے میگی کے سینے پر لٹکتے ہوئے دل کی شکل کے لاکٹ کو چھیڑا۔ رقابت کی آنچ اس وقت تیز تھی اور میگی کی طرف سے بدظنی کا گمان پختہ تر۔ میگی کتنی بری تھی کہ پہلے محبوب کی نشانی کو سینے سے لگائے ایک رومان لڑا رہی تھی...... جوانی کے موسم میں مذہب اور خدا سے کہیں زیادہ محبوب کی لوگی رہتی ہے۔ میگی کے بتانے کے باوجود کہ وہ اپنے بوائے فرینڈ کو چھوڑ چکی ہے اگر چہ اس کے دیس میں وہ اب بھی اس کی راہ دیکھ رہا ہوگا۔ کیونکہ اس نے قول دے رکھا تھا کہ جب تک میگی شادی نہیں کر لیتی وہ اس کی طرف سے مایوس نہیں ہوسکتا۔ امین کا یقین اکثر ڈانواں ڈول ہوتا رہتا۔

کل ہی جب اس نے اپنی واپسی کا ارادہ ظاہر کیا تو امین چپ چاپ لوٹ آیا۔ میگی اپنی طرف سے بڑا فلسفیانہ فقرہ کہہ کر سبکدوش ہو رہی تھی۔

''میں مشرق میں روشنی کی تلاش میں آئی تھی کہ سورج ادھر سے نکلتا ہے مگر تم سب روشنی کے لئے مغرب کو منہ اٹھائے ہوئے ہو۔'' امین نے اس کے نظریئے اور فلسفے پر کڑھنے کے بعد ایک ہی رقیبانہ فیصلہ کیا کہ پہلے عاشق نے تو اسے چاندی کا ذلیل سا تحفہ دیا لیکن وہ اسے سونے کا دے گا...... پاکستانی دوست کا ہاتھ کسی صورت میں تو بالا رہے...... اسی مقصد کے لئے وہ تیز چلتا، سونا بازار کو جا رہا تھا...... رولدو پنواڑی کی باتوں اور آئینے نے دل میں خواہ مخواہ مزید ہل چل پیدا کر دی تھی۔ امین کا جی شام کے دھندلکے میں پہلے تارے کی مانند تنہا لرزاں تھا۔

بعد میں میگی نے انڈیا جانے کے بجائے اپنے وطن جانے کا پروگرام بنا لیا...... روانگی سے چند روز قبل وہ بے حد مصروف رہی۔ ملنا ملانا۔ الوداعی پارٹیاں...... پاکستان میں قیام کی آخری شام امین نے اپنے لئے وقف کرنا چاہی۔ کل ملو گی؟ امین نے پوچھا۔

نہیں...... کل سنڈے ہے اور میں پاکستان میں آخری نماز پڑھنا چاہتی ہوں۔ اور شام کو...... شام کو آرام کروں گی۔

میگی کے لہجے میں عزم کی جھلک تھی۔ جدا ہوتے وقت امین اسے یہ بھی نہ کہہ سکا کہ میں تمہیں تحفہ دینا چاہتا ہوں...... ایک خاص تقریب کے ساتھ...... اسے غصہ تھا۔ ناکامی، ندامت، رقابت، اور دل کا خلا۔ راستہ بھر سوچا کیا۔

گرجا جانا بہت ضروری تھا...... مذہب کیا ہے، ایک تربیت کا نام اور محبت۔ فطری جذبہ...... ہاں فطرت کو تربیت کے تابع رہنا چاہئے ...... لیکن میگ کو مجھ سے محبت کیا تھی؟...... جانے کیا تھا ......فطرت...... فطری جذبہ کچھ بھی نہیں۔ اور میگی کبھی بھی نہیں...... اور میگی کبھی کچھ فیصلہ کرتی ہے۔ کبھی

کچھ کمینی ہے۔

اوائل جون کی صبح نہایت چمکیلی تھی۔ اونچی دیواروں اور درختوں پر پیلی دھوپ پھیلی تھی۔ گرم ہوا کے جھکڑ سویرے ہی سے چل رہے تھے۔ امین دفتر جانے کے بجائے نہا دھو کر میگی سے ملنے گیا تو پتہ چلا کہ وہ کسی کے ہاں صبح کے ناشتے پر مدعو ہے اور وہاں سے آتے ہی ہوائی اڈے چلی جائے گی۔ وہ نوکر کے پاس ایک نوٹ چھوڑ گئی تھی کہ امین ہوائی اڈے پر ذرا جلدی پہنچ جائے بہت سی باتیں کرنا ہیں۔ وہ جل کر رہ گیا یہ صبح وہ اس کے ساتھ بھی تو گذار سکتی تھی۔ اس قماش کی عورتیں دولت مندوں کو ترجیح دیتی ہیں۔ یہ بات تھی تو میگی اس مرد کا اتنی نفرت سے کیوں ذکر کر رہی تھی جو ایک شام کو اس کے پیچھے پیچھے ہاسٹل میں پہنچ گیا تھا۔ چوکیدار نے سوچا تھا کہ میم صاحب کا کوئی ملنے والا ہوگا۔ اس لئے روکا نہیں...... روشنی میں اجنبی کا چہرہ بغور دیکھ کر وہ ٹھٹکی تو مرد سینکڑوں روپوں کے نوٹ اس کے سامنے گنتے ہوئے شستہ انگریزی میں کہنے لگا۔

تمہیں پاکستان کی چیزیں پسند ہیں۔ تمہیں پاکستانی لوگ پسند ہیں ..... میں تمہیں نئے نئے لباس اور زیورات سے لاد دوں گا۔ میرے ساتھ چلو۔ بھوکے کلرکوں کے ساتھ کیوں پھرتی ہو۔"

میگی غصے اور نفرت سے چیخی۔ چوکیدار کے چوکنا ہونے سے پہلے اجنبی اپنی راہ لے چکا تھا۔

اور نئے سال کی بے تکلف پارٹی میں ڈھلتی عمر کے مرد نے میگی کے ساتھ ناچتے ہوئے ایک ثانیے میں پرپوزل دے ڈالا۔ میں تمہیں مہارانی بنا کر رکھوں گا۔

میگی تھک کر بیٹھ گئی۔ وہ نئے سال کو خوش آمدید کہنے کے لئے ناچ رہی تھی اور لوگ اسے نئی زندگی کا پیغام دے رہے تھے ایسی اونچی سطح کی پارٹیاں میگ نے اپنے ملک میں کہاں دیکھی ہوں گی۔ اسی لئے ہر بات آکر امین اور اپنی ہمجولیوں کو سناتی اور کہتی اگر میرا باپ یہاں آکر دیکھے تو وہ مجھے پہچان نہ سکے گا۔ اسے کیا معلوم کہ اس کی بیٹی یہاں آکر اونچی سوسائٹی کی خاتون بن گئی ہے۔

اصل میں وہ یہاں کی گلیوں اور عوام دیکھنے آئی تھی۔ مگر پلکوں پر بٹھالی گئی۔ وہ انسان تھی آنسو تو نہ تھی کہ پلکوں کی بالکونیوں سے اتر کر نیچے چلی جاتی۔ جہاں زندگی اندھی اور لولی لنگڑی ہے۔ امین نے بھی اندرون شہر دکھانے کی جسارت نہ کی۔ مبادا وہ دل برداشتہ ہو جائے۔ مگر اب وہ جا رہی تھی...... وہ چاہتا تھا اس کے بارے میں کم سے کم سوچے۔

سہ پہر کو ہوائی جہاز کی روانگی تھی اور ابھی دن کا ایک بجا تھا۔ ٹیلی فون کیا تو پتہ چلا کہ وہ ریزیڈنس پر واپس آچکی ہے۔ امین بجلی کی سی تیزی کے ساتھ پہنچا۔ میگی کا چہرہ اترا ہوا تھا۔

"میگ تم سچ مچ جا رہی ہو۔"

"ہاں"

''تم تو سری نگر جا رہی تھیں''

''پھر سہی......''

''میگ......!!!''

میگی نظریں نہ ملاتی تھی اور لوگوں سے ملے ہوئے چھوٹے چھوٹے تحائف بن کھولے بن دیکھے پرس میں بھر رہی تھی...... امین نے جیب میں پڑی ہوئی ڈبیا کو انگلیوں سے کئی بار چھوا۔

میگ میں تمہیں یاد آؤں گا۔

''اوہ......''

وہ تھکن کا بہانہ کر کے بیٹھ گئی۔ اس کے ہاتھ کانپ رہے تھے اور رنگت سرخ ہو رہی تھی۔ میگی کا چھوٹا سا گلابی ہاتھ امین کے بالوں میں چھپ گیا۔ امین نے اسے قریب تر کر لیا۔

باہر کھڑکی کے پاس کھڑا چپراسی کہہ رہا تھا۔

دیر ہو چلی مس صاحب! ٹیکسی آ گئی...... ......

میگی نے عجلت سے اپنی تصویر امین کی طرف بڑھائی۔ اس پر پتے اور دستخطوں کے علاوہ لکھا تھا۔

''امین کے لئے...... محبت کے ساتھ''۔

امین ایک بار پھر مسکرایا۔

ہوائی اڈے پر میگی کے ملنے والوں میں سے کوئی بھی نہ پہنچا تھا۔ وہ کونے میں پڑے ایک صوفے پر بیٹھے ایک دوسرے کو دیکھ بھی نہ رہے تھے۔ زندگی میں بعض ایسے مقام بھی آتے ہیں جب بھرے ہوئے پیمانے سے کچھ نہیں چھلکتا...... کوئی شکوہ کوئی شکایت۔

ضبط ایک مہر۔

ایک بوجھ...... کہ جس کے نیچے دب کر سب کچھ دم توڑ دیتا ہے۔

ویٹنگ روم میں بڑی رونق تھی...... اناؤنسر کی آواز پر کوئی توجہ نہ دیتا تھا۔ کراچی جانے والے مسافر جہاز تک پہنچ جائیں۔''

میگی اٹھ کھڑی ہوئی۔ اب وہ پریشان نہ تھی۔ امین نے عجلت سے ڈبیا کھول کر سونے کا سادہ چھلا نکالا جو عیسائی دولہا نکاح کے بعد اپنی دلہن کو پہناتا ہے۔ وہ میگی کے ہاتھ بڑھانے کا منتظر تھا۔ میگی کی رنگت پھیکی پڑ گئی...... امین نے بڑھ کر اس کا بایاں ہاتھ پکڑ لیا اور چھنگلیا کے ساتھ والی انگلی میں پہنانے لگا تو میگی نے ہاتھ کھینچ لیا۔

''نہیں......''

''اس سے زیادہ کی خواہش نہ کروں گا''۔

''میں اس انگلی میں نہیں پہنوں گی......''

امین کے دل پر ایک قیامت گزر گئی۔ وہ پاگلوں کی طرح بکنے لگا۔

مجھے پہلے ہی پتہ تھا۔ میں پہلے ہی جانتا تھا...... یہ لاکٹ...... میگی تم......قریب تھا کہ وہ پھوٹ پھوٹ کر رونے لگے کہ میگی نے لاکٹ کی ڈبیا کھولی اور امین کی ہتھیلی پر الٹ دی......اس میں مٹی کی ایک ڈلی تھی اور گھاس کی چند پتیاں۔

''میں جا رہی ہوں...... وہاں جا کر بھر لوں گی۔ یہ تم لے لو...... یہ میرے دیس کی مٹی ہے اور میرے دیس کی گھاس۔ میرے محبوب''۔

امین نے دیکھا کہ وہ تیزی سے مسافروں کے گزرنے کے خاص راستے کی طرف لپک رہی ہے......اچانک وہ مڑی اور امین کو ہاتھ ہلا کر سلام کیا......مگر امین شش و پنج میں تھا کہ وہ اس لڑکی کو الوداع کہے یا گالی دے......!

پھر اس کا سر اپنے آپ جھک گیا۔ جیسے وہ سجدہ کر رہا ہو۔

گھنٹی

● نیلوفر اقبال

● بیڈ پین یہ ساتھ ہی ٹیبل پر رکھا ہے، آپ کے لئے جھکنا مشکل ہوگا۔ استعمال کر کے پھر ٹیبل پر رکھدیا کریں۔ جمعدار سے بات ہوگئی وہ تین دن میں آ کے صاف کردیا کرے گا بس تھوڑے دنوں کی بات ہے پھر تو آپ خود ہی جانے لگیں گے .... باتھ روم

رشید نے جاتے جاتے ایک بار پھر کمرے کا جائزہ لیا۔ یہ کمرہ پہلے اس کے بیٹے عامر کے قبضے میں تھا۔ اب اسے نیچے شفٹ کردیا گیا تھا۔ یہ درمیانے سائز کا کمرہ تھا اس میں پینٹ ہوئے کم سے کم تین سال ہو چکے تھے۔ کئی جگہ سے پلستر کے بڑے بڑے ٹکڑے اکھڑ کر گر چکے تھے اور پہلے والے پینٹ کا ہلکا سبز رنگ جھلک رہا تھا۔ کمرے کی ایک دیوار میں ایک بڑی سی کھڑکی تھی۔ یہ کھڑکی باہر کی طرف کھلتی تھی۔ اس کی وجہ سے کمرے میں ذرا رونق تھی ورنہ دیوار کی خراب حالت طبیعت پر افسردگی طاری کردیتی اس کھڑکی میں سے آسمان کا ایک ٹکڑا اور بوگن ویلا بیل کی کچھ شاخیں نظر آتی تھی یہ کمرہ نیچے والے کمرے کی بہ نسبت بظاہر زیادہ ہوادار اور روشن تھا۔ رشید نے اسے اپنی نگرانی میں سیٹ کروایا تھا۔ ہر چیز بے داغ اور اپنی جگہ پر تھی۔ بیڈ کے دونوں طرف سائیڈ ٹیبل تھے۔ دائیں سائیڈ والے پر پندرہ سولہ کے قریب دواؤں کی شیشیاں اور مختلف رنگ کے کیپسولوں کے پتے تھے۔ پانی کا گلاس طشتری سے ڈھکا رکھا تھا۔ طشتری کے اوپر روئی کا ایک بڑا سا پھاہا تھا۔ انجکشن کے سرنج دراز کے اندر رہتے تھے۔ کمپاؤنڈر سے بات ہو چکی تھی کہ دونوں وقت آکر انجکشن لگا دیا کریگا۔ ٹانک کی شیشی میں سے ایک باریک سی دھار شیشی کے ساتھ ہوتی میز پر ایک چپچپا سا نشان بنا رہی تھی۔ رشید پلٹا اور تھوڑی سی دوائی لیکر اس چپچپے نشان کو پونچھنے لگا لیکن بجائے صاف ہونے کے روئی کے ذرات اور اس سے چپکنے لگے۔ اس نے روئی نیچے رکھی ہوئی بالٹی میں پھینک دی۔

کچھ اور تو نہیں چاہئے ابا جان ...... کوئی بھی ضرورت ہو تو آواز دیجئے گا۔ محمود اور بچے آجایا کریں گے .... یہ دوسرے ٹیبل پر سیب رکھے ہیں کھاتے رہئے گا آپ کے دل کے لئے اچھے ہیں اور یہ رسالہ بھی آپ کے لئے لے آیا تھا آپ کا پسندیدہ ڈائجسٹ" وہ خوش دلی سے بولا۔

اب کہاں پڑھا جاتا ہے بیٹا...... تھک جاتا ہوں بہو اور بچوں سے کہنا کہ آس پاس ہی رہیں۔

میں اونچی آواز میں نہیں پکار سکتا'' باپ نے بہت نحیف آواز میں نیم سرگوشی کے سے انداز میں کہا۔

'' آپ بالکل بے فکر رہیں ابا جان۔ سب کو آپ کا خیال ہے تھوڑے ہی دنوں کی تو بات ہے نگہت اور سیما کو آج کل چھٹیاں ہیں۔ وہ آپ کو پوچھتی رہیں گی..... سیمیں..... نگہت اس زور سے آواز دی

گیارہ اور پندرہ برس کی عمر کی دو لڑکیاں دھپا دھپ سیڑھیاں چڑھتی دوڑتی ہوئی آئیں اپنے دادا ابا کو تھوڑی دیر کے بعد پوچھتی رہنا..... اچھا ابا جان میں چلتا ہوں'' رشید خدا حافظ کہتا ہوا دفتر کو نکل گیا۔

دادا نے ہاتھ اٹھا کر چھوٹی لڑکی کو پاس آنے کا اشارہ کیا۔ بیٹے یہیں آ جاؤ نا.. میرے کمرے میں

میں پڑھ رہی ہوں امتحان ہونے والا ہے۔

یہیں بیٹھ کے پڑھ لو.......... میرے پاس

اونچا بولیں نا۔ آپ کی بات ہی سمجھ میں نہیں آ رہی۔

نہیں بول سکتا ہوں نا دادا کی آنکھوں میں کرب لہرا گیا۔

'' کوئی کام تو نہیں دادا ابا'' بڑی لڑکی نگہت بولی اس کے ہاتھ میں کتاب تھی اور وہ تھوڑے تھوڑے وقفے سے کتاب کے صفحات پر نظر دوڑا رہی تھی۔

.... یہ پردہ ہٹا دو...... کھڑکی کھول دو ذرا سی....... گھٹن ہو رہی ہے۔

لڑکی کتاب ہاتھ میں لئے لئے پردہ ہٹانے کی کوشش کرنے لگی لیکن ریلنگ بری طرح پھنس رہی تھی اس نے جھنجھلا کر زور سے جھٹکا دیا۔ شرررررر کی آواز کیساتھ پردہ چلا اور آدھا پلنگ سے باہر نکل کر لٹک گیا ٹن ن ن ن کے ساتھ کئی رنرز نکل کر فرش پر گر گئے۔

لعنت........ لڑکی نے منہ ہی منہ میں کہا اور کتاب پلنگ پر رکھ کر زور آزمائی کرنے لگی۔

کھڑکی کے شیشوں والے تختے کافی عرصے سے کھولے نہ جانے کی وجہ سے جم کر رہ گئے تھے۔

تم ذرا آ کر زور لگاؤ نا سیما..... لیکن سیما کب کی کمرے سے نکل چکی تھی۔

رہنے دو بیٹا ہلکا سا پنکھا چلا دو۔

نگہت نے پنکھے کا سوئچ آن کیا اور کتاب پر نظریں جمائے جمائے کمرے سے نکل گئی۔ دادا سیڑھیوں پر اس کی چپلوں کے آواز مدھم ہوتے سنتا رہا۔

پانچ منٹ تک وہ بالکل ساکت کمرے میں لیٹا ادھر ادھر نظریں گھماتا رہا۔ وہ اسی صبح ہسپتال سے گھر آیا تھا۔ یہ اسکے بیٹے کا فیصلہ تھا کہ نیچے والے پرانے کمرے کی بجائے اس اوپر والے بیڈروم میں شفٹ کر دیا جائے۔ یہ کمرہ اس کے لئے نیا تھا۔ اس کے بیٹے کا کہنا تھا کہ اسے اس حالت میں رات رات بھر کے لئے نچلی منزل پر اکیلا نہیں چھوڑا جا سکتا تھا۔ رشید کا کمرہ برابر میں ہی تھا اس لئے یہاں بہتر طور پر خیال کیا جا سکتا تھا پہلے وہ نیچے ٹی وی لاؤنج کے ساتھ والے کمرے میں تھا۔ اس کمرے میں بڑی

رونق تھی۔ سرشام ٹی وی لاؤنج آباد ہو جاتا تھا۔ بچوں کے غل غپاڑے کی آوازیں بھی آتی رہتی تھی کوئی ملنے والا آتا تو ٹی وی والے کمرے میں بیٹھتا وہ اپنی شام کی چائے وہیں پیتا تھا اور اکثر سب کے ساتھ بیٹھ کر پروگرام دیکھتا تھا۔ اس نے اپنا پلنگ بھی اس رخ سے رکھا تھا کہ اگر بیچ کا دروازہ کھلا ہو تو ٹی وی سامنے نظر آتا تھا۔ اگر وہ کبھی تھکا ہوتا یا ٹی وی لاؤنج میں کوئی مہمان بیٹھا ہوتا تو وہ اپنے پلنگ پر گاؤ تکیئے سے ٹیک لگائے آرام سے اپنی پسند کے پروگرام دیکھ لیتا تھا۔ وہ دس سال سے اس کمرے میں تھا اس کمرے کے سلیٹی پینٹ کئے ہوئے دروازے کی ایک ایک دراز دیواروں کی ایک ایک دراڑ اور بعض جگہوں سے جھڑے ہوئے پلستر سے بنے ہوئے طرح طرح کے نقش و نگار سب اس کے جانے پہچانے تھے نیلے رنگ کے پردے جن پر سرخ گلابی پھول تھے جو اب برسوں کے گرد و غبار سے سلیٹی ہو چکے تھے۔ ان درمیانی حصے میں بنے ہوئے گہرے سلیٹی اور مٹیالے داغ جہاں وہ اکثر باتھ روم میں آتے جاتے بہو کی آنکھ بچا کر ہاتھ پونچھ لیتا تھا۔ وہ سب اس کے جانے پہچانے تھے اس کا گاؤ تکیہ...... گاؤ تکیہ کہاں تھا وہ لوگ گاؤ تکیہ اوپر لانا کیوں بھول گئے اور اس لیمپ کو جو کسی کالے سلینڈر کی شکل کا تھا اور اس کے اوپر کا شیڈ جو اب میلا ہو چکا تھا لیمپ کہاں تھا اس نے کمرے میں نگاہیں دوڑائیں۔ لیکن وہ کہتے ہیں کہ تھوڑے دنوں کی بات ہے اتنے تھوڑے دنوں کے لئے ہر چیز اوپر شفٹ کر دینا کونسی عقلمندی ہے۔ پھر اس سے پڑھا بھی کہاں جارہا تھا لیکن یہ بستر۔ یہ بستر اسے تکلیف دے رہا تھا۔ اس کا اپنا پرانا پلنگ تو اس کے مزاج کے مطابق کب کا ڈھل چکا تھا۔ سپرنگوں کے گڑھے اس کے جسم کے حساب سے آرام دہ ہو چکا تھا۔ اب یہ نیا بستر اسے سخت لگ رہا تھا۔ تکیہ بھی کوئی دوسرا تھا اس کی گردن اکڑنے لگی تھی۔ اور یہ کمرہ اجنبی اجنبی اور سرد سا تھا.... شاید پنکھا تیز چل رہا تھا۔ اسے سردی لگنے لگی۔

نگہت...... سیما...... بیٹے اسکی پھٹی پھٹی سرگوشی بمشکل دروازے تک پہونچ سکی۔

اس نے اپنی ٹانگیں سیکڑنے کی کوشش کی، لیکن وہ انہیں ہلا نہیں سکا۔ ٹانگوں کے جوڑ سخت ہو چکے تھے۔ اکٹھا کرنے کی کوشش میں اس قدر سخت ہوا کہ جوں کا توں رہنے دیا۔ پھر ہاتھوں سے پلنگ کے کناروں سے لٹکتی ہوئی چادروں کو پکڑ کر ٹانگوں کو ڈھانپنے کی کوشش کرنے لگا لیکن چادر نا کافی۔ اسے سردی سے تکلیف محسوس ہونے لگی۔ صرف تین روز پہلے اس کے پھیپھڑوں میں 'نی' یا 'یوپسی' ہوئی تھی اس نے اسے نڈھال کر ڈالا تھا۔ اسے سیڑھیوں پر کسی کے چڑھنے کی آواز آئی۔ اس نے چادر چھوڑ دی۔ یہ اس کی بہو تھی۔

''کچھ چاہیے تو نہیں ابو جان.... میں ذرا باورچی خانے میں لگی ہوئی تھی''

ذرا پنکھا بند کر دو بیٹا کوئی چادر ڈال دو میرے پیروں پر

اوخوہ۔ کس نے چلایا پنکھا..... بخار تھا آپ کو' بہو بڑبڑاتی ہوئی پنکھے کی طرف بڑھی سوئچ آف

کر کے وہ وہیں سے بولی۔ میں پوچھنے آئی تھی... کیا بنادوں آپ کے لئے

"کچھ بھی دیدو دل گھٹ رہا ہے"

بس تھوڑی دیر لگے گی :....جا کر کھچڑی چڑھاؤں گی آپ جب تک سیب کھالیں۔ بہو واپس سیڑھیاں اتر گئی۔

کمزوری اور بھوک سے اس کا دل گھٹ رہا تھا۔ اس نے بمشکل گردن گھما کر بائیں طرف کی ٹیبل پر رکھی سیب کی پلیٹ کی طرف دیکھا بہت بڑے بڑے اور خوبصورت سیب تھے۔ ان کی سنہری رنگت میں کہیں کہیں سرخی بھی تھی۔ اس کا بیٹا بڑی چاہت سے اس کے لئے بڑے مہنگے اور اعلیٰ نسل کے سیب لایا تھا۔ اس نے بازو لمبا کر کے سیب کی پلیٹ کی طرف ہاتھ بڑھایا الٹے ہاتھ سے پلیٹ اٹھانے کی کوشش کی تو وہ ٹیڑھی ہوگئی۔ ایک بڑا سا سیب لڑھک کر پلنگ کے نیچے چلا گیا ساتھ ہی ٹن کی آواز کے ساتھ کوئی چیز نیچے گر گئی۔ وہ چھری تھی اس نے ایک سیب ہاتھ میں تھام لیا۔ اس کی جادو بھری مہک نے اس کا دماغ حلق تک معطر کر دیا اس نے کھانے کے لئے منہ کھولا... لیکن دانت.... دانت کہاں تھے چھری بھی گر پڑی تھی چھوٹی چھوٹی قاشیں تو وہ بغیر سامنے کے دانتوں کے چبا سکتا تھا، لیکن یہ تنی ہوئی جلد والا صحت مند سیب اس کے مسوڑھوں کے بس کا نہیں تھا دانت ..... دانت ......دانت کہاں تھے شائد دراز میں رکھے گئے ہوں ۔اس نے دائیں ہاتھ بڑھا کے دراز کو کھینچنے کی کوشش کی۔ لیکن ہاتھ ٹیڑھے ہو رہے تھے دراز پھنسا ہوا تھا اس نے پورے زور سے ایک جھٹکا دیا تو دوا کی تین چار شیشیاں جو میز پر رکھی تھیں وہیں گر گئیں ایک تو لڑھکتی ہوئی کنارے تک آگئی۔ اس نے بمشکل روکا۔ اس تگ و دو میں وہ تھک کر ہانپ گیا۔ اس نے اپنا سر تکیہ پر گرا دیا اور سیب کے ٹھنڈے ٹھنڈے لمس کو اپنے ہاتھوں اور چہرے پر محسوس کرتے ہوئے دروازے پر نظریں جمادیں۔

تم پریشان تو نہیں ہو۔ رشید نے پہلو میں لیٹی ہوئی بیوی کے رخسار کو انگلی سے چھوتے ہوئے کہا۔

کس بات سے؟

یہی ابا جان کی بیماری......... بیمار کو سنبھالنا آسان کام نہیں ہوتا۔

کیسی باتیں کر رہے ہیں۔

تھک جاتی ہوگی تم....... بس یہی بیچارے تو رہ گئے ہیں اب۔ پچھلے پانچ سالوں میں کتنے بزرگ گئے۔ تمہارے اماں ابا میری اماں بس یہی ایک رہ گئے ہیں اب.......

خدا انہیں سلامت رکھے میرے لئے تو اپنے ابا برابر ہیں یہ۔ تھک اس لئے جاتی ہوں کہ لڑکیاں تو امتحان کی تیاری کر رہی ہیں۔ عامر کا تو آپ کو پتہ ہی ہے مجھے بھی سارا دن گھر کے کام رہتے ہیں پھر بھی تھوڑی دیر میں پوچھتی رہتی ہوں.... کیا کروں میں اکیلی.......

لڑکیوں سے کہو نا کہ تھوڑی دیر کے لئے بیٹھ جایا کریں۔ گھبرا جاتے ہوں گے اکیلے۔ نیچے پھر بھی رونق تھی۔ ٹی وی تھا کوئی ملنے والا آجایا کرتا تھا لیکن کیا کیا جائے۔ رات بھر کے لئے اکیلے نیچے بھی نہیں چھوڑا جا سکتا... خیر چھوڑو...... ادھر آؤ تم

نہیں...... بہت تھک گئی ہوں۔ پچاس دفعہ تو سیڑھیاں چڑھی ہوں گی.........

آؤ نا تھکن اتر جائیگی۔ ''نہیں بس معاف ہی رکھیں.... سنیں.. شائد بلا رہے ہیں

ابا کے کمرے سے دھیمی دھیمی آواز آرہی تھی جواب کھانسی میں ڈھل گئی تھی۔

رشید لپک کر اٹھا الٹی سیدھی چپل پہن کر تیزی سے باپ کے کمرے کی طرف بڑھا۔

...... اس کے کمرے اور باپ کے کمرے کے درمیان ایک چھوٹا سا کوریڈور تھا۔ دروازہ کھلا تھا۔ کیا بات ہے ابا جان بلایا آپ نے؟ کب سے بلا رہا ہوں ان کی آواز میں چڑچڑاہٹ تھی۔

کیا بات ہے رشید نے بجلی کا بٹن دباتے ہوئے کہا۔

بیڈ پین نہیں مل رہا اندھیرے میں۔

یہ گدھا نیامت ادھر پیروں کے طرف رکھ گیا..... بیوقوف کہیں کا۔ رشید نے چھوٹی میز باپ کے برابر کھسکا دیا اور بیڈ پین باپ کے ہاتھ میں دے دیا۔

اور تو کچھ نہیں چاہئے......؟ کل ادھر زیرو کا بلب لگا دوں گا...... ابھی غسل خانے کی بتی جلا دیتا ہوں۔ کیا بجا ہے؟ ساڑھے گیارہ۔ ذرا پانی دیدو۔

نیند کی دوائی کھالی آپ نے؟ کتنی کھاؤں نیند کی دوا...... پانی دو

رشید پانی کا گلاس ڈھونڈھنے کے لئے کمرے میں ادھر ادھر نظر دوڑانے لگا۔ گلاس کہیں بھی نظر نہ آیا۔ کیا کرتے ہیں یہ لوگ پانی کا گلاس تک نہیں کمرے میں'' وہ جھنجھلا کر بولا۔ وہ اندھیرے میں بتیاں جلاتا نیچے باورچی خانے تک پہنچا۔ اسے گھر والوں کی لاپرواہی پر غصہ آرہا تھا۔ پانی کا گلاس بھر کر وہ اوپر آیا۔ باپ کو سہارا دیکر اٹھایا۔ پانی پلا کر بتی بجھاتا ہوا وہ اپنے کمرے میں واپس آیا اس کی بیوی کی متوازن سانسیں بتا رہی تھی کہ وہ کب کی سو چکی ہیں۔

اگلے دن صبح ناشتے پر رشید بیوی سے کہنے لگا کہ ابا کو آواز دینے میں دشواری ہوتی ہے اس مسئلے کا کوئی حل ہونا چاہئے۔ ان کی آواز کمزور ہو چکی ہے دوسرے کمروں میں سنائی نہیں دیتی۔ کیوں نہ انہیں ایک گھنٹی لاکر دیدی جائے۔ جب بھی بلانا ہو گھنٹی بجا دیا کریں۔

اسی شام دفتر سے آتے ہوئے رشید ایک گھنٹی لے آیا۔ یہ ہاتھ سے ہلا کر بجائی جانے والی چرچ کی گھنٹی تھی۔ دکان پر دبا کر بجانے والی بھی گھنٹیاں تھیں، لیکن رشید کو یہ خیال آیا کہ شاید دبانے میں ابا جان کو دقت ہو۔ یہ گھنٹی بہت سہل اور کارگر تھی اس کی آواز بھی دوسری گھنٹیوں کی بہ نسبت میٹھی تھی۔ رشید

گھنٹی لیکر اپنے باپ کے کمرے میں گیا۔ اس نے گھنٹی کو برابر والی میز پر رکھتے ہوئے کہا "اب کسی کو بلانا ہو تو گھنٹی بجادیا کیجئے" باپ کے چہرے پر عجیب سی کیفیت آگئی جنھیں بھانپ نہیں سکا کیونکہ اس کی نظریں کھڑکی پر پھیلی ہوئی بوگن ویلا کی شاخوں پر تھیں بہت پھیل گئی یہ۔ کٹوادینا چاہئے۔ ورنہ پوری کھڑکی کو بند کردے گی۔

نہیں۔ نہیں ایسے ہی رہنے دو۔ اچھی لگتی ہے ہریالی۔ کبھی چڑیاں بھی اس پر آ جاتی ہیں۔ رونق رہتی ہے....... گھنٹی سے بہت سہولت ہوجائے گی آپ کو۔

بچوں سے کہو نا ذرا آجایا کریں۔ دراصل وہ امتحانوں میں لگے ہوئے ہیں۔ ان کی ماں کو ....آپ کو پتہ ہی ہے گھر کے کام ہی ختم نہیں ہوتے۔ باپ کے آنکھوں میں اداسی لہرا گئی۔ رشید آدھے لٹکے ہوئے پردے کو دیکھ رہا تھا" کوئی کام اس گھر میں سیدھا نہیں ہوتا۔ پردہ گرا ہے تو بس گرا ہی ہے وہ بڑبڑاتا ہوا کمرے سے نکلنے لگا۔ پھر پلٹا آپ رسالہ پڑھ لیا کیجئے نا.....وقت گزر جایا کرے گا

نہیں پڑھ سکتا ہوں پانی آجاتا ہے آنکھوں میں۔

اوفوہ.....اچھا میں آپ کے لئے ڈرافٹ لے آؤں گا اب آپ آرام کریں۔

آرام ہی تو کررہا ہوں......اور کیا کررہا ہوں باپ نے پھنسی پھنسی سرگوشی میں کہا۔

رشید کمرے سے باہر نکل آیا باپ کے کمرے میں جاکر عجیب پژمردگی طبیعت پر چھا جاتی تھی انجکشن کی سپرٹ اور بیڈ پین سے اٹھنے والی مخصوص بونے کمرے کی فضا کو مکدر کردیا تھا۔ باہر زندگی تھی تازہ ہوا تھی۔ رشید نے کمرے سے نکل کر کھل کر لمبا سانس لیا اور تیزی سے سیڑھیاں اترنے لگا۔ سب گھر والے ٹی وی لاؤنج میں تھے رات کا کھانا وہیں کھایا جاتا تھا.....ان کی پسندیدہ سیریل کا وقت ہورہا تھا۔ ابھی وہ سیڑھیوں کے نیچے پہنچا تھا کہ گھنٹی کی آواز آئی وہ الٹے قدموں واپس سیڑھیاں چڑھ گیا۔

بیٹا ذرا سامنے والی بتی بند کردو۔ آنکھوں میں لگتی ہے، سرہانے والی جلادو

رشید نے بتی بند کی اور دوسری جلادی۔ پھر کمرے سے نکلنے لگا۔

رشید نے کھڑکی بند کردی۔" اور کوئی کام ابا جان؟

ذرا کروٹ دلا دو مجھے.....تھک گیا سیدھے لیٹے لیٹے۔

کروٹ دلا کر رشید آہستہ آہستہ سیڑھیاں اترنے لگا کہ شاید باپ پھر بلائے۔

آج محمودہ نے بڑے مزے کی ماش کی دال بنائی تھی اس کے اوپر بھی سرخ ثابت مرچیں اور سبز دھنیا اسے خوب اشتہا انگیز بنا رہا تھا۔ ساتھ میں گرم گرم چپاتیاں تھیں۔ ٹی وی پر ڈرامہ شروع ہو چکا تھا۔ یہ ایک مزاحیہ سیریل تھی اور سب گھر والے اسے شوق سے دیکھتے تھے۔ وہ سب کھانا بھی کھا رہے تھے اور ہنس بھی رہے تھے رشید نے ابھی تین چوتھائی چپاتی کھائی تھی کہ گھنٹی بجنے کی آواز آئی۔

جاؤ سیما۔ دادا ابا بلا رہے ہیں۔ میں کھانا کھا رہی ہوں

کوئی بات نہیں۔ جاؤ دیکھو کیا بات ہے وہ درشتی سے بولا۔ سیما نے جھٹکے سے روٹی پلیٹ میں ڈالی اور بڑبڑاتے ہوئے اٹھ کھڑی ہوئی۔ بدتمیز ہوتی جا رہی ہے۔ رشید بولا''

تھوڑی دیر میں سیما واپس آئی۔ اس کا منہ بنا ہوا تھا بیڈ پین بھر گیا ہے آج نیامت کا بچہ شام کو آیا نہیں... میں کیا کروں

کمینہ ہے کم بخت .... تم ڈانتی کیوں نہیں ...... کس بات کے پیسہ لیتا ہے حرامی۔ وہ بیوی سے بولا۔ آج اتوار ہے وہ چھٹی کرتا ہے.... وہ چپاتی پر نظریں گاڑے آہستہ سے بولی

کیا.........؟ تو کیا سارا دن بیڈ پین.......

میں پھینک آتی ہوں۔ وہ روٹی پلیٹ میں رکھ کر اٹھتے ہوئی بولی۔

نہیں۔........... بیٹھو تم .... میں جاتا ہوں وہ جلدی جلدی بڑے بڑے لقمے بنا کر اپنی روٹی ختم کرنے لگا، ماش کی لذیذ دال اور گرم روٹی کا مزا اس کے منہ میں زائل ہو چکا تھا کھانا ختم کر کے وہ تیزی سے اٹھا۔ جب وہ کمرے میں پہنچا تو باپ کی نگاہیں دروازے پر جمی تھی۔ پیشاب کا برتن اوپر تک بھر چکا تھا۔ اس نے مشکل سے سنبھال کر اٹھایا غسل خانے میں کموڈ میں الٹ رہا تھا کہ بو کا ایک تیز بھبکا ناک سے ہوتا ہوا حلق میں گھس گیا اس نے ناک کے گرد وبازو کو لپیٹا اور برتن کو کھنگال کر واپس لے آیا۔

بیٹا...... بستر خراب ہو گیا ہے۔

اوہو...... اچھا؟ کپڑے بھی ناپاک ہو گئے۔ باپ کی آواز میں شرم ساری تھی۔

رشید چند لمحے سوچتا رہا۔ میں محمودہ کو بلاتا ہوں۔

بستر بدلا گیا۔ محمودہ نے الماری سے دھلے ہوئے کپڑوں کا جوڑا نکال کر دیا۔ دونوں نے مل کر قمیص بدلی شلوار پہناتے وقت محمودہ کمرے سے نکل گئی رشید نے دیکھا اس کے باپ کی پنڈلیاں بالکل سوکھ گئیں تھیں۔ آپ ذرا چلا پھرا کریں نا۔ دیکھیں نا ٹانگیں سوکھنا شروع ہو گئی ہیں اس طرح تو بالکل ختم ہو جائیں گی۔ کیسے چلوں بیٹا میں تو ہلا بھی نہیں سکتا ہوں بہت درد ہوتا ہے ہر وقت۔

''کوئی اور تو کام نہیں ابا جان؟

نہیں... جاؤ تم'' باپ نے رشید کی طرف دیکھا اس کی آنکھوں میں کرب اور درد کی لہریں تھیں۔ لیکن رشید کمرے سے نکل کر آدھی سیڑھیاں طے کر چکا تھا۔

ٹی وی لاؤنج پر کھانا اختتام پر تھا۔ بر نامہ شروع ہو رہا تھا۔ محمودہ نرے میں کھاتے کے برتن سمیٹ رہی تھی اور بڑی بیٹی نگہت پلاسٹک کا دستر خوان تہہ کر رہی تھی۔ رشید آکر کرسی پر بیٹھ گیا۔ اس کے اعصاب پر تھکاوٹ ہو رہی تھی۔ باپ کی حالت نے اس کے دل کو افسردہ کر دیا تھا۔ باپ کی پنڈلیاں

سوکھی سوکھی اس کی نظروں میں بار بار گھوم رہی تھیں کیا وہ پھر چل سکیں گے؟ ٹانگوں کی حالت سے تو ایسا نہیں لگ رہا تھا........کیا ہوگا؟ پھر خبروں کی سرخیوں نے اس کی توجہ کھینچ لی۔

گھنٹی بج رہی ہے نگہت کی آواز آئی۔ جاؤ عامر دیکھ کر آؤ۔ کچھ زیادہ ہی گھنٹی بجانے لگے ہیں دادا ابا۔ بکومت۔ دھیلے کا کام تم نہیں کرتے جاؤ فوراً دیکھ کے آؤ۔

عامر چند لمحوں کے بعد اوپر سے آگیا۔ ان کو کھانا نہیں دیا کسی نے

''کھانا نہیں دیا ان کو؟'' رشید باورچی خانہ میں بیوی کے پیچھے پہنچا۔ پہلے دینا چاہئے ان کو۔

میں کیا کروں سات بجے لیکر گئی تھی کھچڑی ...واپس کردی بولے کھچڑی نہیں کھائیں گے ......اب ساگودانہ بنانے لگی ہوں۔ بہر حال جو بھی ہو ان کو جلدی دیدیا کرو....دوائیاں بھی ان کو کھانی ہو تی ہیں۔ نیند کی دوا جلدی کھائیں تو سوئیں بھی۔

لگی تو رہتی ہوں ہر وقت۔ محمودہ کی آواز میں ناگواری تھی جھنجلاہٹ اسکے چہرے سے عیاں تھی رشید آہستہ آہستہ سیڑھیاں چڑھتا اوپر چل دیا۔ ابا جان چھت پر نظریں گاڑے لیٹے تھے۔

ابھی لا رہی ہیں ابا جان.....کچھ بنا رہی ہیں آپ کے لئے

ذرا جلدی دے دیا کرے۔ پھر دوائی کھانی ہوتی ہے....دیر ہو جائے تو پھر نہیں سو پاتا ہوں ساری رات...........وہ بھی کیا کرے بے چاری...صبح سے لگی رہتی ہے سارا دن۔

پریشان کر دیا میں نے سب کو.........

ایسا نہ کہیں ابا جان....ایسا نہ کہیں کوئی پریشانی نہیں کسی کو۔ آپ نے بھی تو ساری زندگی احسان کئے ہیں ہم پر۔ اب آپ کا وقت آیا ہے تو........محمودہ کے سیڑھیاں چڑھنے کی آواز آئی۔ اس کے ہاتھ میں پلیٹ کے اوپر ایک بڑا سا پیالہ تھا۔ اس کے بال پریشان تھے اور آنکھیں تھکی تھکی سی لگ رہی تھیں۔ رشید نے دروازے میں سے اس کے ہاتھ سے برتن لے لئے۔ میں کھلا دوں گا۔ تم اپنا کام ختم کرو۔ باپ کے سرہانے ایک چھوٹا سا تولیہ رکھا تھا رشید نے اس کو ان کی ٹھوڑی کے نیچے لگا دیا اور چمچ کے ساتھ ساگودانہ کھلانے لگا۔

ابا جان یاد ہے جب میں چھوٹا تھا۔ ضد کر کے صرف آپ کے ہاتھ سے کھاتا تھا۔

''تم ساری ساری رات ماں کو جگاتے تھے باپ نے پھنسی پھنسی آواز میں کہا وہ بے چاری کتنی دفعہ تمہارا پیشاب والا کپڑا بدلتی تھی۔ تم رو رو کر طوفان اٹھا دیتے تھے میں تمہیں گود میں لئے ٹہلاتا رہتا تھا جب تک نہ ٹہلاتے چپ نہیں کرتے وہ مسکرا رہے تھے۔

اور میں زبردستی آپ کے گھٹنے کے اوپر بیٹھ جایا کرتا تھا مجھے آپ کے کھلانے میں مزہ آتا تھا۔

پتہ نہیں کیوں۔ بیٹے جو تھے میرے.....اور آج آپ کہہ رہے ہیں کہ آپ نے پریشان کر دیا۔'' رشید نے

شاکی ہو کے سخت لہجے میں کہا۔

وہ بات اور ہوتی ہے بیٹا۔ اور بات کیوں ہوتی ہے۔ ہاں بیٹا۔ وہ دوسری بات ہے..... مجبور ہو گیا ہوں...... اچھا نہیں لگتا یہ سب...... ان کی آنکھوں میں آنسو چھلک آئے۔

ایسا نہ سوچیں ابا جان... ٹھیک ہو جائیں گے آپ...... تھوڑے دنوں کی تو بات ہے۔

کتنا خیال رکھتے ہو خدا خوش رکھے۔

بس آپ کی دعا ہونی چاہئے۔ وہ آہستہ آہستہ چمچ بھر کے باپ کو کھانا کھلا رہا تھا کبھی سا گودانہ منہ پر ادھر ادھر گر جاتا تو چمچ سے سمیٹ کر واپس منہ میں ڈال دیتا۔ جیسے وہ اپنے بیٹے عامر کو کھلایا کرتا تھا جب وہ دو سال کا تھا۔ اور جیسے ابا جان اس کو کھلاتے تھے جب وہ چھوٹا تھا۔

محمودہ کے اسکول کے زمانہ کی سہیلی رخسانہ اس سے ملنے آئی تھی۔ محمودہ اسے دیکھ کر کھل اٹھی۔ جلدی جلدی کام نبٹا کر اس کے لئے بڑے اہتمام سے کباب تلے، چائے بنائی اور وہ دونوں ٹی وی لانج میں آ بیٹھیں۔ زبردست کپڑا پہنا ہوا ہے کہاں سے لیا۔

میرے گھر کے سامنے جو مارکٹ ہے۔ تم آؤنا کسی دن۔ بڑے اچھے اچھے رنگ ہیں اس میں ..... مجھے چپلی کباب بھی سکھا جانا۔ میں کہاں نکل سکتی ہوں...... اس کی آواز میں آزردگی تھی۔

کیوں ایسی کیا مصیبت پڑ گئی.... اچھی خاصی تو تم گھوما پھرا کرتی تھیں

''پھرا کرتی تھی اب وہ دن گئے۔ ہوا کیا آخر

''میرے سسر۔۔۔۔ بستر پر پڑے ہیں بیمار...... میں ہی سنبھالتی ہوں

محمودہ کی سہیلی خاموشی سے کچھ دیر اس کی شکل دیکھتی رہی۔ محمودہ کے چہرے کی پژمردگی اور تھکاوٹ اس نے آتے ہی بھانپ لی تھی اس نے تنک کر کہا'' کہاں ہیں بیٹیاں ان کی؟ دوسرے بیٹے بھی تو تھے۔ تم اکیلی کیوں پھنسی ہوئی ہو؟ تمہاری کیا ذمہ داری ہے.....؟

بیٹی ایک ہی ہے.... وہ سعودیہ جا کر بس گئی ہے بیٹا امریکہ جا کر بیٹھا ہے.... بس ہم ہی ہیں۔ خیر میں برا نہیں مانتی۔۔۔ بیٹا نہیں رکھے گا تو کون رکھے گا۔ بس تھک جاتی ہوں پانچ منٹ بھی بیٹھنا نہیں ملتا۔ اوپر نیچے۔ میری بیٹیوں نے صاف صاف جواب دیدیا بڑی لڑکی نے تو پرسوں رونا شروع کر دیا کہ دادا کی وجہ سے پڑھائی نہیں ہوتی۔ یہ تو اچھی مصیبت پڑ گئی تم کو کیا کیا جا سکتا ہے پھر.. تھک جاتی ہوں خیر چھوڑو چائے تو شروع کرو۔

محمودہ نے اپنی سہیلی کی پلیٹ میں دو کباب اور ساتھ میں چٹنی ڈالی پھر اپنی پیالی اٹھائی ابھی گھونٹ بھرا بھی نہیں تھا کہ تیز آواز آئی۔ یہ کیا؟

وہی'' محمودہ پیالی رکھ کر اٹھ کھڑی ہوئی'' تم بیٹھو میں ابھی دیکھ کر آتی ہوں۔''

اس کے سسر کچھ کھانے کو مانگ رہے تھے ۔ ان کی یخنی گرم کرتے ،توس سینکتے ، ان کو دوا کھلاتے ،ان کے ہاتھ دھلاتے محمودہ کو آدھا گھنٹہ لگ گیا ۔ وہ واپس آئی تو اس کی سہیلی جانے کے لئے تیار کھڑی تھی ۔ تم تو زیادہ ہی مصروف ہو ..اب تم کسی دن وقت نکال کر آنا تم خود ۔..رخسانہ چلی گئی ۔

شروع شروع میں سب کا خیال تھا کہ چند دنوں میں ابا پیروں پر کھڑے ہو جائیں گے مگر اب کھڑا ہونا در کنار ان کا بیٹھنا بھی محال ہوا جا رہا تھا ۔ محمودہ پیچھے گاؤ تکیہ لگا کر ٹیک لگوا دیتی ۔ بمشکل اپنی ہاتھوں سے کھا سکتے تھے ۔ اور یہ سلسلہ طویل ہوا جا رہا تھا ۔ طویل تر ۔

شام کو رشید کے گھر آ جانے پر شکر کا سانس لیتی ۔ لیکن وہ بھی سارے دن کے تھکن کے بعد کچھ آرام کرنا چاہتا تھا ۔ وہ آنے کے ساتھ پانچ دس منٹ کے لئے باپ کے پاس جاتا اور لگے بندھے سوال پوچھتا ...دوا کھائی ؟ ۔ ٹیکہ لگوا لیا تھا ؟ ...درد کو کچھ آرام ہوا ؟ چند باتیں کر کے نکل بھاگتا ۔ اب باپ نے بھی باتیں بہت کم کر دی تھیں ۔ اکثر کمرے میں آنے والوں کو اب بوڑھے باپ کی نگاہیں اب خشمگیں سی لگتیں اور مختصر سے جواب بھی طنزیہ ہوتے ۔

رشید پوچھتا '' دوا کھائی تھی ابا جان ؟

ہاں '' وہ سرد مہری سے کہتے اور آنکھیں بند کر لیتے ۔ نیامت آیا تھا بے چارہ کھلا گیا ۔

کچھ آرام ہے ؟ کہاں آرام ہے ..بہت درد رہا ...نیامت نے مالش کی تو ذرا آرام ملا ۔ میں نے دس روپئے دے دئے اسکو ...اور اب کون ہے میرا ۔

رشید کے دل کو بہت چوٹ لگتی ۔ رات بھر میں کم از کم دو تین بار گھنٹی کی آواز پر اٹھ کر آتا تھا اور اس کی بیوی بے چاری سارا دن لگی رہتی تھی ۔ پھر بھی ابا جان .... بیماری نے انہیں چڑ چڑا بنا دیا تھا ۔ اور اب ان کی سوجھ بوجھ پر بھی اثر پڑتا جا رہا تھا وہ دوسروں کی مشکل سمجھ ہی نہیں رہے تھے ....

ڈاکٹر سے پوچھا گیا ۔ اس نے بہت اطمینان سے کندھے اچکا کر کہا '' اولڈ ایج '' پھر تھوڑی دیر کے بعد کہا ۔ ویسے کیس آپریشن کا ہے ،لیکن ان کی عمر کے پیش نظر میں اپریشن کا مشورہ نہیں دوں گا !

پھر ؟ بس دوائیاں دیتے رہیں انجکشن کا کورس کریں ۔ خوراک کا خیال رکھیں ۔

گھنٹی !!!!! گھنٹی کی آواز مصیبت کی علامت بن گئی ۔ اب جونہی گھنٹی کی آواز آتی ہر ایک کا پہلا رد عمل نا گواری کا ہوتا ۔ ہر کوئی دوسرے کی طرف دیکھنے لگتا ۔ ہر کوئی خود کو مصروف ظاہر کرتا ۔ تاکہ وہ نہ جائے دوسرا جائے ۔ بچے بالکل لاتعلقی ظاہر کرتے ۔ ماں ان پر برس پڑتی ۔ رشید پہلے خوشی خوشی گھر آتا تھا ۔ اب اس کا رویہ ایسا ہو گیا تھا کہ رشید جتنی دیر وہاں گزارتا اس پر احساس جرم سا طاری رہتا جیسے بوڑھے باپ کی تمام تکلیفوں کا ذمہ دار وہ خود یا اس کے گھر والے ہوں ۔ ...... جیسے ان سب سے کوئی جرم سرزد ہو گیا ہو ۔ جیسے یہ ان سب کی وجہ سے ہو .... درد و کرب کی شدت نے بوڑھے کی آنکھوں میں عجیب سی

چمک بھر دی تھی۔ بعض دفعہ ادھ کھلی آنکھوں میں سے سوائے اس کی چمک کے اور کچھ بھی نظر نہیں آتا تھا۔ رشید کو اب باپ کی آنکھوں کی طرف دیکھنے سے گھبراہٹ ہونے لگی تھی۔

رشید کے باپ نے محسوس کر لیا تھا کہ جب تک وہ گھنٹی نہ بجائے کوئی اس کے کمرے میں آنا گوارہ نہیں کرتا تھا۔ اسے ان لوگوں کی بے حسی پر غصہ آنے لگا تھا۔ وہ محبت جو اس کے دل میں قدرتی طور پر ان سب کے لئے تھی۔ آہستہ آہستہ شکوے کا روپ اختیار کرتی جارہی تھی۔

اس کی زندگی کتاب کی صورت اس کے سامنے دھری تھی اور کتاب کا آخری باب اس کی نظروں کے سامنے کھلا تھا۔ وہ خود تھا، اس کی بیماری تھی اور ایک خالی کمرہ تھا۔ جس کی فضا میں آیوڈین اور پیشاب کی بو تھی جس سے مانوس ہوتے ہوئے اس کے نتھنے بے حس ہو چکے تھے۔ اس کمرے میں کوئی آنا پسند نہ کرتا تھا۔ اس کمرے میں وہ اکیلا تھا۔ ریٹائرمنٹ کے بعد کئی سالوں تک کتابوں نے اس کا ساتھ دیا تھا۔ وہ سارا وقت کچھ نہ کچھ پڑھتا رہتا تھا۔ وہ اعلیٰ ادبی ذوق رکھتا تھا، لیکن پچھلے ایک دو برسوں سے وہ بہت ہی ہلکا پھلکا مواد پڑھنے لگا تھا۔ جس سے ذہن پر بوجھ نہیں پڑتا تھا۔ بس دل بہل جاتا تھا اور وقت گزرنے کا احساس نہیں ہوتا تھا وہ عموماً اسٹال سے مختلف قسم کے ڈائجسٹ لے آتا تھا اور رات گئے تک پڑھتا رہتا تھا۔ پھر شام کا وقت زیادہ تر ٹیلی ویژن کے سامنے گزر جاتا تھا اب وہ پڑھ نہیں سکتا تھا۔ اس کے اعصاب اس قابل نہیں رہ گئے تھے پھر ٹی وی نچلی منزل پر تھا....اور پہلے رضی بھی تو تھا......

رضی تو کہاں چلا گیا؟

وہ اور رضی کالج میں اردو ڈپارٹمنٹ سے منسلک تھے اور اتفاق ہی تھا کہ ان کے گھر بھی ایک علاقے میں تھے۔ روزآنہ شام کو اکٹھی گزرتی تھی۔ صبح کی سیر بھی اکٹھے ہو جاتی تھی۔ رضی بلا ناغہ شام کو آتا تھا۔ ''رضی صاحب آئے ہیں۔'' ملازم کہتا اور چائے بنانے چلا جاتا۔ کبھی شام کی چائے وہ رضی کے گھر پیتا تھا۔ اس شام بھی ملازم نے کہا تھا۔ ''رضی صاحب آئے ہیں۔'' چائے پی کر وہ دونوں ٹہلنے نکل گئے تھے۔ آج کل ان دونوں کا محبوب موضوع ٹیوشن سنٹر تھا۔ ان کا ٹیوشن سنٹر کھولنے کا ارادہ تھا۔ آج بھی وہ یہی باتیں کر رہے ہیں کہ اس کے لئے کس کا گھر زیادہ مناسب رہے گا۔ رضی کا گھر کچھ چھوٹا تھا۔ باتیں کرتے کرتے وہ اپنے پسندیدہ بک اسٹال تک پہونچ گئے تھے وہاں سے اسی مہینے کا ڈائجسٹ خریدا گیا۔ رضی ادبی کتابوں کا شوق رکھتا تھا۔ لیکن ڈائجسٹ بھی کبھی کبھار پڑھنے کے لئے مانگ کر لے جاتا تھا۔ پھر گلی کا وہ موڑ آگیا جہاں سے ان کے راستے الگ ہوتے تھے۔ رضی اپنے گھر چلا گیا تھا۔

پھر رضی کبھی نہیں آیا۔

رضی ہوتا تو بیماری کٹنے کا پتا بھی نہیں چلتا۔ اس کو کام ہی کیا تھا۔ سارا دن ادھر ہی بیٹھا رہتا۔ کم از کم ایک آدمی تو تھا جسے بلانے کے لئے گھنٹی نہیں بجانی پڑتی۔ اب تو بغیر گھنٹی کے یا تو کمرے کی کھڑکی

میں کوئی چڑیا آتی تھی یا کوئی بھڑ۔

ایک ایک کر کے اس کی نظروں کے سامنے اپنے ان بچوں کے چہرے گھومنے لگے جو پاس نہیں تھے۔ اسے اب ان کی ضرورت تھی لیکن وہ دور تھے اور اپنے اپنے طور پر اس کی طرف سے مطمئن تھے کہ ان کا باپ تنہا نہیں تھا۔ اس کی بیٹی کئی سالوں سے سعودی عرب میں خوش و خرم تھی۔ اس کا خاوند خوب کما رہا تھا اس نے کسی آنے والے کے ہاتھ "مساجز" بھیجا تھا۔ مساج کرنے سے ان کی ٹانگوں کو آرام ملے گا اس نے لکھا تھا۔ "امید ہے کہ آپ "جوسر" استعمال کر رہے ہوں گے اور خوب جوس پی رہے ہوں گے ان کا اس سال پاکستان آنے کا ارادہ نہیں تھا۔" ہر سال پاکستان آنے سے بہت خرچ ہو جاتا ہے۔ سیونگ نہیں ہو پاتی" اس نے لکھا تھا اپنی اس اکلوتی بیٹی کی شادی اچھی طرح کرنے کے لئے اس نے اپنا ایک قیمتی پلاٹ بیچ دیا تھا آدھی رقم سے شادی "ڈیسنٹ" طریقے سے ہو گئی تھی اور باقی خرچ کر کے اس نے اپنے بیٹے کو امریکہ بھیج دیا تھا۔ ایم بی اے کے بعد اسے وہاں اچھی نوکری مل گئی تھی۔ "پاکستان میں میرے لئے کیا پراسپکٹس" ہیں ابا جان" اس نے لکھا تھا۔ اس نے بخوشی امریکہ میں نوکری کرنے کی اجازت دے دی تھی بیٹے کے مستقبل کے لئے یہی مناسب تھا۔ بیٹی کو بھی اس نے ہر سال پاکستان جانے سے منع کر دیا تھا۔ اگر پیسہ ہی نہ جمع کیا جائے تو سعودیہ میں کمانے کا کیا فائدہ؟۔ اس کا یہ بڑا بیٹا جس کے ساتھ اب وہ رہ رہا تھا اس کے لئے کیا کچھ نہیں کیا تھا اس نے۔ یہ مکان جس میں یہ سب رہ رہے تھے اس نے بنا کر دیا اور اپنی پنشن کی تمام رقم گھر کے خرچ کے لئے دیتا تھا۔ اپنے پاس معمولی رقم رکھتا تھا تا کہ وہ بڑھنے کے لئے کچھ خرید سکے یا کسی موقعے پر پوتے اور پوتیوں کو دے سکے۔ اسے یہ احساس تھا کہ دولت کی دوڑ میں اس کا یہ سرکاری ملازم بیٹا باقیوں سے پیچھے رہ گیا تھا۔ اب وہ جو ٹیوشن سنٹر کھولنے جا رہا ہے اس سے جو آمدنی ہوتی اس سے وہ ان کی مالی اعانت۔ کرتا۔ اور اب وہ بیمار تھا اور اکیلا تھا۔ دنیا کی نظروں میں بھرے گھر میں تھا لیکن وہ جانتا تھا کہ وہ گھر میں اتنا اکیلا تھا جتنا کہ کسی جنگل یا بیابان میں ہوتا۔۔ کہنے کو وہ تو پوتے پوتیوں کیساتھ تھا لیکن کوئی پوتا پوتی کمرے میں آنا گوارہ نہیں کرتے تھے۔ باہر کی دنیا سے رابطہ صرف گھنٹی کا تھا۔ جب تک گھنٹی نہ بجاتا کوئی اس کے کمرے میں قدم نہ رکھتا تھا اور اس کا مطلوبہ کام کر کے وہ سب ایسے جیسے ان کے پیچھے سیکڑوں کتے لگے ہوں۔ بے حس کہیں کے۔ اب تو بہو کے چہرے سے بھی بیزاری ٹپکنے لگی تھی وہ جب آتی کسی کام کاذکر کرتی ہوئی آتی جسے وہ بیچ میں چھوڑ کر آئی ہو۔

وہ بے وقوف نہیں تھا اس کی سمجھ باقی تھی وہ سب سمجھتے تھے کہ بیماری میں اس کا ذہن بھی جواب دینے لگا تھا۔ وہ سب غلطی پر تھے۔ اس کا جسم ضرور گھل گیا تھا، لیکن بیماری نے اس کی روح کا اور اس کی عقل کا کچھ بھی نہیں بگاڑا تھا۔ اس کے وجود میں اس کی عمر کے سارے دور باقی تھے۔ اس کا بچپن۔ اس کی جوانی۔ لیکن وہ سب اسے صرف بوڑھا سمجھتے تھے۔ صرف بوڑھا۔ سنگی بوڑھا۔ لیکن وہ سب سمجھتا تھا وہ اچھی

طرح سمجھتا تھا کہ یہ گھنٹی کیا ہے، یہ گھنٹی نہیں تھی، یہ تو اس کی توہین تھی اس کی اس محبت کی توہین جو اس نے ساری زندگی ان لوگوں سے کی تھی۔ اور اب یہ توہین اس سے مزید برداشت نہیں ہو رہی تھی۔ وہ اسے اٹھا کر پھینک دینا چاہتا تھا" رضی تو کیوں چلا گیا" وہ پکار اٹھا دیکھو جب تک گھنٹی نہیں بجاتا ہوں کوئی میرے کمرے میں قدم نہیں رکھتا... اب نہیں بجاؤں گا یہ گھنٹی..... مرنے دو مجھے..... نہیں بجاتا اب میں یہ گھنٹی .....جہنم میں جائیں یہ لوگ..... جاؤ نہیں بجاؤں گا اب یہ گھنٹی.....!

اس نے گھنٹی دور پھینکنے کے لئے اٹھائی... لیکن پھر اس کی نگاہیں کھڑکی پر جم کر رہ گئیں۔ ایک بہت موٹی سیاہ اور پیلی بھڑ کھڑکی کے ذرا سے کھلے تختے پر اندر کو کھسک رہی تھی۔ ایک ناخوشگوار بھنبھناہٹ کی آواز کمرے میں پھیل گئی پھر وہ زن سے اڑی اور کمرے میں چکر لگانے لگی۔ اس کی آنکھوں کی پتلیاں پھیل گئیں اور خوفزدہ نظریں بھڑ پر جم گئیں۔ وہ سامنے الماری کے نیم وا تختے کے اوپر دانے کے کنارے پر بیٹھ گئی تھی۔ کبھی تختے کے اندر کی طرف کو سرک جاتی کبھی باہر کی طرف رینگ آتی۔ بھنبھناہٹ کی مکروہ آواز کمرے میں پھیلی ہوئی تھی۔ یکلخت وہ تیزی سے اڑی اور اس کے بستر کے اوپر غوطہ مار کر کمرے میں تیزی سے چکر لگانے لگی۔ وہ دم سادھے اس پر نگاہیں جمائے تھا۔ پھر اس سے ضبط نہ ہو سکا اور ہاتھ میں تھامی ہوئی گھنٹی کو زور سے بجانے لگا۔

ایک رات گیارہ اور ایک بجے کے دوران رشید کو چار بار گھنٹی کی آواز پر اٹھ کر جانا پڑا۔ اس کے باپ کو نیند کی دوا کھانے بعد بھی نیند نہیں آ رہی تھی۔ رشید کو نیند کا ذرا جھونکا آتا تو گھنٹی کی تیز چبھتی ہوئی آواز اسے چونکا دیتی۔ وہ بھاگا بھاگا تیزی سے باپ کے کمرے میں پہنچتا اور کوئی خاص بات نہ نکلتی۔ کبھی کہتے چادر اوڑھا دو۔ کبھی کہتے پیروں کے نیچے تکیہ رکھ دو کبھی کہتے کروٹ دلا دو۔ ایک دفعہ پانی پلانے کو کہا جب کہ پانی ساتھ ہی رکھا تھا۔ ذرا سی کوشش سے خود بھی پی سکتے تھے۔

رشید زچ ہو گیا۔ رات کا ایک بج رہا تھا وہ بیوی کے پہلو میں کافی دیر خاموش ساکت رہا۔ اس کی بیوی بھی جاگ پڑی۔

اس طرح تو میں بیمار ہو جاؤں گا۔ وہ بولا۔

ابا جان کو گھنٹی دینے سے بہتر تھا کہ ہم تھوڑی دیر میں جا کر پوچھ لیا کرتے۔ اس کا دماغ کمزور ہو گیا ہے۔ خواہ مخواہ بلاتے ہیں بار بار..... اس طرح تو میرا صبح دفتر جانا مشکل ہو جائے گا.........

آپ تو شام کو آتے ہیں..... میرا کیا حال ہوتا ہوگا سیڑھیاں چڑھ چڑھ کر... پاؤں دکھ رہے ہیں پھوڑے کی طرح..... میرا خیال ہے تم گھنٹی ہٹا دو...... میں ہٹا دوں...... واہ... میں کیسے ہٹاؤں؟

کسی بچے سے کہہ کر ہٹا دو... نہیں تو قیامت سے کہہ دو۔ کیا ہو گیا آپ کو... پورے محلے میں نشر کروانا ہے۔ تو کیا کروں..... اس طرح تو میں بیمار ہو جاؤں گا.. ترس بھی آتا ہے ان پر.......

لیکن میں کیا کروں...اس طرح ساری ساری رات جاگ کر میں تو دفتر میں کام نہیں کرسکتا.

جو بھی ہے.......نہ تو بچوں سے ایسی باتیں کہہ سکتے ہیں نہ کسی اور سے۔ ہٹانا ہے تو آپ کو ہی ہٹانا پڑے گی۔ پتہ نہیں کیا سمجھیں گے ابا جان۔

کمرے سے ہٹانے کی کیا ضرورت ہے۔بس ایک طرف کردو جہاں ہاتھ نہ پہونچے۔

کیا کروں.....کیا ابھی ہٹادوں....؟ مرضی.....بیوی دوسری طرف کروٹ لیکر سونے لگی۔

وہ یونہی اندھیرے میں آنکھیں کھولے لیٹا رہا وہ سوچ رہا تھا۔اسے یہ سب کرنا، یعنی باپ کے پاس سے گھنٹی ہٹانا اچھا نہیں لگ رہا تھا۔مشکل ہے میں ایسا نہیں کرپاؤں گا اس نے غسل خانے سے آتی ہوئی مدھم روشنی میں کلاک پر وقت دیکھا۔رات کے ڈیڑھ بج چکے تھے۔اس پر آہستہ آہستہ غنودگی طاری ہونے لگی تھی اس نے چادر گردن تک اوپر کھینچ لی اور نیند کا نشہ آہستہ آہستہ اس پر حاوی ہونے لگا....

گھنٹی......!

کیا ہوگیا آج ابا جان کو۔وہ جھلا کر اٹھا۔پاگل کردیں گے مجھے آج......پاگل کردیں گے۔

''کیا بات ہے ابا جان؟اس نے کھلے دروازے میں کھڑے کھڑے پوچھا۔

دل گھبرا سا رہا ہے بیٹا.....شاید گیس ہے.....سانس رک رہا ہے دیکھنا تو گیس کی دوا ہے.......نیلا سا پتا ہے۔رشید نے بتی جلائی اور دوائیوں کے انبار میں مطلوبہ دوا کا پتا ڈھونڈنے لگا۔بڑی مشکل سے ایک گولی مل گئی۔دوا کھلانے کے لئے پانی کا گلاس اٹھایا تو خالی تھا۔اس نے کمرے میں ادھر ادھر نظریں دوڑائیں۔پانی کا جگ نظر نہیں آیا۔

لاتا ہوں باتھ روم سے۔میرا پانی ابلا ہوا.....نیچے ہوگا کچن میں........پلاسٹک کا گ ہے سبز رنگ کا ابھی تو یہی پانی لے لیں نا ابا جان۔

ڈاکٹر نے منع کیا ہے کچا پانی پینے سے.....باپ نے بمشکل نقاہت میں ڈوبی ہوئی آواز میں کہا۔

رشید کو رات کے ڈیڑھ بجے نیچے باورچی خانہ میں پانی لینے جانا سوہان روح لگ رہا تھا...وہ اندھیرے میں ٹٹول ٹٹول کر بتیاں جلاتا کچن تک پہونچ گیا۔کچن کی بتی کے سوئچ تک جاتے ہوئے کسی سخت نوکیلی چیز کے کونے سے اس کے پاؤں کا انگوٹھا ٹکرا گیا۔

لعنت ہے اس کے منہ سے زور سے نکلا۔اس نے جلا کر دیکھا تو سل کا کونہ تھا کوئی چیز تمیز سے اس کمرے میں نہیں رکھی جاتی...یہ نہیں کہ رات کو بیمار کے کمرے میں پانی ہی رکھ دیں....پاگل کردیں گے یہ سب مل کر مجھے.........دو بج رہے ہیں رات کے.......

بتیاں بجھاتا وہ واپس اوپر چڑھا۔باپ کو دوا کھلائی۔

بتی بند کردوں؟اس نے پوچھا۔رہنے دو۔

کمرے میں آکر پلنگ پر لیٹا تو نیند بھاگ چکی تھی... بیمار ہو جاؤں گا تو میں اس طرح۔ صبح دفتر کے لئے بھی تو اٹھنا ہے... گھنٹی ہٹانا ہی پڑے گی... دل اس کام کو کرنے کے لئے نہیں مان رہا ہے...... لیکن مجبور کر کے رکھ دیا ہے ابا جان نے...... سارا گھر بیمار ہو جائے گا اس طرح تو بات بات پر گھنٹی بجانے لگے ہیں دوسروں کا تو سوچتے ہی نہیں۔ ہٹانی ہی پڑے گی گھنٹی۔

وہ بہت دیر تک اندھیرے میں گھورتا رہا۔ پھر جی کڑا کر کے اٹھا اور بغیر چپل کے دبے پاؤں باپ کے کمرے کی طرف بڑھا۔ آہستہ آہستہ چلتا وہ باپ کے دروازے پر پہونچ گیا۔ کمرے میں بتی روشن تھی۔ اس کا باپ بظاہر سویا ہوا تھا۔ لیکن کتنی کچی نیند تھی۔ ان کی رشید کو اچھی طرح معلوم تھا... اگر جاگ گئے تو؟ انہوں نے دیکھ لیا تو؟...... وہ اس طرح چوروں کی طرح دبے پاؤں چلتا سائیڈ ٹیبل کے پاس آکر تھوڑا سا پیچھے ہٹ کر کھڑا ہو گیا اور غور سے باپ کے چہرے کی طرف دیکھنے لگا پوٹوں کے نیچے ذرا سی چمک بتا رہی تھی کہ آنکھیں تھوڑی تھوڑی کھلی ہیں۔ لیکن پپوٹے بالکل ساکت تھے آنکھیں نیند میں ذرا سی کھلی تھی گھنٹی ٹیبل پر نہیں تھی رشید نے بستر پر نظر دوڑائی۔ اس نے دیکھا کہ وہ اس کے باپ کے پہلو ساتھ دھری تھی۔ اس کے ساتھ ہی باپ کا ساکت بے جان سا ہاتھ پڑا تھا۔ رشید نے بہت آہستگی کیساتھ گھنٹی کو چادر کی سلوٹوں پر سے اٹھایا۔ ایک مدھم سی ٹن کی آواز آئی...... اس نے جلدی اس کو کہنی کے خم میں دبایا...... باپ غنودگی میں کسمسایا اور اس کے منہ سے ایک مدھم لمبی سی ''ہوں'' کی آواز نکلی جو کراہ تھی یا شاید نیند میں خلل پیدا ہونے کا مضطرب سا احتجاج تھا۔ رشید گھبرا گیا اور سرہانے کی طرف ہو گیا لیکن باپ نے آنکھیں نہیں کھولیں رشید نے آہستہ سے بغیر آواز پیدا کئے گھنٹی کو سائیڈ پر بالکل پیچھے ہٹا کر رکھ دیا۔ جہاں کوشش کرنے سے بھی باپ کا ہاتھ نہیں پہونچ سکتا تھا۔

پھر وہ دبے پاؤں واپس کمرے میں آگیا اور چادروں کے بیچ میں سکون بھری نیند کی امید میں گھس گیا۔ ....رات کے تین بج چکے تھے رشید کی آنکھیں پوری طرح کھلی تھیں جس نیند کی خاطر اس نے یہ سب کچھ کیا تھا وہ اس کی آنکھوں سے کوسوں دور تھی...... وہ جگ رہا تھا... وہ مضطرب تھا........ بے حد مضطرب۔ اس کا دل بے چین سا تھا اور کسی طرح بھی اس کو سونے نہیں دے رہا تھا جیسے وہ کوئی بہت بڑا جرم کر کے آیا ہو...... قتل جتنا بڑا جرم... اور وہ گھنٹی... وہ گھنٹی جیسے لاش قتل ہو۔

اندھیرے میں اس کی آنکھیں کھلی تھیں۔ وہ جان چکا تھا کہ اب وہ سو نہیں سکے سکا۔ اس نے سونے کا خیال چھوڑ دیا اور سوچنے لگا۔ دلیلیں دیتا رہا۔ لیکن باپ کا چہرہ بار بار اس کے سامنے آجاتا اور اس کی آنکھوں میں آنکھیں ڈال کر جیسے اس سے سوال کرتا۔ اسے احساس ہو گیا کہ اس نے جو کچھ بھی کیا ہے وہ گھناؤنا ہے۔ اتنا گھناؤنا کہ شاید کوئی اور فعل اس سے زیادہ گھناؤنا ہو ہی نہیں سکتا۔ اندھیرے میں نظریں جمائے سوچتے سوچتے وہ اچانک چونک پڑا۔ کھڑکی سے اچانک کھٹکنے کی آواز آئی۔ اس کا دل

یکبارگی زور سے اچھلا۔ وہ آنکھیں پھاڑ کے کھڑکی کی طرف دیکھنے لگا۔ اسے یوں لگا جیسے پردہ ہل رہا ہو ...اس کا دل تیزی سے دھڑکنے لگا۔ پھر اس نے مخالف سمت کی کھڑکی کو دیکھا۔ اس طرف کا پردہ بھی ہل رہا تھا۔ باہر تیز ہوا چل رہی تھی۔ اس نے کلاک کی طرف دیکھا تو ساڑھے تین بج رہے تھے۔ پتہ نہیں ابا جان کے کمرے کی کھڑکی ٹھیک ہے کہ نہیں..... بخار بھی تو تھا انہیں، وہ تڑپ کر بستر سے اٹھ کھڑا ہوا۔

کھلے دروازے میں سے اس نے اندر دیکھا۔ باپ کا چہرہ دروازے کی طرف تھا اور کھلی آنکھوں کی نیالی سی چمک دور سے دکھائی دے رہی تھی۔ جاگ رہے ہیں شاید، لیکن چہرہ اور آنکھیں بالکل ساکت تھیں۔ شاید آنکھیں نیند میں کھلی تھی وہ دبے پاؤں اندر داخل ہو گیا آہستگی سے سائیڈ ٹیبل پر سے گھنٹی اٹھائی اور بغیر آواز پیدا کئے ہوئے اسے واپس باپ کے پہلو میں رکھ دیا۔

باپ بدستور سوتا رہا رشید نے کھڑکیاں اچھی طرح بند کیں پھر باپ پر چادر ٹھیک سے اڑھا دی۔ کمرے سے نکلتے ہوئے اس نے باپ پر ایک اطمینان کی نگاہ ڈالی۔ اب کہیں جا کر گہری نیند سوئے ہیں ابا جان!

صبح گھنٹی کی آواز سنائی نہیں دی۔ آٹھ بجے کے قریب رشید کمرے میں گیا تو باپ اسی طرح بے حس و حرکت پڑا تھا پڑوس والے ڈاکٹر صاحب کو اسی وقت بلایا۔ ڈاکٹر صاحب نے آلات کے ساتھ چیک کرنے کے بعد بتایا کہ رات میں کسی وقت ان کا ہارٹ فیل ہو چکا ہے۔

رشید کی بیوی اپنی دوپٹے میں منہ چھپا کر رونے لگی۔ اس کے تینوں بچے بستر کے پاس حیران و پریشان کھڑے تھے۔ پھر بڑی بیٹی نکہت ماں کے گلے لگ گئی اور اس کی سسکیاں بھی کمرے میں گونجنے لگی۔ رشید خاموش تھا۔ وہ چپ چاپ باپ کو دیکھ رہا تھا جو زرد موم کے بت کی طرح پڑا تھا اور آنکھیں اسی طرح کھلی تھیں۔ جیسے رشید نے رات کو دیکھا تھا۔ کرب ان میں ہمیشہ کے لئے منجمد ہو کر رہ گیا تھا۔ چہرے کا رخ اس طرح دروازے کی طرف تھا اس کی نگاہیں باپ کی مرجھائی ہوئی گردن سے ہوتی ہوئی پہلو میں دھرے بے جان ہاتھوں پر پڑیں۔ کہنی کے قریب قمیص کی سلوٹوں میں اسے گھنٹی کی جھلک دکھائی دی۔ گھنٹی کسی معصوم بچے کی طرح اس کے باپ کے پہلو سے چمٹی خاموش پڑی تھی۔ اس نے گھنٹی کو اٹھالیا اور دونوں ہاتھوں سے اسے سہلانے لگا.... اس کا دل بھر آیا۔ ابا جان! اس کے منہ سے نکلا اور پھر وہ بچوں کی طرح بلک بلک کر رو دیا... پھر اس کی نظروں نے ڈرتے ڈرتے گھنٹی سے پوچھا: ابا جان کب......؟ کہیں تب تو نہیں.....؟

گھنٹی نے کوئی جواب نہیں دیا کیونکہ بے جان چیزیں بول نہیں سکتیں۔

●●

www.ingramcontent.com/pod-product-compliance
Lightning Source LLC
LaVergne TN
LVHW010947051026
849532LV00003B/1166